Dieser Sammelband enthält die folgenden Einzeltitel:
Band 4: Lehrer verhexen? Kein Problem!
Band 5: Mehr Pep für Mam!
Band 6: Unsere total normal verrückte Familie

verlegt durch Egmont Verlagsgesellschaften mbH,
Gertrudenstraße 30–36, 50667 Köln

Titelbild und Innenillustrationen: Betina Gotzen-Beek
Printed in the E. U. (670421)
ISBN 978-3-505-13178-3

13 14/8 7 6 5 4 3 2 1

THOMAS C. BREZINA

ZUTRITT NUR FÜR HEXEN!

No Jungs!

Mathe, Mütter und totales Familienchaos

Mit Illustrationen
von Betina Gotzen-Beek

Schneiderbuch
EGMONT

Die Schnabels –

allerdings nur noch wenige Tage, dann heißen sie auch Meierbeer

Tinka
sieht nur noch Streifen, hat heftiges Herzklopfen und findet alles peinlich

Grit
stellt einen Weltrekord im Peinlichsein auf und bekommt rote Wangen

Stan
hat ausnahmsweise mal
eine brauchbare Idee, aber
auch nur eine ...

Thorsten
macht sich auch
diesmal gerne wichtig

Die Meierbeers –

wenige Tage vor der Hochzeit

Boris
fragt ständig nach Mathenoten
und träumt von Hochzeitspannen

Lissi
kennt eine große Panne und
ihr Name, der ist Wanne

David
ist ausnahmsweise nützlich

Frank
geht die Wände hoch und
bekommt Ohrensausen

ZUTRITT NUR FÜR HEXEN!

No Jungs!

Lehrer verhexen?
Kein Problem!

Neugierige Fragen

„Guten Morgen, meine beiden Hexen!", rief Herr Meierbeer fröhlich, als Lissi und Tinka die Küche betraten.

Die beiden Mädchen zwinkerten einander zu. Was würde Herr Meierbeer sagen, wenn er wüsste, dass er es tatsächlich mit Hexen zu tun hatte?

„Hi, Papa!", grüßte Lissi und hob lässig die Hand.

„Hallo, Morgenbeer!", sagte Tinka fröhlich.

Das Klappern bei der Anrichte verstummte. Herr Meierbeer drehte sich um und hob fragend die Augenbrauen. „Wie war das?"

„Hallo, Morgenbeer!", wiederholte Tinka strahlend. „Gefällt dir die Anrede nicht?"

„Na ja …" Herr Meierbeer wusste nicht, was er sagen sollte. Verlegen zuckte er mit den Schultern und erinnerte an einen kleinen Eisbären, dem gerade ein Fisch durch die Tatzen gegangen war.

„Später nenne ich dich dann Vormittagsbeer, Mittagsbeer, Nachmittagsbeer und Abendbeer. Vor dem Schlafengehen Gute-Nachtbeer!“, setzte Tinka fort.

„A… Aber ich habe doch gestern angeboten, dass du und deine Brüder mich gerne Papa oder Vati nennen dürft. Falls ihr das nicht wollt, auch Boris.“ Herr Meierbeer machte ein treuherziges Gesicht und überlegte wieder einmal fieberhaft, ob er vielleicht einen Fehler gemacht hatte.

Tinka strich sich die seidigen blonden Haare hinter das Ohr. „Stört dich Morgenbeer sehr?“

„Nein, nein“, sagte Herr Meierbeer sofort. „Überhaupt nicht. Wenn … Wenn es dir Spaß macht, soll es mir recht sein.“

„Was ist dir recht?, fragte Grit Schnabel, die gerade mit Schwung in die Küche gerauscht war. Hektisch kramte sie in ihrer Handtasche nach den Autoschlüsseln.

„Schon wieder Stau!“, jammerte sie. „Ich muss sofort los, sonst komme ich zu spät, und mein Chef ist ein Pünktlichkeits-Fanatiker.“ Sie drückte Boris Meierbeer, ihrem zukünftigen neuen Ehemann, einen flüchtigen Kuss auf die Wange und rasselte noch eine Liste an Erledigungen herunter, die er nicht vergessen durfte.

Am Samstag war nämlich der große Tag, dem schon alle entgegenfieberten: Boris Meierbeer und Grit Schnabel würden heiraten. Lissi, Frank und der kleine David Meierbeer würden dann die Stiefgeschwister von Tinka, Stan und Thorsten Schnabel werden.

Die zukünftige Großfamilie hatte bereits ein gemeinsames Haus bezogen, in dem Boris Meierbeer auch seine Arztpraxis hatte und das von einem großen Garten umgeben war.

„Nur noch vier Tage!", verkündete Grit Schnabel feierlich. „Der Countdown läuft."

„Heißt das, ihr setzt euch zum Mars ab?", fragte Lissi mit gespielter Begeisterung. „He, coole Idee! Hätte ich zwei Elterntieren gar nicht zugetraut."

Grit tat so, als würde sie Lissi eine Kopfnuss verpassen, und verließ lachend die Küche.

Das Türchen der Kuckucksuhr, die neben der Tür hing, flog auf, und der Kuckuck rief etwas heiser und brustschwach siebenmal seinen Namen.

„Sieben Uhr? Und ihr schon da?" Boris Meierbeer musterte die Mädchen auf einmal kritisch. „Hat das etwas zu bedeuten?"

Lissi lief rosa an, bückte sich und tat so, als müsse sie auf einmal etwas an ihrem Schuh richten. Von unten stieß sie Tinka gegen das Bein und zischte: „Sag was!"

Tinka holte schnaufend Luft, sah sich hektisch um und deutete dann auf die gelbe Flasche, die neben der Spüle stand. „Morgenbeer, warum schreibt man auf jedes Spülmittel ‚Mit echtem Zitronensaft', während in jeder Zitronenlimo nur künstliches Zeug ist?"

Boris Meierbeer folgte ihrem Blick zur Spülmittelflasche. Er nahm die Flasche hoch und betrachtete nachdenklich die halbe Zitrone, die auf das Etikett gezeichnet war.

„Hmmm, darüber habe ich noch nie nachgedacht", gestand er.

Ein Zischen auf dem Herd riss ihn aus seinen Gedanken. Die Milch war übergekocht und schnell verbreitete sich ein unerträglicher Gestank. Herr Meierbeer riss den Topf zur Seite und schimpfte leise vor sich hin.

Lissi wagte sich wieder in die Höhe und streckte Tinka dankbar den erhobenen Daumen zu. Hastig nahm sie zwei Schalen und schüttete Cornflakes aus der Packung hinein.

Ihr Vater arbeitete wieder einmal wie ein Octopus. Mit einer Hand wurden Brote gestrichen, mit der anderen Kakao in die warme Milch gerührt, mit der dritten Teebeutel aus dem Wasser gezogen, mit der vierten Marmeladengläser aus dem Kühlschrank geholt. Arm fünf verteilte Teller, Arm sechs Löffel,

Arm sieben und Arm acht packten Pausenbrote, Obst und Schokoriegel ein.

Ungeduldig rührte Lissi in ihrer Mischung aus Milch, Cornflakes und Zucker. Sie mochte es, wenn alles schön matschig war.

„Jetzt weiß ich wieder, was ich dich fragen wollte!“, hörte sie die Stimme ihres Vaters aus der offenen Tiefkühltruhe, wo er nach einer neuen Packung Butter angelte. Als er auftauchte, umwehte ihn eine Wolke kühler Luft. „Deine Mathenote. Wie steht es da eigentlich so? Die erste Schularbeit im Halbjahr ging doch daneben. Musst du nicht schon die zweite und dritte geschrieben haben? Die Sommerferien beginnen doch in drei Wochen.“

Der Löffel mit dem Cornflakes-Matsch schwebte vor Lissis Mund. Die sonst nie um eine Antwort verlegene Lissi überlegte fieberhaft, was sie antworten sollte, und trat unter dem Tisch gegen Tinkas Schienbein.

Ihre zukünftige Stiefschwester verzog vor Schmerz das Gesicht, verstand aber, was sie tun sollte.

„Äh … Morgenbeer“, meldete sie sich sofort. „Warum gibt es eigentlich kein Katzenfutter mit Mäusegeschmack?“

„Wie bitte?“ Herr Meierbeer sah sie an, als würde er überlegen, ob sie noch ganz richtig tickte. „Katzenfutter? Mäusegeschmack? Keine schlechte Idee, aber … Wir reden später darüber. Lissi, deine Note in Mathematik …"

Langsam wurde die Lage brenzlig. Lissi sah sich bereits nach einem Fluchtweg um. Würde sie aber einfach aus der Küche stürzen, wäre das für ihren Vater auch schon eine Antwort. Sie traute ihm zu, dass er noch am selben Vormittag in die Schule ging, um mit dem Mathematiklehrer zu reden.

Das musste mit allen Mitteln verhindert werden.

Kleine nackte Füße tappten über den Fliesenboden der Küche. „Papa!", meldete sich eine piepsige Stimme. David, Lissis kleiner Bruder, gerade viereinhalb Jahre alt, stand zerstrubbelt und verschlafen vor seinem Vater. Er trug nur das Oberteil des Pyjamas, den zwei spielende Tigerbabys zierten.

„David, wo ist deine Schlafanzughose?", wollte Herr Meierbeer wissen. „Im Klo! Reingefallen!", berichtete David.

„Von ganz allein?" Sein Vater sah ihn tadelnd an.

David nickte mit ernster Miene.

„Dann fischen wir sie gleich raus!" Herr Meierbeer nahm David an der Hand, doch der riss sich wieder los.

„Geht nicht. Runtergespült."

Die Mädchen am Tisch konnten sich das Lachen nicht verkneifen. Herr Meierbeer aber heulte auf wie ein Wolf bei Vollmond. „Das verstopft doch das

Klo. David, jetzt muss ich wieder den Installateur rufen."

Vergessen war die Mathenote. Es zählte nur noch die Toilette, aus der vielleicht noch ein Zipfel der Schlafanzughose guckte. Boris Meierbeer rückte alles von den heißen Herdplatten, was überlaufen oder anbrennen konnte, und eilte in seinem dackelbeinigen Gang davon.

Lissi nahm die Schüssel mit Cornflakes-Brei und schüttete sich den Rest in den Mund. Nachdem sie ihn mit dem Handrücken abgewischt hatte, sagte sie: „Ich gebe es nicht gerne zu. Aber Brüder können manchmal auch zu etwas nützlich sein."

Danach bedeutete sie mit einer wedelnden Handbewegung, Tinka möge sich beeilen, und lief schon voraus zur Tür. Sie hatten noch etwas Wichtiges zu tun, bevor sie in die Schule gingen.

Mein Vater, der Grizzlybär

Tinka war nicht so schnell wie Lissi. Außerdem wollte sie sich auch nicht hetzen lassen. Sie wusste, was Lissi vorhatte, und war dagegen.

Hastig spülte sie ihre Cornflakes – Tinka liebte sie knusprig mit einem Klacks Süßrahm und Kirschmarmelade – mit einer Tasse Tee hinunter. Ihr Pausenbrot vergaß sie nie. Boris Meierbeer machte die besten, die sie kannte. Tinka stopfte gleich zwei der Doppeldecker mit Mozzarella, klein geschnittenen Tomaten, Paprika und diesem Gewürz, das auf jeder Pizza war, in eine Plastikdose. Da außer ihr niemand in der Küche war, kamen zwei Schokoriegel dazu, von den Äpfeln nahm sie nur einen.

Lissi war zurückgekommen und steckte den Lockenkopf in die Küche. Er war bereits von ihrem schwarzgrünen Lieblingshut aus Filz bedeckt. „Ich dachte, du wolltest abnehmen", sagte sie bissig und fügte noch ein gemeines „Specki!" an.

Tinka spürte, wie ihr das Blut in die Ohren stieg. Lissi wusste immer, wo sie ihre Stiefschwester und beste Freundin am tiefsten treffen konnte. Dieses kleine Kugelbäuchlein unter dem Nabel, das Tinka so gar nicht mochte, das war einfach nicht wegzukriegen. Auch an den Hüften war sie nicht so schmal wie die Fotomodelle, die sie so schick fand. Trotzdem hielt Tinka vom Hungern gar nichts. Sie wurde dann nur schlecht gelaunt und fahrig.

„Ich brauche Nervennahrung", erklärte Tinka zischend über die Schulter, während der Frischhaltebehälter aus Plastik in ihrem Schulrucksack verschwand. „Sonst halte ich dich nämlich nicht aus."

„Morgen, die Damen!", grüßte eine Stimme, die versuchte, erwachsen zu klingen, aber immer wieder kiekste und nach oben kippte. Sie gehörte Tinkas mittlerem Bruder Stan. Im Gehen fuhr er sich mit dem Kamm durch das gegelte Haar und prüfte sein Aussehen in einem Metalldeckel an der Wand, der ein verzerrtes Spiegelbild zeigte.

Hinter ihm kam Frank gestolpert. Er war Lissis älterer Bruder und ging in die gleiche Klasse wie Stan. Seine runde schwarze Sonnenbrille schien in seinem Gesicht angewachsen zu sein. Lissi hatte ihn noch an keinem Morgen ohne sie gesehen. Seine Kopfhörer schienen ebenfalls an den Ohren festzukleben. Sein T-Shirt trug den Spruch: „Ich belle nicht, ich beiße!“ Und wer sein mürrisches Gesicht sah, glaubte ihm das aufs Wort.

Mit einem unwirschen Brummen schob er sich an Lissi vorbei und ließ sich auf einen Stuhl am runden Küchentisch fallen. Suchend sah er sich nach vorbereiteten Cornflakes um. Er war einfach zu faul, sie sich selbst zu mischen.

„Und, die Damen, schon so früh auf den Beinen?“, sülzte Stan.

Tinka musterte ihn argwöhnisch. „Sag's lieber gleich, was wollt ihr uns diesmal antun?“, schoss sie los.

Frank hob die Hände, als wolle er sich ergeben. „Nichts, meine Teuerste. Du verdächtigst uns wieder einmal völlig zu Unrecht.“

„Das glaube ich nicht“, knurrte Lissi. Die Brüder hatten den Mädchen kurz nach dem Einzug in das neue Haus das Leben zur Hölle gemacht. Jeden Tag spielten sie ihnen einen neuen Streich, von denen einer schlimmer war als der andere.

Die Rache von Lissi und Tinka war heftig ausgefallen.

Für ein ausgiebigeres Verhör blieb keine Zeit, da vom Flur Boris Meierbeers Stimme kam. Jammernd und vorwurfsvoll redete er auf David ein: „Wie oft hast du die Spülung schon gezogen? Es schwimmt ja alles im Klo!"

David streckte eine Hand in die Höhe. „So oft."

„Nur fünf Mal? Das ergibt schon diese Überschwemmung?"

„Immer wieder!", krähte David und ließ die kleine Hand auf und nieder fahren.

„Komm endlich!", drängte Lissi.

„Warum so eilig?", fragte Stan in seinem Singsang, den er sich neuerdings angewöhnt hatte.

„Weil Doofheit ansteckend sein soll und wir von euch nichts abkriegen wollen!", erklärte Lissi bissig. Sie bekam Tinka am Pulliärmel zu packen und zog sie auf den Flur hinaus.

„Lissi, ich wollte noch ...", fiel Herrn Meierbeer wieder ein.

„Morgenbeer, wir kommen zu spät. Wir müssen los!", sagte Tinka mit gespieltem Ernst. „Weißt du, der Stress muss weniger werden. Du sagst das selbst immer. Meine arme Mutti hetzt jeden Tag. Das ist ungesund. Und wir sollen doch gesund leben."

Während sie auf ihn einredete, schob sich Tinka rückwärts durch die Diele zur Haustür. Lissi griff nach hinten und öffnete sie. Die Mädchen traten ins Freie, riefen gemeinsam: „Bis übermorgen!", und schlugen die Tür zu.

Sie hatten noch nicht einmal den halben Weg zum Gartentor zurückgelegt, als hinter ihnen die Haustür wieder aufgerissen wurde und Herr Meierbeer ihnen nachkam.

„Übermorgen? Was soll das heißen?" In seiner Stimme schwang eine Mischung aus Verwirrung und väterlichem Verhörton.

„Papa, wir dürfen sonst immer von Freitagmittag bis Sonntagvormittag in unserem Haus wohnen. Schon vergessen?"

Nach einem tiefen Seufzer brummte Herr Meierbeer. „Daran werde ich mich nie gewöhnen." Laut fügte er hinzu. „Heute ist aber Mittwoch!"

„Da ihr am Samstag heiratet, war ausgemacht, dass wir diesmal von Mittwochmittag bis Freitag in unserem Haus bleiben dürfen!" Tinka redete mit ihrem zukünftigen Stiefvater wie mit einem Kind, das alles nur sehr langsam versteht.

„Ach ja, stimmt!" Herr Meierbeer nickte und atmete tief durch. Im Augenblick war alles ein wenig viel für ihn. Als ihm die Mathematiknote wieder einfiel, waren die Mädchen schon um die nächste Ecke gebogen.

Sie wagten erst, sich umzudrehen, nachdem das weiße Haus mit dem großen dunkelgrauen Dach, das wie ein Hut mit geschwungener Krempe aussah, bereits aus ihrem Blickfeld verschwunden war.

Anerkennend klopfte Lissi Tinka auf die Schulter. „Nicht schlecht, Frau Specht!“

„Danke sehr, Frau Preiselbeer!“, reimte Tinka. Nach ein paar Schritten unternahm sie einen neuen Versuch, Lissi von ihrem Vorhaben abzubringen: „Du weißt, wir dürfen so etwas nicht tun. Es ist uns verboten!“

„Es ist uns verboten“, äffte Lissi sie nach. „Tinka, das ist ein Notfall. Dein zukünftiger Stiefvater sieht aus wie ein kleinerer Eisbär, ist knuddelig wie ein Teddybär und manchmal tollpatschig wie ein Bärenbaby. Doch er wird zum brüllenden Grizzly, wenn eines seiner Kinder in einem Fach eine Fünf bekommt. Vor zwei Jahren, als Frank in Englisch so schlecht war, hat er den ganzen Urlaub lang mit ihm gepaukt. Wir sind deshalb nicht nach Griechenland geflogen, sondern in einer stinkfaden Badehütte an einem stinkfaden Badeteich geblieben und haben dort die stinkfadesten Ferien des Jahrhunderts verbracht.“

Lissi schnappte nach Luft, weil sie ohne eine Atempause durchgeredet hatte.

Noch immer war Tinka nicht überzeugt.

„Hast du es schon einmal mit einer Massage der Hirnknöpfe versucht?“, fragte sie fürsorglich.

Lissi verdrehte die Augen. „Hirnknöpfe? Was soll das sein?“

Tinka zeigte ihr zwei Stellen neben den Augen, wo der Knochen eine kleine Mulde machte. „Hier massieren, dreimal am Tag eine Minute lang." Tinka schloss die Augen und führte Lissi vor, wie die Massage durchzuführen war. Als sie die Augen wieder öffnete, sah sie in eine Fratze, die schielte, den Mund schräg nach oben verzerrte und die Nasenlöcher wild hinaufgebogen hatte.

„Was soll der Quatsch, Lissi?", rief Tinka ungeduldig. „Kannst du keine Sekunde ernst bleiben?"

„Ach ich achierd, al ich eine Hirnköhe gedrück hahe", lallte Lissi, den Mund noch immer nach oben gezogen, die Zunge halb herausgestreckt.

Die Mädchen hatten die Kristallgasse erreicht und steuerten Haus Nummer 77 an.

Es war ihr eigenes Haus, das ihnen Frau Schicketanz geschenkt hatte. Doch es war kein gewöhnliches Haus, wie auch Frau Schicketanz keine gewöhnliche Frau war.

Lissi und Tinka hatten sie kennengelernt, als sie für die Schule Leute besuchen und befragen mussten, die schon lange in der Stadt lebten. Beide Mädchen hatten sehr schnell den gleichen Verdacht: Frau Schicketanz war eine Hexe. Als sie es ihr auf den Kopf zusagten, stritt sie es nicht einmal ab.

Kurze Zeit später wurden die beiden, die einander nicht ausstehen konnten, zu einem Anwalt bestellt und erfuhren, dass Frau Schicketanz für immer aus der Stadt weggezogen war. Das Haus wollte sie den Mädchen schenken, wenn sie dem Anwalt den so genannten Folfonia-Schlüssel bringen würden.

Tinka und Lissi suchten diesen Schlüssel, der sich als unsichtbarer Handbesen herausstellte, und lieferten ihn beim Anwalt ab. Dieser händigte ihnen dafür einen unsichtbaren Gummisauger aus, wie er zum Reinigen verstopfter Toiletten verwendet wurde. Dazu sagte er: „Ihre Hexenkräfte sind bereits aktiviert. Willkommen im Club der Hexen."

Langeweile gab es seither für die Mädchen nicht mehr. Besonders spannend wurde es, wenn zum Beispiel ein Kontrolleur des Hexenclubs oder eine Nachhilfehexe auftauchte.

Lissi befand sich zur Zeit in einer schlimmen Notlage und sah nur noch einen Ausweg: hexen!

Kann man Noten hexen?

Die beiden Junghexen hatten die Kristallgasse Nummer 77 erreicht.

Der verwilderte Garten wurde von einem Holzzaun begrenzt, der sehr eigenartig aussah. Die Latten wirkten, als wäre der Tischler betrunken gewesen, als er sie zuschnitt. Es gab keine gerade Linie, und oben hatten die Zaunlatten alle eine Rundung, aus der spitze Dreiecke ragten.

Wenn man den Zaun von der anderen Straßenseite aus betrachtete, konnte man in den Latten die Umrisse von Katzen erkennen. Hunde, die an diesem Zaun vorbeigingen, hoben hier nie das Bein. Sie wussten, dass sie mit einem heftigen Fauchen oder sogar einem Pfotenschlag der Holzkatzen zu rechnen hatten.

Neben dem Gartentor hing ein Schild, das noch Frau Schicketanz angebracht hatte:

KLINGELN NICHT NÖTIG.
SCHICKEN SIE MIR EINEN FREUNDLICHEN GEDANKEN, DANN KOMME ICH SOFORT!

Darüber war ein längliches Holzschild mit der Aufschrift NO JUNGS! befestigt. Lissi und Tinka hatten es selbst gebastelt, um ihren Brüder klar zu sagen, wie unerwünscht sie hier waren.

Die Mädchen besaßen keinen Schlüssel zum Haus, weil ein solcher nicht nötig war. Ein Lächeln genügte, und das Gartentor öffnete sich von ganz allein.

Während Lissi an diesem Morgen flüchtig und eher ungeduldig lächelte, warf Tinka kritische Blicke über die Schulter.

„Was 'n los?"

Zwischen Tinkas Augen entstand eine steile Falte. „Irgendwie habe ich das Gefühl, wir werden beobachtet."

„Quatsch! Guck nicht so viele Krimis, das bekommt dir nicht!" Das Gartentor war mit einem singenden Knarren aufgegangen, und Lissi trat ein. Tinka, die noch draußen stand und die Straße auf und ab sah, wurde von ihr einfach nachgezogen.

Vom Gartentor führte ein geschwungener Weg hinter das dichte Buschwerk, das das Haus vor neugierigen Blicken schützte. Zuerst hatte Tinka nicht verstanden, warum ihr das Haus so seltsam vorkam. An diesem Tag wurde es ihr zum ersten Mal klar: Nichts schien an diesem Haus gerade zu sein. Jede Kante, jedes Fenster mit den grünweiß gestreiften Läden und auch das Dach, das an eine Pudelmütze erinnerte, waren ein klein wenig schief.

Für Tinka und Lissi war es jedoch das gemütlichste Haus der Welt.

Die Eingangstür war rot und wurde von drei breiten schmiedeeisernen Bändern zusammengehalten. Aufmerksamen Beobachtern fiel sofort auf, dass sie weder Klinke noch Schlüsselloch besaß. Wer eintreten wollte, musste ganz einfach darum bitten.

Das Quietschen der Türangeln klang wie ein lang gezogenes: „Hereeeiiinspaziert!"

In der Diele funkelte und glitzerte es von den Wänden. Auf langen Regalbrettern standen Kristalle in verschiedenen Größen. Manche färbten das Licht, das durch die Tür fiel, und ließen honiggelbe, blassblaue oder rubinrote Punkte an den Wänden tanzen. Andere Steine schienen von innen zu glühen.

Lissi steuerte zielstrebig auf den Raum zu, der links vom Flur abging. Auf dem Boden und an den

Wänden stapelten sich Bücher in den verschiedensten Größen und Farben. Sie alle enthielten Zaubersprüche und Hexereien.

„In irgendeinem muss doch stehen, wie ich mir eine gute Mathenote hexen kann!“, brummte Lissi und nahm ein Buch nach dem anderen in die Hand.

Tinka war an der Tür stehen geblieben und spielte unruhig mit den Fingern. „Du hast erst vor zehn Tagen Hausaufgaben gehext“, erinnerte sie Lissi warnend.

„Na und?“ Zwei Bücher mit einem Einband, der wie das Gefieder von zerzausten Raben aussah, flogen zur Seite.

„Dann ist diese komische Nachhilfehexe Aurora gekommen und hat dich gewarnt, dass du das nur in Ausnahmefällen und einmal im Jahr tun darfst. Sonst werden dir für einen Monat deine Hexenkräfte entzogen.“

Aber Tinka wusste, dass sich Lissi von nichts abbringen ließ, was sie sich einmal in den Kopf gesetzt hatte. Alle Einwände waren bei ihr vergebens.

„Wir … Wir sollten … weiter. Es ist schon nach halb acht!“, warf sie vorsichtig ein.

„Ich gehe erst, wenn ich den passenden Spruch habe!“, kam es von Lissi, die hinter einem hohen Bücherstapel verschwunden war. Tinka trat näher und guckte über den Rand.

Lissi warf auf jeden Buchdeckel einen kurzen Blick, bevor sie das jeweilige Buch mit einem verächtlichen Laut zur Seite warf, wo die Berge immer höher wurden.

„Haaaaaa!", stieß sie auf einmal aus. Sie hielt ein Buch hoch, das so dunkelgrün wie eine Schultafel war. In weißer Kreideschrift stand auf dem Einband *Schule ohne Sorgen*.

Lissi drückte das Buch wie ein Baby, hielt es sich dann vor das Gesicht und gab ihm einen schmatzenden Kuss. „Ich wusste es!", jubelte sie triumphierend. „Darin steht sicher die Rettung."

„Nur noch zwanzig Minuten bis acht!", rief Tinka. „Wenn du nicht mitkommst, gehe ich allein."

„Keine Panik, Schätzchen!", sagte Lissi lässig und stand auf. Während sie Tinka in die Diele folgte, begann sie bereits im Hexenbuch zu blättern. Die Seiten waren aus dem gleichen Papier wie Schulhefte und mit dünnen blassblauen Linien versehen. In wunderschöner geschwungener Schulschrift waren darin viele Beschwörungen und Hexensprüche aufgelistet.

In der Diele ertönte ein klagendes Miauen. Etwas Haariges rieb sich an Tinkas Beinen.

„Tag, Cosimo, hast du keine Milch mehr?"

Der unsichtbare Kater antwortete mit mehrfachem kurzem Maunzen.

Links von der Diele befand sich ein längliches Gewölbe, in dem eine altmodische Küche untergebracht war. Elektrische Geräte gab es nicht, dafür eine offene Feuerstelle mit Kessel, Regale mit Dosen und Gläsern und ein Loch, aus dem ständig kalter Nebel wallte. In diesem „Kühlschrank“ befand sich immer Milch für Cosimo. Obwohl die Flasche nie ausgetauscht wurde, war sie stets voll, und die Milch war frisch.

Tinka ließ die lesende Lissi zurück und schüttete Cosimo ein wenig Milch in seinen Futternapf.

Im Wohnzimmer hing ein Bild von ihm. So musste er wohl aussehen: ein roter Kater mit grünen Augen, weißen Pfoten, weißer Schwanzspitze und dünnen weißen Streifen im Fell.

Von Tinkas Schuhen kam gieriges Schlabbern. Wo die unsichtbare Zunge in die Milch eintauchte, war ein kleiner Krater zu erkennen. Weiße Tropfen spritzten, und die Oberfläche der Milch sank schnell nach unten.

Tinka hatte lächelnd zugesehen. Als sie den Kopf hob, fiel ihr Blick auf das Loch, aus dem der Nebel wallte. Essen hexen durften die Mädchen, und zu gerne hätte sie sich jetzt ein Butterhörnchen gehext.

„Nein!“, sagte sie streng zu sich und klopfte auf ihren Bauch.

Zweifelnd kniff sie die Augen zusammen, riss sie nach einer Sekunde wieder auf und starrte zu der Stelle unter dem Nebelloch. Vor dem grauen Stein hatte sich etwas bewegt. Sie hatte es gesehen. Es waren winzige weiße Striche gewesen, die aber nun verschwunden waren.

„Cosimo?“, rief Tinka fragend.

Unter ihr antwortete der Kater sofort mit einem kurzen Miau, dem ein gewaltiges zufriedenes Rülpsen folgte.

„Was ist? Gehen wir endlich?“, kam Lissis Stimme von draußen. In ihr schwang ein spöttischer Unterton, weil es doch Tinka war, die vorhin so gedrängt hatte.

Noch immer tanzten die winzigen weißen Streifen vor Tinkas Augen. Schloss sie die Lider, wanderten sie sofort herein – wie Zebras, bei denen das Schwarz durchsichtig geworden war.

Verwirrt schüttelte Tinka den Kopf, als könnte sie das seltsame Bild dadurch loswerden.

„Lissi, du …“, begann sie. Doch ihre Stiefschwester und Freundin gab ihr mit der Hand ein Zeichen, still zu sein. Sie war völlig in die Lektüre des grünen Buches vertieft.

Als die beiden das Schulhaus erreichten, hatte Lissi bereits die Hälfte des Buches durchgeblättert. An der energischen Art, wie sie die Seiten umschlug, erkannte Tinka, dass Lissi noch keinen brauchbaren Spruch gefunden hatte.

„Und? Was wirst du machen?“, erkundigte sie sich vorsichtig.

Lissi schlug das Buch zu und knurrte. „Das Buch als Stütze für einen wackelnden Schrank verwenden. Das ist wohl das Einzige, wozu es nütze ist.“

„Was steht denn so drin?“ Tinka sprach leise, weil von allen Seiten Mitschüler herbeiströmten und auf die Schule zusteuerten. Es sollte niemand hören, worüber sie sich unterhielten.

Mit leiernder Stimme – wie eine Schülerin, die sich bei Lehrern besonders beliebt machen wollte – sagte Lissi auf: „Fettflecken aus Schulheften hexen, Bleistiftspitzen ohne Spitzer, Tintenflecken von den Fingern zaubern, Fehler löschen ohne Rückstände oder Eselsohren glätten.“ Nach einem empörten Schnauben meinte sie: „Totaler Streber-Quatsch, sonst gar nichts.“

„Fehler löschen ohne Rückstände klingt aber brauchbar!“, warf Tinka ein und erntete dafür einen von Lissis berühmten Blicken, der besagte: Du hast wohl einen Sprung in der Schüssel!

Die Mädchen ließen sich im Strom der anderen treiben und betraten die hohe Halle des altehrwürdigen Schulhauses. Ihr Klassenzimmer lag im Erdgeschoss, gleich neben dem Pausenhof. Tinka und Lissi teilten sich das Pult in der ersten Reihe vor dem Lehrertisch. Ein leuchtender orangefarbener Klebestreifen in der Mitte erinnerte an die Zeit, als sie einander nicht hatten ausstehen können. Obwohl es gar nicht so lange her war, erschien es den beiden wie eine Ewigkeit.

Lissi war auf einmal ungewohnt still. Sie hatte fest damit gerechnet, einen Spruch zu finden, der ihr Mathematikproblem lösen würde.

Eine Panne namens Wanne

Mathematik wurde in der Klasse von Lissi und Tinka von Frau Reingard unterrichtet. Ihr Spitzname war „Windhose“, da sie nie normal ging, sondern immer im Laufschritt unterwegs war. Auch während des Unterrichts wirbelte sie durch das Klassenzimmer, benützte für ihre Schilderungen Arme und Beine und schaffte es, dass immer alle bei der Sache waren.

Die Klassenlehrerin hatte Lissi aus einem Grund, den sie selbst nicht ganz verstand, besonders gern. Sie mochte die mutige Art des Mädchens, das nie ein Blatt vor den Mund nahm. Ein wenig erinnerte sie Lissi wohl an sich selbst, als sie noch ein Mädchen gewesen war.

Frau Reingards stürmische Art war ihr am Wochenende allerdings zum Verhängnis geworden. Sie hatte einen Kurs in Windsurfen gemacht, ohne aber einsehen zu wollen, dass für diesen Sport eine Menge Übung nötig war. Bei starkem Wind hatte sie sich auf das Brett gestellt und wurde von einer kräftigen Böe auf den See hinausgetragen, wo sie ein Segelboot rammte, dem sie nicht mehr rechtzeitig ausweichen konnte.

Die Folge war eine schlimme Kopfverletzung. Frau Reingard war zwar außer Lebensgefahr, lag aber in künstlichem Tiefschlaf im Krankenhaus. Erst nach den Sommerferien würde sie zurückkommen. Die ganze Klasse war entsetzt, als die Direktorin von dem schrecklichen Unfall berichtete. Die „Windhose" war bei allen beliebt, auch wenn sie viel verlangte und nicht alles durchgehen ließ.

Lissis Problem hieß seit Montag Walter Wanne. Er war die Vertretung für Frau Reingard.

„Falls jemals ein Mister Supergründlich und Supergenau gewählt wird, gewinnt der Wanne sofort!", hatte Lissi über ihn gesagt.

Herr Wanne war ziemlich jung, ziemlich klein, hatte ziemlich wenig Haare und ein ziemlich verkniffenes Gesicht. Meist hatte er den Kopf zwischen die Schultern gezogen und guckte mit ängstlichen Hasenaugen hin und her.

Lachen hatte ihn noch niemand je gesehen. Berühmt war er dafür, alles ganz besonders genau zu erledigen. So hatte er auch sofort am Montag in der Mathematikstunde Frau Reingards rotes Büchlein, in das sie alle Noten und Bemerkungen über Hausaufgaben und Mitarbeit machte, genauestens studiert.

Seine Augen hatten immer etwas Ängstliches, Gehetztes. Sein Blick aber war durchdringend wie Röntgenstrahlen. Als er die Aufzeichnungen über Lissi gelesen hatte, waren seine Blicke ständig zwischen ihr und dem Notenbüchlein hin- und hergewandert.

„Deine Eltern sind sicher schon verständigt worden“, hatte er dann mit seiner schüchternen Flüsterstimme gesagt.

Lissi wusste sofort, um was es ging, und hielt es für das Beste, auf armes Halbwaisenkind zu machen. „Meine Mutti ist im Himmel“, sagte sie leise.

„Das tut mir leid, aber dein Vater wurde sicher verständigt. Oder?“ Herr Wanne ließ sich augenscheinlich von ihrem Schauspiel nicht sehr beeindrucken.

Nun versuchte Lissi die Masche „Ich habe keine Ahnung, was Sie meinen“. Mit treuherzigem Augenaufschlag fragte sie: „Wieso?“

„Weil du in diesem Jahr in Mathematik die Note ‚mangelhaft‘ bekommen wirst. Dein Notendurchschnitt zeigt es.“

Am liebsten hätte Lissi ihm vom Abkommen erzählt, das sie mit Frau Reingard geschlossen hatte. Die Lehrerin hatte ihr zehn Aufgaben zu lösen gegeben. Augenzwinkernd hatte sie ihr gesagt: „Bis zu deiner Prüfung übernächsten Mittwoch solltest du sie sehr gut können. Wäre vielleicht von Vorteil, wenn sie dir bei deiner Prüfung bekannt vorkämen." Wie bei einer Verschwörung hatte sie Lissi den Zettel übergeben. Vorher hatte sie sich genau umgesehen und versichert, dass sie nicht beobachtet wurden. „Kein Wort zu irgendjemandem. Nicht einmal zu Tinka", hatte sie ihr eingeschärft. Mit einem Augenzwinkern folgte dann noch ein: „Du bist faul, aber nicht dumm. Bist du imstande, diese Rechnungen zu lösen, kann ich dich mit ruhigem Gewissen durchlassen."

Lissi sollte nicht durchfallen. Frau Reingard wusste, dass die ganze Familie nach Korsika reisen würde, wo die Eltern die Flitterwochen verbringen wollten. Diesen Urlaub wollte sie nicht allen vermiesen, hatte sie beschlossen.

Der korrekte Herr Wanne wusste davon nichts, und Lissi, die ein Ehrenwort und ein Versprechen niemals gebrochen hätte, verriet ihm auch nichts.

Es war Greta, die herausplatzte: „Lissi soll übernächsten Mittwoch geprüft werden. Das hat Frau Reingard jedenfalls gesagt. Sie wollte ihr noch eine

Chance geben." Greta nickte bekräftigend, um ihre Worte zu unterstreichen.

Am liebsten wäre Lissi unter den Tisch gekrochen. Wieso konnte Greta nicht ihre breite Klappe halten? Lissi hatte immer das Gefühl, einen Brief hineinstecken zu müssen, wenn sie Gretas Mund sah.

„Diese Chance bekommst du natürlich", hatte Herr Wanne sofort versichert. „Der Stoff ist klar: Alles, was in diesem Jahr durchgenommen wurde. Da ich mit Kollegin Reingard nicht sprechen kann, werde ich mir ein Heft von euch borgen."

Walter Wanne war nicht streng, nur korrekt. Und das war vielleicht sogar noch schlimmer. Während Frau Reingard bei Prüfungen immer wilde Grimassen schnitt und die Schüler an ihren Mundwinkeln, Nasenlöchern und Augen ablesen konnten, ob sie richtig oder falsch rechneten, stand Herr Wanne mit versteinertem Gesicht da.

„Tritt ihm gegen das Schienbein, und er gibt nur einen Mucks von sich, als hätte er Milch gesagt", meinte Lissi über ihn.

Natürlich hatte Frau Reingard, wie das so sein musste, einen offiziellen Brief an Herrn Meierbeer geschickt. Angekommen war er allerdings nie, da Lissi ihn in der Diele auf dem Tischchen gesehen hatte, wo in einer Schale alle Schlüssel lagen. Seither war er im Futter einer ihrer Hüte versteckt. Ihr schlechtes Gewissen hatte sie mit der Ausrede beruhigt, ihrem Vater vor der Hochzeit keinen zusätzlichen Ärger und Stress machen zu wollen.

Ohne den entsprechenden Hexenspruch würde sie die Prüfung niemals schaffen. Davon war Lissi felsenfest überzeugt.

In der zweiten Stunde betrat der stille Mathelehrer mit gesenktem Kopf die Klasse und eilte zum Lehrertisch. Er wedelte kurz mit den Fingern als Zeichen, dass sich die Schüler setzen sollten.

Lissi beugte sich zu Tinka und sang leise:

Ich kenn eine große Panne,
und ihr Name, der ist Wanne,
hau den Wanne in die Pfanne,
oder hetz ihn auf 'ne Tanne,
stopf ihn fest in eine Kanne,
denn dann lässt er mich in Sahne.

„In Sahne? Was soll das denn bitte heißen?", fragte Tinka flüsternd.

„Na, in Ruhe. Aber das reimt sich nicht", erklärte Lissi ungeduldig.

„Sahne aber auch nicht", wandte Tinka ein, aber ihre Freundin hörte ihr gar nicht zu.

Herr Wanne, der etwas ins Klassenbuch eingetragen hatte, sah auf und fixierte nun Lissi.

„Bitte an die Tafel!“, sagte er mit seiner tonlosen, immer gleichen Stimme.

„O du grüne Hühnerkacke“, entfuhr es Lissi.

Der Lehrer räusperte sich heftig.

Er diktierte Lissi einige Zahlen, die sie schwungvoll aufschrieb. Tinka sah ihren verzweifelten Augen an, dass Lissi keine Ahnung hatte, was und wie sie rechnen sollte. Sie nahm ihr Heft, schlug es auf der letzten Seite auf und schrieb große Zahlen hinein. Wenn sie das Heft hob, würde Lissi vielleicht abschreiben können.

Geräuschlos und ohne ein Wort zu sagen, stellte sich Herr Wanne genau vor sie. Auf einmal schien der dünne Mann breit wie eine Wand zu sein. Tinka seufzte tief und klappte das Heft wieder zu.

Für Lissi waren die Minuten an der Tafel pure Folter. Um irgendetwas zu tun, malte sie Zahlen hin und wischte sie mit dem Schwamm sofort wieder weg. Sie schnitt angestrengte Grimassen, um zu zeigen, wie heftig sie nachdachte.

Aus der letzten Reihe ertönte bereits höhnisches Gelächter.

„Hey, Lissi, bist du auf den Kopf gefallen?“, rief Elmar. „Das ist doch babyleicht!“

Günter und Rolli grinsten zustimmend, was Elmar zu weiteren Attacken ermunterte: „Da sieht man es wieder, Mädchen sind ja soooo doof!“

In der Klasse begann es, unruhig zu werden. Lautstark begehrten die Mädchen auf.

Herr Wanne, der dem Getümmel etwas fassungslos gegenüberstand, machte eine hilflose Handbewegung und sagte in den Lärm hinein zu Lissi: „Wie es aussieht, musst du jetzt die Ehre deines Geschlechts verteidigen."

In Lissis Verzweiflung mischte sich die pure Wut.

„Wenn Mädchen so doof sind, warum läufst du dann Frieda so nach?", giftete sie Elmar an, der sofort knallrot wurde.

Treffer, triumphierte Lissi im Stillen.

„Tu ich gar nicht!", brauste Elmar auf.

„Ach nein? Dann sehen wir wohl alle hier Gespenster, du Sumpfgurke!"

Lautes zustimmendes Gelächter aller Mädchen!

„Lissi, das reicht jetzt!" Die Hasenaugen von Herrn Wanne sahen sie traurig an: „Bitte, setz dich wieder!"

Mit hängendem Kopf schlich Lissi zu ihrem Tisch und schob sich an Tinka vorbei auf ihren Stuhl. „Deine Eltern", fuhr Herr Wanne fort, verbesserte sich dann aber sofort, „dein Vater war nicht bei Frau Reingard in der Sprechstunde. Ich habe jedenfalls keine Eintragung gefunden."

„Doch, er war!", log Lissi aus Verzweiflung und biss sich auf die Unterlippe. Sie mochte keine Lügen.

„Ich werde trotzdem persönlich mit ihm sprechen. Noch heute!“, beschloss der Mathematiklehrer.

Abwehrend hob Lissi die Hände. „A... Aber er hat keine Zeit. Er ist Arzt und in seiner Praxis!“

„Dafür wird er sich wohl Zeit nehmen müssen!“, sagte Herr Wanne ruhig.

„Er heiratet am Samstag Tinkas Grit, äh ... Tinkas Schnabel ... Ich meine, Tinkas Mutter!“

„Wie nett! Gut, dass du mir das sagst! So kann ich ihm gleich gratulieren“, erwiderte Herr Wanne und nickte mit steinerner Miene. Im Notenbüchlein von Frau Reingard machte er sich sogar eine Notiz, damit er die Gratulation auch bestimmt nicht vergaß.

Ein um Hilfe flehender Blick traf Tinka. Lissi formte mit den Lippen die Aufforderung: „Sag doch was!“

„Der Morgenbeer ... ich meine, Herr Meierbeer ist heute Nachmittag nicht in seiner Praxis!“, meldete sich Tinka ungefragt. „Er ist in unserem Haus. Kristallgasse 77.“

„Aha!“ Herr Wanne fragte nicht einmal nach, wieso Tinka und Lissi ein eigenes Haus hatten. „Bestellt ihm bitte, ich werde um 17:30 Uhr kommen. Das Gespräch dauert sicher nicht länger als fünfzehn bis zwanzig Minuten.“

„Sagen wir ihm!“, versicherte Tinka mit strahlendem Lächeln, das ihr im Gesicht fast einfror.

Als der Lehrer den beiden Mädchen den Rücken zukehrte, tat Lissi, als würde sie gleich in Ohnmacht fallen. Was war Tinka da nur eingefallen? Was sollte das? Wieso hatte sie den Lehrer ins Hexenhaus bestellt, wo Herr Meierbeer ganz bestimmt nicht sein würde?

Unsichtbare Lamas

Endlich war der Schultag zu Ende. Lissi und Tinka hatten es sehr eilig, in die Kristallgasse zu kommen. Die Rucksäcke schaukelten auf ihren Rücken hin und her, als sie im Laufschritt durch die Gassen eilten.

Keuchend fragte Lissi: „Und was wirst du heute Nachmittag mit Wanne tun? Vielleicht seine Gehirnknöpfe drücken?“

„Es muss uns gelingen, ihn weich zu klopfen!“, antwortete Tinka.

„Ha!“ Lissi lachte auf und warf den Kopf nach hinten. „Da kannst du eher eine Schuhsohle zum Schnitzel klopfen. Der Wanne ist zäh.“

Sie hatten das Gartentor erreicht, das sofort einladend aufschwang. Tinka presste die Hand in die Hüfte, weil sie Seitenstechen hatte.

„Na gut, wenn dir meine Vorschläge nicht gefallen, dann sag etwas Besseres!“

Das war es aber gerade, was Lissi unruhig machte. Sie hatte nicht den Schimmer einer Idee. In der Pause hatte sie sich auf der Toilette eingesperrt und mit hochgezogenen Beinen auf dem heruntergeklappten Klodeckel gesessen. Obwohl sie fast alle Seiten des grünen Buches studiert hatte, war ihr kein Zauber untergekommen, der hätte nützlich sein können.

Die Mädchen betraten den verwilderten Garten ihres Hauses, wo ihnen die Bäume mit den tief hängenden Blättern zuwinkten. Abwesend winkte Tinka zurück.

Hinter ihnen gab es ein ekeliges Geräusch. Mit einem gurgelnden Grunzen sammelte jemand Rotz und Spucke im Mund und spuckte danach heftig aus. Tinka verzog angewidert das Gesicht und drehte sich um.

Weder vor dem Zaun noch auf der gegenüberliegenden Straßenseite stand jemand. Auf einmal beschlich sie wieder dieses ungute Gefühl, das sie schon am Morgen gehabt hatte. Sie bildete sich ein, beobachtet zu werden.

Lissi redete halblaut vor sich hin und drehte und wendete alle Möglichkeiten, die ihr in den Kopf kamen. Tinka aber hörte nicht zu, sondern trat ans

Gartentor. Neugierig beugte sie sich auf die Straße, sah nach links, dann nach rechts und richtete sich wieder auf.

Die Kristallgasse war leer. Niemand war zu dieser Zeit unterwegs. Die meisten Leute arbeiteten und kehrten erst gegen Abend nach Hause zurück.

Ob vielleicht bei den Lydofskys jemand ausgespuckt hat?, ging es Tinka durch den Kopf.

Den Lydofskys gehörte das Nachbargrundstück, das durch einen Holzzaun und eine dichte, aber nicht sehr hohe Hecke vom Garten der Mädchen getrennt war. Sie waren alles andere als freundlich und hatten Tinka und Lissi einmal sogar schon die Polizei auf den Hals gehetzt.

Tinka stellte sich auf die Zehenspitzen und versuchte, einen Blick in den Nachbargarten zu werfen. Der Rasen war wie immer kurz geschnitten, die Beete wie mit dem Lineal angelegt und die Büsche zu Kugeln, Würfeln und Säulen gestutzt. Verirrte sich aus Versehen ein Gänseblümchen oder Löwenzahn zu den Lydofskys, wurden diese Pflanzen sofort samt Wurzel ausgerissen und entfernt.

Die beiden Lydofskys hatten es sich auf braunorange gestreiften Liegestühlen bequem gemacht. Er trug die größte Badehose, die Tinka jemals gesehen hatte, sie einen groß geblümten Badeanzug und ein grünes Stück Folie als Schutz auf der Nase.

Beide Lydofskys waren weiß wie Quark. Die heiße Sommersonne bräunte sie nicht, sondern verbrannte sie. Die Haut von Herrn Lydofsky begann bereits, rötlich zu schimmern.

Stocksteif, wie zwei Mumien ohne Bandagen, lagen sie auf dem Rücken. Die Augen hatten sie geschlossen.

„Was gibt's da zu sehen?", wollte Lissi wissen. Sie war ein wenig sauer, weil sie erst vor der Haustür bemerkt hatte, dass Tinka nicht mehr neben ihr war und sie ein Selbstgespräch führte.

Stumm deutete Tinka in den Lydofsky-Garten. Lissi griff nach dem tiefen Ast einer Platane und zog sich daran in die Höhe. Der Ast half freundlicherweise mit, sodass sie von oben einen guten Blick auf die beiden Sonnenbadenden hatte.

„Die sehen aus wie Hähnchen, die man gerade auf den Grill gelegt hat", kicherte Lissi von oben. „Er wird bald knusprig, sie bleibt wohl ewig zäh und trocken."

Sogar der Baum, der die Lydofskys kannte, seit sie vor mehr als zwanzig Jahren das Haus gebaut hatten, musste lachen. Sein ganzer Stamm bebte und das Laub raschelte, als würde es kichern.

Von diesem Geräusch aufgeschreckt, öffnete Frau Lydofsky die Augen. Sie hob den schmalen Kopf mit der spitzen Nase, erspähte Lissi, die über der

Hecke zu schweben schien, und stieß einen schrillen Schrei aus.

Ihr Mann, der Tinka immer an eine Schildkröte mit halb eingezogenem Kopf erinnerte, fuhr in die Höhe. „Läuschen, was ist denn?“

„Die Gören! Sie beobachten uns!“, zeterte Frau Lydofsky.

„Frag sie, ob sie vorhin gerotzt und ausgespuckt haben!“, trug Tinka Lissi von unten auf.

„Schönen Tag“, grüßte Lissi betont artig. „Gibt es hier Rotzer und Spucker? Halten Sie vielleicht unsichtbare Lamas?“

Frau Lydofsky ballte die Fäuste und verlangte mit beherrschter Stimme von ihrem Mann: „Manni, mach etwas! Diese Gören müssen endlich verschwinden. Das halte ich sonst nicht mehr aus.“

„Polizei?“, schlug Herr Lydofsky vor.

Lissi fiel fast vom Ast, weil sie so über den Namen „Manni“ kichern musste. Was sollte das bedeuten? Die Koseform von Mann?

Frau Lydofsky sprang auf und riss ein Handtuch in die Höhe. Als wäre sie gerade aus der Dusche gestiegen und nackt, presste sie es an die Brust.

„Ich will noch heute mit euren Eltern sprechen!“, keifte sie. „Es ist Unfug, zwei minderjährige Kinder allein in einem Haus wohnen zu lassen. Sonst schalten wir das Jugendamt ein, hört ihr?“

Tinka zupfte Lissi am Hosenbein. „Komm runter, lass sie!"

„Tschüss!", rief Lissi und löste den Griff. Elegant wie eine Katze fiel sie ins hohe Gras und federte ab.

„Großartig", murmelte Tinka, „jetzt wollen schon zwei unsere Eltern sprechen. Wir sollten am besten einen Elternsprechtag abhalten."

Aus Lissis Gesicht verschwand das fröhliche Grinsen. „Danke, dass du mich an Problem Nummer eins erinnerst. Und in welche Pfanne hauen wir Wanne?"

„Bei Pfanne bekomme ich Hunger! Mit leerem Bauch kann ich nicht denken!", erklärte Tinka.

Lissi konnte sich den spöttischen Blick auf Tinkas engen Hosenbund nicht verkneifen. Ihre Stiefschwester tat, als hätte sie es nicht bemerkt, und stöckelte los. „Im Übrigen habe ich in Muttis Lieblingszeitschrift von einem Punkt gelesen, den man dreimal am Tag massieren muss, dann nimmt man in einer Woche vier Kilo ab", sagte sie über die Schulter.

„Klar, der Punkt ist der Griff des Kühlschranks. Wenn du ihn nicht öffnest, sondern nur massierst, futterst du bestimmt nicht so viel wie sonst."

Ihre Lieblingsspeisen hexten die beiden, indem sie sich vor das Nebelloch in der Küche stellten, sich das Essen genau vorstellten, am besten dazu schon schmatzten und davon träumten, wie es sich im Mund und auf der Zunge anfühlen würde, und den Hexenklatsch machten.

Zum Hexenklatsch musste man Zeige- und kleinen Finger ausstrecken und alle anderen einklappen. Wie beim Applaudieren wurden die Fingerspitzen der Hände aneinandergeklatscht, und schon trat die Wirkung der Hexerei ein.

Lissi hexte sich an diesem Mittwoch Pizza Margarita und Tinka eine Portion gebackene Champignons mit Kirschmarmelade.

„Würg“, lautete Lissis Kommentar dazu. Sie hatte kein Verständnis für Tinkas Kombinationen.

„Dir muss es nicht schmecken“, sagte Tinka ungerührt und machte sich hungrig über die Pilze her.

Zum Hinsetzen waren beide Mädchen zu aufgeregt. Sie aßen stehend und mit den Fingern. Tinka schielte auf ihre Armbanduhr. Es war bereits nach halb drei. In drei Stunden also würde Herr Wanne vor der Tür stehen – und was dann?

Lissi lief nach draußen in die Diele und Tinka hörte sie in ihrem Rucksack rumoren. Während sie wieder einen goldgelb gebackenen Champignon in die dunkelrote Kirschmarmelade tunkte, stieg ihr ein stechender Geruch in die Nase. Angenehm war er nicht. Und sie hatte ihn schon einmal irgendwo gerochen, erinnerte sich aber nicht, wo das gewesen war.

Suchend drehte sie sich in der Gewölbeküche. Wo konnte der Gestank herkommen?

Da sah sie sie wieder.

Amore vor dem Tore

Dünne, milchige Striche, die knapp über dem Boden tanzten, sich übereinanderschoben und eine helle Fläche bildeten, wieder auseinanderschwebten, sich krümmten wie Würmer, dann streckten und auf einmal verschwunden waren.

Tinka kniff die Augen fest zusammen und riss sie weit auf.

Dort, wo sie die Striche gesehen hatte, waren nur die speckigen Fliesen des Bodens und die hellgraue, grob verputzte Wand.

Was war das? Spukte es auch im Hexenhaus?

„As önnte e ein", tönte es von der Tür. Lissi kam zurück. In einer Hand eine Pizzaecke, und in der anderen das dicke grüne Buch, das wie eine Schultafel aussah. Sie hatte den Mund so voll, dass ein

Pizzazipfel zwischen ihren Lippen herausguckte. Lissi warf das Buch auf die Steinplatte neben der Spüle und klopfte mit dem Finger auf einen Spruch. „En emen ir!“

„Was?“ Tinka sah sie irritiert an. Auf dem offenen Buch waren ein paar zerkaute Pizzastückchen gelandet, die Lissi aus dem Mund gefallen waren.

Nachdem Lissi heftig geschluckt hatte, konnte sie verständlich reden. „Den nehmen wir. Das ist genau der richtige Spruch für Wanne.“

„Du weißt, wir dürfen nur etwas Gutes hexen, das sein Leben verbessert!“, warnte Tinka, die ständig zwischen Lissi und der Stelle, wo sie die Striche gesehen hatte, hin und her sah.

„Ja, ja, darum passt der Spruch auch!“ Lissi vertilgte die Reste ihrer Pizza und schob Tinka das Buch hin. An den Rändern der Seite prangten die Fettabdrücke ihrer Finger.

„Glückliche Lehrer mit großem Herz für Schüler und leichter Hand für gute Noten“, las Tinka murmelnd. Weiter stand da: „Ach, wie viel Ärger und Mühsal muss ein armer Lehrer auf sich nehmen, um Schülern trockenen Lehrstoff näherzubringen. Junge Hexen helfen ihm daher mit diesem Spruch, der dem Lehrer selbst die dümmsten und schlimmsten Schüler wie Musterknaben und Mustermädchen erscheinen lässt und der den Lehrer gute Noten so gerne verteilen lässt wie den Weihnachtsmann Geschenke."

Tinka schnitt eine Grimasse und schüttelte sich. „Igitt, aus diesem Buch trieft ja der Schmalz. Ich muss gleich ein Stück Brot essen, sonst wird mir schlecht."

„Schmalz oder nicht, egal!", sagte Lissi entschieden. „Hauptsache, der Spruch wirkt und Wanne wird weich gespült."

„Du, es ist doppelt gut, dass er in unser Haus kommt", fiel Tinka ein. Die Nachhilfehexe hatte ihnen nämlich eingeschärft, nur in den eigenen vier Wänden zu hexen. Nur in Ausnahme- und Notfällen war es außerhalb erlaubt.

Die Mädchen beschlossen, ihre Hausaufgaben zu erledigen.

Tinka, weil sie ihre guten Noten nicht gefährden wollte, Lissi, um am nächsten Tag in der Schule nicht unangenehm aufzufallen.

„Du, Lissi", begann Tinka zaghaft, als sie Bücher und Hefte auf dem kleinen Tisch im hinteren Teil des Gartens ausbreiteten. „Ich sehe … in der Küche weiße Striche."

„Hä?" Lissi musterte ihre Stiefschwester prüfend. „Weiße Streifen? Ich habe einmal gehört, Leute, die zu tief in die Flasche gucken, sehen weiße Mäuse. Mann, trinkst du heimlich?"

„Quatsch!“ Tinka warf die Hände in die Höhe. „Das hat nichts mit mir oder meinen Augen zu tun. Es ist etwas in der Küche. Vielleicht ein Geist.“

„Der Zebrageist!“, hauchte Lissi mit Grabesstimme und ließ ein gespenstisches „Huhuuu“ folgen.

„Du nervst“, knurrte Tinka und beschloss, mit Lissi nicht mehr darüber zu sprechen.

Über ihnen sangen versteckt zwischen den Blättern die Vögel. Die Sonne war heiß, doch die Mädchen genossen es. Lissi wartete meistens, bis Tinka mit ihren Hausaufgaben fertig war, um dann „zu kontrollieren, ob sie alles richtig hatte“. In Wirklichkeit schrieb sie einen Großteil ab.

„Du, Lissi?“ Tinka spielte mit dem Bleistift und ließ ihn zwischen den Fingern tanzen. „Ich meine, wegen Mathe. Hast du schon mal daran gedacht, einfach zu lernen?“

„Wofür hältst du mich?“, brauste Lissi auf.

„Für jemanden, der doch ein paar dämliche Rechnungen kapieren wird“, gab Tinka zurück.

„Ja, ja, klar kapiere ich sie. Aber nicht so viele und alle auf einmal“, jammerte Lissi. Sie war auf einmal so verzweifelt, wie Tinka sie noch nie gesehen hatte. „Daheim klappt es meistens. Wenn ich mit Papa rechne, krieg ich oft das Richtige heraus. An der Tafel dann, da ist mein Kopf leer gepustet wie ein ausgeblasenes Osterei. Die Zahlen tanzen alle auf und ab, und ich habe überhaupt keine Idee, was ich aufschreiben soll."

Tinka schüttelte mitleidig den Kopf. „Das bildest du dir nur ein."

Ups. Das war der falsche Satz zur falschen Zeit gewesen! „Einbilden? Du meinst, ich spinn? Habe vielleicht Prüfungsangst wie die Streber? Du irrst, meine Beste!" Lissi war aufgesprungen und rannte im Gras auf und ab. Wild gestikulierte sie mit den Armen.

„Schon gut, reg dich ab!", brummte Tinka beschwichtigend.

„Amore mio!", schallte es durch die warme Nachmittagsluft. Irgendwo sang ein Chor herzzerreißend und ziemlich falsch. „Amore mio. Amore Lissi!"

Die Mädchen horchten auf. Hatten sie sich verhört, oder war gerade wirklich Lissis Name gefallen?

„Amore Tinka, Amore am Tore!", grölte der Chor weiter.

„Kommt das von der Straße?", fragte Tinka unsicher.

„Wir müssen wohl einigen das Maul stopfen!" Mit energischen Schritten stapfte Lissi außen um das Hexenhaus herum über den geschwungenen Kiesweg an den Büschen vorbei zum Gartentor.

Davor standen Rolli, Hans-Günther und Elmar aus Lissis und Tinkas Klasse. Sie warfen sich in die

Brust wie Straßensänger und schmetterten aus voller Kehle:

Amore Tinka,
Amore Lissi,
vorm Tore trio,
Amore mio!

Lissi starrte sie an, als hätte sie es mit drei Wahnsinnigen zu tun, die gerade dem Irrenhaus entsprungen waren.

Das Gartentor der Lydofskys klirrte, und die Nachbarn stürzten auf die Straße.

„Ruhe!", kreischte Frau Lydofsky, der noch immer die grüne Halbschale auf der Nase klebte. „Es ist noch Mittagsruhe."

„Still, still, still!", schloss sich ihr Mann an und klang wie ein kläffender kleiner Köter.

Die Jungen unterbrachen den Gesang nur kurz und sahen verstört zu den Lydofskys in ihren blassgelben Bademänteln.

Hans-Günther, der meistens den Ton angab, versetzte nach links dem kleineren Rolli mit den Stachelhaaren und nach rechts Elmar mit der breiten Zahnlücke einen kräftigen Stoß mit den Ellbogen.

„Weiter!", befahl er und sang gleich darauf los. Die anderen beiden stimmten ein.

„Jetzt reicht es!“, giftete Frau Lydofsky. „Manni, komm!“ Da der Schildkröten-Mann nicht sofort gehorchte, riss sie ihn am Kragen hinter sich her.

Die Jungen waren nicht zu bremsen. Aus voller Kehle schmetterten sie ihr schmalziges Lied von Amore.

„Hilfe, wo kann man die abstellen?“, fragte Tinka Lissi.

„He, aufhören!“, unternahm Lissi einen Versuch, die drei zu stoppen. Rolli, Elmar und Hans-Günther taten so, als hätten sie es nicht gehört.

Aus den Augenwinkeln sah Tinka Herrn Lydofsky aus dem Gartentor schleichen. Hinter dem Rücken hielt er etwas versteckt. Vorgebeugt näherte er sich den singenden Jungen, die Lippen geschürzt, die Augenbrauen tief gesenkt.

Was war das hinter ihm? Ein geflecktes Band kroch über den Gehsteig. Brachte er eine Schlange?

Blitzschnell riss Herr Lydofsky hoch, was er bisher verborgen hatte. Er drehte mit einer Hand an einem orangefarbenen Ding, das er in der anderen hielt, und ein scharfer kalter Wasserstrahl spritzte los. Mit teuflischem Funkeln in den Augen richtete er den Strahl auf die drei Jungen.

„He, meine Haare!“, schrie Rolli und versuchte, die kunstvoll aufgedrehten Stacheln mit den Händen zu schützen.

Hans-Günther wollte protestieren, drehte sich zu Lydofsky und bekam den harten Strahl direkt in den Mund. Der Schrei erstarb in seinem Hals, und er begann zu husten und zu würgen. Die Hände auf die Brust gepresst, stolperte er nach vorn, spuckte und keuchte und rang verzweifelt nach Luft.

„Aufhören!", schrie Lissi. „Auch wenn's Jungen sind, müssen Sie die drei doch nicht umbringen!"

Herr Lydofsky zuckte mit der Hand, worauf der Wasserstrahl nun auch Lissi und Tinka streifte. Mit einem Aufschrei gingen sie hinter dem Gartentor in Deckung.

„Lasst uns rein!", flehten die Jungen.

Tinka öffnete den Mund, um das Gartentor zu bitten, sich zu öffnen.

„No Jungs, nicht einmal jetzt!", zischte Lissi sofort.

„Das können wir nicht tun!", entgegnete Tinka entsetzt.

„Mein Auge, meine Brille ... ich kann nichts sehen!", hörten sie Elmar heulen.

„Lass sie rein!", befahl Tinka dem Gartentor, das sofort gehorsam aufschwenkte. Nass und triefend wie Wäschestücke vor dem Schleudergang, stolperten die Jungen in den Garten und retteten sich gleich hinter die Hecke.

„Das wird euch lehren, noch einmal so viel Krach zu machen!", höhnte Herr Lydofsky von der Straße.

Gebückt entfernten sich die Mädchen vom Gartentor. Lissi konnte es nicht lassen. Sie erhob sich halb und sah durch die Latten des Holzzaunes das triumphierend strahlende Knittergesicht von Herrn Lydofsky.

„Danke für die Dusche, brauchen wir heute Abend nicht mehr zu brausen, Herr Lydoooooofsky!", rief sie. „Viele Grüße auch an Frau Lydoooooofsky!"

„LyDOFsky, mit kurzem O und außerdem DOKTOR Lydofsky!" Der Mann sprang wie ein Presslufthammer auf und nieder. Tinka hob die Hand und Lissi klatschte in der Luft dagegen.

„Danke, danke für die Rettung!", ächzte Hans-Günther, als die Mädchen hinter die Hecke traten. Rund um die Jungen hatten sich im Kies kleine dunkle Wasserflecken gebildet. „Ihr zwei seid wirklich gut."

Tinka wurde hellhörig. Was führten die Jungen im Schilde? Sie glaubte kein Wort von dem, was Hans-Günther da sagte.

Überfall der besonderen Art

„Ihr seid echt nett", stimmte ihm Rolli heftig nickend zu. Noch immer zupften seine Finger an den gegelten Stacheln, die armselig zur Seite hingen.

Elmar pfiff durch die Zahnlücke. „He, toller Garten!" Er beugte sich vor, um das Haus besser sehen zu können. „Und wirklich tolles Haus."

„Raus mit der Sprache, was wollt ihr?", fragte Lissi, die Augen zu schmalen, misstrauischen Schlitzen verengt.

„Es ist so", begann Hans-Günther mit verlegenem Grinsen. „Rolli und Elmar haben mich gebeten, euch etwas zu sagen, das sie sich selbst nicht zu sagen trauen."

Tinka und Lissi warfen einander fragende Blicke zu. Leise, sodass es die Jungen nicht hörten, zischte

Lissi seitlich durch die Lippen: „DU hast sie hereingelassen. Nicht ICH!“

Tinka begann, sich ernsthaft Sorgen zu machen und schlich langsam um die Jungs herum. Falls ihnen einfallen sollte, auf das Haus zuzustürmen, wollte sie sich ihnen in den Weg stellen und sie aufhalten.

Rolli und Hans-Günther waren schon einmal hier gewesen, als die Mädchen eine kleine Party geben mussten. Greta aus ihrer Klasse hatte sie dazu gezwungen, und die Party hatte in einem ziemlichen Durcheinander geendet.

Rolli starrte in den Himmel, als flögen dort UFOs. Elmar gluckste in sich hinein. Hans-Günther gab ihnen mit den Augen ein Zeichen, das Lissi nicht entging. Ihr Misstrauen wuchs.

„Die beiden ... Also ... sie finden ... ihr zwei ... Sie sind total ...“ Noch immer kam Hans-Günther nicht zur Sache. Ein heftiges Zucken seiner Augenbrauen war für die anderen beiden Jungen eine Art Startzeichen. „... verknallt!“, rief Hans-Günther.

Danach ging alles sehr schnell. Rolli stürzte auf Lissi los, Elmar auf Tinka. Gleichzeitig riss Hans-Günther unter seiner Jeansjacke eine kleine Videokamera heraus und hielt sie vor sein Gesicht.

Rolli packte die völlig verdutzte Lissi an den Ohren, Elmars Gesicht näherte sich mit gespitzten Lippen Tinkas Mund.

Bevor die Mädchen es verhindern konnten, hatten die Jungen jeder einen schmatzenden Kuss aufgedrückt. Dazu kam ein sehr leises Surren von Hans-Günthers Kamera.

Lissi fing sich als Erste, holte aus und versetzte Rolli eine Ohrfeige. Rolli musste damit gerechnet haben, denn er war sofort nach dem Kuss nach unten abgetaucht, sodass Lissis Hand durch die Luft fuhr.

Tinka stieß Elmar mit beiden Händen von sich und versuchte, ihm einen kräftigen Tritt gegen das Schienbein zu versetzen.

Wie eine Trophäe schwenkte Hans-Günther die Kamera. „Das Video da beweist, wie Tinka und Lissi lügen!" Er winkte den anderen beiden mitzukommen und ergriff die Flucht. Rolli und Elmar, die Hände schützend über die Köpfe erhoben, stolperten hinterher.

„Ihr … Ihr … Ihr …!" Lissi fehlten die Worte, und das wollte etwas heißen!

Hans-Günther riss am Gartentor, das aber bockig geschlossen blieb. Wie zwei Rachegöttinnen stürmten die Mädchen auf die Jungen zu. Die Angst stand den dreien in den Augen.

„Kamera her!", befahl Lissi.

Hans-Günther, der der Größte der Klasse war, hielt sie hoch in die Luft. So hoch, dass Lissi sie nicht erwischen konnte.

Gemeinsam rissen und zerrten Rolli und Elmar am Tor. Sie hatten die Latten mit den Händen umklammert und hängten ihr ganzes Gewicht daran, das Tor bewegte sich aber keinen Zentimeter.

„Hilf mir!", rief Lissi Tinka zu. Von zwei Seiten begann nun der Kampf um die Kamera. „Kitzeln!", kommandierte Lissi. Tinka bohrte ihre Zeigefinger in die Zwischenräume von Hans-Günthers Rippen. Doch er schien nicht kitzlig zu sein.

„Ich beiße auch, wenn's sein muss!", drohte Lissi knurrend.

„Das verdammte Tor", hörten sie Rolli und Elmar fluchen. Die Schuhe gegen den Boden gestemmt, zogen die beiden mit vereinten Kräften.

Da das Gartentor gerne Spaß hatte, gab es unerwartet nach, und sie stürzten nach hinten, wo sie gegen Hans-Günther prallten, der das Gleichgewicht verlor und auf dem Rücken landete. So bildete er ein weiches Notlandekissen für die anderen beiden.

Auf dem Kiesweg bewegte sich ein Knäuel aus Armen und Beinen, aus dem die gequetschte Stimme von Hans-Günther kam, der flehte, die anderen beiden sollten von ihm heruntergehen.

Mit einem lauten Kampfschrei warf sich Lissi auf die Jungen und bohrte ihre rechte Hand nach unten, wo sie Hans-Günthers Videokamera vermutete. Tinka kam ihr zu Hilfe und kniete sich auf einen von

Hans-Günthers Armen, der unter Rolli und Elmar vorguckte.

„Hast du sie?“, fragte sie Lissi keuchend und wischte sich die Haarsträhnen aus der Stirn, die dort feucht klebten.

„Noch nicht“, meldete Lissi mit zusammengebissenen Zähnen und kämpfte weiter. „Aber bald, verlass dich drauf!“

„So ein Skandal!“, kam die scharfe Stimme von Frau Lydofsky vom Gartentor. „Sie wälzen sich im Gras. Diese Jugend von heute! Kein Respekt vor älteren Leuten! Wir wollen Ruhe!!! Polizei!“

Tinka drehte verwirrt den Kopf. Sie verstand kein Wort mehr. Was hieß hier Respekt vor älteren Leuten? Und das Wort Polizei jagte ihr ohnedies Angst ein.

Eine leise Stimme räusperte sich mehrmals, um auf sich aufmerksam zu machen.

Hinter den Lydofskys war das blasse Gesicht von Herrn Wanne aufgetaucht wie der Vollmond am Abendhimmel. Die Nachbarn drehten sich zu ihm. „Gehören Sie hier dazu? Sind Sie der Vater?“, überfiel Frau Lydofsky den Mathematiklehrer.

„Ich unterrichte aushilfsweise Mathematik in der Klasse von Louisa Meierbeer und Katharina Schnabel“, erklärte Herr Wanne, ohne eine Miene zu verziehen.

„Und wird den Kindern heute in der Schule beigebracht, die Mittagspause anderer Leute zu stören?“, giftete Frau Lydofsky weiter.

„Darf ich um Aufmerksamkeit bitten!“, meldete sich der Lehrer, der sich zwischen den Lydofskys durchgeschoben hatte und an das Gartentor getreten war.

Mit hochrotem Gesicht tauchte Lissi aus dem Jungen-Haufen auf. Ihre dunklen Locken standen vom Kopf weg, als hätte sie in eine Steckdose gegriffen. Schwer atmend, fast hechelnd wie ein Hund, der schnell gelaufen war, sah sie den Lehrer an.

„Tun Sie etwas!“, verlangten die Lydofskys von Herrn Wanne. „Das Verhalten dieser Rangen ist untragbar.“

Frau Lydofsky stocherte mit dem spitzen Zeigefinger in der Luft herum. „Wir werden der Zeitung melden, wie wenig Sie Ihre Schüler im Griff haben.“

Mit seinen Hasenaugen sah sie Herr Wanne an. Es dauerte, bis er den Kopf schüttelte. „Nein, an unserer Schule haben wir kein Autoritätsproblem. Wir sind auch nicht dafür verantwortlich, was unsere Schüler in ihrer Freizeit tun. Das obliegt der Aufsichtspflicht der Eltern.“

Stumm hatten Lissi und Tinka den Lehrer angestarrt. Rolli, dessen Kopf neben Tinkas Wade lag, biss zu. Mit einem Schmerzensschrei fuhr Tinka in die Höhe und stolperte zur Seite.

Elmar buckelte wie ein bockendes Pferd und schaffte es, Lissi seitlich wegzukippen. Hans-Günther spürte, wie die Last auf ihm leichter wurde und kämpfte sich keuchend in die Höhe.

Hals über Kopf, stolpernd und taumelnd, retteten sich die Jungen zum Zaun.

„Rauslassen!", flehte Rolli mit piepsender Stimme. „Bitte, Herr Wanne, helfen Sie uns!"

Herr Wanne schüttelte verständnislos den Kopf. Er trat an das Gartentor, stellte verwundert fest, dass es weder Griff noch Klinke gab, nahm eine der Latten, zog zuerst, und als das keinen Erfolg zeigte, drückte er nach innen.

Widerstandslos ging das Tor auf. Es schien vor Lehrern Respekt zu haben.

„Danke!", sagte Rolli erleichtert und rannte die Straße hinunter. Hans-Günther und Elmar hinterdrein. Ihre Beine schienen zu rotieren und der Asphalt unter ihren Schuhen zu rauchen wie in einem Zeichentrickfilm.

„Skandalös!", schimpfte Frau Lydofsky.

„Genau!", stimmte ihr Mann zu.

„Alles die Schuld der Jungen!", ging Lissi sofort zum Angriff über. „Sie haben uns überfallen und geküsst!"

Der Mathematiklehrer war einen Augenblick lang überrascht. Über seine Stirn zog sich eine dünne Falte.

„Ich bin bereit, den Vorfall zu besprechen und zu klären, doch hätte ich dazu auch die anderen Beteiligten gern dabei!“, sagte er schließlich. „Und nun möchte ich mit deinem Vater sprechen, Louisa.“

„Lissi!“, verbesserte ihn Lissi.

Tinka fuhr sich durch die dünnen blonden Haare und drehte eine Strähne über den Finger. Was sollten sie jetzt nur sagen? Mehr zufällig sah sie auf die Uhr. Es war erst halb fünf.

„Herr Wanne, Sie sind eine Stunde zu früh!“, platzte sie heraus, erleichtert, eine Erklärung für die Abwesenheit von Boris Meierbeer zu haben.

„Oh, haben wir nicht halb fünf vereinbart?“ Dem Lehrer war seine Überpünktlichkeit sichtlich peinlich.

„Wäre es wohl möglich, dass ich hier auf ihn warte?“ Er machte eine Handbewegung zum Garten hin.

„Nein!“, sagten die Mädchen gleichzeitig. Die Gefahr war zu groß, dass einer der Bäume etwas gegen Mathematiklehrer hatte und vielleicht mit den Ästen zugriff.

Verständnislos legte Herr Wanne den Kopf zur Seite. Sein Blick war nachdenklich.

„Mach ihn besser nicht sauer“, raunte Tinka Lissi zu. „Wir könnten ... ihn doch auch ... einkochen?“

„Was?“ Lissi sah sie entgeistert an.

„Lass mich machen! Nimm ihn mit nach hinten in den Garten! Die Rosen haben sich bisher immer tadellos benommen!“

Laut sagte sie zu Herrn Wanne: „Bitte, nur herein! Hinten kann man auch sitzen.“ Sie machte eine einladende Handbewegung, und der Lehrer trat näher. Als er das Gartentor schließen wollte, griff er ins Leere. Es war von allein zugegangen. Das Holz knarrte, und es hörte sich an, als würde es hämisch lachen. Dies nahmen aber nur Tinka und Lissi wahr.

Hoffentlich.

Lehrer verhexen

Auf dem Weg zum Haus warfen Tinka und Lissi den Bäumen und Sträuchern warnende Blicke zu. „Benehmt euch!“, sagten sie leise.

Die Bäume schienen Respekt vor ihnen zu haben, da sie sich tatsächlich wie ganz normale Bäume benahmen. Nur eine Eiche konnte es nicht lassen und wollte mit einer dicken Wurzel, die aus dem Boden ragte, nach dem Lehrer treten. Ein strenges „Nein!“ von Tinka genügte, und die Wurzel bohrte sich gehorsam in den Boden zurück.

„Hast du gerade mit mir gesprochen?“, fragte der Lehrer.

Verlegen lächelnd verneinte Tinka.

Lissi führte Herrn Wanne zu dem kleinen Tisch mit der Marmorplatte und dem geschmiedeten Fuß.

Sie schob die Hefte und Bücher zur Seite und tänzelte verlegen herum.

„Wie ich sehe, bist du beim Lernen", stellte Herr Wanne mit einer gewissen Zufriedenheit fest.

„Ja." Mehr fiel Lissi dazu nicht ein.

„Gut!"

Damit war das Gespräch schon wieder zu Ende.

„Hätten Sie gerne etwas zu trinken?" Tinka strahlte den Lehrer an.

„Ein Glas Wasser, bitte!"

„Kommt gleich!", trällerte Tinka und wieselte Richtung Haus. Lissi folgte ihr, weil sie unter keinen Umständen mit dem Lehrer allein bleiben wollte.

Tinka dachte, Lissi sei die ganze Zeit hinter ihr. Sie holte per Hexenklatsch aus dem Nebelloch in der Küche Marillenkuchen, den sie selbst gerne aß, und nahm einen Tonbecher vom Regal, den sie in der Spüle mit Wasser füllte.

Lissi war aber nur ins Haus mitgekommen und, statt in die Küche zu gehen, im Wohnzimmer verschwunden. Es war ein gemütlicher Raum mit vielen Teppichen auf dem Boden und an den Wänden. Sogar über dem Sofa lag ein Teppich.

In einer Ecke standen mehrere alte Holzkisten in unterschiedlichen Größen. Auf einem Wandbord reihte sich ein Glasfläschchen an das andere. Jedes war mit einer schillernden Flüssigkeit oder einem

Pulver gefüllt und beschriftet. Von gestoßenen Fledermauszähnen bis zu den getrockneten Warzen einer Kröte gab es hier alles, wie Frau Schicketanz Tinka erklärt hatte.

Durch die Fenster, die sich an drei Seiten des Raumes befanden, konnte Lissi in den hinteren Garten sehen. Herr Wanne saß mit übereinandergeschlagenen Beinen auf dem Stuhl, die Hände auf den Knien, und wartete.

Lissi schlug das grüne Buch auf und ließ den Finger über den Hexenspruch gleiten, den sie ausgewählt hatte. Wozu noch lange warten? Jetzt oder nie! Auf Tinkas „Weichklopfen“ und „Einkochen“ vertraute sie nicht.

Das aufgeschlagene Buch legte sie auf einen wackeligen runden Hocker, der an einen Elefantenfuß erinnerte. Lissi stellte sich so, dass sie hinaus in den Garten zu Herrn Wanne sah, der ihr zum Glück den Rücken zudrehte.

Der Hexenspruch war sehr lang. Merken konnte sie ihn sich so schnell nicht. Sie hoffte, er würde auch funktionieren, wenn sie ihn Stück für Stück aufsagte.

Mollus-Wollus-Wexus, las sie.

„Mollus-Wollus-Wexus!“, sagte sie leise. Sie hörte hinter sich das Geräusch einer knarrenden Tür und warf einen flüchtigen Blick über die Schulter.

Sie fürchtete, Tinka könnte kommen und sie von ihrem Vorhaben abhalten. Von unten kam aber nur ein leises Miau. Cosimo strich um ihre Beine und rieb seinen Kopf an Lissis Schienbein.

„Später!“, flüsterte sie in Richtung Boden und setzte erneut an.

„Mollus-Wollus-Wexus!“

Die nächste Zeile lautete: Timbra-Tembra-Tombra!

„Timbra-Tembra-Tombra!“, sagte Lissi.

Cosimo knabberte zart an ihrer Wade.

„Lass das!“, zischte Lissi ungeduldig und schüttelte das Bein. Sie versuchte, ihn zur Seite zu schieben, was der unsichtbare Kater mit maunzendem Protest beantwortete.

„Noch einmal von vorne“, seufzte Lissi. Sie wiederholte die erste und die zweite Zeile und fügte schnell die dritte hinzu. „Lassantus!“

Danach machte sie, wie angegeben, siebenmal den Hexenklatsch. Nachdem die Spitzen von Zeigefinger und kleinem Finger einander das letzte Mal berührt hatten, wagte sie einen Blick in den Garten.

Lissi schrie auf. Nicht spitz und hoch, sondern ganz tief aus der Brust.

Nur getrennt durch die Fensterscheibe stand Herr Wanne vor ihr. Er musste aufgestanden und näher gekommen sein, während sie beschäftigt gewesen war. Die Verwunderung in seinen Hasenaugen war deutlich zu erkennen. Ungewohnt neugierig schielte er auf das aufgeschlagene Hexenbuch, das auf dem Hocker lag, und auf Lissi, die noch immer die Hände zum Hexenklatsch erhoben hatte.

Fragend schoben sich seine Augenbrauen zusammen. In der Bewegung ging mit ihm eine merkwürdige Verwandlung vor sich. Sein helles Gesicht begann zu verblassen und durchscheinend zu werden. Lissi konnte hinter seiner Nase die tiefrote Blüte eines Rosenstrauches erkennen.

Aber auch das Jackett mit dem grau-schwarzen Muster begann, sich aufzulösen, als würde jemand mit einem riesigen Radiergummi über Herrn Wanne hin und her fahren.

Lissi klappte den Mund zu, als hätte ihr jemand einen Schlag versetzt.

Herr Wanne war inzwischen nur noch eine durchscheinende Nebelgestalt wie aus einer anderen fremden Dimension.

Just in diesem Augenblick bog Tinka mit einem schweren Tablett um die Ecke. Becher, Teller und Kuchengabeln klirrten bei jedem Schritt, und in der Mitte türmten sich honiggelbe Kuchenstücke.

Tinka sah, was gerade vor sich ging, öffnete den Mund und gab ein verblüfftes „Huch!“ von sich. Gleichzeitig vergaß sie das Tablett zu halten, das mit einem dumpfen Knall auf dem Boden landete.

Die Becher und Teller zerbrachen in hundert kleine Scherben.

Erschrocken drehte sich Herr Wanne zu Tinka und machte einen Schritt in ihre Richtung. Was er danach tat, konnte man nicht mehr sehen, da er verschwunden war.

„Bist du des Wahnsinns?!“, entfuhr es Lissi. Sie sah, wie Tinka hektisch an ihren Ohren zu rubbeln begann. Wahrscheinlich einer ihrer Tricks, um sich zu beruhigen.

Aber wie hatte das geschehen können?

„Lissi!“, schrie Tinka und bebte dabei am ganzen Körper. „Lissi, wo steckst du? Komm sofort her, es ist etwas Schreckliches geschehen!“

„Jetzt kriegt sie bestimmt wieder einen hysterischen Schreianfall“, brummte Lissi, während sie betont langsam aus dem Haus trat und über den schmalen Steinplattenweg in den hinteren Garten ging. Niemals hätte sie es zugegeben. Niemals hätte sie es sich anmerken lassen. Betont locker und ungerührt hatte sie die Hände in die Hosentaschen gebohrt und tat so, als wäre nichts geschehen.

„Ja?“, lautete ihre kurze Frage, als sie neben Tinka stand. „Was gibt's?“

„Hast du gehext? Hast du Herrn Wanne unsichtbar gehext?“ Tinkas Lippen waren fast weiß und zitterten.

„Gehext?“ Lissi fragte es, als hätte sie das Wort noch nie gehört.

„Du warst es!“, keuchte Tinka. „Leugnen ist zwecklos. Du hast es getan. Mach sofort, dass er wieder auftaucht.“

„Ich bin unschuldig“, versuchte Lissi zu beteuern, aber Tinka glaubte ihr kein Wort.

„Lissi, er ist unsichtbar. Er kann jetzt überall stehen, uns beobachten und belauschen. Vielleicht da!“ Tinka griff vor sich in die Luft, bekam aber nichts zu fassen. „Oder dort! Oder dort! Oder dort!“ Bei jedem „dort“ schnappte sie erneut nach links oder rechts, als wollte sie Mücken fangen.

Die Mädchen standen eng aneinandergedrängt und spähten vorsichtig nach allen Seiten. Gab es irgendwo ein Anzeichen auf Herrn Wanne?

„Bei Cosimo kann man die Pfotenabdrücke im Sofa sehen“, sagte Tinka leise.

Gleichzeitig wanderten die Blicke der beiden ins Gras. Deutlich sahen sie, wo Herr Wanne gegangen war. Die grünen Halme waren umgeknickt und an der Stelle, an der er vor dem Fenster gestanden und Lissi beobachtet hatte, waren Abdrücke seiner Schuhe zu erkennen. Daneben noch einmal Abdrücke des Schritts, den er auf Tinka zu gemacht hatte.

Dann war aber nichts mehr zu sehen. Nur aufrechte Grashalme und Gänseblümchen.

Tinka musste zweimal schlucken, bevor sie einen Ton herausbrachte. „Du hast ihn … weggehext. Aber wohin? Und wieso?“

„Wohin? Wieso? Warum? Wie hoch? Wie tief? Wie schnell?“, äffte sie Lissi nach. „Ich bin kein Lexikon.“

„Das bedeutet, du hast keine Ahnung“, stellte Tinka entsetzt fest.

„Wie es aussieht, ist Herr Wanne ein ‚gelöstes‘ Problem“, versuchte Lissi zu scherzen.

Tinka kostete der Witz nicht einmal einen müden Lacher. „Hol ihn zurück! Los!“, befahl sie.

„Äh … Da wäre nur ein kleines Problem“, merkte Lissi an.

Fragend sah sie Tinka an.

Lissi grinste verlegen und rieb sich den Nacken.

„Ich habe nicht den Schimmer einer Idee, wie ich das anstellen soll.“

Was tun?

Den Rest des Nachmittags verbrachten Tinka und Lissi im Zimmer mit den Hexenbüchern. Sie fanden einen Band über *Pickel, Warzen und Furunkel*, *Die kleine Haushaltshexe*, *Brillen gegen böse Blicke* und *Siebzehn Sprüche zum Traumgewicht*.

Dieses Buch musste Tinka auf der Stelle durchblättern. Die Sprüche klangen nicht schwierig, da aber auch jede Menge „Klapperschlangen-Popel", „Fledermausspucke" und „Stinktier-Creme" verwendet wurde, beschloss sie, lieber in den Zeitschriften ihrer Mutter nach einer neuen Diät zu suchen.

Schnaubend warf Lissi ein Buch mit haarigem Einband zur Seite. Es war bereits sieben Uhr am Abend, und trotz der ganzen Sucherei hatten sie noch immer nichts gefunden.

„Wieso schlägst du nicht in dem Buch nach, aus dem du den Verschwinde-Spruch hast?“, fiel Tinka ein. Sie gähnte bereits und ließ sich auf die Ellbogen zurücksinken.

„Weil ich ihn gar nicht verschwinden lassen, sondern nur weich hexen wollte“, schnaubte Lissi und warf die Hände in die Luft. „Es war der Spruch aus dem Tafel-Buch. Nichts anderes.“

„Scheint Nebenwirkungen zu haben“, stellte Tinka fest.

„Cosimo wollte die ganze Zeit spielen oder so. Deshalb habe ich mehrere Male von vorn begonnen“, erinnerte sich Lissi. Ihre drahtigen Locken standen wie kleine Hörner vom Kopf weg.

„Ob er deshalb verschwunden ist?“, überlegte Tinka und kaute dabei an einer Haarsträhne.

Beide wussten, wer ihnen weiterhelfen konnte: Frau Schicketanz. Die alte Dame lebte jetzt auf Hawaii. Der Liebe wegen, wie sie selbst gesagt hatte. Sie hatte sich einmal per Telefon und ein anderes Mal über einen verhexten Spiegel bei Lissi und Tinka gemeldet.

„Wir müssen die Klospülung im Bad ziehen, wenn wir etwas von ihr brauchen!“, fiel Tinka ein.

Die zwei sprangen auf und stürmten die enge Treppe nach oben. Unter dem Dach befand sich ein einziger Raum mit schiefen Wänden und eckigen

Dachluken. An einer Wand stand ein Himmelbett mit blassgelben Vorhängen und rotem Bettzeug, auf dem goldene Sterne in allen Größen funkelten. Gegenüber gab es ein altmodisches Liegesofa, das nur an einem Ende eine Stütze hatte, auf die man Arm oder Kopf legen konnte. Bespannt war das Sofa mit dunkelblauem Samt, auf dem Hunderte silberne Punkte glitzerten wie die Sterne in der Nacht. Die Füße waren aus Holz geschnitzt und stellten Eulen mit großen runden Augen dar.

Die Dachschräge hatte zu jeder Tageszeit das gleiche Blau wie der Himmel.

An eine Wand war eine Kommode mit breiten Schubladen gerückt, deren geschwungene Form Lissi immer an einen japanischen Sumo-Ringer erinnerte. Gegenüber, an der anderen Wand, erhob sich ein Schrank, der wie ein strammer Wächter vor dem Palast der englischen Königin aussah.

Eine schmale Tür führte in ein Badezimmer mit lindgrünen Kacheln. Tinka nannte es „die Oase". Das Waschbecken war eine riesige Muschel aus Porzellan, die Wasserhähne goldene Fische. Die Badewanne, ebenfalls weiß, hatte die Form eines Bootes, und der Duschkopf, der aus der Wand ragte, war ein Wal, der zu prusten schien.

Die Toilette war ein weißer Porzellansitz, um den sich Blätter und Blüten aus Porzellan rankten. An der Wand darüber hing der Spülkasten, der wie ein rundes Gesicht mit dick aufgeblasenen Wangen aussah. In einem Ohr hing ein dicker Ring, an dem eine lange Kette mit Porzellangriff befestigt war.

„Siebenmal ziehen!“, sagte Lissi keuchend. Tinka wollte nach dem Griff greifen, aber ihre Stiefschwester stieß sie zur Seite. „Ich muss mit ihr sprechen. Ich mach das!“ In ihrer Aufregung riss Lissi aber etwas zu fest. Beim vierten Mal Ziehen zerbrach das Ohr, und der Messingring samt Kette fiel zu Boden.

Bestürzt starrten ihn die Mädchen an.

„O nein!“, stöhnte Tinka.

Die Zeit begann auf einmal zu rasen. Das Blau der Zimmerdecke in der Dachkammer färbte sich rot vom Sonnenuntergang, wechselte auf Violett und ging schließlich in ein tiefes Schwarzblau über. Wie draußen am Himmel tauchten nach und nach funkelnde Sterne auf.

Tinka und Lissi gähnten nun abwechselnd. Das grüne Tafelbuch hatten sie beide mehrfach von vorne nach hinten und hinten nach vorne durchgeblättert, ohne aber einen Spruch zu finden, mit dem sie Herrn Wanne zurückholen konnten.

„Morgen ist er bestimmt in der Schule“, versuchte Lissi sich zu beruhigen. „Ordentlich, wie er ist, versäumt der keinen Tag.“

„Wenn er aber nicht kommen kann, weil du ihn dummerweise nach …“, Tinka suchte nach einem Ort, wo der Lehrer sein könnte, „… nach Timbuktu gehext hast?“

Lissi verzog das Gesicht. „Wo liegt Timbuktu?“

„Egal! Vielleicht sitzt er auch am Nordpol und wird gerade von Eisbären angegriffen.“

„Reg dich ab!“, sagte Lissi und betonte jedes Wort einzeln.

„Ich bin nicht aufgeregt!“, brauste Tinka auf, um sich gleich darauf verlegen grinsend in die Kissen zurücksinken zu lassen.

Weil sie so müde waren, hatten sich die beiden Mädchen schon auf das große Himmelbett gelegt, waren allerdings angezogen geblieben.

Und so wachten sie auch wieder auf, als es im Zimmer strahlend hell wurde. Das Licht fiel durch die dreieckigen Fenster und von der Decke, an der die Morgenröte strahlte.

Tinka tastete nach ihrer Armbanduhr und zog sie samt dazugehörigem Arm vors Gesicht.

„Erst halb sechs“, gähnte sie müde.

„Schlaf!“, kam es von nebenan.

Tinka rollte sich zusammen. Sie mussten erst um sieben Uhr aufstehen. Es war wirklich viel zu früh. Doch sie lag nicht bequem und warf sich auf die andere Seite.

„Schlaf!“, knurrte Lissi drohend. Ihre Stimme klang dumpf, da sie den Kopf in das Kissen gebohrt hatte.

Doch Tinka fand keine Ruhe mehr und wälzte sich hin und her.

„Wie soll man da schlafen, wenn du nicht schläfst?“, beschwerte sich Lissi. Sie war schon seit einer halben Stunde wach.

Weil sie es im Bett nicht mehr aushielten, tappten die Mädchen ins Badezimmer. Zum Duschen hatten sie keine Lust an diesem Morgen. Beide klatschten sich nur kaltes Wasser ins Gesicht, und Tinka bürstete ihr Haar. Darauf verzichtete sie nie.

In der Küche wurden sie schon von Cosimo erwartet, der hungrig seine Milch leckte. Es war, wie sie von Frau Schicketanz wussten, eine Spezialmilch, von der er aber nicht zu viel bekommen sollte. Er würde sonst zu fett.

Tinka und Lissi hatten kaum Hunger. Lustlos knabberten sie an trockenen Toastscheiben. Mehr war ihnen beim Hexen vor dem Nebelloch einfach nicht eingefallen.

Um sich abzulenken und auf andere Gedanken zu bringen, die nicht Herr Wanne hießen, war Lissi sogar bereit, sich von Tinka einige Rechnungen erklären zu lassen.

„Geht nicht in meinen Kopf!“, jammerte sie, das Kinn in die Hand gestützt.

„So klein ist deine Birne auch nicht!", brummte Tinka. „Streng dich an! Tu wenigstens so!"

Diesmal schienen die Zeiger der Uhr festzustecken. Sie bewegten sich nur sehr zögerlich, und es wollte und wollte nicht halb acht werden. Um diese Zeit brachen die Schwestern immer zur Schule auf.

Cosimo sprang auf Tinkas Schoß und lehnte sich gegen ihre Brust. Doch er schnurrte nicht wie üblich, sondern legte sich hin und ließ die Pfoten schlaff hinunterhängen. Aus seinen unsichtbaren Nasenlöchern kam erschöpftes Schnaufen.

„Bist du krank?", fragte ihn Tinka, während sie den Kater zwischen den Ohren kraulte und streichelte. Es war noch immer ein seltsames Gefühl, nicht zu sehen, was da schwer und schlaff auf ihren Knien lag, es aber ganz deutlich zu hören und zu spüren.

Cosimo gab ein klägliches Miauen von sich, das nach völliger Verzweiflung und totaler Müdigkeit klang.

„Du, Lissi", begann Tinka. Ihre Stiefschwester, die noch immer über das Mathebuch gebeugt saß, blickte auf. „Falls Cosimo wirklich etwas fehlt, können wir doch unmöglich mit ihm zum Tierarzt gehen. Oder kennst du einen, der unsichtbare Kater behandelt?"

Müde schüttelte Lissi den Kopf.

Endlich war es dann viertel nach sieben, und die Mädchen beschlossen, schon früher loszugehen. Als sie die Schule erreichten, waren beide außer Atem, so schnell waren sie gelaufen. Um diese Zeit war noch niemand weit und breit zu sehen.

Auf der gegenüberliegenden Straßenseite, links und rechts gegen den Stamm eines Kastanienbaumes gelehnt, blieben sie stehen und behielten das Eingangstor im Auge.

Im Trippelschritt erschien bald nach ihnen die Direktorin, von allen Adlerauge genannt. Sie schwirrte ständig durch das Schulhaus wie eine Libelle, und ihren Augen entging nichts. Nicht einmal ein Kaugummi, der unter eine Tischplatte geklebt war.

Nach und nach trudelten auch die Lehrer ein. Von allen Seiten kamen Schüler einzeln oder in kleinen Gruppen. Manche schlendernd, andere laufend.

„Hast du ihn schon gesehen?“, fragte Tinka alle drei Minuten flüsternd.

Lissis „Nein“ wurde von Mal zu Mal ungehaltener und heftiger.

Eine Minute vor acht mussten die beiden ihren Posten dann aufgeben und selbst in die Schule. Sie hatten die große Halle gerade durchquert, als Lissi einen Freudenschrei ausstieß, als hätte sie gerade ein Tor beim Fußballspielen geschossen.

„Dort steht er, ich wusste, er kommt!“ Sie deutete zu einer Gruppe von Schülern, in deren Mitte der Kopf von Herrn Wanne zu erkennen war.

Lissi atmete erleichtert auf.

„Na eben, alles halb so schrecklich! Und da ihn jeder für verrückt hält, wenn er von meiner Hexerei erzählt, wird er bestimmt den Schnabel halten. Nicht wahr, Schnabel?“ Sie grinste Tinka fröhlich an. Die aber hatte den Blick starr auf Herrn Wanne gerichtet. In ihren Augen war zu erkennen, dass etwas mit ihm nicht stimmte.

Es wird eng

Es war nicht der Mathematiklehrer, sondern ein Schüler aus einer höheren Klasse, der einen ähnlichen Hinterkopf wie Herr Wanne hatte.

Beide Mädchen stießen zischend die Luft aus, so enttäuscht waren sie.

Der Schulgong schallte durch die Gänge, und Lissi und Tinka mussten in ihre Klasse. Zum ersten Mal bedauerte es Lissi, dass Mathematik erst in der vierten Stunde dran war.

Die erste Pause benutzten die Mädchen, um durch die Gänge und Treppenhäuser zu laufen und nach Herrn Wanne Ausschau zu halten. Vergeblich! In der zweiten, der langen Pause, wagten sie sich zum Lehrerzimmer. Lissi, die sonst keine Furcht kannte, schickte Tinka vor, nach Herrn Wanne zu fragen.

Tinka atmete ein paar Mal tief durch und trat dann vor die Schulsekretärin. Lissi war einige Schritte zurückgeblieben und beobachtete durch die halb offene Tür das Gespräch. Hören konnte sie nichts, also musste sie an den Handbewegungen und Gesichtern ablesen, was los war.

Tinka wirkte wie ein Luftballon, aus dem langsam die Luft ausgelassen wurde. Als sie zu Lissi zurückkam, war sie bestimmt um einige Zentimeter kleiner. Mit hängenden Schultern schlich sie auf den Gang, auf dem das übliche Pausentreiben tobte.

„Er ist heute nicht in die Schule gekommen", berichtete Tinka leise. „Adlerauge hat bei ihm daheim angerufen, doch es hebt niemand ab. Alle machen sich große Sorgen um ihn."

Aus Lissis Gesicht war alle Farbe gewichen.

„Das … Das gibt es doch nicht", murmelte sie.

„Warum meldet sich denn niemand von diesem Club der Hexen bei uns?", fragte Tinka aufgebracht. Sie hatte etwas zu laut gesprochen, und ein Junge, der gerade vorbeiging, musterte sie naserümpfend. Hexen! Pah! An solchen Unsinn konnten nur Mädchen glauben.

Lissi und Tinka standen vor dem Treppenhaus. Es war Tinka, die die nahende Gefahr zuerst erspähte. Sie stieß Lissi mit dem Ellbogen an und deutete mit dem Kinn die Treppe hinunter.

Von dort kamen Herr und Frau Lydofsky. Sie in einem strengen grauen Kostüm, er in einem dunklen Anzug, der für den Sommer viel zu warm war. Schweißperlen standen auf seiner Stirn.

Rückwärtsgehend verzogen sich die Mädchen und tauchten hinter einer Gruppe unter, die gerade heftig über ein neues Computerspiel diskutierte. Wie die zwei es befürchtet hatten, steuerten die Lydofskys das Büro der Direktorin an. Bestimmt kamen sie, um sich über Lissi und Tinka zu beschweren.

„Ist heute Freitag, der dreizehnte?", fragte Lissi.

„Nein, Donnerstag", antwortete Tinka.

Zu Beginn der dritten Stunde knackte es im Lautsprecher, der über dem Waschbecken des Klassenzimmers hing, und die Schulsekretärin forderte Lissi und Tinka auf, in die Direktion zu kommen.

Adlerauge stand hinter ihrem Schreibtisch und spielte unruhig mit einem Kugelschreiber. Als die Mädchen zur Tür hereinkamen, wanderten ihre Augen zuerst zu den beiden und dann zu den Lydofskys, die in einer eckigen Ledergarnitur kauerten. Er wie immer mit eingezogenem Kopf, sie mit einer dünnen Handtasche auf den Knien, deren Griff sie fest umklammert hielt.

Tinka überwand die Schrecksekunde schnell und grüßte die Nachbarn mit einem strahlenden: „Guten Tag! Schön, Sie zu sehen!"

„Da hören Sie es", zischte Frau Lydofsky. „Sie wollen uns ständig ärgern und veräppeln."

Zaghaft wurde an die Tür geklopft. Als sie von außen geöffnet wurde, bekam Lissi sie in den Rücken. Sie stolperte nach vorn und drehte sich mit bösem Blick um. Sehr kleinlaut traten Hans-Günther, Rolli und Elmar ein.

„Und mit denen haben sie sich über den Boden gewälzt!", schimpfte Frau Lydofsky weiter und zeigte mit ihrem Spinnenfinger auf die Jungen.

Die Direktorin richtete sich auf und deutete mit dem Kugelschreiber auf die Mädchen. „Ihr kennt die Herrschaften also! Sie behaupten, ihr wohnt allein in einem Haus."

Lissi nickte, als wäre es das Selbstverständlichste auf der Welt. „Wir dürfen das. Unsere Eltern haben es erlaubt. Zwei Tage die Woche. Das Haus haben wir geschenkt bekommen."

„Aha!" Die Direktorin überlegte, wie sie diese Aussage bewerten sollte. „Und ihr trefft euch dort heimlich mit Jungs?"

„Nein!", riefen Tinka und Lissi gleichzeitig. „NO JUNGS!"

„Steht sogar am Gartentor", fügte Tinka hinzu.

Lissi funkelte die drei Jungen böse an. „Diese Exemplare da haben uns überfallen, um Kussaufnahmen von uns zu machen."

„Kussaufnahmen?" Die Direktorin wiederholte das Wort, als hätte Lissi „Stinktier-Pfannkuchen" gesagt. „Darf ich vielleicht auch etwas von euch dazu hören?"

Rolli und Elmar, die links und rechts von Hans-Günther standen, sahen ihn drängend an.

„Ach, es war nur ... weil wir ... Also ..." Hans-Günther rang nach den richtigen Worten. Schließlich sagte er mit hoher Stimme: „Die Liebe. Die zwei", er deutete auf Rolli und Elmar, „haben sich total in Lissi und Tinka verliebt."

„Lüge!", fauchte Lissi. „Ihr hattet etwas anderes vor. Das Video wolltet ihr nur herumzeigen, um uns zu ärgern."

„Moment!" Die Direktorin hatte die Hände erhoben und schob sich dazwischen. „Ich schlage Folgendes vor: Jeder von euch schreibt bis morgen einen kurzen Bericht über den Vorfall und gibt ihn bei mir ab. Ich muss mich jetzt entschuldigen", sie sah zu den Lydofskys und deutete auf die Tür, „aber einer unserer Lehrer ist unauffindbar, und ich will jetzt zu seiner Wohnung fahren, um nachzusehen, ob ihm nicht etwas zugestoßen ist. Er ist sonst so gewissenhaft, und deshalb sind wir in großer Sorge um ihn."

Frau Lydofsky blieb stur sitzen. „Ist es ein hagerer Mann, aschgraue Haare, sehr ernst?"

„Kennen Sie ihn?“, fragte die Direktorin überrascht.

„Er ist gestern erschienen, als die Orgie im Garten stattfand.“

Adlerauge wandte sich wieder Lissi und Tinka zu, die beide ein Gefühl hatten, als würde alles Blut in ihre Gesichter schießen.

„Er war bei euch? Wie lange? Und warum? Hat er vielleicht gesagt, wohin er danach wollte?“ Die Direktorin redete wie ein Kriminalinspektor im Fernsehen.

Beide Mädchen schwiegen.

„Wisst ihr etwas?“, forschte die Direktorin sofort weiter. Sie hatte leider wirklich den Adlerblick, dem nichts verborgen blieb.

Lissi und Tinka schüttelten den Kopf. „Er wollte nur ... also wegen Mathematik“, stammelte Tinka herum.

Lissi nickte bekräftigend. „Wegen Mathe, genau. Hat aber schnell wieder die Biege gemacht. Sich verdünnisiert. Piff-paff-puff, und weg war er.“

Tinka wäre am liebsten im Boden versunken, als sie Lissi reden hörte. Die Direktorin hörte interessiert zu. Der steilen Falte zwischen ihren Augen war anzusehen, dass sie den Mädchen nicht ganz glaubte. „Na gut“, seufzte sie, „das hilft im Augenblick auch nicht weiter. Ich werde jetzt zu ihm fahren.

Vielleicht hat er auch nur verschlafen. Das soll vorkommen."

„Unsere Lehrer haben nie verschlafen!", erklärte Frau Lydofsky spitz.

Auf dem Gang stolzierten die beiden, die Nasen hoch in die Luft gestreckt, an den Mädchen und den Jungen vorbei, als wollten sie ausdrücken: Da seht ihr, was geschieht, wenn man uns ärgert.

Lissi schnappte Hans-Günthers Arm und drehte ihn auf den Rücken. „Spinnst du?", keuchte der Junge mit zusammengepressten Zähnen.

„Lass ihn los!", kam von hinten die Stimme der Direktorin. Sie sprach langsam und drohend. Widerwillig löste Lissi den Griff. Um sicher zu sein, dass die Schüler in ihre Klassen zurückkehrten, begleitete Adlerauge sie. Zu Lissi und Tinka sagte sie im Weggehen: „Ihr zwei gefallt mir gar nicht."

Lissi war versucht zu erwidern, dass sie die Kurzhaarfrisur der Direktorin auch scheußlich fand, verkniff sich die Bemerkung dann aber ausnahmsweise. Sogar sie ahnte, dass sie nur noch mehr Ärger gebracht hätte.

Der Brief

Die Nachricht vom rätselhaften Verschwinden des Mathematiklehrers hatte bis zur sechsten Stunde wie ein Lauffeuer die Runde durch die Schule gemacht. Als der Unterricht zu Ende war, gab es nur noch dieses Thema.

Lissi und Tinka verließen das Schulhaus auf dem schnellsten Weg, um in die Kristallgasse zurückzukehren.

Immer wieder drehten sie sich im Laufen nach hinten, um sich zu vergewissern, dass ihnen niemand nachkam. Tinka wurde das Gefühl nicht los, es folge ihnen jemand. Keuchend erreichten die beiden Mädchen den Zaun mit den Katzenlatten und stolperten durch das Gartentor, das sich bereits höflich geöffnet hatte.

Tinka hatte in einer der Zeitschriften, die ihre Mutter manchmal mitbrachte, einen Artikel gelesen, an den sie jetzt denken musste. Während sie neben Lissi auf das Haus zuging, fragte sie zögerlich: „Lissi, du … könntest du dir vorstellen, dass ich …?“

„Bei dir kann ich mir viel vorstellen!“, brummte Lissi, deren Gedanken nur um den verschwundenen Lehrer kreisten. Sie grübelte fieberhaft, wie es zu schaffen war, ihn zurückzuholen, aber ihr Kopf fühlte sich an wie ein Dachboden, nachdem dort gründlich ausgeräumt und geputzt worden war: leer, völlig leer. Mit halbem Ohr hörte sie Tinka etwas von „Verfolgungswahn“ sagen. Danach folgte eine Pause. Lissi ging schneller, weil sie sofort in den Hexenbüchern wühlen und nach einem Spruch suchen wollte, mit dem sie Herrn Wanne zurückholen konnte.

„He, du hast mir überhaupt nicht zugehört“, beschwerte sich Tinka vorwurfsvoll. „Es geht um meine Gesundheit. Ich habe dich etwas wirklich Wichtiges gefragt.“

„Äh … ja, was?“ Lissi sah sie mit wirrem Blick an.

„Könntest du dir vorstellen, dass ich unter Verfolgungswahn leide?“

Lissi senkte den Kopf und sah Tinka unter den Augenbrauen zweifelnd an. „Verfolgungswahn? Aha! Das bedeutet, du hast einen Knall und denkst ständig, es sei jemand hinter dir her. Nicht?“

Tinka schluckte und nickte. Sie hatte die Tendenz, sich alle Krankheiten einzubilden, über die sie etwas in einer Zeitschrift las.

„Du hast höchstens Hirn-Sausen!“, platzte Lissi heraus. „Reg dich ab und hilf mir lieber einen Spruch zu finden!“

Entrüstet stemmte Tinka die Hände in die Seite. „Hirnsausen? Das ist alles, was dir einfällt? Ich könnte ein ernsthaftes Problem haben!“

„Du hast ein ernsthaftes Problem!“, gab Lissi zurück. „Nämlich mich! Ich habe Herrn Wanne zwar verschwinden lassen, aber du bist danebengestanden und hängst also mit drin. Mitgefangen, mitgehangen!“ Sie ahmte mit der Hand eine Schlinge nach, die sich enger um ihren Hals zog, stellte sich auf die Zehenspitzen, als würde sie nach oben gezerrt und verdrehte die Augen. Während sie würgende Laute von sich gab, presste sie heraus: „Wir kriegen beide so viel Ärger ab, dass wir nicht wissen werden, wo uns der Kopf steht, wenn wir Herrn Wanne nicht zurückhexen können.“

„Typisch! Das ist typisch für dich!“, erwiderte Tinka. „Du denkst immer nur an dich.“

„Tust du doch auch!“, fauchte Lissi.

„Alle denken nur an sich, nur ich denke an mich!“, erklärte Tinka mit ernster Miene.

„Äh ... was? Tu nicht so, als wärst du eine Heilige!“

Erst nach kurzem Überlegen kam Lissi drauf, was Tinka gerade gesagt hatte. „Du und deine Sprüche“, brummte sie und bat dann die rote Eingangstür, sich zu öffnen. Tinka aber ging zum Gartentor zurück, trat auf die Straße hinaus und sah zuerst lange nach links, ließ den Blick dann langsam schweifen, bis sie das rechte Ende der Kristallgasse sah.

„Ich glaube, es hat mich tatsächlich erwischt“, murmelte sie geknickt. „Akuter Fall von Verfolgungswahn.“ Sie wurde das Gefühl nicht los, dass ständig jemand in ihrer Nähe war und sie beobachtete. Sehen konnte sie aber niemanden.

Nachdem sie tief geseufzt hatte, ging sie ins Haus, wo Lissi bereits hektisch in den Büchern blätterte.

Tinka litt aber nicht an Verfolgungswahn. Ihr Gefühl hatte sie nicht getäuscht. Nachdem eine Minute verstrichen war, tauchte jemand vor dem Gartentor auf, zog mit einer schnellen Handbewegung einen gefalteten Zettel hervor und steckte ihn zwischen die Latten des Tores. So schnell, so leise und so verstohlen, wie dieser Jemand sich genähert hatte, verschwand er auch wieder.

Tinka ließ sich mit gekreuzten Beinen neben Lissi auf den Boden sinken und nahm, ohne genau hinzuschauen, ein Buch zur Hand.

Inder Diele kreischte der Geier. Es war kein echter Vogel, sondern eine geschnitzte Holzfigur, die auf einem kurzen Ast kauerte und neben der Eingangstür befestigt war. Der Geierschrei war so etwas Ähnliches wie ein Türgong.

„Es ist jemand da!", sagte Tinka mit belegter Stimme und warf Lissi einen fragenden Blick zu.

„Falls es einer der Jungen ist, hexe ich ihm einen Eselskopf auf die Schultern", drohte Lissi. Als Tinka einwerfen wollte, was Lissi ohnehin wusste – dass sie nämlich nur Gutes hexen durften – schleuderte ihr Lissi ins Gesicht: „Ein Eselskopf ist etwas Gutes für diese Schafsköpfe. Eine eindeutige Verbesserung jedenfalls, verglichen mit ihren dämlichen Fressen."

„He, Lissi, reg dich ab!", sagte Tinka beschwichtigend.

Lissi hörte nicht auf sie, sondern pflanzte sich vor dem Holzgeier auf, sah zu ihm hoch und wollte wissen, wer vor der Tür stand.

„Keiner!", krächzte der Geier.

„Du hast wohl einen Vogel, so zu schreien!", fuhr ihn Lissi an.

Das hölzerne Tier warf den Kopf in die Höhe und gab ein gackerndes Lachen von sich. „Ich habe einen Vogel, gock-gock-gock!"

„Wenn du so weitermachst, verarbeite ich dich zu Sägemehl", drohte die gereizte Lissi, was den Geier aber nicht weiter beunruhigte. Mit großen Schritten stürmte Lissi zum Gartentor, Tinka folgte ihr in einigem Abstand. Als sie hinter der Hecke vorspähte, sah sie, wie Lissi etwas zwischen den Latten herauszog und auffaltete.

„Tinka!“, schrie sie und kam zurückgerannt. In der Hand schwenkte sie einen Zettel, auf dem Tinka nur bunte Flecken erkennen konnte. Um ein Haar wäre Lissi mit ihr zusammengeprallt, weil Tinka sich ihr überraschend in den Weg stellte. Lissi streckte ihr den Zettel unter die Nase.

Mit aus Zeitschriften ausgeschnittenen Buchstaben hatte jemand eine Botschaft geklebt:

Wir wissen alles. Ihr habt den Lehrer
auf dem Gewissen. Verlasst das Haus
für immer! Sonst Meldung an die Polizei!

Lissi hatte die Lippen aufeinandergepresst und war sehr bleich um die Nase. In ihren Augen flackerte Panik. Tinka ließ den Zettel fallen und rubbelte wie verrückt an ihren Ohren, in der Hoffnung, so ihr rasendes Herz beruhigen zu können.

Rund um die Mädchen schien alles verstummt zu sein. Wie benommen taumelten sie ins Haus und ließen sich im Wohnzimmer auf das weiche Sofa sinken. Ihre Handflächen waren von kaltem Schweiß bedeckt.

Ihr habt den Lehrer auf dem Gewissen! Dieser Satz hämmerte wie eine Kugel aus Eisen durch die Köpfe der beiden.

... den Lehrer auf dem Gewissen!

... Lehrer auf dem Gewissen!

... auf dem Gewissen!

Die Kugel im Kopf sprang immer schneller und heftiger.

Tinka redete leise: „Jemand schiebt uns in die Schuhe, Henn Wanne umgebracht zu haben."

Lissi nickte mit ganz kleinen Bewegungen, als könnte sonst etwas aus ihrem Kopf fallen. Ihr Herz raste nicht wie bei Tinka, sondern schlug nur heftig und schwer, als könnte es jederzeit stehen bleiben.

„Es ... Es sieht ja wirklich so aus", brachte sie mühsam heraus. „Herr Wanne kommt zu uns, geht aber nicht mehr. Als hätten wir ihn abgemurkst und im Keller verbuddelt."

„Wir sind doch keine Mörderinnen!", hauchte Tinka. Die Gedanken krochen zäh, und es tauchte keine Idee auf, was sie jetzt tun könnten.

Lissi ging es nicht besser. Sie, die sonst immer einfach weiterrannte und jedes Problem nur als Hürde sah, die man locker übersprang, fühlte sich, als würde sie vor einer kilometerhohen Mauer stehen.

Eine sehr lange Weile kauerten die zwei da und starrten vor sich hin. Sie hofften, die Zeit würde still stehen, aber das tat sie nicht. Von Lissis Handgelenk kam der Doppelpieps ihrer Armbanduhr, der die volle Stunde verkündete. Es war bereits zwei Uhr am Nachmittag.

Nur ein paar Minuten später piepste die Uhr erneut, diesmal nur einmal und tiefer.

Halb drei.

Halb drei? Die halbe Stunde war vergangen wie nichts.

Langsam erhob sich Lissi und zog Tinka den Erpresserbrief aus den Fingern. Mit steifen Schritten wankte sie in die Diele und streckte dem Geier den Zettel vor den Schnabel.

„Wer hat den gebracht?“, wollte sie wissen.

Der Geier zuckte mit den geschnitzten Flügeln und bekam dabei zwei Sprünge. „Bin ich ein Spion? Bin ich ein Auskunftsbüro?“

„Wenn ich nicht so verdammt schlapp wäre, würde ich dir gerne den Hals umdrehen!“, drohte Lissi.

„Mörderin!“, kreischte der Geier aufgebracht.

Tinka kam aus dem Wohnzimmer gestürzt. „Was? Was tust du jetzt schon wieder?“

„Lass mich in Frieden!“, heulte Lissi auf, der auf einmal die Tränen der Verzweiflung in die Augen schossen. Sie stürmte die Treppe nach oben, nahm immer zwei Stufen auf einmal, rutschte aus, polterte hinunter, spürte einen stechenden Schmerz in ihrem

Schienbein, biss die Zähne zusammen und erreichte schließlich das Bett, auf das sie sich bäuchlings warf. Sie sehnte sich nach ihrer Mutter, die gestorben war, als Lissi sieben Jahre alt war. Sie wollte ihr alles anvertrauen und war sicher, von ihr getröstet zu werden. Am liebsten wäre sie nach Hause gelaufen, wo sie an einem geheimen Ort ein Foto von ihr aufbewahrte.

Lissi hatte sich nur sehr langsam an den Gedanken gewöhnt, dass Grit Schnabel die neue Frau ihres Vaters würde. Mutti würde sie nie zu ihr sagen, denn Grit war nicht ihre Mutter. Tinka war auch nicht ihre echte Schwester, aber trotzdem besser als Frank, ihr Bruder.

Das Haus von Frau Schicketanz war für Lissi wie eine Burg, die sie sogar bereit war, mit Tinka zu teilen. Hier war ihr eigenes Reich, zu dem nur sie Zutritt hatten.

Und das wollte ihnen jemand wegnehmen. Schuld daran hatte sie, Lissi. Tinka hatte sie davor gewarnt, den Lehrer zu verhexen, aber sie hatte nicht auf sie hören wollen. Deshalb war Lissi jetzt wütend auf sich, aber das hätte sie niemals zugegeben. Schuld mussten die anderen sein: Tinka hätte sie schließlich zurückhalten können. Dieses blöde Hexenbuch hätte zu dem Spruch auch eine Warnung schreiben können.

Da sie keinen Ausweg wusste und nicht den Schimmer einer Idee hatte, wie sie Herrn Wanne wieder herbeihexen konnten, gab sie sich einfach ihrer tiefen, dunkelgrauen Verzweiflung hin.

Ein giftiger Pfeil

„Lissi?", kam von unten Tinkas Stimme. Sie rief vorsichtig und besorgt.

Verschlafen hob Lissi den Kopf. Sie musste eingenickt sein, ohne es bemerkt zu haben.

„Du, Lissi!", rief Tinka etwas lauter.

Sofort erinnerte sich Lissi wieder an alles, was geschehen war. „Hau ab, lass mich in Frieden!", fauchte sie Richtung Treppe.

Tinka machte einen Schritt zurück, als könnte Lissi vielleicht einen Kugelblitz die Stufen hinunterjagen.

„Ich hab dir nichts getan!", sagte Tinka entschieden. Auf einmal stieg die Wut in ihr auf. „Hättest ausnahmsweise einmal auf mich hören sollen und nicht mit dem Kopf durch die Wand, wie üblich."

Von oben kam ein Schrei, wie ihn Tinka noch nie gehört hatte. Sie war auch noch nie dabei gewesen, wenn ein Vulkan ausbrach. Schlimmer als Lissis Gebrüll konnte es sich allerdings nicht anhören.

„Du Besserwisserin! Streberin! Klugschwätzerin!"

Tinka stand am Ende der Treppe und wippte mit dem Fuß. Sie hatte die Arme vor der Brust verschränkt und blieb völlig ruhig.

„Kein Wunder, dass dein Vater abgehauen ist. Das dämliche Geschwätz deiner Mutter und von dir hat er nicht ausgehalten!", feuerte Lissi nach. Sie hatte den Satz kaum ausgesprochen, als er ihr schon unendlich leid tat. Sie hoffte, Tinka würde nun ebenfalls einen Wutausbruch bekommen und sie wüst beschimpfen.

Doch im Erdgeschoss blieb es still. Sofort war Lissi in der Höhe. Sie wusste, was sie da gesagt hatte. Mit keinem Schimpfwort dieser Welt konnte man Tinka mehr treffen als mit diesem Vorwurf.

Tinkas Vater war bereits vor acht Jahren verschwunden. Am Abend, bevor er verschwand, hatte er einen Streit mit seiner kleinen Tochter um eine zerbrochene Blumenvase gehabt.

Am nächsten Tag hatte er die Familie für immer verlassen. Tinka hatte lange Zeit gedacht, er sei wegen des Streits mit ihr gegangen, und hatte sich schrecklich schuldig gefühlt.

In Wirklichkeit hatte Herr Schnabel seinen Auszug bereits länger geplant. Er verließ seine Familie und zog zu einer anderen Frau, in die er sich verliebt hatte.

Die Kinder blieben alle bei Frau Schnabel. Natürlich hätte sie ihr Vater jederzeit besuchen können, aber das tat er nicht. Er schrieb nicht einmal.

Lissi fand Tinka in der Küche. Sie hatte aus dem Nebelloch ein großes Stück Schwarzwälderkirschtorte geholt und biss herzhaft hinein.

„He, ist mir nur so rausgerutscht!“, sagte Lissi kumpelhaft. Tinka tat so, als wäre ihre zukünftige Stiefschwester gar nicht da. „Komm, hab dich nicht so. Ich habe es nicht so gemeint“, bettelte Lissi. Tinka würdigte sie keines Blickes, sondern aß weiter.

In ihrem Inneren war es nicht so ruhig, wie sie nach außen tat. In Tinka kochte die Wut.

Sie hatte die Nase voll! Randvoll! Gestrichen voll! Immer mussten alle nach Lissis Pfeife tanzen, die immer nur tat, was sie wollte und dabei jede Menge Mist baute. Sie würden jetzt das geschenkte Haus verlieren, weil der Erpresser sie sonst bei der Polizei hochgehen ließ. Alles nur Lissis Schuld!

Tinka verzieh ihrer Stiefschwester einiges, doch was sie über ihren Vater gesagt hatte, das war das Mieseste und Gemeinste überhaupt. Lissi hatte genau gewusst, welchen Giftpfeil sie da abschoss.

„Komm, du kannst mich alles nennen“, bot Lissi an. „Schimpf, schrei, kleb mir eine. Aber bitte steh nicht nur da und futtre in dich rein.“ Sie winselte fast.

Ohne sie auch nur eines Blickes zu würdigen, drehte sich Tinka um und verließ die Küche. Lissi wusste nicht einmal, ob Tinka sie überhaupt gehört hatte.

Nun gewann der Trotz in Lissi. „Dann eben nicht!“, schleuderte sie Tinka hinterher. „Ich habe dich elf Jahre nicht gebraucht und kann auch heute noch bestens auf eine wie dich verzichten!“

Tinkas Kopf tauchte in der Tür auf. „Ausgezeichnet, da haben wir etwas gemeinsam“, sagte sie kühl.

Mit einem „Blöde Sumpfgurke“ verabschiedete sich Lissi nach oben. Tinka ging zum Ende der Treppe und warf einen kurzen Blick hinauf. An der Wand war der Schatten des Bettes zu erkennen, auf dem Lissi lag. Sie hatte die Beine aufgestellt und schien zum Himmel an der Decke zu starren.

Im Garten packte Tinka ihre Schulsachen aus und begann, Hausaufgaben zu machen. Ihre Gedanken wanderten unruhig zwischen Lissi, dem Erpresser, dem verschwundenen Lehrer und den englischen Vokabeln, die sie in ihren Kopf bekommen sollte, hin und her.

Es war ein lauer Sommerabend. Tinka versuchte, als sie mit dem Lernen fertig war, in dem Buch zu lesen, das sie aus der Bücherei geborgt hatte. Es war die Geschichte eines Mädchens, das seine Eltern verloren hatte und nun zu einem Onkel kam, den sie nicht kannte.

Der kreischende Schrei des Geiers schreckte Tinka auf, als das Mädchen gerade zum ersten Mal in das graue, missmutige Gesicht des Onkels blickte.

Zwischen den Latten der Tür steckte Erpresserbrief Nummer zwei. Wieder war die Nachricht mit ausgeschnittenen Zeitungsbuchstaben geklebt.

Ihr habt noch Zeit bis morgen. Hängt beim Weggehen einen Beutel mit allen Schlüsseln an den Zaun!

Auf diesen Schreck hin beschloss Tinka, sich noch ein Stück Torte zu gönnen. In der Diele wurde sie von Cosimo erwartet. Er gab ein jämmerliches Maunzen von sich und ließ sich vor ihre Füße fallen.

„Was ist denn los mit dir?“, fragte Tinka besorgt und kniete sich neben ihn. Cosimo atmete schwer und schnaufend. Sie kraulte ihn am Hals, was er sich gerne gefallen ließ und mit leisem Schnurren dankte. Vorsichtig tastete Tinka nach seiner Nase. Sie hatte gelesen, dass gesunde Tiere immer eine kühle und feuchte Nase hatten.

Bei Cosimo fühlte sich die Nase trocken und warm an, was Tinkas Sorge noch vergrößerte.

„Willst du Milch?“, fragte sie ihn. Normalerweise konnte Cosimo davon nicht genug bekommen. Sie spürte, wie der Kater sich erhob und neben ihr herging. Seine Schritte waren aber nicht so schwungvoll wie üblich, sondern schwerfällig, als hätte er kleine Schuhe aus Blei an.

„Wir müssten zum Tierarzt mit dir“, sagte Tinka nach unten. „Nur, wie soll das gehen – mit einem unsichtbarem Kater?“

In der Küche füllte sie zuerst Cosimos Schale mit Milch und wartete darauf, dass die unsichtbare Zunge die weiße Köstlichkeit lecken würde.

Doch Cosimo trank nicht. Zum ersten Mal, seit Tinka ihn kannte, rührte er die Milch nicht an. Jetzt stand für sie fest, dass er krank sein musste. Schwer krank sogar.

Als sie den Blick vom Boden hob, geschah es wieder: Weiße Streifen tanzten vor ihren Augen. Tinka schloss die Lider und zählte bis zehn, bevor sie sie wieder öffnete.

Die milchigen Streifen waren noch immer da. Am Ende der Küche schwebten sie durch die Luft. Nur dort, nirgendwo sonst. Am Schnurren erkannte Tinka, wie Cosimo auf die Streifen zuging. Das Schnurren brach ab, und es folgte ein leises Knurren, als hätte der Kater etwas im Maul und wollte der Beute drohen.

Wieder sah Tinka weiße Striche, die nun aber gekrümmt waren und sich auf und ab bewegten. Schnell ging sie in die Hocke und streckte die Finger danach aus. Sie berührte etwas Pelziges, Warmes und betastete es vorsichtig.

Das ist … Das muss … ein junges Kätzchen sein, ging es ihr durch den Kopf. Das kleine Tier füllte noch nicht einmal ihre Hände aus, die sie zu einer Schale geformt hatte. Eine winzige raue Zunge leckte ihren Daumen ab. Tinka spürte, wie Cosimo das Katzenkind losließ. Er hatte es wohl am Nackenfell hochgehoben, wie das sonst die Katzenmütter tun.

Rund um Tinka wieselten noch andere weiße Streifen. Sie zählte sechs weitere Junge, mit dem in ihrer Hand waren es also sieben. An der Wand entdeckte sie seitlich eine bogenförmige Öffnung, die weit nach hinten führte und aus der der scharfe Geruch wehte, den sie schon einmal bemerkt hatte.

„Dort hinten ist wohl euer Klo, was?“, fragte sie das Junge in ihrer Hand. Ein klägliches Maunzen war die Antwort.

Cosimo drückte sich gegen Tinkas Bein und ließ sich zur Seite kippen. Wieder schnaufte er schwer, um ihr zu zeigen, wie erschöpft er war.

„Das müssen deine Kinder sein“, ging Tinka ein Licht auf. „Die Mutter ist wohl eine sichtbare Katze, deshalb kann man auch die Streifen sehen. Aber wieso musst du dich allein um die sieben Kleinen kümmern?“

Natürlich erwartete Tinka keine Antwort auf diese Frage. Um den Gestank aus der Küche zu bekommen, wollte sie die Nische in der Wand reinigen. Suchend sah sie sich nach einem Putzlappen um, fand jedoch in der ganzen Küche keinen. Aber war ihr im Zimmer mit den Büchern nicht ein Titel aufgefallen, in dem es ums Putzen ging? Sie durchquerte die Diele und stieß die Tür zum Bücherzimmer auf.

Auf dem Boden kauerte Lissi und blätterte in einem dicken Wälzer. Als Tinka eintrat, sah sie erschrocken auf. In ihrem Blick lag etwas Fragendes.

Frau Kommissar ermittelt

Tinka kämpfte mit sich selbst. Am liebsten wäre sie jetzt an Lissi vorbeigegangen, das Kinn in die Höhe gestreckt, und hätte getan, als würde sie ihre Stiefschwester nicht einmal bemerken.

Als sie Lissi aber so auf dem Boden hocken sah, mit hängenden Schultern und einem tieftraurigen Blick, da konnte sie einfach nicht weiter die kühle Schönheit spielen, die sie manchmal gerne vorgab zu sein. Obwohl sie es nicht wollte, hörte sie sich sagen: „Tut mir leid."

Aus Lissis Mund kam im selben Augenblick der gleiche Satz.

„Friede, Freude, Eierkuchen?", fragte Lissi schnell.

„Von mir aus", willigte Tinka ein, die es ohnehin nur anstrengend fand, auf jemanden böse zu sein.

Sie ließ sich neben Lissi nieder und erzählte von den kleinen Katzen in der Küche.

„Putz-Hexerei! Da habe ich auch etwas gesehen", sagte Lissi hilfsbereit und kramte in den Bücherstapeln. Das Buch, das sie zutage förderte, war schneeweiß und trug den schlichten Titel *Blank*. Als die Mädchen einen passenden Spruch gefunden hatten und in die Küche zurückkehrten, fanden sie sich Auge in Auge mit einer stolzen Siamkatze. Sie saß im Fenster und war gerade dabei, ihre Pfoten zu lecken, als die Mädchen eintraten. Ein Blick aus den strahlend blauen Augen traf sie und musterte sie zurückhaltend.

„Ich wette, das ist die Frau Mama", raunte Lissi Tinka zu. „Sie scheint null Bock darauf zu haben, die ganze Arbeit mit den Babys allein zu erledigen, und unser armer Cosimo ist deshalb immer so erschöpft."

Tinka nickte zustimmend.

Als die Siamkatze mit der Pflege fertig war, sprang sie vom Fensterbrett und landete weich auf den Pfoten. Sofort drängten die Jungen zu ihr und miauten hungrig. Anmutig ließ sich die Katze zur Seite sinken, behielt die Mädchen dabei aber im Auge. Die Kleinen drängten sich an ihren Bauch, wo die hellen Streifen ein wildes Muster aus Karos und Rauten bildeten. Die Küche war erfüllt von siebenfachem zufriedenem Schmatzen.

Tinka und Lissi nützten die Gelegenheit, räumten auf und putzten. Die Sprüche dafür waren einfach und nach jedem Hexenklatsch war alles so, wie sie es sich wünschten.

Zufrieden sahen sie sich in dem Gewölbe um, in dem es spiegelte und blitzte und ein angenehmer Zitronenduft in der Luft lag.

Auf dem Stein, in dem die Spüle eingelassen war, lag der zweite Erpresserbrief, den Tinka bereits vergessen hatte. Lissi nahm ihn hoch und überflog die geklebten Worte.

„Wenn ich den Typen erwische, der da dahintersteckt, spucke ich schlimmer als ein Lama!"

Tinka verdrehte die Augen. „Ich wette, das wird den Erpresser sehr beeindrucken. Bestimmt schlottert er jetzt schon!"

Lissi fuchtelte mit den Händen, als versuche sie, eine unsichtbare Fliege zu fangen.

„Aber … wir müssen doch … irgend etwas tun!"

Normalerweise wäre sie am liebsten sofort losgestürmt. Aber wohin? Zu wem? Es machte sie wahnsinnig, nichts tun zu können.

Tinka verschränkte die Hände hinter dem Rücken und lief aus der Küche, durch die Diele ins Wohnzimmer. Dort begann sie, den kleinen Hocker zu umkreisen, während sie halblaut ihre Gedanken von sich gab.

„Unser Problem besteht aus mehreren Teilen", begann sie. Lissi wollte ihr schon das Wort abschneiden und das ganze Gerede als blanken Unsinn bezeichnen, machte dann aber den Mund wieder zu und ließ sich auf das Sofa plumpsen. Vielleicht waren Tinkas Überlegungen doch zu etwas zu gebrauchen.

„Unser Problem besteht aus mehreren Teilen", begann Tinka noch einmal. „Erstens müssen wir unseren Lehrer wieder erscheinen lassen, und zweitens geht es darum herauszufinden, wer uns erpresst. Gelingt es uns, Herrn Wanne zurückzuhexen, so kann uns der Erpresser nicht länger erpressen, doch erfahren wir nicht, wer er ist, wird er oder sie es vielleicht noch einmal bei einer anderen Gelegenheit versuchen."

Beeindruckt klatschte Lissi in die Hände. „Bravo, Frau Kommissar! Du bist besser als die Schnüffler im Fernsehen."

Ob das ein Kompliment war, wusste Tinka nicht so genau, im Augenblick gab es aber auch Wichtigeres zu klären. „Der Punkt mit der größten Wichtigkeit heißt Wanne!"

„Nein, Ohr!", widersprach Lissi.

Verwirrt sah Tinka sie an. „Unser Mathelehrer heißt Wanne. Schon vergessen?"

Lissi winkte ab. „Ja, ja, schon klar. Ich meine, das Ohr des Kopfes auf der Klospülung. Das müssen wir ankleben. Oder festhexen. Sonst können wir Frau Schicketanz kein Zeichen geben."

„Verstehe, ja." Tinka nickte langsam. „Kümmerst du dich darum? Dann such ich nach einem Spruch, um Wanne wieder zurückzubekommen."

Lissi war einverstanden.

Es war bereits halb elf, als die beiden Mädchen erschöpft auf das Bett fielen. Der Spülkasten besaß wieder zwei Ohren. Lissi hatte seither zwei blaue Flecken und ging leicht nach vorn geneigt. Sie war auf einen Schemel aus Holz gestiegen, weil beim Klebe-Hexen das Porzellanohr an das Gesicht mit den aufgeblasenen Wangen gehalten werden musste. Schließlich war die Reparatur geglückt, und Lissi wollte wieder vom Schemel steigen. Der Grund für ihren Absturz war ein gurgelndes „Merci, Cherie" gewesen, das der Spülkasten ihr zugehaucht hatte.

„Ich mag nicht mehr dort oben aufs Klo gehen", hatte Lissi finster festgestellt und sich das schmerzende Hinterteil gerieben. „Ich fühle mich ständig beobachtet."

„Untersteh dich und pinkle irgendwo in eine Ecke", hatte sie Tinka scherzhaft gewarnt.

Die Mädchen hatten ein paar Sekunden lang gekichert, waren aber schnell wieder ernst geworden. Gemeinsam suchten sie in jedem Buch, das ihnen in die Hände fiel, nach dem richtigen Hexenspruch. Es war, als hätte jemand den Spruch ausgelöscht, falls es ihn überhaupt je gegeben hatte.

Tinka und Lissi warteten darauf, dass sich Frau Schicketanz meldete, was sie aber nicht tat. Der Spiegel im Wohnzimmer blieb ein gewöhnlicher Spiegel, der das Gesicht der Person zeigte, die davorstand.

Die Mädchen nickten zwar ein, schliefen aber sehr schlecht. Immer wieder wachten sie auf und warfen sich herum, um eine bessere Lage zu finden. In Lissis Kopf sprangen die Gedanken wie Pingpongbälle, in Tinkas Kopf rotierten sie wie Kreisel.

Dazu kam die Enge im riesigen Bett. Zuerst kam Tinka für einen kurzen, schrecklichen Moment der Gedanke, die Kirschtorte könnte sich schon auf ihrer Hüfte abgelagert haben, dann aber bemerkte sie den wahren Grund für den Platzmangel: Cosimo, seine angebetete Siamkatze und alle sieben Jungen hatten entdeckt, wie bequem und weich das Bett war und sich häuslich ausgebreitet.

Wieder wurden die Mädchen früh wach. Es war erst kurz nach sechs, und weil sie ohnehin kein Auge mehr zubekamen, standen sie auf.

„Unser Haus hat keine Schlüssel, wir können dem Erpresser also auch nichts hinterlegen“, fiel Tinka ein.

Lissi zuckte mit den Schultern, als wäre das kein Problem. Sie wollte sich die Angst und Sorge nicht anmerken lassen. Aber wenn der Erpresser tatsächlich die Polizei verständigte?

„Was tun wir?", überlegte Tinka laut.

„Wir müssen nach der Schule heim", fiel Lissi ein. „Dein Muttertier hat dich verdonnert, die Blumen für die Hochzeit in Empfang zu nehmen. Das Zelt steht bestimmt schon im Garten." Sie warf einen prüfenden Blick zum Himmel, der blitzblau war. „Sieht nicht so aus, als würde die Hochzeit morgen baden gehen. Das Zelt wird wohl zur Sauna werden."

„Und wenn die Erpresser schon versuchen, in unser Haus einzuziehen?", fragte Tinka besorgt.

„Wäre nur gut, weil wir dann erfahren, um wen es sich handelt!", knurrte Lissi. Sie deutete mit dem Kopf in Richtung Gartentor. „Obwohl ich nicht glaube, dass irgendjemand durch dieses Tor kommt. Wenn doch, dann geben ihm die Bäume den Rest."

Tinka lief zu ihrem Rucksack und holte ihr Bio-Heft und einen Kugelschreiber heraus. Sie riss eine Doppelseite aus der Mitte, setzte sich auf den Boden und schrieb mit großen Buchstaben VERDÄCHTIG auf den oberen Rand des Blattes. Nachdenklich starrte sie in die Luft, als stünde dort irgendwo zu lesen, was sie wissen musste.

„Dieser Erpresser muss jemand sein, der beobachtet hat, wie Herr Wanne zu uns gekommen ist", murmelte sie und hatte die Augen dabei halb geschlossen. „Ich erinnere mich an die Lydofskys und Rolli, Hans-Günther und Elmar."

„Das Kussvideo!", rief Lissi. „Sie wollten uns vielleicht schon damit erpressen."

Tinka hielt das für durchaus möglich und nickte zustimmend.

„Die Lydofskys würden sich aber auch die Hände reiben, wenn sie uns los wären", warf Lissi ein.

Auch da konnte Tinka nur zustimmen. „Denen traue ich sofort zu, uns zu verpfeifen."

Lissi kamen Bedenken. „Wieso haben sie es nicht schon längst bei Adlerauge getan?"

„Weil sie das Haus haben wollen. Oder besser gesagt, uns aus dem Haus!", erklärte Tinka und zog dünne Haarsträhnchen nach vorne, um daran zu knabbern.

„Wir knöpfen uns die Jungen in der Schule einmal vor!" Beim Gedanken daran rieb sich Lissi freudig die Hände.

„Und was machen wir mit den Lydofskys?", wollte Tinka wissen.

„Die, die nehmen wir uns gleich vor!", grinste Lissi teuflisch.

Die Verdächtigen

Tinka war von Lissis Ideen nicht begeistert. Aus Erfahrung wusste sie aber, dass Lissi nicht mehr zu bremsen war. Ihre Stiefschwester war bereits aus dem Haus gestürzt und zur Hecke gelaufen, die den Garten zu den Nachbarn begrenzte. Der starke Ast hob Lissi hilfsbereit in die Höhe, als sie sich daran festklammerte, sodass sie zu den Lydofskys hinüberschauen konnte.

„Die sind gar nicht da", meldete sie enttäuscht. Die Fensterläden waren geschlossen, und die Scherengitter vorgezogen. Herr und Frau Lydofsky schienen Angst vor Einbrechern zu haben. Das rasselnde Geräusch, das sich nach schweren Ketten anhörte, war den Mädchen schon einmal aufgefallen. Sie hatten bei einem Blick über die Hecke Herrn Lydofsky dabei beobachtet, wie er die Gitter vor die Fenster schob. Knallten zwei Hälften zusammen und rasteten die Schlösser ein, gab es jedes Mal ein Geräusch, als wäre eine Ritterrüstung umgestürzt. Mit großer Sorgfalt hatte Herr Lydofsky jedes Schloss abgesperrt. Die Schlüssel trug er an einem Metallring, an dem sie klimperten und rasselten.

Da auch die Scherengitter der Eingangstür verriegelt waren, mussten die Nachbarn verreist sein.

„Bleiben die Jungen!“, sagte Lissi mit grimmigem Unterton.

In der Schule erwartete die beiden Mädchen aber die nächste Überraschung: Hans-Günther, Rolli und Elmar und alle anderen Jungen aus der Klasse waren an diesem Tag nicht da. Sie traten zu einem Fußballspiel gegen eine andere Schule an. Obwohl nur elf Jungen spielten, durften die anderen mit, um die Mannschaft anzufeuern. Die Mädchen der Klasse waren darüber sehr sauer und taten ihren Unmut lautstark kund. Es nützte ihnen allerdings nichts. Sie bekamen sogar zu hören, dass sie besser Volleyball spielen sollten. Dann dürften sie auch gegen andere Mannschaften spielen.

Und weiter keine Spur von Herrn Wanne. Lissi belauschte zwei Lehrerinnen, die beredeten, was die Direktorin herausgefunden hatte: Die Wohnung war versperrt, der Hausmeister hatte nach langem Bitten und Betteln einen Zweitschlüssel herausgerückt und die Tür geöffnet, aber Herr Wanne lag nicht – wie Adlerauge befürchtet hatte – bewusstlos auf dem Boden. Er war einfach nicht da. Es gab auch keinen Hinweis, was mit ihm geschehen war. Er hatte keinen Koffer gepackt und nirgendwo war eine Notiz zu finden, die darauf hindeutete, dass er vielleicht eine Verabredung gehabt hatte.

Diese Nachricht ließ Lissi aufatmen. Das bedeutete, es gab keine Spur, die zu ihnen führte.

Nach der Schule schlichen die Mädchen durch die Kristallgasse und taten so, als wäre ihnen ihr eigener Garten völlig gleichgültig. Unruhig wanderten ihre Blicke nach allen Seiten.

War der Erpresser gekommen? Hatte er sich Zutritt verschafft? Oder war er wütend, weil er keine Schlüssel vorgefunden hatte?

„Die Lydofskys sind fort, die Jungen beim Kicken, also kann niemand hier sein“, kombinierte Tinka. Ihr Gefühl im Bauch sagte allerdings etwas anderes. Sie fühlte sich nicht mehr verfolgt, spürte aber, dass die Gefahr nicht vorbei war.

„Sollen wir noch nach einem Spruch suchen?“ Lissi sah Tinka von der Seite fragend an.

„Keine Zeit, wir müssen nach Hause. Das haben wir versprochen!“, erinnerte sie Tinka.

Bei Versprechen war Lissi sehr gewissenhaft. Sie wusste, dass die Hochzeit ihrem Vater viel bedeutete und für die Vorbereitungen jede Hand benötigt wurde.

Vor dem Haus der Meierbeers und Schnabels parkten mehrere große Lieferwagen. Einer, der keinen Platz mehr gefunden hatte, war mitten auf der Fahrbahn stehen geblieben und verursachte einen kleinen Stau. Ungeduldig drückten die wartenden Autofahrer auf die Hupe, doch der Mann, der hohe Stapel von Stühlen ablud, ließ sich nicht aus der Ruhe bringen.

Auf der Wiese des Gartens lag ein riesiger weißer Fleck, der aussah wie eine Monsterqualle, die an den Strand gespült worden war. Daneben stand Thorsten, Tinkas ältester Bruder, der sich schon für sehr erwachsen hielt, und schimpfte mit David, dem kleinen Bruder von Lissi.

„Du Wahnsinnsknabe", rief er aufgebracht, „ich habe dir doch eingeschärft, nicht an dem Hebel zu ziehen."

David nuckelte an seinem Daumen und blickte betreten auf seine Schuhspitzen.

Lissi verdrehte die Augen. „Wenn du willst, dass David etwas nicht tut, dann sag ihm, er muss es unbedingt machen."

Thorsten, der das gehört hatte, hob den Kopf und

sagte spitz: „Danke, das weiß ich jetzt auch. Dieses kleine Ungeheuer hat es geschafft, den zentralen Hebel des Zeltes zu lösen. Wir müssen jetzt die Zeltbaufirma noch einmal holen, weil nur die das Gerät hat, mit dem das ganze Ding in die Höhe gezogen werden kann."

„Morgen wird das Wetter ohnehin schön, spart euch das Zelt", riet Lissi.

Im Wohnzimmer, das die beiden Mädchen durch die offene Terrassentür betraten, herrschte ein Chaos von unvorstellbarem Ausmaß. Die Polstermöbel waren fort, und dafür standen lange Tische aus Pressspanplatten kreuz und quer im Raum herum.

Ein paar Kaugummi kauende Mädchen waren damit beschäftigt, lange weiße Tischdecken aufzufalten und über die Tische zu werfen.

„Moment, Moment, die Tische müssen doch zuerst an die Wand geschoben werden!", rief Frau Schnabel den Mädchen zu, die für einen Moment das Kaugummikauen unterbrachen. „Die Tische können so nicht stehen bleiben", erklärte Tinkas Mutter.

Herr Meierbeer lief mit dem Funktelefon auf und ab und versuchte, einen Installateur zu überreden, sofort zu kommen. David hatte nämlich schon wieder Klorollen-Versenken in der Toilette gespielt, sie verstopft und überschwemmt.

Die Mädchen flüchteten in die Küche, in der zwei junge Männer werkten, die sie noch nie gesehen hatten, und ein schwarzes Unding aufbauten, das vorn eine Klappe mit Sichtfenster hatte.

„Was wird das, wenn es fertig ist?“, erkundigte sich Lissi.

„Der Aufwärmofen für die Speisen“, erklärte einer der Männer geschäftig.

Suchend sah sich Tinka um. Ein Mittagessen schien es an diesem Tag nicht zu geben. Im Kühlschrank herrschte, als sie ihn öffnete, gähnende Leere. Nur auf dem Tisch, an dem die Familie das Frühstück einnahm, stand eine Schüssel mit Äpfeln und Kirschen. Da sonst nichts da war, griff sich Tinka einen Apfel. Sie wollte gerade hineinbeißen, als ihr Blick auf einen großen Umschlag fiel, der unter der Obstschüssel hervorragte.

FÜR TINKA UND LISSI, stand darauf. Die Buchstaben waren sehr gerade, wie mit dem Lineal geschrieben.

Tinka stieß Lissi mit dem Ellbogen an und deutete auf den Umschlag. Lissi packte ihn und lief damit in das Zimmer, das die Mädchen gemeinsam bewohnten. Es lag im ersten Stock.

Die schlimmste Befürchtung der Mädchen bewahrheitete sich. Der Umschlag enthielt eine weitere Nachricht des Erpressers:

Ihr habt unsere Anordnung nicht ausgeführt. Wir erwarten die Schlüssel am Montagmorgen. Sonst Polizei.

„Moment!", rief Lissi und stürzte aus dem Mädchenzimmer. Sie ging der Stimme ihres Vaters nach, der noch immer mit dem Installateur verhandelte. Sie fand ihren Vater in seiner Arztpraxis, wo er gerade die Taste des Funktelefons drückte, mit der man Gespräche beendete. Sie nahm ihm wortlos das Telefon ab und ließ ihn verdutzt zurück.

„Hast du dieses Buch vom vorigen Jahr, wo alle Namen, Adressen und Telefonnummern der Schüler drinstehen?", fragte Lissi Tinka keuchend, nachdem sie die Tür hinter sich zugeschlagen hatte.

Tinka nickte und fand das Buch mit einem Griff. Ordnung war ihre Stärke, und ausnahmsweise ersparte sich Lissi jeden bissigen Kommentar, von wegen Putzfimmel und so. Lissis Plan war es, Hans-Günther, Rolli und Elmar anzurufen. Tinka fand als erste Nummer die von Rolli. Lissi wählte und trommelte ungeduldig mit den Fingern auf das Regalbrett, auf dem ihre Kakteensammlung stand.

Rollis Vater war am Apparat und erklärte Lissi, dass sein Sohn gleich nach dem Fußballspiel mit seiner Mutter zum Zahnarzt gegangen und von dort noch nicht zurückgekommen sei. Rolli hatte sich nämlich einen Zahn ausgeschlagen.

„Bedauern!“, zischte Tinka ihrer Stiefschwester zu. Sie hielt das Ohr ganz nahe an den Hörer und konnte auf diese Weise mithören. Lissi hätte bestimmt einfach aufgelegt, rang sich jetzt aber ein „Tut mir leid, der Arme“ ab.

Hans-Günther und Elmar waren beide daheim, konnten aber nicht ans Telefon. Beide hatten sich beim Fußball das Bein gestaucht und saßen nun mit kalten Umschlägen vor dem Fernseher. Ihre Mütter spielten Krankenschwestern.

Nachdem Lissi aufgelegt hatte, blubberte sie mit den Lippen. „Sieht nicht danach aus, als hätte einer von denen den Brief hier abgegeben.“

Tinka, die an einer Haarsträhne gekaut hatte, spuckte sie aus und rief: „Abgegeben, das ist es! Wir fragen Mutti, wer den Brief für uns gebracht hat.“

Frau Schnabel quittierte gerade mit ihrer Unterschrift die Übernahme des Blumenschmucks für die Hochzeitsfeier. In der Diele sah es aus wie auf der Lichtung eines Elfenwaldes: Blumen in allen Farben und Größen und mittendrin Frau Schnabel.

„Mutti, wer hat heute den Brief für uns abgegeben?“, rief ihr Tinka über das Blütenmeer hinweg zu.

„Brief? Für euch? Ich weiß von keinem Brief!“, sagte Frau Schnabel abwesend und drehte sich einmal im Kreis. Sie kam sich vor wie in einem Traum. „Tinka, du hattest doch versprochen, dich um die

Blumen zu kümmern und sie zu verteilen", fiel ihr ein. „Kannst du das bitte tun. Ich muss ins Wohnzimmer, sonst wird unseren Gästen morgen das Essen auf dem Fußboden serviert."

Tinka und Lissi sahen einander nachdenklich an. „Ich helf dir", bot Lissi an, und Tinka nickte sofort dankbar.

Wie ferngesteuert bewegten sich die beiden durch das Gewusel in den Zimmern und verteilten die Blumengestecke. Ihre Gedanken waren bei dem Erpresserbrief und natürlich bei Herrn Wanne. Sie hatten keine Ahnung, was mit jemandem geschah, der fortgehext wurde.

Obwohl am nächsten Tag Schule war, hatten die Schnabel- und Meierbeer-Kinder freibekommen. Um elf Uhr am Vormittag wollten ihre Eltern einander auf dem Standesamt das Jawort geben. Danach sollten die Gäste bei ihnen daheim eintreffen.

Das Chaos am Tag vor der Trauung dauerte bis in die Nacht. Irgendwann, kurz nach Mitternacht, schienen die Vorbereitungen für das große Fest endlich abgeschlossen. Tinka und Lissi standen im Garten und sahen zu den Sternen hoch, die am dunkelblauen Nachthimmel funkelten. Ein leises Klirren aus der hintersten Gartenecke ließ sie aufhorchen. Lissi, die immer sofort alles wissen musste, ging nachsehen, was los war.

Sie ertappten Stan und Frank bei einer „Beerdigung“. Die „Leichen“ waren mehrere zerbrochene Weingläser und eine Menge Scherben von weißen Porzellantellern und Schalen. Die Jungen hatten ein tiefes Loch gebuddelt, in das sie die Teile gerade versenkten.

„Das hat man davon, wenn man Jungen Geschirr anvertraut“, sagte Lissi spitz.

Erschrocken fuhren die Brüder herum. „Halt bloß die Klappe“, fuhr Stan sie an.

„Mutti und der Abendbeer werden ziemlich sauer sein, wenn sie davon erfahren“, sagte Tinka und deutete mit dem Kopf auf die Scherben. Das Geschirr für die Hochzeitsfeier war nur geliehen, und die beiden Jungen sollten sich darum kümmern. Zerbrochene Stücke mussten ersetzt werden, hatte die Dame, die das Geschirr geliefert hatte, mehrmals betont.

„Quatsch mit Soße, das zählt doch kein Schwein nach“, maulte Frank.

„Das glaube ich nicht“, gab Lissi zurück.

Stan scheuchte die Mädchen mit den Händen fort. „Verschwindet! Falls es Stunk gibt, reicht es, wenn sich unsere Elternteile nach der Hochzeit aufregen. Man soll das junge Glück nicht stören.“

„Und gegen so etwas wie euch sollte man sich versichern können!“, fauchte Lissi.

Frank und Stan, die beste Freunde geworden waren, wechselten grinsende Blicke und lachten los. Es war dieses Jungenlachen, für das es meistens keinen Grund gab. Ein Blick genügte, und Jungen konnten in gackerndes Kichern ausbrechen, das nach Tinkas und Lissis Meinung unfassbar doof klang.

Kopfschüttelnd entfernten sich die Mädchen. Weit waren sie noch nicht gekommen, als sie hinter sich ein ekeliges Geräusch hörten. Zuerst zogen Frank und Stan heftig durch die Nase auf, gaben ein krächzend-würgendes Geräusch von sich und spuckten dann lautstark aus.

Tinka blieb wie versteinert stehen.

Lamas diesmal sichtbar

Die Starre dauerte nicht lange. Langsam drehte sie sich um und sah zwischen den Schatten der Büsche den schwachen Schimmer der Taschenlampe von Frank und Stan. Sie hatten die Lampe abgedeckt, damit die Eltern nicht nachsehen kamen, was das Licht zu bedeuten hatte.

„Die zwei sind uns nachgeschlichen!“, sagte Tinka mit drohend gesenkter Stimme.

Lissi verstand sie zuerst nicht. „Äh ... nachgeschlichen? Wo? Was meinst du?“

„Sie haben sich versteckt. Wahrscheinlich hinter einer der Kisten mit Rollsplitt!“, redete Tinka weiter, leise, drohend, zischend wie eine Kobra, bevor sie zubiss.

Noch immer war Lissi nicht klar, was Tinka meinte.

„Ich habe dieses Geräusch gehört. Vorgestern, als wir in unser Haus gegangen sind", erklärte Tinka, straffte die Schultern und warf bitterböse Blicke in die Richtung der Brüder. „Die zwei waren die ganze Zeit hinter uns und müssen auch beobachtet haben, wie Herr Wanne zu uns gekommen ist. Ich wette, sie schreiben diese Erpresserbriefe."

„Im Ernst?" Lissi krempelte sich die Ärmel ihres Pullis auf. „Dann werden die zu spüren bekommen, wie das ist, wenn Mädchen Muskeln zeigen."

Die beiden hatten so leise miteinander gesprochen, dass Frank und Stan nichts von der Unterhaltung mitbekommen hatten. Als sie die Büsche auseinanderbogen und heraustraten, klopften sie sich die Erde von den Hosen und den Händen. Frank bemerkte die Mädchen als Erster und stieß Stan mit der Schulter an. Er deutete mit dem Kinn in die Richtung von Tinka und Lissi.

„Haben die Damen keine Lust, schlafen zu gehen?", fragte Stan mit gespielter Galanterie.

Lissi kniff die Augen zusammen und buckelte wie eine Katze, die gleich zuschlagen würde. Tinka packte sie hart am Arm und sagte betont ruhig: „Wir haben nur auf euch gewartet, damit ihr euch auf dem Weg zum Haus nicht verirrt. Außerdem ist bekannt, dass sich Jungen ziemlich fürchten in der Dunkelheit."

Frank knurrte etwas zwischen den Zähnen, das wie „Doofe Nuss“ klang. Lissi zerrte wie ein bissiger Hund an der Leine, aber Tinka lockerte den Griff nicht.

„Was soll das? Die beiden gehören vermöbelt!“, schnaubte Lissi, als die Mädchen in ihrem Zimmer waren.

Tinka schüttelte langsam den Kopf. In ihren Augen blitzte etwas Teuflisches. „Denen gebührt etwas viel Schlimmeres. Da wir jetzt wissen, wer uns verpfeifen will, brauchen wir uns nicht mehr zu fürchten.“

Da musste ihr Lissi recht geben. „Hast du etwas Bestimmtes im Auge?“

„Nein, noch nicht!“, antwortete Tinka und betonte das NOCH ganz besonders. Vielleicht war sie nicht so stürmisch und mutig wie Lissi, dafür aber hatte sie nach einigem Nachdenken immer besonders gute Einfälle. Lissi hatte gelernt, darauf zu vertrauen.

„Diese Lamas!“, flüsterte sie durch die Dunkelheit aus ihrem Bett, das am anderen Ende des Zimmers stand, Tinka zu. Mit einem breiten Grinsen im Gesicht schliefen die zwei ein.

„Kann jemand dieses kleine Monster bitte an die Leine legen!“, zeterte der Mann im etwas zu großen grauen Anzug und der miesepetrigen Miene, der sich am Standesamt um die Hochzeitspaare kümmerte. Es gab gleich drei Räume, in denen geheiratet wurde, und der Sauertopf musste sich um alle drei gleichzeitig kümmern. David war sofort nach der Ankunft im ehrwürdigen Rathaus abgehauen und war einer der Bräute unter die lange Schleppe geschlüpft. Dabei hatte er sich so darin verwickelt, dass er sie – als er wieder rauskrabbeln wollte – mit einem Ruck abgerissen hatte.

Auf der Flucht vor den empörten Gästen des Brautpaars sowie dem Amtshelfer hatte David dann noch zwei hohe Vasen umgestoßen und war gegen einen Bräutigam geknallt, der sich gerade das Schuhband richten wollte. David warf ihn um, und der Bräutigam fiel so unglücklich, dass er ein blaues Auge bekam.

Lissi fing den kleinen Bruder ein und nahm ihn fest an der Hand. „Ich rufe den Teufel an, wenn du dich nicht benimmst", drohte sie ihm.

„Kennst seine Telefonnummer nicht", gab David frech zurück.

Schließlich hatte sich die Festgesellschaft in dem kleinen Saal versammelt und in den Stuhlreihen Platz genommen. Herr Meierbeer und Frau Schnabel saßen vorne, ihnen gegenüber hinter einem leeren Schreibtisch ein höflich lächelnder Standesbeamter.

Frank wollte wieder einmal besonders witzig sein, und als der Standesbeamte Herrn Meierbeer fragte: „Wollen Sie Grit Schnabel zur rechtmäßig angetrauten Ehefrau nehmen, dann antworten Sie mit Ja!“, da flüsterte Frank so laut, dass es alle hören konnten: „Noch kannst du kneifen!“

Der Standesbeamte konnte ein kurzes Lächeln nicht unterdrücken, einige aus der Familie kicherten, die meisten aber warfen Frank strafende Blicke zu.

Schließlich war es geschafft, und Herr Meierbeer gab seiner neuen Frau einen schüchternen Kuss. Als frisch vermähltes Ehepaar verließen sie das Standesamt und wurden draußen schon von vielen Freunden erwartet, die Hände voll Reis über sie warfen.

Tinka konnte es kaum glauben. Die hart gesottene Lissi hatte während der Trauung tatsächlich verstohlen zwei Tränen weggewischt. War sie gerührt?

Es war vereinbart, dass Lissi und Tinka als Erste wieder daheim sein sollten. Lissis Aufgabe war es, am Gartentor die eintreffenden Gäste zu begrüßen und in den Garten zu bitten. Tinka sollte eine Ecke weiter stehen und ihnen erklären, wo es das Essen, wo die Getränke und wo es die Toilette gab. Die Mädchen waren ganz stolz, dass sie für die Fahrt ein eigenes Taxi nehmen durften. Als der Wagen an ihrem Gartentor hielt und Tinka bezahlte, erlebte Lissi einen Schock.

„Nicht! Weiterfahren!“, befahl sie dem Fahrer.

„Spinnst du?“, fragte Tinka kopfschüttelnd. „Nein, wir müssen aussteigen.“

„Weiterfahren!“, beharrte Lissi.

„Raus!“, rief Tinka und öffnete die Wagentür.

„Mach zu, weg!“ Lissi war auf einmal völlig aus dem Häuschen.

Der Fahrer, ein gemütlicher Mann mit Walrossbart, drehte sich zu ihnen um und fragte geduldig: „Also was jetzt, bitte, meine Damen? Aussteigen oder weiterfahren?“

„Aussteigen!“, sagte Tinka.

„Weiterfahren!“, sagte Lissi. Ihre Augen weiteten sich, und es stand Angst darin. Tinka konnte es nicht fassen, dass Lissi hinter dem Beifahrersitz nach unten rutschte, als wäre ihr etwas auf den Boden gefallen.

„He, Lissi, wieso …?“ Tinka musste nicht weiterfragen, da sie die Antwort nun selbst sah. Sie war stattlich und trug einen wallenden schwarzen Umhang, der für den Sommertag viel zu warm war. Ihr grauer Hut erinnerte an einen umgestülpten Topf, und auf der spitzen Nase prangte eine Warze, aus der ein Haar spross.

Tinka erkannte die Frau sofort: Es war die Nachhilfehexe, mit der sie es schon einige Male zu tun gehabt hatten. Sie hatten keine guten Erinnerungen an die Begegnungen.

„Los, raus!", kommandierte Tinka und riss die Tür auf. Sie sprang auf den Gehsteig und zerrte Lissi am Handgelenk hinter sich her. Winkend kam die Frau auf sie zu. Die Mädchen warfen ihr nur einen gehetzten Blick zu und retteten sich dann in den Garten. Der ganze Zaun klirrte, als sie das Gartentor zuwarfen. Innen steckte ein Schlüssel, den jemand dort vergessen haben musste. Lissi drehte ihn zweimal um und rannte um das Haus herum auf die andere Seite, wo sich die Terrasse befand. Tinka stolperte hinter ihr her. Außer Atem ließen sie sich auf zwei Stühle fallen, die für die Gäste bereitstanden.

„Es hat bestimmt mit Wanne zu tun", japste Lissi.

Tinka nickte mit besorgter Miene.

Aus dem Wohnzimmer traten durch die offene Gartentür zwei Kellner in weißen Jacketts und boten den Mädchen winzige Häppchen auf großen Silbertabletts an. Da die Aufregung sie hungrig gemacht hatte, raffte Tinka mit beiden Händen gleich mehrere zusammen und stopfte sie sich in den Mund.

Von der Straße kam der Lärm mehrerer Autos, die hupend vor dem Haus hielten. Die Gäste waren da, und das Tor musste wieder geöffnet werden.

„Ich gehe nicht hin", sagte Lissi und hob abwehrend die Hände.

Tinka seufzte und erhob sich. Mit vollem Mund ging sie über den schmalen Weg aus Steinplatten, der rund um das Haus führte. Mehrere Onkel und Tanten drängten sich bereits am Zaun und rüttelten am Gartentor. Zu Tinkas grenzenloser Erleichterung war die Hexe nicht mehr zu sehen. Sie sperrte auf und schenkte den eintreffenden Verwandten ein strahlendes Lächeln.

Sie wurde geherzt und geküsst und bekam viele Komplimente für das blassgelbe Kleid, in dem sie sich gar nicht so wohl fühlte, auf dem ihre Mutter aber bestanden hatte. Sogar Lissi, die sonst immer nur Hosen trug, hatte zu Ehren des Brautpaares ein weißes Kleid an, das sie ätzend fand.

Die Verwandten der Meierbeer-Seite, die Tinka größtenteils noch nicht kannte, stellten sich meistens selbst vor. Tinka nickte allen lächelnd zu, doch ihre Blicke wanderten die ganze Zeit über den Gehsteig.

Die Hexe schien wieder gegangen zu sein. Tinka wusste allerdings, dass das nicht bedeutete, dass die Angelegenheit erledigt war.

Endlich waren alle geladenen Gäste eingetroffen und zertrampelten im Garten die Beete. Es wurde laut geschwatzt, die Leute balancierten Teller mit

Häppchen und Gläser mit Sekt, und die Stimmung hätte nicht besser sein können. Aus dem Zelt kam Musik einer Band, die Frank und Stan verächtlich als „Gruftgeiger" bezeichneten.

Vorsorglich hatte Tinka das Gartentor wieder abgeschlossen. Falls jemand zu spät kam, sollte er eben klingeln. Hauptsache, die Hexe blieb draußen.

Lissi war erleichtert, dass die Gefahr vorerst abgewendet war. Die Gesetze und Regeln des Clubs der Hexen waren streng, und sie fürchtete eine Strafe für das Verschwinden des Lehrers.

Unterdessen wurden Herr und Frau Schnabel-Meierbeer von allen Seiten beglückwünscht und mit Blumen und Geschenken überhäuft.

Etwas später wurde über Lautsprecher das Anschneiden der Hochzeitstorte angekündigt, die neben dem Zelt auf einem Tisch aufgebaut war. Es war eine Pyramide aus vier unterschiedlich großen Torten, die auf Säulen übereinanderstanden. Auf der Spitze thronte ein Brautpaar aus Marzipan.

Suchend sah sich Lissi nach Tinka um, konnte sie aber zwischen den vielen Gästen nirgends entdecken. Bestimmt stand sie schon längst ganz vorne an der Torte, um gleich eines der ersten Stücke zu ergattern.

„Lissi, schnell, komm!", hörte sie Tinkas Stimme hinter sich. Ihre Schwester hatte sich im ersten Stock aus dem Fenster des Mädchenzimmers gelehnt und winkte ihr aufgeregt zu.

Fragend hob Lissi die Schultern, doch Tinka machte nur eine ungeduldige Handbewegung, dass Lissi sich beeilen solle.

Immer drei Stufen auf einmal nehmend, stürmte sie nach oben in das Zimmer. Tinka stand ganz hinten. Eigentlich befand sich dort Lissis Bereich, der wie ein kleiner Dschungel aussah. Mit hängenden Armen schien Tinka darauf zu warten, dass Lissi näher kam.

„Hä?", machte Lissi fragend. „Was gibt's denn?"

Tinka machte einen Schritt auf sie zu. Ihr blondes Haar begann sich auf einmal zu kräuseln, verlor die Farbe und bekam ein stumpfes Grau. Gleichzeitig verzog sich Tinkas Gesicht, als wäre es eine Gummimaske. Die Nase wuchs, und eine dicke Warze ploppte heraus. Wie ein Wespenstachel bohrte sich ein Haar seinen Weg.

Erschrocken wich Lissi zurück und sprang zur Tür.

Die falsche Tinka hob die rechte Hand, die auf einmal lange, knochige Finger hatte, und richtete sie auf die Klinke. Lissi hörte, wie ein Hexenspruch gemurmelt wurde. Als sie nach der Klinke fasste und daran rüttelte, wusste sie, dass die Tür sich nicht mehr öffnen lassen würde.

Mit großen Augen, in denen Angst und Entsetzen stand, drehte sie sich zu der Hexe um. Das schlechte Gewissen wegen des verschwundenen Lehrers lastete schwer auf ihr.

Eine ungewöhnliche Störung

Die Alte breitete die dürren Arme aus. Ihr grauer Umhang hing wie die zerschlissenen Segel eines Geisterschiffes herab. Mit großen Schritten eilte sie auf Lissi zu, und bevor diese noch ausweichen konnte, hatte die Hexe sie schon an ihren Busen gedrückt. Lissi roch Hustenbonbons und Rosenwasser.

„Herzchen, du armes Herzchen“, sagte die Hexe mitleidig und klopfte Lissi auf den Rücken. „Was musst du für einen Schrecken bekommen haben. Drei Tage voller Sorge, und es ist allein meine Schuld.“

Zuerst dachte Lissi, sich verhört zu haben, doch die Hexe wiederholte diesen Satz sogar. Endlich gelang es Lissi, sich aus der heftigen Umarmung zu winden, um die Hexe dann mit einer Mischung aus völliger Verwunderung und einem großen Fragezeichen anzusehen.

„Störung im Netz der Hexenkräfte, das der Club der Hexen betreut und wartet“, erklärte die Hexe. Das Fragezeichen in Lissis Gesicht wurde noch größer.

Die Hexe holte tief Luft und begann mit einer Erklärung. „Du musst dir die Hexenkräfte wie ein Netz vorstellen, das sich über den ganzen Erdball spannt. So wie diese komischen kleinen Telefone, die jetzt alle ständig ans Ohr pressen. Der Club der Hexen, in dem du und deine Schwester Mitglieder seid, hat die Aufgabe darauf zu achten, dass die Hexenkräfte nicht gestört werden, und gegebenenfalls einzugreifen.“

„Aha.“, brachte Lissi heraus.

„Am Mittwochnachmittag hat es eine schwere Störung in dieser Gegend gegeben. Wer gerade hexte, erlebte die schlimmsten Überraschungen. Ich habe eine Art Fehlerliste erstellt und die Schäden behoben. Doch erst heute bin ich darauf gestoßen, dass du eine Person netter hexen wolltest, sie aber durch die Störung verschwunden ist. Es ist doch so?“

Lissi nickte.

„Alles nicht deine Schuld, Herzchen. Und ich weiß, für eine junge, unerfahrene Hexe kann so ein Vorfall ein Schock sein. Ich hätte das viel früher bemerken müssen!“, machte sich die Hexe schwere Vorwürfe. „Um das Problem zu beheben, musst du nur „Returnia“ sagen und siebenmal den Hexenklatsch verkehrt machen. Achtung: Denk dabei bitte fest an den Ort, an den die Person zurückgebracht werden soll.“

Selten war Lissi so sprachlos.

„Davonlaufen musst du vor mir wirklich nicht, ich will immer nur euer Bestes“, versicherte die Hexe. Sie ging auf die Tür zu, drehte sich dann aber noch einmal um und sagte: „Mein Name ist übrigens Aurora, falls du das schon vergessen haben solltest.“ Ein leichtes Wackeln ihres Zeigefingers genügte, und die Tür ließ sich wieder öffnen. Sie trat auf den Flur, steckte den Kopf dann aber noch einmal ins Zimmer. „Verzeih den kleinen Trick, doch sonst hätte ich wohl nie mit dir sprechen können. Es lag mir am Herzen, die Sache zu bereinigen.“

Noch immer konnte Lissi nur nicken. Nach ein paar Sekunden hatte sie sich wieder gefangen und stieß einen Jubelschrei aus. Es war also doch nicht ihr Fehler gewesen, und Herr Wanne würde sofort zurück sein. Sie überlegte kurz, was mit dem „verkehrten Hexenklatsch“ gemeint sein könnte. Wahrscheinlich sollte sie nicht kleinen Finger an kleinen Finger und Daumen an Daumen, sondern kleinen Finger an Daumen tippen. Der Spruch war einfach, und jetzt musste sie sich nur noch vorstellen, wo Herr Wanne wieder auftauchen sollte. Am besten wohl vor der Schule, dachte sie.

Lissi schloss die Augen, dachte fest an das Schulhaus und begann, den Hexenklatsch auszuführen. Die Hände hielt sie verdreht, während sie einmal, zweimal, dreimal, viermal, fünfmal, sechsmal die Finger aneinanderdrückte.

Aus dem Garten kam fröhlicher Jubel, die Gäste ließen das Brautpaar erneut hochleben. Tinkas Stimme übertönte alle, als sie rief: „Und jetzt ran an die Torte!"

Lissi sah Tinka, wie sie sich das größte Stück eroberte und später dann wieder ihren Bauch prüfend befühlte, ob er größer geworden war.

Lissi führte Hexenklatsch Nummer sieben aus und öffnete wieder die Augen. Nicht nur, weil sie fertig war, sondern weil von draußen ein neuerlicher Schrei kam. Diesmal war es kein Jubel- und Glückwunschruf, sondern ein erschrockener Aufschrei. Sie stürzte ans Fenster und sah hinunter in den Garten.

Ihr Blick auf den Tisch, auf dem die Hochzeitstorte aufgebaut war, war ausgezeichnet. Die Gäste bildeten einen großen Kreis rundherum. Neben der Torte, das lange Messer gemeinsam in der Hand, standen Herr Meierbeer und Frau Schnabel.

Von der Pyramide war nichts mehr übrig. Der Tortenturm war zusammengepresst, und mittendrin saß Herr Wanne. Seine Hasenaugen waren so groß und rund wie nie zuvor. Entsetzt sah er sich um, und sein Kopf ruckte wie bei einem ängstlichen Vogel.

„Wer sind Sie?", fragte Frau Schnabel fassungslos.

Tinkas Stimme antwortete: „Unser Mathelehrer ist das, Herr Wanne!"

Die Hochzeitsgäste begannen, aufgeregt durcheinander zu reden. Wie bitte kam ein Mathematiklehrer in die Hochzeitstorte? War er vom Himmel gefallen? Niemand hatte gesehen, wie er gekommen war.

Am Fenster im ersten Stock stand Lissi und hatte die Hände vor das Gesicht geschlagen. Was hatte sie da nur angerichtet?

Von der Seite näherte sich eine hagere Gestalt im wehenden grauen Mantel. Sie warf einen schnellen Blick nach oben zu Lissi und deutete ihr, ganz ruhig zu bleiben. Aurora schenkte ihr sogar ein gütiges Lächeln, zu dem Lissi sie niemals für fähig gehalten hätte. Die Hexe blieb hinter den Gästen stehen, schloss die Augen, konzentrierte sich und machte den Hexenklatsch dreimal.

Der Jubel setzte wieder ein, und Tinka rief: „Und jetzt ran an die Torte!"

Es war, als hätte Aurora einfach mal die Zeit zurückgedreht. Kein Herr Wanne mehr in der Torte.

Die Gäste schienen von dem Vorfall nichts mehr zu wissen, und das Fest ging weiter.

Wie benommen taumelte Lissi die Treppe hinunter. Durch das kleine Fenster neben der Haustür sah sie noch Auroras grauen Mantel durch das Gartentor wehen. Sie konnte nur hoffen, dass die Hexe den Lehrer dorthin gehext hatte, wo Lissi ihn hatte haben wollen.

Im Garten kam ihr Tinka entgegen, die mit Genuss ein großes Stück der Nusstorte verdrückte.

„He, du siehst aus, als wäre dir ein Geist begegnet", sagte sie mit vollem Mund. Lissi berichtete, was sich ereignet hatte, und Tinka hörte staunend zu.

„Aber wo glaubst du, ist er jetzt?", fragte sie und spuckte dabei Nusskrümel.

Lissi zuckte mit den Schultern.

Tinka schnappte auf einmal nach Luft und deutete hinter Lissi. Als sie sich umdrehte, sah sie Herrn Wanne. Er trug denselben braunen Kordsamtanzug wie vor drei Tagen und presste eine abgewetzte Ledermappe an die Brust. Verwirrt blickte er sich im Getümmel um, das im Garten herrschte. Die einzigen vertrauten Gesichter, die er erblickte, waren die von Tinka und Lissi. Er steuerte auf die zwei zu und grüßte sie mit einem kurzen Nicken.

„Guten Tag, Herr Wanne", grüßten die Mädchen zurück.

„Ist das hier eure Party?“, fragte Herr Wanne und musterte die Gäste in ihren feinen Anzügen und Kleidern.

„Nein, unsere Eltern haben geheiratet“, erklärte Lissi.

„Stück Torte?“, bot Tinka an.

„Geheiratet? Aha!“ Die Verwirrung des Mathematiklehrers wuchs. Er gab sich einen Ruck, sah Lissi eindringlich an und sagte: „Ich habe eine Aufzeichnung von Frau Reingard gefunden, die deine Mitarbeit in der Schule als besonders gut bezeichnet. Das zählt für deine Jahresnote und macht ein Durchkommen sehr wahrscheinlich. Darüber hinaus ist mir bekannt geworden, dass Frau Reingard dir zur Übung zehn Aufgaben erteilt hat. Beherrschst du diese, wird sich deine Note verbessern.“

Lissi sah ihn an, als hätte er gerade rückwärts gejodelt. Was war in Herrn Wanne gefahren? Seit wann redete er so mild und menschlich?

„Nächste Woche Mittwoch ist deine Prüfung, sei bitte gut vorbereitet. Schließlich sollen deine Ferien nicht durch Lernen für Mathe gestört werden.“ Mit einem lächelnden Blick auf das Brautpaar fügte er hinzu: „Und da ich davon ausgehe, dass du die Prüfung bestehst, muss ich deine Eltern über die kleine Schwäche in Mathematik gar nicht verständigen.“ Danach zwinkerte er Lissi verschwörerisch zu und schaffte etwas, das wie ein Lächeln aussah. „Schon gar nicht am schönsten Tag ihres Lebens."

Er nahm das Tortenstück, das Tinka ihm organisiert hatte, und als die Musikgruppe wieder zu spielen begann, bewegte er sich im Takt. Als er mit der Torte fertig war, forderte ihn eine Tante von Tinka zum Tanzen auf, und Herr Wanne kam sofort mit.

Staunend sahen ihm die Mädchen nach.

„Was ist denn in den gefahren?", fragte Tinka.

Über Lissis Gesicht breitete sich ein strahlendes Grinsen aus. „He, mein Hexenspruch muss jetzt doch noch gewirkt haben. Vielleicht hat Aurora auch nachgeholfen. Egal." Aus Herrn Wanne schien ein „glücklicher Lehrer mit großem Herzen, selbst für die dümmsten Schüler" geworden zu sein, „der gute Noten verteilte wie der Weihnachtsmann Geschenke".

„Lernen wirst du aber trotzdem müssen", meinte Tinka. Lissi seufzte tief. Ihre Schwester klopfte ihr auf den Rücken. „Wenn du willst, helfe ich dir. Wir schaffen das schon."

Lissi stimmte zu. Ihre Augen verengten sich allerdings, als sie Stan und Frank am Eingang zum Zelt stehen und feixen sah. Die zwei äfften verschiedene Onkel und Tanten nach und hatten viel Spaß dabei.

„Rache!", knurrte Lissi. „Rache, für die Erpressung und die Angst."

Tinka hielt sie zurück. „Wir dürfen niemandem etwas Böses hexen, das weißt du."

Grimmig brummelte Lissi vor sich hin, bis auf einmal ein teuflisches Lächeln in ihrem Gesicht auftauchte. „Komm", sagte sie zu ihrer Schwester. Mit Herzklopfen folgte ihr Tinka.

Vor den beiden Jungen pflanzte sich Lissi auf und sah sie durchdringend an. Sie blickte von Frank zu Stan und wieder zurück.

„Mach Meter, Schwester!", gab Stan aus dem Mundwinkel von sich.

Lissi bohrte ihm den Zeigefinger in die Brust. „Gleich, bester Bruder", sagte sie unerwartet freundlich und mit honigsüßer Stimme. „Nur zur Warnung: Wir wissen jetzt alles über euch. Wir wissen auch DAS!"

Die Jungen wechselten überraschte, erschrockene Blicke und strafften die Schultern.

„Äh … Wie meinst du das? Das mit den Briefchen an euch … war nur ein Spaß!", erklärte Stan und tänzelte verlegen hin und her.

Tinka, die verstand, dass Lissi nur bluffte, trat an die Seite ihrer Schwester und sagte mit ernster Miene: „Von den Briefen reden wir nicht. Sondern von … na, ihr wisst schon. Und wenn wir das herumerzählen, dann … na, ihr wisst schon."

„Das tut ihr doch nicht!" Stan machte ein Gesicht,

als würden rund um ihn dreißig Alarmglocken Sturm läuten. Selbst Frank schien erschrocken.

„Hängt von euch ab. Macht ihr Ärger, packen wir aus!“, drohte Lissi.

„Wir halten Sicherheitsabstand“, versprach Stan. Er stieß Frank an, damit dieser zustimmte. „Ja, wir halten uns fern“, gab Frank von sich.

„Wir werden ja sehen!“ Lissi und Tinka drehten sich um und tauchten in der Schar der Gäste unter. Als sie weit genug von den Brüdern entfernt waren, brachen sie in schallendes Gelächter aus.

„Siehst du, Jungen haben immer etwas auf dem Kerbholz!“, erklärte Lissi. „Und eigentlich muss man keine Hexe sein, um sie um den Finger zu wickeln.“

„Na ja, mit Hexerei macht es aber noch mehr Spaß!“, erklärte Tinka und zwinkerte ihr verschwörerisch zu. Gleich beim nächsten Besuch in ihrem Haus würden sie die Bücher nach Sprüchen durchsuchen, mit denen sie den Brüdern „etwas ganz besonders Nettes“ hexen konnten.

ZUTRITT NUR FÜR HEXEN!

No Jungs!

Mehr Pep für Mam!

Peinlich, peinlich!

„Was war das?“ Tinkas Stimme zitterte leicht. Sie hatte sich mit einem Ruck im Bett aufgesetzt und die Decke bis zum Kinn hochgezogen. Dabei waren vier ihrer Kuscheltiere zu Boden geschleudert worden. Ein Plüschelefant mit schlaksigen Beinen lag auf einem weißen Stoffhäschen, und es sah aus, als hätte er es platt gedrückt.

„Hast du das gehört?“, flüsterte Tinka heftig zum anderen Ende des Zimmers, wo ihre Stiefschwester Lissi schlief.

„Grmmm“, war die einzige Reaktion, die Tinka erhielt. Dicke Stricke ächzten leise und Bettzeug raschelte.

Lissi lag in dieser Nacht wieder einmal in ihrer gemütlichen Hängematte, die sie quer durch das

Zimmer gespannt hatte. Beim Umdrehen gaben die Seile gequälte Geräusche von sich.

„Da! Schon wieder!", meldete Tinka aufgeregt.

Aus Lissis Richtung kam nur ein drohendes Knurren. Sie wollte endlich schlafen und hatte sich dazu bereits das Kissen über den Kopf gezogen.

Tinka ließ die Beine aus dem Bett gleiten und stand auf. Durch die offene Balkontür kam ein kühler Windhauch, der sie schaudern ließ. Im Dunkeln tastete sie nach ihrem Bademantel und schlüpfte hastig hinein. Barfuß tappte sie durch das Zimmer, das sie mit Lissi teilte.

„Autsch! Aua!", jaulte sie auf und sprang auf nur einem Bein im Kreis. Sie war an einen von Lissis Kakteen angestoßen, von denen Lissi mehr als vierzig Stück besaß. Die langen harten Stacheln hatten sich unbarmherzig in Tinkas Wade gebohrt. „Musst du das Zeug auf dem Boden herumstehen lassen?", schimpfte sie zischend.

Eine Bettdecke wurde zur Seite geworfen und Füße sprangen auf. Wie eine Rachegöttin tauchte Lissis zerstrubbelter Kopf aus der Dunkelheit im grauen Lichtstreifen auf, der durch das Glas der Balkontür fiel. Ihre Locken schienen noch energischer wegzustehen als sonst. Ein bisschen erinnerte Lissi an die Zeichentrickfiguren, die in eine Steckdose gegriffen hatten.

Sie betonte jedes Wort einzeln, als sie sagte: „Du-nervst, Frau-Zitter-BAUCH! Kleb-dich-an-die-Matratze-und-RUHE!“

Das mit dem „Zitterbauch“ war ein Volltreffer. Tinka hatte etwas gegen das kleine Bäuchlein unter ihrem Nabel, das hartnäckig blieb und ihr so gar nicht passte. Lissi wusste genau, wie sie ihre Stiefschwester und beste Freundin treffen konnte, wenn sie das sagte.

Nachdem Tinka schnaufend den Mund ein paar Mal stumm auf- und zugemacht hatte, platzte sie heraus: „Und wenn Einbrecher im Wohnzimmer sind? Es poltert die ganze Zeit dort unten!“

Lissi zuckte gleichgültig mit den Schultern. „Bei uns gibt es nichts zu klauen. Seit der Hochzeit ist Papa pleite!“

„Vielleicht wollen sie David entführen!“

David war Lissis kleinster Bruder und gerade erst viereinhalb Jahre alt.

„Die Nervensäge können sie gerne haben. Ich wette, nach spätestens einem Tag bettelt jeder Entführer, dass wir den Gnom zurücknehmen. Die zahlen vielleicht sogar noch dafür.“

„Ach, mit dir kann man ja nicht reden!“, fauchte Tinka und machte eine wegwerfende Handbewegung. Auf Zehenspitzen schlich sie zur Tür und presste das Ohr gegen das kühle Holz. Draußen schien alles ruhig. Im Augenblick war kein Poltern zuhören.

Vor drei Monaten war aus den Schnabels (zu denen Tinka gehörte) und den Meierbeers (zu denen Lissi gehörte) eine Großfamilie geworden. Tinkas Mutter (sie lebte allein, seit ihr Mann die Familie einfach hatte sitzen lassen) und Lissis Vater (lebte ebenfalls allein, seit Lissis Mutter gestorben war), hatten sich verliebt und schließlich beschlossen zu heiraten.

Bereits vor der Hochzeit waren die beiden Familien in ein geräumiges Haus mit Garten gezogen, in dem Boris Schnabel-Meierbeer außerdem noch seine Arztpraxis hatte.

Kinder gab es bei den Schnabel-Meierbeers, wie sie jetzt hießen, genug. Lissi hatte zwei Brüder und Tinka ebenfalls. Die Brüder von Lissi hießen David und Frank. Während David mit seinen viereinhalb Jahren ständig schwankte zwischen niedlich, süß und nervig, war Frank mit seinen knapp vierzehn nur noch eins, nämlich nervig.

Zu hören bekam man von ihm wenig, da er den Mund in der Regel nur zum Essen öffnete. Mit ihm zu reden war fast unmöglich, weil er sich ständig über Kopfhörer Musik in die Ohren hämmerte. Und welche Augenfarbe er hatte, wusste auch kaum noch jemand, da Frank seine kleine runde Sonnenbrille nicht einmal in der Dusche abnahm.

Tinkas Brüder-Exemplare waren dagegen fast zahm. Stan, der so alt war wie Frank, mimte den Coolen: Er hatte die Haare immer gelackt: und lief stets in schicken Klamotten herum. Tinka war überzeugt, dass sein größter Wunsch ein Spiegel war, der sofort in Bewunderungs- und Verzückungsschreie ausbräche, wenn Stan einen Blick hineinwarf.

Thorsten, der bereits die Schule fertig hatte und an der Uni studierte, hatte sich früher gerne als Vaterersatz aufgespielt. Boris hatte ihm diese Position streitig gemacht, und seither beschränkte sich Thorsten darauf, alle zu belehren und so zu tun, als hätte er die Weisheit mit der Mistgabel gegessen.

„Buu!", machte Lissi direkt in Tinkas Ohr. Erschrocken sprang Tinka zurück, denn den Weg nach vorn versperrte die Tür. Sie stieß mit Lissi zusammen, die einen gepressten Schmerzensschrei von sich gab und die Hand auf das linke Auge drückte. „Du hast wohl Spinnweben statt Nerven!", blaffte sie.

„Bitte, geh mit mir nach unten nachsehen, was im Wohnzimmer los ist", bettelte Tinka. „Ich kann sonst nicht schlafen."

„Und da du mich dann auch kein Auge zutun lässt, erfülle ich dir den Wunsch", erklärte Lissi und ließ einen tiefen Seufzer folgen.

Mit beiden Händen fasste Tinka den Türgriff und drückte ihn nach unten. Mit angehaltenem Atem tappte sie in die Diele hinaus. Aus den Zimmern, in denen die Jungen schliefen, drang kein Laut.

An der Wand entlang schlich Tinka zum Treppenabgang und spähte hinunter ins Erdgeschoss.

Wieder rumpelte es, als würde jemand Möbel herumschieben.

„Was tun wir, wenn es Einbrecher sind?“, hauchte Tinka Lissi zu.

„Wir bellen, damit sie glauben, wir hätten Hunde!“, flüsterte Lissi zurück. Sie schaffte es nicht, ernst zu bleiben.

Beleidigt wandte sich Tinka ab und tappte Stufe für Stufe die Treppe runter. Unter der Tür des Wohnzimmers fiel ein dünner Lichtstreifen durch.

Diesmal polterte es nicht, sondern es gab einen dumpfen Knall, gefolgt von einem Klirren, als wäre etwas gegen die Glastüren geprallt, die auf die Terrasse führten.

Tinka blieb erschrocken stehen. Lissi, die dicht hinter ihr kam, prallte gegen sie.

Die Wohnzimmertür hatte ein altmodisches, großes Schlüsselloch, in dem kein Schlüssel steckte, wie die Mädchen wussten. David war mitten im Sommer eingefallen, dass das Christkind zu Weihnachten immer das Wohnzimmer abschloss. Um das zu verhindern, hatte er den Schlüssel im Klo hinuntergespült.

Vorsichtig beugte sich Tinka vor und spähte durch das Schlüsselloch.

Der Ausschnitt, den sie sah, war klein. Sie konnte aber sofort aufatmen: Es waren keine Einbrecher am Werk. Vor ihr bewegten sich Boris Schnabel-Meierbeer und ihre Mutter.

Aber was taten die beiden da? Sie torkelten, wobei Boris Tinkas Mutter stützte, dann wieder schubste und stieß, danach zog und zerrte und …

Tinka sog heftig die Luft ein.

„Was 'n?", kam es leise von hinten.

„Dein Vater spinnt!", flüsterte Tinka aufgebracht. „Das musst du sehen." Sie gab den Platz vor der Tür frei, damit auch Lissi durch das Schlüsselloch spähen konnte.

„Häää?", hörte sie Lissi sich wundern.

„Was tut er da? Will er sie umbringen?", zischte Tinka.

Boris Schnabel-Meierbeer stieß seine Frau an der Schulter nach hinten und bog sie über seinen Arm, den er ihr ins Kreuz gelegt hatte. Es wirkte, als versuchte er, sie abzubrechen.

„Tu was!", fuhr Tinka ihre Stiefschwester an.

„Was denn?" Lissi warf die Hände in die Höhe.

Im Wohnzimmer klirrte es. Nach einer kurzen Schrecksekunde folgte ein verlegenes Gekicher, wie man es Erwachsenen eigentlich nicht zutraute.

„Deine Mutter gackert wie ein Huhn", erklärte Lissi patzig. Sie konnte es nicht ausstehen, wenn Tinka etwas gegen ihren Vater sagte.

„Ich will jetzt sofort wissen, was die da machen!", erklärte Tinka und stieß energisch die Tür auf. Da Lissi vorn stand, sahen die Eltern sie als Erste.

Boris und Grit Schnabel-Meierbeer lagen schief auf der Couch und hatten eine Lampe von einem niedrigen Tischchen gestoßen. Erschrocken blickten sie auf, als seien sie bei etwas Verbotenem ertappt worden.

„Lissi, wieso platzt du einfach so herein?", fragte Boris Schnabel-Meierbeer vorwurfsvoll und befreite sich aus der unbequemen Lage. Verlegen zupfte er an seinem Hemd, das ihm aus der Hose hing.

„Ich? Nicht ich, sondern Tinka", verteidigte sich Lissi.

Tinkas Gesicht tauchte seitlich im Türrahmen auf. Sie grinste verlegen und fragend.

Ihre Mutter stemmte sich in die Höhe und fasste sich an die Brust. Sie schien etwas außer Atem. Aus ihrem aufgesteckten Haar hingen viele dünne Strähnen nach allen Seiten, und sie hatte rote Flecken auf den Wangen.

„Boris bringt mir das Tangotanzen bei", erklärte sie den Mädchen. „Sehr geschickt stelle ich mich aber noch nicht an."

„Von wegen Einbrecher, Entführer und Massenmörder", raunte Lissi ihrer Schwester aus dem Mundwinkel zu.

„Nein, nein, Grit, du machst das schon ganz großartig", lobte Lissis Vater seine Frau. Er deutete den Mädchen, sich zu setzen. „Wir werden euch vorführen, was wir heute geübt haben."

Tinka schloss die Augen und wäre am liebsten im Boden versunken. „Ist das peinlich", murmelte sie.

„Müssen wir uns setzen?", fragte Lissi gedehnt.

„Nein, nein, ihr könnt auch stehend zusehen", erklärte Boris übermütig. Lissi hatte eigentlich gemeint, ob sie sich die Vorführung überhaupt antun mussten, aber das hatte er überhört.

„Besser sitzen, sonst haut es uns um", brummte Lissi und zog Tinka auf das Sofa.

„Wir machen es gleich mit Musik", trällerte Boris Schnabel-Meierbeer und drückte einen Knopf an der Stereoanlage. Er hatte wohl vergessen, vorher einen Blick auf die Lautstärke zu werfen. Die Tango-Musik brüllte aus den Lautsprechern, und Grit und Boris stürzten gleichzeitig an das Gerät, um leiser zu drehen.

Von oben kam Stans Stimme: „Ruhe dort unten! Ich schreibe morgen eine Mathearbeit."

Von seinem Schreien wurde nun auch David munter und kam heulend die Treppe herunter. Seine

Schlafanzughose hing wie gewöhnlich auf Halbmast.

„Peinlich. Einfach nur peinlich", murmelte Tinka kopfschüttelnd.

„Wir nützen die Gelegenheit und verdünnisieren uns", raunte ihr Lissi zu.

Auf dem Weg nach oben warf Tinka Lissi vor: „Dein Vater hat einen schlechten Einfluss auf meine Mutter. Früher hätte sie so etwas nie gemacht!"

„Vielleicht liegt es auch an deiner Mutter", feuerte Lissi sofort zurück. „Sie macht Papa ganz verrückt. Ich wusste gar nicht, dass er Tango tanzen kann."

„Kann er auch nicht", erwiderte Tinka spitz. „Wenn er es könnte, würden sie nicht ständig gegen Möbel stoßen und an Fenster donnern."

Lissi gähnte, ohne sich die Hand vorzuhalten. „Keine Lust auf Streit. Unsere Eltern haben einen leichten Anfall von Spinneritis."

„Spinneritis? Was soll das sein?"

„Sie spinnen. Ich wollte es nur so ausdrücken, wie Papa es sagen würde. Bei ihm hat doch schon Halsweh einen komplizierten Namen mit einem -itis oder so am Ende!", erklärte Lissi.

Bald kehrte im Haus wieder Ruhe ein. Mit einem „schrecklich peinlich" auf den Lippen schlief Tinka ein.

Lieber Boden, verschluck mich!

Der nächste Tag war ein Freitag und der Lieblingstag von Tinka und Lissi. Von Freitagmittag bis Sonntagmittag durften sie in ihrem eigenen Haus übernachten und wohnen. Ganz allein. Ohne Eltern. Und vor allem ohne Brüder, denn am Gartentor hing ein Schild mit der Aufschrift NO JUNGS!.

Die Schwestern hatten ein Geheimnis, von dem niemand etwas ahnte: Sie besaßen Hexenkräfte. Frau Schicketanz, die ihnen das Haus geschenkt hatte, war nicht nur eine schrullige alte Dame, sondern auch eine echte Hexe, die auf die beiden Mädchen ihre Kräfte übertragen hatte.

Lissi und Tinka hatten Frau Schicketanz kennengelernt, als sie für die Schule Leute besuchen und befragen mussten, die schon lange in ihrer Stadt lebten. Das windschiefe, aber urgemütliche Haus in der Kristallgasse war ihnen auf Anhieb unheimlich, gleichzeitig aber auch sehr sympathisch.

Kurze Zeit später wurden Lissi und Tinka zu einem Anwalt bestellt und erfuhren, dass Frau Schicketanz für immer aus der Stadt weggezogen war. Das Haus wollte sie den Mädchen schenken. Hierzu mussten sie dem Anwalt den sogenannten Folfonia-Schlüssel bringen.

Tinka und Lissi suchten diesen Schlüssel, der sich als unsichtbarer Handbesen herausstellte, und lieferten ihn beim Anwalt ab. Dieser händigte ihnen dafür einen unsichtbaren Gummisauger aus, wie er zum Reinigen verstopfter Toiletten verwendet wird. Das war nun ihr eigener Folfonia-Schlüssel und das Zeichen für ihre Hexenkräfte. Der Anwalt erklärte ihnen, dass diese bereits aktiviert seien, und hieß sie im Club der Hexen willkommen.

Langeweile gab es seither für die Mädchen nicht mehr. Besonders spannend wurde es, wenn zum Beispiel ein Kontrolleur des Hexenclubs oder eine Nachhilfe-Hexe auftauchte.

Bevor Lissi und Tinka sich aber in ihr Haus zurückziehen konnten, stand noch ein Schultag bevor.

„Wenn ihr wollt, nehme ich euch im Auto mit. Ich muss heute erst um neun in der Bank sein“, bot ihre Mutter an.

„Angenommen“, meldete sich Stan überraschenderweise. Tinka beobachtete staunend, dass seine Hand zitterte, als er den Löffel mit aufgeweichten Cornflakes zum Mund führte.

„Hast du das große Zittern vor der Schularbeit?“, fragte sie ihn ganz nebenbei.

„Ach, nein, wie kommst du darauf?“ Stan umfasste den Löffel stärker und presste den Arm an die Seite, um nicht mehr zu zittern.

In der Küchentür tauchte Frank auf. Er sah aus wie eine Mumie aus einer Pyramide. Er hob die Hand zum Gruß und setzte sich wortlos an den runden Tisch.

Grit Schnabel-Meierbeer holte tief Luft und bemühte sich, die Ruhe zu bewahren.

Die Frage „Musst du immer Kopfhörer und Sonnenbrille tragen?“, konnte sie sich dann aber doch nicht verkneifen.

Frank hörte sie gar nicht und wippte nur zum Takt der Musik, die ihm in die Ohren rieselte.

Grit schnaubte, zog einen Kopfhörer zur Seite und wiederholte die Frage.

„Was stört dich?“, knurrte Frank.

„Wir alle hätten gerne etwas mehr von dir!“, erklärte seine neue Mutter. „Und wir würden auch gerne deine Augen sehen. Hältst du das für möglich?“

„Sind beide noch da!“ Zum Beweis hob Frank für eine Sekunde die Sonnenbrille, um sie dann aber wieder energisch zurückzuschieben.

„Wie wär's einmal mit einem neuen ‚Outfit‘?“ Grit sprach das Wort aus, als wäre es etwas Stachliges.

Tinka rollte die Augen. „Peinlich, peinlich“, brummte sie. Wenn Erwachsene solche Wörter verwendeten, um flotter zu wirken, war das meistens nur peinlich.

Frank erhob sich und ließ keinen Zweifel daran, wie entsetzlich nervig er die Auseinandersetzung fand. Er zog an seiner ausgebeulten olivgrünen Hose und dem Schlabber-T-Shirt. Seit mindestens drei Wochen trug er nichts anderes. Er warf das T-Shirt sogar selbst in die Waschmaschine, um es am nächsten Morgen wieder anziehen zu können.

„He, Mam, lass ihn“, flehte Tinka und warf ihrer Mutter einen sehr eindringlichen Blick zu.

„Grit, morgen ziehe ich mich für dich anders an“, versprach Frank, aber es klang eher wie eine Drohung. Danach begann er in aller Ruhe, seine Cornflakes mit viel Milch zu mischen.

Lissi beobachtete, wie Stan ihn mit dem Ellbogen anstieß. Ohne aufzuhören, die Cornflakes und die Milch zu einem Brei zu verrühren, raunte Frank ihm aus dem Mundwinkel zu: „Alles im grünen Bereich. Schmeiß nicht die Nerven weg, Bruder!“

Was heckten die beiden schon wieder aus? Normalerweise war es nie etwas Gutes.

Grit klatschte in die Hände und mahnte zum Aufbruch. Lissi und Tinka nahmen das Angebot, mit dem Auto gefahren zu werden, gern an. Stan und Frank schütteten sich unter lautem Schlürfen die Reste ihres Cornflakes-Papps in den Mund, wischten ihn mit dem Unterarm ab und sprangen auf.

„Wir kommen auch mit!", riefen sie selten einstimmig.

Tinka zog das rechte Nasenloch hoch und sagte zu Lissi: „Es wäre eine Beleidigung zu sagen, die zwei fressen wie die Schweine."

Lissi verstand den Scherz und nickte. „Richtig. Eine Beleidigung für jedes Schwein."

Während die Mädchen vergnügt gluckten, schnitten die Jungen hinter ihrem Rücken Grimassen und gaben sich gegenseitig zu verstehen, wie armselig und dämlich sie die Schwestern fanden.

Grit Schnabel-Meierbeer fuhr einen kleinen, uralten Wagen, den sie liebevoll „Spucki" nannte.

Die Schwestern mussten sich mit Stan auf die winzige Rückbank quetschen, während es sich Frank auf dem Beifahrersitz bequem machte. Als das ziegelrote Schulhaus bereits in Sichtweite war, geschah es dann: „Spucki" spuckte, als wäre ihm etwas schlecht bekommen und ruckelte ein paar Mal. Die Insassen wurden alle nach vorn geworfen, und schließlich blieb Spucki bockig stehen.

Immer wieder versuchte Grit, ihn zu starten. Der Motor gab aber nur ein jämmerliches Gurgeln und Würgen von sich. Verzweifelt klopfte Grit, auf das Armaturenbrett und suchte links und rechts vom Lenkrad, als wäre dort der Fehler versteckt.

Ohne ein Wort zu sagen, trommelte Frank vorwurfsvoll mit dem Zeigefinger auf das Fenster, hinter dem sich der Tachometer und andere Anzeigen befanden.

Hinter Grit wurde ungeduldig gehupt. Lissi drehte sich um, weil sie den Leuten hinter ihnen den Vogel zeigen wollte. Tinka konnte sie im letzten Augenblick zurückhalten und ihre Hand am Gelenk packen.

„Das ist doch Greta", raunte sie Lissi zu.

„Flotte Kutsche, die ihre Mutter da fährt!", meinte Lissi bewundernd.

Gretas Mutter drückte immer wieder auf die Hupe des roten Flitzers. Er war einer dieser Wagen, die so niedrig waren, dass man meinte, sie sollten auch unter geschlossenen Bahnschranken durchfahren können. Das Stoffdach des Cabrios war geöffnet, und Greta richtete sich im Sitz auf, um zu sehen, was vor ihnen los war.

„Ich fürchte, ihr müsst mich schieben", sagte Grit mit einem sehr verlegenen Lächeln.

Mit unwilligem Grunzen stieg Frank aus. Stan folgte und brummte etwas von „Frauen am Steuer" in sich hinein. Seine Mutter packte ihn am Arm und sagte drohend: „In Zukunft, lieber Sohn, gehst du eben zu Fuß, bevor du dich in ein Auto setzt, das von einer Frau gelenkt wird."

Tinka seufzte tief. „Peinlich. Absolut peinlich", jammerte sie leise und warf einen verstohlenen Blick auf den Sportwagen.

„Hallo Lissi, hallo Tinka!", rief Greta mit ihrer lauten Stimme und winkte wedelnd mit beiden Händen. Sie benahm sich immer so, damit sie auch bestimmt von allen bemerkt wurde. Umständlich schälte sie sich aus dem Sportflitzer und zupfte ihr Kleid zurecht, das feucht am Rücken klebte.

Gretas Mutter stemmte sich aus dem Sitz hoch und spähte über die Kante der Windschutzscheibe. „Was ist denn los? Wieso fahren Sie nicht weiter?" Genervt warf sie den Kopf zur Seite. Sie war genau das Gegenteil von Greta: schlank, elegant, mit einem länglichen Gesicht und einer wilden schwarzen Haarmähne. Mit einem genervten Stöhnen ließ sie sich wieder in den tiefen Ledersitz sinken.

Frank und Stan standen hinter Grits Wagen und stemmten sich dagegen.

„Hast du die Handbremse angezogen?", rief Stan nach vorn. „Oder stehst du auf der Bremse?"

„Oder seid ihr nur zu schwach?", ergänzte Lissi. Sie presste die Hände auf die Rückscheibe, worauf sich das Auto in Bewegung setzte. Grit kurbelte heftig und lenkte es an den Rand.

„Na endlich", stöhnte Gretas Mutter auf, als wäre sie einen Tag und eine Nacht im ewigen Eis festgesessen. „Alte Karren gehören auf den Schrottplatz und nicht auf die Straße."

Tinka hörte es und wünschte sich wieder einmal, der Boden möge sie verschlingen.

Greta trat zu ihr, legte ihr die feuchte, pummelige Hand auf die Schulter und fragte fürsorglich: „Alles in Ordnung, Schätzchen? Du wirkst so niedergeschlagen."

Tinka versicherte Greta mit Haifischgrinsen und zusammengebissenen Zähnen, dass alles in bester Ordnung sei.

„Kümmert euch nicht um mich, ich ... ich hole mir Benzin von der Tankstelle!", rief Grit Schnabel-Meierbeer ihren Kindern zu und winkte aus dem offenen Wagenfenster. Sie trug an diesem Tag ein graues Kostüm mit weißer Bluse und einer großen Schleife am Hals. Tinka fiel dazu nur eines ein: „Peinlich!"

Wie eine Schlange wand sie sich unter Gretas Hand hervor und schritt mit Lissi auf das Schultor zu. Von allen Seiten strömten Jungen und Mädchen herbei. Da es zwei Minuten vor acht war, hatten alle schon einen flotteren Gang eingelegt.

Ein dunkler Wagen hielt, die Tür flog auf und die immer muntere Antje sprang heraus. Ihr dunkelblonder Pferdeschwanz wippte wie gewöhnlich auf und nieder.

„Küsschen, Mutti!“, rief sie in den Wagen.

Leise surrend senkte sich das Fenster auf der Fahrerseite. Das gepuderte Gesicht einer Dame wurde sichtbar. Sie trug helle Handschuhe, und an ihren Ohren hingen glitzernde Gebilde, die auf jeden Weihnachtsbaum gepasst hätten.

„Antje, mein Schatz, vergiss nicht, um zwei Uhr hast du heute einen Termin beim Friseur. Lass dir bitte endlich die Stirnfransen kürzen. Sonst siehst du aus wie der Bobtail unserer Nachbarn.“

„Mache ich, Mutti!“, versprach Antje, klemmte ihre Mappe fester unter den Arm und kam mit strahlendem Zahnpastalächeln auf Lissi und Tinka zu. „Guten Morgen!“ grüßte sie.

„Bobtail? Ist das nicht ein Hund?“, fragte Lissi gedankenverloren.

Antje lächelte schief. „So ein wuscheliger, bei dem man die Augen nicht sieht. Mutti ist da sehr pingelig. Aber Lorenzo ist auch der beste Friseur, den ich kenne. Der kann Stirnfransen so schneiden, dass Mutti sie kurz und ich sie lang finde.“

„Lorenzo!“ Tinka starrte vor sich hin. Der neidische Unterton in ihrer Stimme war nicht zu überhören. Lorenzo war der beste Friseur der Stadt, und Tinka hätte viel dafür gegeben, sich einmal von ihm die Haare schneiden lassen zu können. Leider war er auch mit Abstand der teuerste Friseur der Stadt und Grit Schnabel-Meierbeer würde sofort sagen: „Tinka, wir brauchen unser Geld dringend für andere Sachen.“

Der Schulgong schallte aus dem großen Vorraum, und die letzten Schüler vor dem Haus gaben Gas.

Mütter auf dem Laufsteg

Nach der langen Pause rauschte Frau Reingard in die Klasse von Tinka und Lissi. Ihr Spitzname lautete „Windhose“, und sie wurde ihm immer gerecht. Manchmal hatte man bei ihr den Eindruck, dass sie von Kopf bis Fuß von kleinen Wirbelwinden umgeben war.

„Schönen guten Morgen, allerseits. Wir reisen am Montag in die Steinzeit!“, verkündete sie.

Ratlose Gesichter, verwunderte Blicke.

„Spinneritis“, hörte Tinka Lissi brummen.

Frau Reingard war nicht nur schnell und dynamisch, darüber hinaus hatte sie auch noch ausgezeichnete Ohren.

„Nein, Lissi, ich habe keine ‚Spinneritis‘. Ich meine sehr ernst, was ich gesagt habe.“

Lissi lief rosa an und blickte zur Seite. Hinter ihr gab es Gekicher, das sie dazu veranlasste, einen wütenden Blick in die Runde zu werfen.

„Wir haben die große Chance bekommen, an einem sehr interessanten Projekt teilzunehmen", erzählte Frau Reingard weiter. „Außerhalb von Lutzmannsstadt befindet sich ein Museum, und dort kann man zwei Tage lang leben wie in der Steinzeit. Diese Tage sind Montag und Dienstag der nächsten Woche."

Jubel brach in der Klasse aus, den Frau Reingard sofort mit erhobenen Händen wieder stoppte. „Meine Lieben, es handelt sich nicht um Ferientage. Ihr werdet eine Menge arbeiten müssen, und außerdem werden wir einen Bericht schreiben, sobald wir zurück sind."

Einige gaben enttäuschte Laute von sich, andere meinten, das würden sie in Kauf nehmen.

„Um diese Klassenfahrt durchzuführen, brauche ich allerdings drei Begleitpersonen. Also Eltern, die mitkommen. Durch Zufall habe ich heute drei eurer Mütter vor der Schule getroffen, und alle drei haben sich spontan bereit erklärt."

Tinka hielt die Luft an und flehte innerlich: „Bitte nicht Mama, das überstehe ich nicht."

Ihre schlimmsten Befürchtungen wurden noch übertroffen, als sie Frau Reingard sagen hörte:

„Gretas Mutter, Antjes Mutter und die Mutter von Tinka und Lissi werden mit uns reisen."

„Das ist zu peinlich", entfuhr es Tinka.

Vor ihrem geistigen Auge bewegten sich die drei Mütter über einen Laufsteg. Allen voran die elegante, superschicke Greta-Mutter, gefolgt von einer energischen Antje-Mutter. Ihnen hinterdrein hampelte Grit Schnabel-Meierbeer, mit etwas aufgelöster Frisur und leicht schiefem Rock.

Wie im Zeichentrickfilm brach diesmal der Holzboden gnädigerweise und verschluckte Tinka, sodass sie die Schande nicht länger ertragen musste.

„Tinka, aufwachen!", rief jemand. Sie schüttelte sich, das ausgezackte Loch verschwand, und dafür erschien das gütig lächelnde Gesicht der Windhose vor ihr. „Zum Träumen ist jetzt keine Zeit."

„Das ist ein Albtraum", murmelte Tinka.

„Wir lassen Grit einfach in ihrem Wagen fahren, dann bleibt sie ohnehin nach ein paar Kilometern stehen", beruhigte sie Lissi scherzhaft.

Tinka konnte nicht lachen.

In der nächsten Pause hielt Greta wieder einmal Hof. Sie verstand es, andere Mädchen wie ein Magnet anzuziehen. Mit weit ausholenden Gesten erzählte sie von ihrer Mutter: „Ihr werdet sie lieben. Sie ist einfach ultra."

Antjes Pferdeschwanz rotierte wie ein Propeller. Geschäftig schob sie sich neben Greta und begann einfach loszureden. Ohne Punkt und Komma plapperte sie, und es gab kein Entkommen.

„Meine Mutter ist hoffnungslos altmodisch", erzählte sie, als würde es ihr gar nichts ausmachen. „Sie hat aber jede Menge guter Eigenschaften. Erstens hält sie sich raus, wenn sie Dinge nichts angehen. Zum Beispiel klopft sie immer, bevor sie mein Zimmer betritt. Und zweitens ist sie ein Organisationstalent. Mein Vater sagt immer, sie ist der ‚Manager der Familie'. Dabei ist er selbst ein hohes Tier in dieser Elektrofirma. Aber Mutti hat alles im Griff daheim. Einmal hat Papa zehn Geschäftskollegen überraschend am Abend nach Hause gebracht und Mutti vergessen zu sagen, dass sie zum Essen kommen. Doch für Mutti war das kein Problem. Sie hat einfach ein Essen …", Antje suchte nach dem richtigen Wort und ließ den Pferdeschwanz dabei schwingen wie ein Pendel, „… gehext! Ja, es war wie Hexerei!"

Gretas Augen wanderten zu Tinka und Lissi, die etwas abseits standen. Tinka verhandelte gerade mit Lissi, damit diese ihr den Schokoriegel überließ, den Boris Schnabel-Meierbeer ihr eingepackt hatte.

„He, ihr zwei! Sagt uns was über eure Mutter! Was können wir von ihr erwarten?", rief Greta.

Tinka riss Lissi den Schokoriegel aus der Hand und biss ein großes Stück ab. Demonstrativ kaute sie, um zu zeigen, dass sie unmöglich antworten konnte. In ihrem Kopf rasten die Gedanken. Was sollte sie sagen?

Ach, unsere Mutti wird eine Sensation. Bestimmt schlüpft sie in ein Kleid aus Kuhhaut, steckt sich einen Knochen ins Haar und führt beim Lagerfeuer ihre Tangokünste vor. Wahrscheinlich verbrennt sie sich dabei das Hinterteil. Allerdings werden wir kaum bis nach Lutzmannsstadt kommen, denn ein Bus, in dem Mutti sitzt, bleibt stehen, weil das Benzin alle ist oder der Motor seinen Geist aufgibt.

Natürlich sagte Tinka das nicht. Sie konnte auch gar nicht, da sie bereits den Rest des Schokoriegels im Mund hatte und heftig kaute.

Es war Lissi, die ihr aus der Patsche half. „Bei Grit werdet ihr sprachlos sein“, sagte sie geheimnisvoll. Tinka flüsterte sie aus dem Mundwinkel zu: „Stimmt doch, oder?“

Zum Glück beendete der Schulgong die qualvolle Befragung. Als Tinka und Lissi in die Bank vor dem Lehrertisch zurückkehrten, die sie sich seit Langem teilten, raunte Tinka: „Wir müssen etwas unternehmen.“

„Heute Nachmittag werden wir schon die richtige ‚Behandlung‘ für Grit finden“, meinte Lissi und lächelte voll Vorfreude. Ihr war jeder Grund recht, um zu hexen.

Das Haus, das die Mädchen von Frau Schicketanz geschenkt bekommen hatten, lag in der Kristallgasse und hatte die Nummer 77.

„Was die alte Schicketanz jetzt wohl auf Hawaii tut?“, fragte Lissi ihre Schwester, als sie nach der Schule durch die Straßen gingen.

„Sie ist doch total verliebt oder so“, meinte Tinka.

„Und einmal, als sie im Spiegel im Wohnzimmer aufgetaucht ist, hat sie gerade Hula-Hula-Tänze geprobt“, erinnerte sich Lissi.

Schließlich hatten sie ihr Ziel erreicht und standen vor dem Holzzaun mit den seltsamen Latten. Die Kanten waren alle geschwungen, keine einzige war gerade. Neben dem Gartentor hing ein Schild, das noch Frau Schicketanz angebracht hatte:

KLINGELN NICHT NÖTIG.
SCHICKEN SIE MIR EINEN FREUNDLICHEN GEDANKEN, DANN KOMME ICH SOFORT!

Darüber war ein längliches Holzschild befestigt mit der Aufschrift: NO JUNGS! Lissi und Tinka hatten es selbst im Werkunterricht gebastelt, um ihren Brüdern klar zu sagen, wie unerwünscht sie hier waren.

Die Mädchen besaßen keinen Schlüssel, weil er auch nicht nötig war. Ein Lächeln genügte, und das Gartentor schwenkte von allein auf.

Der Garten hinter dem Zaun wirkte verzaubert. Knorrige Baumstämme, die wie muskelbepackte Männerkörper aussahen, Heckenrosen, Sträucher mit trompetenförmigen Blüten, und viele Blumen bildeten ein Dickicht, das den Blick auf das Haus verstellte.

Der Herbst kündigte sich bereits an. Da und dort leuchteten gelbe Blätter auf den Zweigen. Die Büsche blühten immer weniger, und die ersten Herbstzeitlosen sprossen auf der Wiese.

Der Kies knirschte unter den Schuhen der Mädchen, als sie den Weg entlangschritten, der sie bis vor ihr Haus führte.

Ihr Haus. Es war schon ein ungewöhnliches und besonders schönes Gefühl, ein eigenes Haus zu besitzen. Auch wenn es keine einzige gerade Kante hatte und das Dach an eine gestrickte Pudelmütze erinnerte. Die glasierten Dachziegel funkelten im Licht der Sonne, und die grün-weißen Fensterläden ließen die Fenster wie weit aufgerissene, neugierig guckende Augen wirken.

Die Eingangstür war rot und wurde von drei breiten schmiedeeisernen Bändern zusammengehalten. Aufmerksamen Beobachtern fiel sofort auf, dass sie weder Klinke noch Schlüsselloch besaß. Wer eintreten wollte, musste ganz einfach darum bitten.

Das Quietschen der Türangeln klang wie ein lang gezogenes: „Hereeeiiinspaziert!“

In der Diele funkelte und glitzerte es von den Wänden und aus allen Ecken. Auf langen Regalbrettern standen Kristalle in verschiedenen Größen. Manche färbten das Licht, das durch die Tür fiel, und ließen honiggelbe, blassblaue oder rubinrote Punkte an den Wänden tanzen. Andere Steine schienen von innen zu glühen.

Die Luft war erfüllt von Flirren und Funkeln, als würden dort Hunderte körperlose Glühwürmchen tanzen.

Zu Füßen von Tinka und Lissi brummte etwas wie ein kleiner Nähmaschinenmotor. Sie spürten einen haarigen, weichen, warmen Körper, der um ihre Waden strich.

„Hallo, Cosimo“, begrüßten sie den unsichtbaren Kater. Aus einer halb offenen Tür kam ein Haufen kleiner weißer Streifen getanzt. Tinka hatte vor einiger Zeit geglaubt, Gespenster zu sehen, bis sie herausfand, dass die weißen Streifen Cosimos Kindern gehörten. Die Mutter war eine sichtbare Siamkatze und deshalb war auch ein Teil der Kätzchen zu sehen. Aber eben nur ein Teil.

Lissi ließ sich auf den Boden sinken, grätschte die Beine, und sofort wuselten die weißen Streifen hinein wie auf einen Spielplatz. Sie knabberten mit den kleinen Zähnchen an Lissis Fingern, schlugen mit weichen Pfoten auf ihren Unterarm und versuchten, an ihrem T-Shirt hochzuklettern.

Von draußen kam das heisere Krächzen und Schreien von Krähen.

„Krähen?" Lissi tippte sich an die Stirn. „Die haben wohl ebenfalls Spinneritis. Es ist viel zu früh für Krähen. Die sollten erst im Winter kommen."

Das Schreien der Krähen wurde lauter.

Tinka trat aus der Tür und sah zum Himmel hinauf.

„Lissi, schnell!", rief sie ins Haus zurück. „Die Krähen tragen etwas in den Krallen." Nach einem weiteren Blick meldete sie: „Es ist eine Art Bilderrahmen. Und ich glaube, sie bringen ihn zu uns."

Ein Schuss zerschnitt den Nachmittagsfrieden, der über den Gärten lag.

Der Hexenspiegel

Es schien, als würde die Zeit still stehen.

Tinka hielt die Luft an und starrte mit weit aufgerissenen Augen zum Nachbargarten, über dem sich der Krähenschwarm befand. Lissi saß mit offenem Mund da und wagte ebenfalls nicht zu atmen.

Die Krähen hatten ihr Krächzen unterbrochen, und man hatte das Gefühl, sie standen in der Luft.

Der Moment nach dem Knall des Schusses dauerte aber nur kurz. Erschrocken kreischten die Krähen auf und stoben auseinander. Den Bilderrahmen, den drei von ihnen gemeinsam in den Krallen getragen hatten, ließen sie fallen. Wirbelnd und drehend stürzte er in den Garten, der an das Grundstück von Lissi und Tinka anschloss.

Die Krähen selbst stoben mit lautem Geschrei

auseinander, jede in eine andere Richtung. Nur eine ging im Sturzflug über dem Hexenhaus nieder und landete direkt vor Tinkas Schuhen.

Vorwurfsvoll sah sie zu Tinka hoch und gab ein anklagendes Krächzen von sich.

Tinka, die sich schnell schuldig fühlte, auch wenn sie gar nichts ausgefressen hatte, zuckte hilflos mit den Schultern.

„Dort drüben wohnen die Lydofskys, die …"

„… die haben einen schweren Anfall von Spinneritis", brachte Lissi ihr neues Lieblingswort wieder an. Sie war neben ihre Schwester getreten.

Die Krähe deutete energisch mit dem Schnabel zum Nachbargarten und machte eine Bewegung, als wollte sie Gras auszupfen.

„Was soll das?", fragte Lissi leise.

„Sie will uns was sagen!", vermutete Tinka.

Wie beim Spiel Scharade begannen die Mädchen zu raten. „Zupfen? Reißen? Unkraut jäten?"

Die Krähe schüttelte den Kopf, als hätte sie noch nie zuvor so viel Unsinn zu hören bekommen. Als Tinka und Lissi immer mehr Begriffe vorschlugen, der richtige aber nicht dabei war, trippelte die Krähe leicht genervt zu einem abgebrochenen Ästchen und pickte es mit dem Schnabel auf.

„Aufheben?", fragte Tinka.

Endlich nickte die Krähe einmal.

„Alles klar, wir sollen den Rahmen aufheben!", kombinierte Tinka aufgeregt.

Die Krähe atmete erschöpft aus. Lange hatten die Mädchen gebraucht, um sie zu verstehen.

„Ja, wir holen das Ding. Aber was ist es?", wollte Tinka noch wissen.

Nach Erklärungen stand der Krähe der Sinn nicht. Ihre Kollegen waren nur noch als schwarze Punkte in der Ferne zu erkennen, und sie schwang sich in die Luft, um ihnen zu folgen.

„Gehst du hinüber?", fragte Tinka Lissi und drehte dabei verlegen an einer Haarsträhne.

„Feigling", zischte Lissi." Wieder einmal muss ich in die Höhle des Löwen, sprich, in den Garten der Lydooofskys." Sie holte eine Leiter, die seitlich an der Hausmauer lehnte, als Tinka etwas einfiel.

„Halt, nicht!", bremste sie Lissi. „Das kannst du nicht machen. Diese Verrückten haben geschossen. Das heißt, sie haben ein Gewehr. Wenn Lydofsky deinen Kopf über der Hecke auftauchen sieht, hält er dich vielleicht für eine Krähe und schießt noch einmal."

„Willst du meine Frisur beleidigen?", knurrte Lissi und zupfte an ihren borstigen Locken.

„Nein, ich mache mir nur Sorgen um dich", beteuerte Tinka.

Hinter der Hecke kam die schneidende Stimme von Frau Lydofsky hervor. „Bestimmt haben die

Gören in ihrem Garten Küchenabfälle herumliegen, die diese schrecklichen Vögel anlocken."

Lissi feixte und äffte Frau Lydofsky mit wilden Grimassen nach.

„Zum Glück habe ich die Schreckschusspistole gegen Einbrecher", freute sich Herr Lydofsky. „Die Biester sind gleich verschwunden. Habe ich doch gut gemacht?"

„Der Knall hat in den Ohren geschmerzt", beschwerte sich Frau Lydofsky vorwurfsvoll.

„Tut mir leid, tut mir leid!", bellte ihr Mann.

„Schreckschusspistole", wiederholte Lissi leise. „Wenn das die Krähen wüssten, würden sie bestimmt zurückkommen und ihnen ein kleines ‚Andenken' hinterlassen." Sie streckte ihr Hinterteil raus und erzeugte ein unappetitliches Geräusch mit den Lippen.

„Komm ins Haus, unser Essen wird kalt!", kommandierte Frau Lydofsky. Gleich darauf war eine Terrassentür zu hören, die geschlossen wurde.

„Na, dann los!" Lissi rieb sich die Hände und suchte die dichte Hecke nach einer Stelle ab, an der sie durchschlüpfen und über den Zaun klettern konnte. Ganz wohl war selbst ihr nicht dabei. Sie hatte keine Lust, auf dem Grundstück der Lydofskys ertappt zu werden. Den Nachbarn war alles zuzutrauen. Vielleicht hielten sie Lissi fest und alarmierten die

Polizei. Die beiden hatten schon oft gedroht, alle möglichen Behörden einzuschalten, um Tinka und Lissi aus ihrem Haus zu vertreiben.

Ein zaghaftes, fragendes Krächzen kam von der Regenrinne des Hexenhauses. Als Tinka und Lissi hinsahen, erkannten sie die Krähe von vorhin.

Tinka erklärte dem Vogel, als wäre er ein Mensch: „Wir wollen das Ding holen, das ihr gebracht habt. Aber die Lydofskys sind die Hölle."

„Die Pistole ist übrigens nicht echt. Sie knallt nur", fügte Lissi hinzu. Im nächsten Augenblick musste sie über sich selbst lachen, weil sie mit einer Krähe redete.

Der schwarzgraue Vogel stieß sich ab und stieg mit kräftigem Schwingenschlag in die Luft. Als er direkt über dem Garten der Mädchen stand, aber nur noch winzig wie ein Spatz aussah, ließ er ein rufendes Krächzen erschallen.

Bald kehrten von allen Seiten die übrigen Krähen zurück. Wie eine dunkle Wolke schwebten sie zur Erde und steuerten den Garten der Nachbarn an. Das Krächzen verstummte.

Die Krähen waren hinter der Hecke verschwunden, als Tinka und Lissi die Terrassentür aufgehen hörten.

„Manni, die Biester sind zurück!", zeterte Frau Lydofsky.

Schnaufend tauchte ihr Mann auf der Terrasse auf. Ein mehrfaches metallisches Klicken ertönte. Herr Lydofsky werkte an der Pistole, die nicht zu machen schien, was er von ihr wollte.

Schon erhoben sich die Krähen wieder und kamen mit kräftigem Flügelschlag über den Zaun. Tinka musste nur die Hand ausstrecken und ihnen den leeren Rahmen abnehmen. Danach machte die Krähenschar kehrt und bewegte sich noch einmal über das Grundstück der Lydofskys.

Ein langer, schriller Schrei tönte durch die ganze Gasse, als die Vögel genau das taten, was Lissi vorhin vorgeschlagen hatte. Über den Lydofskys ging ein Regen aus weißen Klecksen nieder.

Lissi und Tinka lachten und winkten den Krähen nach, die sich mit einem kräftigen *Krah-krah* verabschiedeten und verschwanden.

„Ich rufe die Gesundheitsbehörde", drohte Frau Lydofsky. „Bestimmt gibt es drüben bei den Gören auch Ratten."

Tinka sah sich sofort prüfend um. Gegen Ratten hatte auch sie etwas einzuwenden.

„Reg dich ab, wir haben Katzen!", beruhigte sie Lissi.

Die Mädchen zogen sich in ihr Haus zurück, weil sie spürten, dass sie nicht einen normalen Bilderrahmen in den Händen hielten.

Keiner sollte sie beobachten, wenn sie ihn genauer untersuchten.

Das Haus von Lissi und Tinka besaß ein Wohnzimmer, wie man es sich gemütlicher nicht vorstellen konnte. Es war ein rechteckiger Raum mit Fenstern auf drei Seiten. Auf dem Boden lagen mehrere Teppiche übereinander, sodass man bei jedem Schritt das Gefühl hatte zu versinken. Ein kleines Sofa, ein hoher Lehnstuhl und ein niedriger Hocker waren ebenfalls mit Teppichen belegt.

In einer Ecke standen mehrere alte Holzkisten in unterschiedlichen Größen. Auf einem Wandbord reihte sich ein Glasfläschchen an das andere. Jedes war mit einer schillernden Flüssigkeit oder einem Pulver gefüllt und beschriftet. Von gestoßenen Fledermauszähnen bis zu den getrockneten Warzen einer Kröte gab es hier alles, wie Frau Schicketanz erklärt hatte.

Lissi und Tinka ließen sich auf die Kante des Sofas sinken und sahen ratlos den leeren Bilderrahmen, dann einander und schließlich wieder den Bilderrahmen an.

„Was soll das sein?", überlegte Tinka halblaut.

Lissi nahm ihr den rechteckigen Holzrahmen aus der Hand und hielt ihn sich vor das Gesicht. „Bin ich nicht ein prachtvolles Gemälde?", fragte sie verschmitzt.

„Eine Kröte!“, kam es von Tinka.

„Was?“ Lissi ließ den Rahmen wieder sinken. Das Blattgold war rissig und an einigen Stellen schon abgewetzt.

„Hier unten am Rahmen ist eine kleine Kröte!“, erklärte Tinka und nahm ihn Lissi wieder ab. Dort war tatsächlich ein winziges Tier, nicht größer als der Nagel des kleinen Fingers. Sonst war an dem Rahmen nichts Besonderes.

Vorsichtig legte Tinka den Finger auf die geschnitzte Mini-Kröte. Zu ihrer Überraschung ließ sich das Tierchen in den Rahmen drücken. Die Fläche, die sonst das Spiegelglas ausgefüllt hätte, füllte auf einmal grünlich flackerndes Licht.

Es hätte nicht viel gefehlt, und Tinka hätte den Rahmen fallen lassen. Er war ihren Fingern schon entglitten, als sie ihn noch einmal fasste und festhielt.

Das Licht war wie eine dünne Scheibe und strahlte weder nach vorn noch nach hinten. Eine Frau mit wilder schwarzer Mähne wurde sichtbar. Sie war noch damit beschäftigt, etwas zwischen ihren Zähnen herauszuholen. Als könnte sie Tinka und Lissi sehen, fuhr sie erschrocken zusammen, setzte sich gerade hin und lächelte verlegen.

„Guten Tag“, grüßte sie, und man hörte, wie sie sich bemühte, schön zu sprechen. „Sie halten ihre kostenlose Gratisausgabe des HEXENSPIEGELS in den Händen. Das Magazin für die Hexe von heute. Bitte prüfen Sie unverbindlich, wie Ihnen der HEXENSPIEGEL gefällt. Auf Wunsch schicken wir Ihnen den HEXENSPIEGEL dann monatlich zu."

Sie redete wie eine Nachrichtensprecherin und betonte das Wort Hexenspiegel, als wollte sie es Tinka und Lissi ins Hirn hämmern.

Die Mädchen wechselten einen erstaunten Blick und beugten sich dann wieder über den Rahmen. Die Haare der Frau verschwanden in ihrem Kopf, bis sie kurz wie Streichhölzer waren. Unter ihrer Nase kräuselte sich dafür ein Bart. Ihr ovales Gesicht wurde eckig, das Kinn vorstehend und lang.

„Die Schlagzeilen", verkündete der Mann, in den sie sich verwandelt hatte, mit tiefer, brummiger Stimme. Er zwinkerte den staunenden Mädchen zu, bevor er weitersprach. Gleich die erste Meldung ließ Lissi und Tinka aufhorchen: „Folfonia-Schlüssel-Diebe unterwegs! Warnung an alle Hexen!"

Salat mit Preiselbeeren

Der Folfonia-Schlüssel gab den Schwestern ihre magischen Kräfte. Nur solange sie ihn besaßen, konnten sie hexen. Außerdem war er eine Art Ausweis, wenn ein Kontrolleur vom Club der Hexen kam. Er wies Tinka und Lissi als berechtigte Hexen aus, die aber hauptsächlich nur in ihrem Haus und ausschließlich Gutes hexen durften.

Es war gar nicht einfach, den Folfonia-Schlüssel zu finden. Tinka und Lissi hatten ihn gut versteckt, und außerdem war er unsichtbar.

Der Sprecher im Hexenspiegel plapperte weiter und erzählte von drei Hexen, die bereits bestohlen worden waren. „Die Anhäufung von Folfonia-Schlüsseln gibt dem Dieb Zauberkräfte, mit denen er zerstörerisches Unheil anrichten kann“, warnte er.

„Wo treibt sich dieser Dieb herum?“, fragte Lissi.

Der Sprecher hörte sie, hob die struppigen Augenbrauen und sagte warnend: „Er ist überall.“

Tinka drückte die kleine Kröte, worauf der Sprecher ihr einen verärgerten Blick zuwarf und wütend aufstampfte. Die Lichtfläche strahlte kurz auf, um danach schnell zu verblassen. In Tinkas Hand blieb ein leerer Goldrahmen zurück, wie man ihn auf jedem Flohmarkt kaufen konnte.

„Wir müssen sofort nachsehen, ob unser Folfonia-Schlüssel noch da ist!“, beschloss Tinka und sprang auf.

Lissi machte ausnahmsweise keine Witze über Tinkas Betulichkeit, sondern trabte hinter ihr her.

„Wo hast du ihn eigentlich hingetan?“, wollte sie von ihr wissen.

Tinka drehte sich erschrocken um, und Lissi prallte gegen sie.

„Ich? Du hast ihn doch versteckt!“, rief Tinka.

„Nein, du hast ihn versteckt!“, wehrte Lissi ab.

„Augenblick!“ Tinka hob die Hände und spreizte Daumen und den kleinen Finger ab. Die anderen drei Finger rollte sie ein. Beim Hexen mussten die Spitzen der Finger aneinandergeklatscht werden, als würde man applaudieren. Dazu wurde ein Hexenspruch gesagt.

Tinka entschied sich für etwas sehr Einfaches.

„Staub ex!“, murmelte sie und tippte dreimal Daumen auf Daumen und kleinen Finger auf kleinen Finger.

Ein altmodischer Staubwedel tanzte von allein durch die Luft und wischte die Gläser auf den Wandbrettern. Man konnte nicht sagen, dass er putzte. Vielmehr wirbelte er den Staub auf.

Erleichtert atmete Tinka tief durch. „Unser Folfonia-Schlüssel wurde jedenfalls nicht gestohlen. Sonst könnte ich das nämlich nicht mehr.“

„Wir suchen ihn später, jetzt wird gegessen!“, beschloss Lissi und ließ Tinka keine Möglichkeit zu protestieren. Sie lief in die Küche, um dort ihre Lieblingsspeise zu hexen.

Später saßen die beiden Mädchen im hinteren Teil des Gartens in der Sonne und stärkten sich mit Pizza und Salat mit Preiselbeeren. Das heißt, Lissi aß Pizza und beobachtete argwöhnisch Tinka, die grünen Salat knabberte, den sie mit roten Preiselbeerklecksen verziert hatte.

„Wie kriegst du das nur hinunter?“, fragte sie und verzog angeekelt das Gesicht.

„In den Mund nehmen ...“, Tinka spießte ein Salatblatt mit der Gabel auf und schubste mit der Fingerspitze noch eine Extraportion Preiselbeeren darauf, „... und schlucken!“ Das gefüllte Salatblatt verschwand in ihrem Mund, wurde kurz gekaut und geschluckt. Genüsslich machte Tinka: „Hmmmm, lecker!“

Lissi schüttelte sich: „Grit und du, ihr könntet im Zirkus als komisches Clownpaar auftreten“, meinte sie dann. „Grit tanzt Tango, während du deine Albtraum-Mischungen futterst.“

Tinka schnitt ihr eine Grimasse. „Wie witzig, Lissi. Ich lache, wenn ich einen Termin freihabe.“ Mit den Fingern rollte sie ein Salatblatt um die rote Füllung und schob es sich in den Mund. Kauend sagte sie: „Wenn Mutti wirklich auf die Klassenfahrt mitkommt, können wir nur noch auswandern.“

Mit dem ausgestreckten Finger deutete Lissi auf sie: „DU wanderst aus, denn es ist DEINE Mutter!“

„Seit der Hochzeit auch DEINE!“, gab Tinka zurück. Sie seufzte tief und murmelte: „Peinlich, peinlich, peinlich! Warum gibt es keine Erziehungsheime für Eltern? Dort könnten Väter und Mütter lernen, was sie tun dürfen und was sie gefälligst unterlassen sollten, weil sie ihre Kinder damit in größte Verlegenheit bringen.“

„An diese Heime sollte man gleich eine Schönheitsfarm anschließen. Bei vielen Vätern ist da ohnehin nichts mehr zu holen, aber Grit ist kein hoffnungsloser Fall“, überlegte Lissi laut vor sich hin. Mit den Fingern knetete sie kleine Kugeln aus dem

Pizzateig und verschlang sie wie Bonbons. „Grit braucht nur eine kleine Generalüberholung."

„Generalüberholung?" Tinka sah Lissi zweifelnd an. „Was soll denn das sein?"

„Ach, das hat Papa gerade bei seinem alten Auto machen lassen. Generalüberholung bedeutet, alles wird ein wenig aufgefrischt. Stell dir vor, es gäbe eine Werkstatt für Mütter, und wir schicken Grit hin. Was sollte alles gemacht werden?"

Zuerst wollte Tinka protestieren, weil es schließlich um ihre Mutter ging und sie nicht wollte, dass Grit mit einem alten Auto verglichen wurde.

„He, mach nicht so ein eingeschnapptes Gesicht", forderte sie Lissi ungeduldig auf, „ich sage nur: Klassenfahrt und die Mütter von Greta und Antje!"

Das wirkte. Tinka legte den Kopf weit zurück, dann begann sie aufzuzählen: „Zuerst einmal braucht Mutti eine neue Frisur. Mit den hängenden Strähnchen sieht sie aus wie eine Trauerweide."

Lissi stimmte zu.

„Weiter geht es mit dem Make-up. Ihre Lippenstiftfarbe heißt ‚Ochsenblut', und genau so schrecklich sieht sie aus. Die Erfindung von Lidschatten und Wimperntusche ist an Mutti auch vorbeigegangen." Tinka wollte schon sagen, dass ein wenig abnehmen ihrer Mutter auch nicht schaden würde, spürte dann aber ihr eigenes Bäuchlein unter den Händen, die sie auf der Hose verschränkt hatte. Nein, unfair wollte sie nicht sein. „Besonders wichtig ist die Kleidung. Bei Mutti ist alles zu groß oder zu klein oder beides gleichzeitig. Sie braucht einfach mehr ...", Tinka suchte nach dem richtigen Wort, „... sie braucht mehr Pep!"

Lissi rieb sich die Hände. „Also, an die Arbeit!"

„Nein, das nicht!" Tinka rannte Lissi hinterher. „So war das nicht gemeint. Kein Hexen!"

Sofort drückte ihr Lissi die Hand auf den Mund. „Wir können auch gerne ein Plakat vor dem Zaun aufstellen, dass wir Hexen sind", zischte sie.

Tinka spürte, wie ihr das Blut in den Kopf stieg. Sie hatte nicht so laut schreien wollen.

„Lissi, bitte nicht hexen. Wir sind da noch nicht so sattelfest. Wenn etwas schiefgeht, hat Mutti vielleicht auf einmal vier Ohren und eine Glatze."

Nachdenklich blickte Lissi seitlich nach oben, als würde sie dort die Glatzen-Vier-Ohr-Grit sehen können. „Auch nicht übel. Auf jeden Fall etwas Besonderes", stellte sie fest.

Die Arme in die Luft werfend, lief Tinka neben ihr her. „Lissi, bitte, sei wieder normal!", flehte sie.

Mit einem Ruck blieb Lissi stehen und stemmte die Hände in die Seite. „Jetzt hör mal, wer findet seine Mutter die ganze Zeit ‚peinlich'?" Sie äffte Tinka nach, als sie das Wort aussprach. „Ich will dir nur helfen.“ Nach kurzer Pause fügte sie hinzu. „Und mir auch ein wenig. Habe wirklich keine Lust auf schiefe Blicke während der Klassenfahrt, weil sich Grit danebenbenimmt.“

„Sie ist unsere Mutter!“, warnte Tinka.

„Eben. Und wir Hexen dürfen nur Dinge hexen, die anderen guttun“, verkündete Lissi edel. „Es ist geradezu unsere Pflicht, Grit mehr Pep zu verpassen. Das haben wir uns alle verdient, und ganz besonders Papa!“

Wieder schoss Tinka das Blut in den Kopf. Diesmal aber aus Zorn.

„Du willst also behaupten, dass meine Mutter zu schlecht für Boris ist?“, fauchte sie. Ihr Kopf schnellte vor. „Du tust ja so, als wäre Mutti die Bucklige von Notre-Dame. Bei deinem Vater reicht nicht einmal mehr eine Generalüberholung. Den kann man höchstens im Museum ausstellen. Am besten im Steinzeitmuseum, denn er sieht aus wie ein Neandertaler.“

Aus Lissis Augen sprühten Funken. „Nimm das zurück und entschuldige dich, du fette Kröte!“

„Fette Kröte? Ach ja?“ Tinka tat so, als würde ihr die Beleidigung nichts ausmachen. Mit gesenktem Kopf, wie ein Stier, bevor er sein Opfer auf die Hörner nimmt, knurrte sie ein: „Klobesen!“

Lissi sog heftig die Luft ein und rang nach Worten. Sie suchte nach einem Ausdruck, mit dem sie Tinka so richtig treffen konnte.

Aus dem Nachbargarten drang die schneidende Stimme von Frau Lydofsky.

„Manni“, rief sie, „bring endlich den Schrubber und putz diese Sauerei weg.“

„Testperson!“, zischte Lissi.

„Hä?“ Tinka sah sie überrascht an. Was sollte das für ein Schimpfwort sein?

„Das ist es, so machen wir es!“ Lissi schien ihren Streit bereits wieder vergessen zu haben. „Damit nichts schiefgeht, wenn wir Grit ein neues Aussehen hexen, probieren wir die Sprüche zuerst an …“, ihr Finger deutete zum Nachbargarten, „… der dort aus!“

Obwohl Tinka noch sauer war und grollte, musste sie zugeben, dass die Idee einfach gut war.

„Unternehmen ‚Mehr Pep für Mam‘ startet jetzt!“, verkündete Lissi wie ein General und marschierte mit zackigen Schritten auf das Haus zu. Tinka folgte ihr.

Flundergesicht mit Ponymähne

„Ab jetzt trägt das Objekt den Codenamen Mam!", erklärte Lissi, während sie die Tür zum Zimmer mit den Hexenbüchern öffnete. „Mutti klingt wie Muttchen, und das klingt schaurig. Mam ist da schon flotter. Ein wenig zumindest."

Als Tinka nichts sagte, fragte Lissi barsch: „Einverstanden? Sag was! Oder sind dir die Lippen zusammengewachsen?"

Eigentlich wollte Tinka noch ein wenig schmollen und Lissi zu einer Entschuldigung zwingen. Auf der anderen Seite hatte sie mit Gemeinheiten auch nicht gerade gespart. Sie waren quitt.

„Ja, gut, Mutti heißt ab jetzt Mam!", willigte sie ein.

„Und jetzt suchen wir uns alle Sprüche heraus,

mit denen wir ihr Pep und Sex-agil verpassen können." Lissi stürzte sich auf die Bücher, die zum Teil in Stapeln auf dem Boden lagen, zum Teil in langen Reihen in einem schiefen Regal standen.

„Sex-agil? Was soll das sein?", wollte Tinka wissen.

„Heißt doch so? Bei Fotomodellen wird immer gesagt, die hätten Sex-agil!"

„Du meinst Sex-äpil! So spricht man es nämlich aus, und Sex-Appeal schreibt man es!", verbesserte Tinka Lissi.

„Hauptsache, Grit bekommt mehr davon", überging Lissi die Belehrung.

Die Hexenbücher waren immer für Überraschungen gut. Es gab ganz normale Bücher mit Pappeinband, manche waren sogar in Leder gebunden. Einige Bücher fühlten sich an wie Fell, andere wie ein Stück Wiese. Es gab Bücher aus Gummi und sogar aus Marmor. Allerdings hatten weder Lissi noch Tinka es je geschafft, eines der Marmorbücher aufzuheben. Sie waren viel zu schwer.

„Das ist es!" Lissi hielt ein großes, nicht sehr dickes Buch hoch. Der Einband glänzte wie ein Magazin am Kiosk, und ständig war darauf eine andere Frau zu sehen. In Neonschrift blinkte an der Oberkante TRAUMFRAUEN.

„Na, wäre doch was, wenn wir Grit in eine von denen verwandeln", meinte Lissi und schnalzte genüsslich mit der Zunge. Mit wiegenden Hüften schlenderten die schlanken, groß gewachsenen Frauen über den Einband. Ihre Haare waren zu wilden Frisuren gebürstet, geföntund gebunden. Manche trugen Kleidchen, die so winzig waren, dass man für sie keinen Koffer, sondern höchstens eine Zündholzschachtel benötigte.

„Ich weiß nicht“, meinte Tinka unsicher.

„Ach, du alte Weiß-nicht-Tante!“, brauste Lissi auf. Sie machte ein wenig Gymnastik mit den Fingern, bevor sie das Buch öffnete.

Jede Seite war aus einem glänzenden Material, das an Lackleder erinnerte. Die Bilder lebten. Gleich auf einer der ersten Seiten warfen junge Frauen mit Gesichtern wie aus Porzellan die wilden Mähnen und zeigten Zähne wie Panther.

„Fangen wir an!“, sagte Lissi begierig. „Zuerst einmal die Frisur!“

„Aber die von Frau Lydofsky!“, erinnerte Tinka sie.

Lissi nickte ungeduldig, klappte das Buch dann zu und nahm es unter den Arm. „Komm nach oben. Vom Badezimmer aus können wir in den Garten der Doofskys sehen. Will doch wissen, wie die Sprüche so wirken.“

Die beiden Mädchen stürmten mit viel Getöse die steile Holztreppe nach oben in das Badezimmer, das – wie alles in ihrem Haus – außergewöhnlich war.

Der Raum erinnerte an eine Grotte. Das Waschbecken war eine riesige Muschel aus Porzellan, die Wasserhähne goldene Fische. Die Badewanne, ebenfalls weiß, hatte die Form eines Bootes, und der Duschkopf, der aus der Wand ragte, war ein Wal, der zu prusten schien.

Über dem Waschbecken hing ein großer Spiegel, der von pausbäckigen Gesichtern aus Porzellan umrahmt war.

Das Fenster hatte die Form eines Bullauges, wie es auf Schiffen zu finden ist, und war nicht sehr groß. Wie erwartet, hatten Tinka und Lissi einen ausgezeichneten Blick auf die Terrasse und in den Garten der Nachbarn.

Jeder Baum, jeder Busch und jeder Grashalm war dort auf eine bestimmte Länge gestutzt. Unkraut, Käfer und Mücken machten einen Bogen um das Grundstück.

Herr Lydofsky stand mit aufgekrempelten Hemdsärmeln auf der Terrasse und schrubbte wie besessen an den weißen Flecken. Seine Frau, hager, mit schmalem Gesicht und spitzer Nase, wachte über seine Arbeit wie ein Sklaventreiber im alten Rom.

Sie trug an diesem Nachmittag einen praktischen karierten Rock, dazu eine pflegeleichte beige Bluse und eine ärmellose Strickweste. Ihr Haarschnitt war kurz und energisch.

„Manni, bald erkennst du dein Frauchen nicht wieder!“, murmelte Lissi vergnügt. Sie überflog den ersten Spruch, mit dem man Frisuren verändern konnte. Als sie die Worte halbwegs auswendig konnte, legte sie das Buch zur Seite, spreizte Daumen und Zeigefinger ab, holte Luft und sagte beschwörend: „Ponymähn und Wellenwunder, wilde Fransen – flache Flunder!“

Aus dem Augenwinkel bekam sie mit, wie Tinka sich wand und krümmte, als hätte ihr jemand in den Bauch geboxt. Stumm deutete sie ihr, sofort aufzuhören, doch Lissi wollte den Spruch fertigbringen und beendete ihn mit dem Hexenklatsch. Die kleinen Finger und die Daumen tippten aneinander.

Von Tinka kam ein gequältes Aufstöhnen.

„Was soll das Theater?“, fuhr Lissi sie an.

„Du hast was verwechselt“, rief Tinka und trommelte mit dem Finger auf das offene Buch, in dem sie mitgelesen hatte. „Das heißt nicht Ponymähn, sondern Ponyfrans. Ponyfrans und Wellenwunder, wilde Mähne werde munter!“

„Ist doch fast gleich“, versuchte sich Lissi herauszureden, linste aber schon durch das Bullauge zu den Lydofskys.

Tinka hörte, wie ihre Stiefschwester losprustete, sich auf die Schenkel klopfte und vor Lachen kaum noch auf den Beinen blieb.

„Was ist geschehen?“ Sie warf selbst einen Blick in den Nachbargarten. Ein „Ups“ entfuhr ihr.

Noch immer schrubbte Herr Lydofsky verbissen die Terrasse. Hinter ihm stand seine Frau, die sich stark verändert hatte. Vorbei war es mit der Kurzhaarfrisur. Aus ihrem Kopf spross eine drahtige schwarze Mähne, die senkrecht in die Höhe stand und erst im Nacken kippte und seidig auf den Rücken fiel.

„Die sieht aus wie Frank, wenn er Papa ärgern will und Punk spielt“, prustete Lissi.

Damit aber nicht genug. Bis zur Nase hingen Frau Lydofsky lange dunkle Strähnen, die sie immer wieder aus dem Gesicht pustete. Dafür hatte sie das passende Maul. Es war breit und flach wie bei einer Flunder. Überhaupt sah sie einem Fisch sehr ähnlich.

„Mach das sofort rückgängig“, verlangte Tinka. „Bevor es ihr Mann sieht. Sonst gibt es einen Skandal. Schnell!“

„Ich würde sie gerne so lassen“, stellte Lissi fest und verschränkte die Arme vor der Brust.

„Schnell!“, drängte Tinka und blätterte wie verrückt im Hexenbuch. Die schicken Frauen auf den

Bildern warfen ihr vorwurfsvolle Blicke zu, weil sie heftig hin und her geschleudert wurden. Wie auf einem schwankenden Schiff mussten sie sich am Rand der Fotos festklammern.

„Läuschen, die Flecken gehen nicht ab!“, jammerte Herr Lydofsky.

Tinka sprang zum Fenster und sah, wie er sich aufrichtete und zu seiner Frau umdrehen wollte.

Wie ging doch gleich der Spruch, mit dem man Leute für ein paar Sekunden erstarren lassen konnte? Irgendetwas mit „Fixus-tutus“. Tinka hob die Hände zum Hexenklatsch, flüsterte „Fixus-Tutus“ und tippte die Spitzen von Daumen und Zeigefinger einmal aneinander.

Oder sollte sie dreimal tippen?

„OOOaaaaa!“, kam es von unten. Herr Lydofsky stand da, als hätte jemand seine Schuhe festgenagelt, neigte sich nach vorn, zur Seite und nach hinten wie ein Stehaufmännchen und ruderte verzweifelt mit den Armen.

„Manni, was tust du da?“, blubberte es aus dem Flundermaul seiner Frau. „Kannst du nicht ordentlich stehen?“

Lissi wieherte lachend und hielt sich den Bauch. Umdrehen konnte sich Herr Lydofsky jedenfalls nicht. Dafür aber schritt seine Frau energisch um ihn herum.

„Ups!“, rief Tinka, die sich jetzt erinnerte, für den Erstarrungsspruch die Finger dreimal antippen zu müssen. Sie versuchte schnell, zwei Hexenklatschs nachzuholen, doch die Wirkung war nicht das, was sie sich gewünscht hatte.

Herr Lydofsky rotierte auf der Stelle, die Füße noch immer fest auf dem Boden. Nur sein Körper drehte sich wie ein Propeller. Frau Lydofsky rettete sich mit einem Sprung zur Seite und schimpfte los.

„Fixus-tutus!“, wiederholte Tinka und ließ dreimal den Hexenklatsch folgen.

Unten auf der Terrasse erstarrten beide Lydofskys zu Statuen. Erleichtert atmete Tinka tief durch.

„Die Idee mit der Testperson war gut“, lobte sich Lissi selbst, erntete dafür aber nur einen giftigen Blick von ihrer Stiefschwester. Wieder blätterte Tinka heftig im Hexenbuch, bis sie auf eine Seite stieß, von der ihr wilde Fratzen entgegenstarrten: Da war eine Frau mit drei Mündern und zwei Nasen auf der Stirn. Bei einer anderen war die Nase zum Korkenzieher gedreht, und eine dritte hatte Ohren, die so groß wie Teller waren.

„Pannen bei Schönheits-Hexereien – kein Problem“, lautete die Überschrift. Tinkas Finger wanderte über die Zeilen, in denen verschiedene Missgeschicke und ihre Behebung beschrieben wurde.

Eine Minute später war Frau Lydofsky ihr Flundergesicht und die Ponymähne los.

„Schöner finde ich sie jetzt aber nicht gerade", stellte Lissi grinsend fest. „Wir hätten ihr einen Gefallen tun und die Verschönerung lassen sollen."

Mit dem verkehrten Hexenklatsch – diesmal wurden die kleinen Finger und die Daumen aneinandergetippt – löste Tinka die Erstarrung.

Verwirrt sahen sich die Lydofskys um.

„Da war etwas, Manni!", raunte die Nachbarin mit lauernder Stimme. „Irgendetwas ist gerade geschehen, und es hat bestimmt mit den Gören zu tun."

Als sie zum runden Fenster hochsah, gingen Tinka und Lissi nach unten in Deckung. Jetzt musste auch Tinka kichern.

„Und Grit ist immer noch die Alte", stellte Lissi fest.

Überraschender Besuch

Den restlichen Nachmittag verbrachten Tinka und Lissi mit ihren Hausaufgaben. Sie genossen die warme Abendsonne hinten im Garten an ihrem kleinen Caféhaustisch.

Lissi tat wieder so, als würde sie angestrengt nachdenken und die Rechnungen für Mathematik Schritt für Schritt lösen. In Wirklichkeit aber wurde ihr Hals immer länger, weil sie ständig zu Tinka spähte und von ihr abschrieb.

Ohne aufzublicken, sagte ihre Stiefschwester: „Du wirst bald aussehen wie eine Giraffe, wenn du so weitermachst."

Lissi wich zurück und tat so, als hätte sie Tinka gar nicht gehört.

Die Sonne ging schon merklich früher unter als

im Sommer, und ein kühler Wind fuhr durch die Baumkronen. Die Mädchen fröstelten, packten ihre Sachen zusammen und kehrten ins Haus zurück.

Heftig maunzend, verlangte der unsichtbare Kater Cosimo nach seiner Milch. Seine sieben Jungen und die Mutter, eine stolze Siamkatze, stimmten in das Maunzen ein und strichen um Tinkas Beine.

Links von der Diele befand sich ein längliches Gewölbe, in dem eine altmodische Küche untergebracht war. Elektrische Geräte gab es nicht, dafür eine offene Feuerstelle mit Kessel, Regale mit Dosen und Gläsern und ein Loch, aus dem immer kalter Nebel wallte. In diesem „Kühlschrank" befand sich die Milch für Cosimo. Obwohl die Flasche nie ausgetauscht wurde, war sie jedes Mal voll und die Milch frisch.

Tinka füllte den großen Napf auf dem Boden und beobachtete, wie sich in der weißen Oberfläche viele kleine Mulden bildeten. Ein hungriges Schlabbern und Schmatzen drang bis zu ihr nach oben.

In der Diele kreischte der Geier. Es war kein echter Vogel, sondern eine geschnitzte Holzfigur, die auf einem kurzen Ast kauerte und neben der Eingangstür befestigt war. Der Geierschrei war so etwas Ähnliches wie ein Türgong.

„Es ist jemand am Gartentor", rief Lissi, die damit beschäftigt war, in Hexenbüchern zu schmökern.

„Geh nachsehen, wer es ist“, verlangte Tinka.

„Kannst du doch auch machen“, meinte Lissi.

Tinka riss ihre Jacke vom Kleiderständer, schlüpfte hinein und trat in das Dämmerlicht hinaus. Als sie hinter den Büschen vortrat und zur Straße sah, stutzte sie.

Die Besucherin hatte Tinka noch nicht bemerkt, da es unter den Bäumen und zwischen den hohen Büschen ziemlich düster war. Daher konnte Tinka unbemerkt nach hinten gehen und, sobald sie wieder Deckung hatte, zum Haus zurücklaufen.

Keuchend tauchte sie im Türrahmen zum Bücherzimmer auf.

„Lissi, Mutti ... ich meine Mam ... ist da. Vor dem Gartentor!“

„Das ist gegen unsere Abmachung!“, sagte Lissi empört. „Bis Sonntag lautet das Motto hier nicht nur NO JUNGS!, sondern auch ELTERN, BITTE DRAUSSEN BLEIBEN!“

„Sie ist jedenfalls da. Was machen wir?“ Tinka wedelte ungeduldig mit den Händen.

„Wir, äh ... sagen ihr das!“, erklärte Lissi und stand vom Boden auf. Dann aber hielt sie inne. „He, wir könnten die Gelegenheit auch nutzen und ein wenig Schönheitszauber mit ihr machen.“

Tinka hob abwehrend die Hände. „Nein, unter keinen Umständen. Diese Mam reicht mir! Ich will keine flundergesichtige Ponymähnen-Mam! Vielen Dank, bitte nicht!"

Der Geier kreischte abermals. Mit seiner krächzenden Stimme zeterte er: „Hättet ihr die Güte, ans Tor zu gehen, bevor ich mich heiser schreie?"

„Ja, ja, ja!", maulte Lissi und trabte los. Tinka lief dicht hinter ihr.

Am Gartentor stand Grit Schnabel-Meierbeer und blickte unsicher die Straße auf und ab, als würde sie verfolgt. Auf den ersten Blick konnten die Mädchen erkennen, dass sie anders war als sonst. Behielt sie normalerweise die Ruhe, wirkte sie jetzt flattrig und gehetzt.

„Hallo, Mam!", grüßte Tinka.

„Was führt dich zu uns, Grit?", fiel Lissi mit der Tür ins Haus. Um klarzustellen, dass Grit unerwünscht war, stützte sie sich mit beiden Händen auf das Gartentor, das ihr nur bis zur Brust reichte.

„Ach, Kinderchens, ich muss mit euch reden. Dringend. Bitte lasst mich rein!"

„Was ist denn?", fragte Tinka besorgt.

„Es ist entsetzlich, aber ich kann es euch nicht hier auf der Straße erzählen."

Tinka und Lissi wechselten einen fragenden Blick. Lissi schüttelte den Kopf, während Tinka nickte.

„Ist die Polizei hinter dir her? Hast du eine Bank ausgeraubt?", wollte Lissi wissen.

„Bank ausgeraubt?“ Grit Schnabel-Meierbeer sah sie verwirrt an. „Äh … das soll wohl ein Witz sein? Nach Lachen ist mir aber nicht zumute.“

„Kannst du uns nicht einen klitzekleinen Tipp geben, um was es geht?“, bat Tinka.

„Es ist wegen … ach Mädchen, es geht um euch!“ Tinkas Mutter heulte fast. Sie kramte in ihrer beigen eckigen Handtasche, die von ihrem Arm hing. Tinka konnte sich nicht erinnern, diese Handtasche schon einmal bei ihr gesehen zu haben. Ihr war jetzt auch egal, ob Lissi sauer war oder nicht, sie nickte dem Gartentor zu, das sich sofort gehorsam öffnete und Lissi nach hinten schubste.

„He!“, protestierte diese.

Eilig betrat Grit Schnabel-Meierbeer den Garten. Ohne sich um die Mädchen zu kümmern, stöckelte sie an ihnen vorbei auf das Haus zu.

Lissi warf Tinka wilde Blicke zu. Tinka zuckte mit den Schultern, um auszudrücken, dass sie keine Ahnung hatte, was in ihre Mutter gefahren war. Sie überholte sie und verstellte ihr den Weg.

„Moment mal!“, begann sie.

„Ich muss mich setzen“, stöhnte Grit und griff sich ans Herz. „Ich brauche Wasser.“ Ihre Knie sackten ein, und sie bewegte sich wacklig auf die rote Eingangstür zu. Tinka und Lissi liefen nun links und rechts von ihr, um sie notfalls zu stützen.

Ohne sich über die Kristalle und das Funkeln und Glitzern der Diele zu wundern, wankte Frau Schnabel-Meierbeer ins Wohnzimmer, wo sie schwer auf das Sofa sank.

„Ach“, seufzte sie erleichtert und lächelt schwach. „Ich dachte schon, ich schaffe es nicht mehr.“

„Mam ... bitte ... sag, was los ist!“, bat Tinka.

„Kindchen, wenn ich das erzähle! Bitte schnell Wasser! Und Lissi, du geh nach draußen und ... hol aus meinem Wagen die große Plastiktüte.“ Sie zog die Schlüssel aus der Tasche und warf sie Lissi zu.

Wieder sahen die Mädchen einander verwundert an. Noch nie zuvor hatten sie ihre Mutter so erlebt. Was sollten sie davon halten?

Widerstrebend verließ Lissi das Haus und schritt den Kiesweg entlang. Die alten Bäume erzeugten über ihrem Kopf seltsame Laute. Lissi blieb stehen und hob das Ohr. Sie hörte ein Knarren und Ächzen und dazu Laute, als würde jemand versuchen, mit einem Lappen im Mund zu reden.

Die Bäume waren keine gewöhnlichen Bäume. Schon einige Male hatten sie Lissi und Tinka mit ihrem Eigenleben überrascht. Unerwünschte Eindringlinge waren von starken Zweigen wie von einem Rausschmeißer wieder auf die Straße befördert worden. Die Verblüffung der Opfer war entsprechend groß gewesen.

„Bei Grit würden die Bäume das nie tun“, überlegte Lissi.

Wieder fegte eine Herbstbö durch die Baumkronen und rüttelte an den Ästen. Was Lissi stutzig machte, waren die Zweige, die sich noch immer bewegten, als der Windstoß längst vorbei war.

Sie schüttelte den Kopf, als müsse sie etwas abschütteln, und trat auf die Straße hinaus. Suchend sah sie am Bordstein entlang. Wo hatte Grit ihre kleine grüne Schüssel abgestellt?

In der Küche hatte Tinka einen glasierten Tonbecher mit Wasser gefüllt. Als sie den Türgriff mit dem Ellbogen hinunterdrücken wollte, bewegte er sich nicht. Sie versuchte es noch einmal und spürte, wie Panik in ihr aufstieg.

Die Tür klemmte. Jedenfalls klemmte die Klinke. Tinka stellte den Becher ab und rüttelte mit beiden Händen an dem Griff.

Aus dem Wohnzimmer kam wütendes Fauchen und Schreie von Katzen. Dazu mischte sich eine Stimme, die Tinka nicht kannte.

„Weg da, Mistviecher!“, schimpfte sie.

Wer war das? Ihre Mutter jedenfalls nicht!

Tinka riss an der Klinke und warf sich mit der Schulter gegen die Holztür, wie sie es schon öfter in Filmen gesehen hatte. Außer einer schmerzenden Schulter hatte sie aber nichts davon.

Cosimo miaute in einer Lautstärke und Heftigkeit, wie ihn Tinka noch nie miauen gehört hatte. Dazu mischten sich Schreie, als würde er Karate betreiben.

Die Frauenstimme schimpfte wild und schien zu versuchen, ihn abzuschütteln.

Schreien! Das war die einzige Rettung! Tinka brüllte aus Leibeskräften nach Lissi. Wo blieb sie? Und was war im Wohnzimmer im Gange?

„Mam … Mutti …?" Siedend heiß durchfuhr es Tinka. Ihre Mutter hätte es niemals einfach so hingenommen, dass Tinka sie auf einmal Mam nannte. Überhaupt hatte sie sich kein einziges Mal richtig umgesehen, als sie den Garten und das Haus betreten hatte. Dabei war sie sonst sehr neugierig.

Die Frau, die aussah, wie Grit Schnabel-Meierbeer, war vielleicht gar nicht Tinkas Mutter. Tinkas nächster Gedanke war so entsetzlich, dass sie das Gefühl hatte, unter Strom zu stehen. Am liebsten wäre sie aus ihrer Haut gesprungen.

Sie hatten es mit dem Folfonia-Schlüsseldieb zu tun!

Irgendwie musste es aber möglich sein, ihn zu stoppen. Tinka kramte in ihrem Kopf nach einer Idee, doch ihre Gehirnzellen kamen ihr vor wie eine graue, schlammige Masse. Es fiel ihr absolut kein Hexenspruch ein.

Oder doch! Sie warf sich in Position, hob die Hände zum Hexenklatsch und murmelte: „Fixus-tutus!"

Aus der Diele drang ein überraschter, kurzer Schrei zu ihr. Ein Schrei von Lissi. Als sie das Ohr an die Tür presste, hörte sie flüchtende Schritte und wildes Miauen, als würden alle Katzen den Dieb verfolgen.

Tinka unternahm einen neuerlichen Versuch, die Tür zu öffnen. Diesmal gab sie sofort nach, und Tinka stolperte Hals über Kopf in die Diele, wo sie gegen eine Säule prallte.

Doch in der Diele gab es keine Säule. Der Raum war nicht sehr groß und besaß nur Türen, die zu den anderen Zimmern und dem Treppenaufgang führten.

Die Säule war Lissi. Den Mund noch immer zum Schrei geöffnet und mit aufgerissenen Augen stand sie stocksteif da. Tinka klopfte mit dem Fingerknöchel gegen ihre Schwester, die sich auf einmal anfühlte, als wäre sie eine Schaufensterpuppe.

Der Hexenspruch hatte SIE erstarren lassen!

Tinka verdrehte die Hände, um den umgekehrten Hexenklatsch zu machen und murmelte den Spruch dazu.

Lissi blieb starr. Mit zitternden Fingern versuchte es Tinka noch einmal und noch einmal. Doch es klappte nicht. Alle Versuche schlugen fehl.

„Nein“, wimmerte sie schwach.

Die Haustür stand offen, und der Herbstwind brauste herein. Er brachte die Kristalle, die an Fäden von der Decke hingen, in Bewegung. Klimpernd schlugen sie aneinander.

Ihr Herz raste, als Tinka in den Garten stolperte. Sie hatte das Gefühl, es würde gleich ihre Brust sprengen. Mit jedem Schritt, den sie auf das Gartentor zumachte, wurden ihre Beine schwerer und schwerer. Sie schienen aus Blei zu sein.

Und wenn der Folfonia-Schlüssel-Dieb noch in der Nähe war? Was sollte Tinka dann machen? Sie hatte keine Hexenkräfte mehr!

Am Zaun tanzte ein Gewirr aus kurzen weißen Streifen. Kleine Pfoten kratzten über die Holzlatten. Die Kätzchen führten sich auf wie Tiger. Cosimos Fauchen kam vom rechten Pfosten des Gartentors, auf dem er hockte. Die Siamkatze hatte es sich auf dem anderen Pfosten bequem gemacht, da sie mit Hexerei nicht so viel Erfahrung hatte, regte sie die ganze Sache auch nicht auf. Als gäbe es nichts Wichtigeres, putzte sie sich hingebungsvoll.

Nachdem Tinka tief Luft geholt hatte, nickte sie dem Gartentor zu, damit es aufging.

Doch das Tor blieb zu.

Tinka nickte erneut, doch ohne Erfolg.

„Geh auf“, flüsterte sie drängend.

Nichts.

„Halt, meine Dame. Haben wir richtig gehört? Sie sind die Mutter dieser Gören!“, tönte die Stimme von Frau Lydofsky von der Straße.

„Ich sage nie wieder etwas gegen euch, wenn ihr mir jetzt helft“, versprach Tinka im Stillen. Die Nachbarn konnten jetzt die Rettung sein. Tinka durfte aber keinen Fehler machen. Der Dieb, der sich als ihre Mutter ausgegeben hatte, musste festgehalten werden. Tinka strengte sich sehr an, einen klaren Gedanken zu fassen, und öffnete das Gartentor dann mit der Hand. Energisch trat sie auf den Gehsteig und lief auf Herrn und Frau Lydofsky zu, die mit der Frau, die nicht die echte Grit Schnabel-Meierbeer war, vor ihrem Garten standen.

Jede Menge Verwirrung

Während Tinka Fuß vor Fuß setzte, polterten die Gedanken durch ihren Kopf.

Was sollte sie eigentlich tun? Den Nachbarn zurufen: „He, halten Sie die Frau fest! Sie hat unsere Hexenkräfte gestohlen, mit denen wir der gnädigen Frau vorhin das Flundermaul gehext haben"?

Undenkbar!

War die Frau, die aussah wie ihre Mutter, aber nicht ihre Mutter war, gefährlich? Laut dem Hexenspiegel erhielt der Folfonia-Schlüssel-Dieb Kräfte, die großes Unheil anrichten konnten.

„Plan, ich brauche einen Plan!", dachte Tinka verzweifelt. Lissi, die hätte wahrscheinlich einfach losgebrüllt und sich auf die Frau gestürzt. Aber Tinka war nicht Lissi.

Die falsche Grit Schnabel-Meierbeer unternahm Versuche, an der Mauer der Lydofskys vorbeizukommen. Wie ein Stürmer beim Fußball wippte sie einmal nach links und dann wieder nach rechts, hatte aber keinen Erfolg. Einer der beiden Lydofskys versperrte sofort den Fluchtweg.

„Komm nur her, du freches Gör“, giftete Frau Lydofsky und streckte die dürre Hand nach Tinka aus. „Gestehe deiner Mutter, wie unfassbar entsetzlich ihr euch immer aufführt.“

„Unverantwortlich!“, empörte sich Herr Lydofsky. „Unverantwortlich, zwei minderjährige Mädchen allein in einem Haus wohnen zu lassen.“

„Zu unserer Zeit hat es so etwas nicht gegeben“, stellte Frau Lydofsky bestimmt fest. „Wir haben daheim gewohnt, vier Kinder in einem Zimmer, und wir haben unseren Eltern aufs Wort gehorcht.“

Die falsche Tinka-Mutter bohrte sich die spitzen Fingernägel in die Handballen. Ihre Arme zitterten, als würden sie von einer unsichtbaren Kraft zurückgehalten, hochzuschnellen und zu einer magischen Bewegung anzusetzen.

Tinka stand nun direkt hinter der Diebin, und ihre Hände zitterten nicht weniger. Sie wollte die Frau nach dem Folfonia-Schlüssel abtasten und ihn ihr wieder entreißen. Unsichtbare Fäden zogen ihre Hände in die Höhe. Sie streckte die Finger nach vorn und hatte die Frau noch gar nicht berührt, als diese sich mit einem Ruck zu ihr drehte.

Grit Schnabel-Meierbeers Augen waren haselnussbraun. Die Augen der diebischen Hexe hingegen gelbgrün wie die schleimigen Algen, die an heißen Sommertagen auf der Wasseroberfläche von Tümpeln trieben. Ihr Blick war hart und stechend. Tinka hatte das Gefühl zu spüren, wie er sie durchbohrte. Erschrocken zog sie die Hände zurück.

Herr Lydofsky schnappte nach Luft wie ein Karpfen auf dem Trockenen.

„Hast du das gesehen?", schnaubte er seiner Frau zu. „Die Göre hat versucht, ihrer Mutter die Geldtasche zu rauben."

„Eine Diebin auch noch!" Frau Lydofsky plusterte sich wichtigtuerisch auf. „Meine Dame, schöne Früchtchen haben Sie da großgezogen."

Noch immer hatte die Diebin kein Wort gesagt. Ihre Augen verengten sich nun zu schmalen Schlitzen, aus denen ein dünner, gleißend heller Strahl schoss. Er traf Tinka höchst schmerzhaft in den Bauch. Tinka wurde nach hinten gestoßen und landete mehrere Schritte entfernt auf dem Gehsteig.

Die Lydofskys wechselten einen überraschten Blick. Die Folfonia-Schlüssel-Diebin wandte sich ihnen zu, die Augen noch immer zusammengekniffen. Gleich darauf krachte der hölzerne Gartenzaun der

Nachbarn heftig. Herr und Frau Lydofsky klebten an den Latten und hatten beide den Mund weit offen.

Die Hexe ergriff die Flucht.

Weit kam sie aber nicht. Um die Ecke bogen zwei, über deren Auftauchen sich Tinka normalerweise nie freute. An diesem Freitagnachmittag war allerdings alles anders.

„Stan! Frank!“, brachte sie krächzend heraus. Sie schaffte es sogar, ihre rechte Hand zu heben und zu winken.

Die Jungen wichen zurück, als sie eine Frau auf sich zu hetzen sahen, die aussah wie Grit. Selbst Stan und Frank bemerkten sofort, dass etwas nicht stimmte.

„Grit? Alles im grünen Bereich?“, rief Stan.

Frank senkte den Kopf und sah über den Rand seiner Sonnenbrille.

Nach vorn gebeugt, den gestohlenen Folfonia-Schlüssel unter der grauen Jacke gegen die Brust gepresst, stürmte die falsche Grit weiter. Sie sah aus wie ein Rugbyspieler, der gerade den ovalen Ball ergattert hatte und hinter die Linie bringen wollte. Ohne den beiden einen Blick zu schenken, raste sie zwischen ihnen durch. Mit den Schultern schleuderte sie die Jungen nach links und rechts. Stan krachte gegen den Mast einer Straßenlaterne, Frank landete auf einer blauen Motorhaube.

„Cool, Grit“, hörte Tinka ihn anerkennend stöhnen. Während er sich den schmerzenden Beckenknochen rieb, meinte er: „Wo hast du trainiert?“

Stan starrte der Frau, die er für seine Mutter hielt, mit großen runden und ganz und gar uncoolen Kuhaugen nach. „Mutti“, hauchte er fassungslos.

Die falsche Grit Schnabel-Meierbeer rannte, als wollte sie einen neuen Weltrekord aufstellen. Das rundliche Hinterteil schwabbelte unter ihrem zu langen Rock, doch Tinka fand es ausnahmsweise gar nicht peinlich. Sie unternahm keinen Versuch, der Hexe zu folgen, und war deswegen auf sich selbst wütend. Wie angeklebt hockte sie da.

Ein Pfiff ertönte, wie ihn nur Jungen von sich geben konnten, wenn ihnen ein Mädchen besonders gut gefiel. Es war Frank, der pfiff, und das Kompliment galt der falschen Grit.

„Das ist nicht Mutti!“, meldete sich Tinka piepsig und hasste sich gleich noch mehr.

Stan und Frank drehten sich zu ihr und zogen die Stirn kraus.

„Witz? Hä?“, gab Frank von sich.

Die Lydofskys blickten zwischen der noch immer auf dem Boden hockenden Tinka und ihren Brüdern hin und her.

Noch nie zuvor hatte sich Tinka so allein und im Stich gelassen gefühlt.

Frau Lydofsky holte tief Luft und hörte sich dabei wie ein Ballon an, der aufgeblasen wurde. Als sie kurz davor war zu platzen, ließ sie die Luft wieder aus den Nasenlöchern zischen.

„Mich wundert nichts mehr!“, erklärte sie mit dünnen Regenwurmlippen. „Der Apfel fällt nicht weit vom Stamm.“

„Dann sollten Sie nicht so oft unter Apfelbäumen liegen. Tut Ihnen nicht gut, wenn Ihnen die Äpfelchen auf die Birne donnern“, sagte Stan mit Engelsgesicht.

Diesmal schnappten beide Lydofskys nach Luft. Tinka, die schon genug Sorgen hatte, sprang auf und bewegte sich rückwärts auf das Gartentor ihres Grundstücks zu. Die Brüder kamen ihr sofort nachgelaufen. Frank schwang dabei mit weit ausholenden Bewegungen den Arm. Wollte er ihn ausschütteln? Oder hatte er einen Krampf in der Schulter?

Die Jungen nahmen Tinka in die Mitte, und Frank ließ seine Hand kumpelhaft auf Tinkas Rücken klatschen. „He, Neo-Schwesterchen“, säuselte er. „Was ist denn in deine Mutter gefahren? Habt ihr Grit eine Vogelspinne in den Kragen gesteckt?“ Sein Lachen klang wie eine verrostete Türangel.

Energisch schlug Tinka seine Hand weg, die noch immer auf ihrem Schulterblatt lag. „Haut ab! Ihr habt hier nichts verloren!“

Stan schüttelte tadelnd den Kopf. „Wer wird denn so böse zu seinen geliebten Brüdern sein?“

Tinka fuchtelte mit den Händen und suchte nach den passenden Worten.

„Gymnastik ist gesund!“, erklärte Stan grinsend.

Weil ihr nichts Passendes einfiel, riss Tinka die Gartentür auf und knallte sie hinter sich wieder zu. Um zu zeigen, wie unerwünscht die Brüder waren, stemmte sie sich von innen dagegen. Zu ihrer Überraschung machten die zwei aber keine Anstalten, ihr nachzukommen. Trotz aller Aufregungen kam Tinka ihr Verhalten verdächtig vor.

„Tschüüüss“, riefen die zwei im Chor und winkten ihr zu. Gegenseitig stießen sie sich mit den Ellbogen an und gaben grunzende Laute von sich. Tinka wusste, dass Jungen auf diese Weise kicherten. Misstrauisch blickte sie den Brüdern nach.

Irgendetwas hatten die zwei ausgeheckt. Irgendetwas war geschehen, von dem Tinka nichts bemerkt hatte. Was konnte es nur sein?

Was nun, was tun?

Was nun, was tun?

Auf einmal stand Tinka wieder vor der roten Eingangstür ins Hexenhaus. Ihre Beine waren von allein gegangen, während sie in düstere Gedanken versunken war.

Eine herbstliche Sturmbö fegte durch den Garten und riss welkes Laub von den Ästen der Bäume. Über Tinkas Kopf ertönte das Geräusch von splitterndem Holz. Erschrocken sah sie hoch. Ein armdicker Ast war abgebrochen und stürzte herab. Tinka stand da, als wäre sie festgewachsen, und starrte ihm mit weit aufgerissenen Augen entgegen.

Es war wie im Kino. Rund um Tinka verstummten alle Geräusche, und der Ast fiel auf einmal im Zeitlupentempo.

Vor Tinka ertönte ein schriller, warnender Schrei,

wie ihn nur ein Tier von sich geben kann. Ein weicher Körper wurde gegen ihre Brust geschleudert, und sie spürte spitze Krallen, die sich durch den Stoff ihres Pullis in die Haut bohrten. Von der Wucht des Aufpralls wurde Tinka nach hinten befördert. Sie stolperte, verlor das Gleichgewicht und landete auf dem Hinterteil.

Nur eine Handbreit vor ihrer Zehenspitze donnerte der Ast auf den Weg. Kies spritzte nach allen Seiten. Hätte Tinka das dicke Holzstück auf den Kopf bekommen, wäre sie bestimmt k. o. gegangen.

Die Bäume waren verändert. Nachdem sich Tinkas Herz ein wenig beruhigt hatte, fiel ihr ein, was anders war: Bisher waren ihr die hohen Bäume lebendig erschienen. Unliebsame Besucher waren von den Ästen wie von kräftigen Armen auf die Straße gesetzt worden. Manchmal drehten sich die Zweige, als wollten sie den Mädchen nachsehen, und das Knacken und Knarzen hatte sich immer wie Sprache angehört.

Das war vorbei. Die Bäume waren ganz normale Bäume. Durch den Verlust des Folfonia-Schlüssels hatten sie ihren Zauber verloren.

Die Diebin muss wirklich schreckliche Kräfte besitzen, dachte Tinka. *Sonst hätten die Bäume sie doch gar nicht in den Garten gelassen. Die Hexe hat wohl einen Bann oder einen Fluch auf sie gelegt.*

Ein weiterer Windstoß strich über sie hinweg und drückte die rote Eingangstür zu.

Cosimo, der Tinka vor einer schlimmen Beule bewahrt hatte, gab ein warnendes Miauen von sich und rannte los. Als Nächstes hörte Tinka ihn vor Schmerz jaulen. Die rote Tür war nicht zugefallen, sondern einen winzigen Spalt offen geblieben. Als Keil diente wohl Cosimos Schwanz. Schnell war Tinka auf den Beinen und befreite ihn. Er maunzte dankbar und erleichtert und schnurrte zufrieden, als Tinka ihn lobte.

„Die Tür darf nicht zufallen", schärfte sich Tinka ein. Suchend sah sie sich nach einem schweren Gegenstand um, den sie in den Spalt schieben konnte. Mit der Schuhspitze angelte sie sich Lissis Schulrucksack, den Lissi wie gewöhnlich einfach hatte fallen lassen.

Lissi! Tinkas Nacken war auf einmal steif. Sie schaffte es nicht, den Kopf zu Lissi zu drehen. Wie eine Puppe musste sie den ganzen Körper bewegen.

Noch immer stand Lissi regungslos da. Ihre Haut schimmerte kalt und hart wie die einer Schaufensterpuppe.

Es kostete Tinka viel Überwindung, neben Lissi zu treten und ihre Finger auf den Handrücken der Schwester zu legen. Die kurze Berührung ließ Tinka frösteln.

Cosimo, der unsichtbare Kater, rieb seinen Kopf an ihren Hosenbeinen und miaute bittend. Er wollte seine Milch. Tinka wankte wie eine Schlafwandlerin in die Küche zum Nebelloch und hob die Hände zum Hexenklatsch. Mit einem verzweifelten Seufzer ließ sie sie wieder sinken.

Das Nebelloch war nur noch eine dunkle Öffnung in der Wand, von den weißen Schwaden keine Spur. Ohne Folfonia-Schlüssel hatte sie keine Hexenkräfte und konnte Cosimo auch keine Milch zaubern.

„Muss welche kaufen gehen", sagte sie zu sich selbst.

Verließ sie aber das Haus, blieb die Eingangstür offen stehen, und jeder konnte herein. Da die Bäume und der Zaun ihre Kräfte verloren hatten, würden sie eventuelle Eindringlinge nicht mehr abwehren.

„Kann nicht weggehen", murmelte Tinka mutlos.

Das Haus erschien ihr auf einmal nur noch grau. Mit dem Folfonia-Schlüssel waren auch alle Farben verschwunden.

Wie konnte sie nur Lissi retten? Ihre Schwester würde verhungern, wenn sie noch lange so steif in der Diele stand. Vielleicht sollte Tinka versuchen, ihr Brei einzuflößen.

Verstohlen wischte sich Tinka mit der Hand über die Augen. Tränen waren ihr hochgestiegen, aber sie wollte auf keinen Fall weinen. Vielleicht bekam Lissi alles mit, was um sie herum geschah und würde sie später dann „Heulsuse“ nennen.

Mit eckigen Schritten steuerte Tinka zurück zu ihrer Stiefschwester. Lissi war gerade zur Tür hereingekommen, als sie Tinkas Zauberspruch getroffen hatte. Ihre Augen waren weit aufgerissen, und der Mund vor Entsetzen geöffnet. In den Fingern der rechten Hand schien sie etwas zu halten.

Tinka näherte sich Lissi mit ängstlich eingezogenem Kopf.

„Lass das“, ermahnte sie sich im Stillen. „Lissi wird sich bestimmt nicht in eine Kobra verwandeln, die dich beißt.“ Tinka zwang sich, das Kinn in die Höhe zu strecken. Mit einem mutigen Schritt pflanzte sie sich vor der Lissi-Statue auf und untersuchte die rechte Hand.

Ja, Lissi hatte etwas zwischen den Fingern gehalten. Etwas Dünnes, das aber nicht mehr vorhanden war. Ein blutiger Kratzer war der Beweis, dass die diebische Hexe das unbekannte Etwas Lissi entrissen haben musste. Sanft war sie dabei bestimmt nicht vorgegangen.

Nachdem Tinka tief Luft geholt hatte, streckte sie die Hände aus und berührte Lissis Finger. Sie waren warm, aber hart wie fester Gummi. Vorsichtig bog sie kleinen Finger, Ring- und Mittelfinger auf. Auch mit ihnen hatte Lissi etwas gehalten. Ein Abdruck des Gegenstandes war noch auf ihrem Handteller erkennbar. Er hatte die Form eines Tropfens, musste flach gewesen sein und hatte im runden Teil ein Muster aus drei verschlungenen Wellenlinien.

„Der Autoschlüssel mit Anhänger", fiel Tinka ein. Freudig schnippte sie mit den Fingern. Die Hexe hatte Lissi den Autoschlüssel gegeben und ihn sich wieder zurückgeholt. „Die Wellenlinien sind das Zeichen einer Automarke", flüsterte sie mit trockenem Mund. Das war ein winziger Hinweis auf die unbekannte Hexe, der allerdings zwei große Haken besaß: Erstens kannte sich Tinka mit Automarken überhaupt nicht aus, und zweitens gab es von dieser Marke bestimmt tausend und mehr Wagen in der Stadt.

Ein enttäuschter Seufzer entfuhr ihr, und sie wankte nach hinten. Als sie die Wand im Rücken spürte, ließ sie sich mit bekümmertem Gesicht langsam nach unten rutschen, bis sie auf dem Boden saß. Sie warf den Kopf nach hinten und starrte zur Decke.

Etwas Hartes bohrte sich zwischen ihre Schulterblätter. Tinka drehte sich um, weil sie sehen wollte, was es sein könnte.

An der Wand befand sich nichts. Die Mauer war glatt und eben. Mit der Hand versuchte Tinka, nach hinten auf ihren Rücken zu fassen. Erst als sie mit der anderen Hand den Ellbogen in die Höhe drückte, bis es schmerzte, ertasteten ihre Finger einen Gegenstand. Er fühlte sich wie eine kleine Dose an und schien an ihrem Pulli zu kleben. Um ihn genauer zu sehen, schlüpfte Tinka aus dem Pulli.

Das Ding erinnerte Tinka an eines dieser Pillendöschen, das ältere Damen in der Handtasche tragen. Es ließ sich nicht öffnen, war schwarz und besaß an der Oberseite mehrere kleine Löcher. An der Unterseite war ein Stück Klettband befestigt. Winzige Widerhaken hatten sich in den Stoff ihres Pullis gekrallt und die Dose dort festgehalten.

Mit einer nachdenklichen steilen Falte zwischen den Augen musterte Tinka das Döschen in ihrer Hand. Weil ihr nichts Besseres einfiel, klopfte sie damit kräftig auf den Boden.

Die Folge war erstaunlich. Durch die halb offene Eingangstür drang ein leiser Aufschrei, als wäre jemandem ein Zementsack auf die Zehen gefallen. Zuerst hatte Tinka Zweifel, ob der Schrei wirklich die Folge des Klopfens gewesen war. Um sicherzugehen, schlug sie die Dose erneut auf, diesmal sogar noch kräftiger.

„Aua!“, hörte sie laut und deutlich jemanden auf der Straße schreien.

Tinka fiel sofort die Hexe ein. Ob sie ihr die Dose heimlich auf den Rücken geklebt hatte? Handelte es sich um einen verhexten Gegenstand? Sie nahm es an den Mund und pustete kräftig in die Löcher.

Draußen jaulte jemand auf. Ob es ein Mensch oder ein Tier war, konnte Tinka nicht feststellen.

„Die Alte spinnt hochgradig!“, hörte sie eine Stimme schimpfen, die ihr bekannt vorkam. Frank fiel ihr wieder ein. Hatte er ihr nicht vorhin auf den Rücken geklopft? Dabei konnte er das Ding angebracht haben.

„Das kann nicht sein“, murmelte Tinka. „Das pack ich nicht.“ Sie sprang auf und wollte ins Freie. Die kalte Windbö, die ihr entgegenschlug, erinnerte sie daran, dass sie den Pulli zuerst wieder anziehen musste. Mit großen Schritten lief sie dann den Kiesweg entlang zum Gartentor.

Schräg gegenüber, hinter einem Auto auf der anderen Straßenseite, konnte sie Stans Lackhaare und Franks Strubbelkopf ausmachen. Sie stritten sich gerade um ein Paar Kopfhörer.

„Deine Schwester ist nicht dicht!“, schimpfte Frank. „Was tut die dort drinnen? Kratzt sie sich den Rücken an den Wänden wie eine Wildsau im Wald?“

Tinkas Blick wanderte von dem schwarzen Knopf in ihrer Hand zu den Jungen. Als hinter dem Wagen auch noch eine lange dünne Antenne auftauchte, war ihr einiges klar. Ihre Brüder hatten eine

Wanze an ihr angebracht, um sie abzuhören. Schon seit mehreren Tagen hatten die zwei auf ein Paket gewartet, das gestern eingetroffen war. Den ganzen Nachmittag hatten sie in Franks Zimmer verbracht.

Frank und Stan waren so mit dem Empfangsgerät beschäftigt, dass sie Tinka am Gartentor nicht einmal bemerkten. Für einen Augenblick vergaß sie den Kummer, der sie plagte, und wartete, bis Stan die Kopfhörer aufgesetzt und zurechtgerückt hatte. Um ihre Mundwinkel zuckte ein teuflisches Grinsen. Tinka beherrschte etwas, um das sie sogar ihre Brüder sehr beneideten und das sie nun mit Freude einsetzte. Sie holte tief Luft, formte mit den Fingern der rechten Hand einen Ring und legte ihn an die Lippen. Die Wanze hielt sie genau davor. Mit aller Kraft pustete sie los und ließ einen gellenden Pfiff erschallen.

Von der anderen Straßenseite kam ein gequälter Schrei. Stan fetzte sich die Kopfhörer von den Ohren und schleuderte sie fort, als hätten sie zu glühen begonnen. Mit abgehackten „Au-au-au"-Schreien hüpfte er im Kreis, den Kopf zuerst nach links und dann nach rechts gelegt und schüttelte die Ohren aus, als hätte er Wasser hineinbekommen.

„Hast du Probleme?", rief Tinka mit Engelsstimme über die Straße.

Die Köpfe der Jungen schossen in die Höhe. Sie sahen aus wie Erdhörnchen, die Gefahr witterten.

„Bist du des Wahnsinns fette Beute?“, tobte Stan. „Du hast mir das Trommelfell zerschmettert.“

„Selber schuld!“, sagte Tinka ohne Mitleid.

Stan betastete prüfend seine Ohren, als wäre er gerade von einem Tiger gebissen worden. Geriet eine Fingerspitze aus Versehen wirklich in Kontakt mit der Ohrmuschel, krümmte er sich.

„Du kriegst für diese Show einen Oscar!“, spottete Tinka. Sie schwenkte die Wanze und fragte: „Was soll dieser Quatsch?“

Mit großen Schritten kam Frank über die Straße und entriss ihr das Mini-Funkgerät.

„Nicht einmal als Versuchskaninchen seid ihr zu gebrauchen“, knurrte er.

„Versuchskaninchen?“, wiederholte Tinka und zog die Stirn kraus. „Bei wem wollt ihr die Wanze denn einsetzen?“

Frank stand so weit vom Zaun entfernt, dass Tinka ihm die Wanze auch bestimmt nicht wieder abnehmen konnte. Stan gesellte sich zu ihm, achtete aber darauf, ein besonders leidendes Gesicht zu machen. „Kannst du noch lauter herumschreien?“, schnaubte er ärgerlich.

„Klar!“, rief Tinka mit fester Stimme. „Meine Brüder haben eine echte Wanze, und ich möchte wissen, wozu …" Weiter kam sie nicht, da Stan seine feuchte Hand auf ihren Mund presste. Tinka entwand sich schnell und schüttelte sich angeekelt.

„Wir ziehen ab", brummte Frank. „Wahrscheinlich hat deine Schwester das Ding kaputt gemacht."

„Hoffentlich nicht." Stan bekam ein panisches Flackern in den Augen. „Sonst kriegen wir nie heraus, was der Panther uns zur Mathematik-Schularbeit gibt."

„Lehrer abhören, interessant", sagte Tinka mit drohend gesenkter Stimme. Der Panther war ein schlaksiger Lehrer, der den Spitznamen seinem schleichenden Gang verdankte. Er hatte die Angewohnheit, immer vor sich hin zu murmeln, was er gerade aufschrieb. Wer ihn belauschte, erfuhr bestimmt eine Menge.

Frank verdrehte die Augen zum Himmel und riss den Mund zu einem stummen Schrei auf.

„Die Doofheit liegt bei euch in der Familie", maulte er. Mit dem Kopf auf Tinka deutend, sagte er vorwurfsvoll: „Jetzt weiß die da alles."

„Genau!", sagte Tinka und grinste listig.

Bevor Stan noch mehr Unheil anrichtete, zog ihn Frank energisch mit sich.

„He, vielleicht können eure Spatzenhirne auch einmal nützlich sein", rief Tinka ihnen nach. Die Brüder blieben stehen, drehten aber nur die Köpfe zurück. Mit dem Finger malte Tinka die verschlungenen Wellenlinien in die Luft, die sie in Lissis Handfläche gedrückt gesehen hatte. „Welche Automarke hat dieses Zeichen?"

Stan, dessen erstes Wort als Baby „Auto" gewesen war, sagte betont gelangweilt: „Natürlich TANASSI." Er redete, als könnte nur ein Mensch, dem man gerade das Hirn aus dem Kopf genommen hatte, eine so dumme Frage stellen.

„Tanassi? Was sind das für Autos?" Tinka hatte noch nie davon gehört.

„Die Mutter deiner Freundin Greta fährt so eine Schüssel", fügte Stan gnädig hinzu.

Gretas Mutter! Tinkas Knie wurden weich wie Butter. Sie musste sich am Gartenzaun festhalten.

Hier spricht der Märchenprinz

Gretas Mutter ist also eine Hexe! Aber was noch viel schlimmer ist: Dazu ist sie noch eine Folfonia-Schlüssel-Diebin!

Halt, befahl sich Tinka. Die Automarke bewies gar nichts. Es gab bestimmt noch andere Frauen in der Stadt, die einen TANASSI fuhren. In Gedanken versunken, stelzten Tinkas Beine von ganz allein ins Haus zurück. Der Anblick der erstarrten Lissi versetzte ihr erneut einen Stich.

Tröstend schmiegte sich Cosimo an ihre Beine. Die jungen Kätzchen kletterten am Stoff hoch, weil sie spielen wollten.

Mit Schrecken stellte Tinka fest, dass das Licht im Garten immer grauer wurde. Bald würde es dunkel sein, und im Haus befand sich kein elektrisches

Licht. Die Petroleumlampen und Kerzen waren immer von allein angegangen und hatten ein warmes und behagliches Licht verstrahlt.

Die Vorstellung, mit der verhexten Lissi eine ganze Nacht allein im Haus zu verbringen, verursachte Tinka Schüttelfrost. Auf der anderen Seite konnte sie auch nicht nach Hause gehen und dort schlafen. Ihre Mutter und Boris würden sofort bemerken, dass Lissi fehlte, und ein Verhör starten, dem Tinka bestimmt nicht standhielt. Darüber hinaus würde sie die erstarrte Lissi nicht allein zurücklassen. Vielleicht bekam sie alles mit, was rund um sie geschah. Es musste für sie entsetzlich sein, immer am selben Fleck zu stehen und nichts unternehmen zu können.

Bisher hatten die Mädchen Frau Schicketanz gerufen, indem sie siebenmal am weißen Porzellangriff der Klospülung im Badezimmer zogen. Ob dieses Rufzeichen auch ohne Folfonia-Schlüssel funktionierte? Tinka bezweifelte es, wollte es aber nicht unversucht lassen.

Das Badezimmer war lindgrün gekachelt. Tinka nannte es „die Oase“. Neben dem Waschbecken stand die Toilette, ein weißer Porzellansitz, um den sich Blätter und Blüten aus Porzellan rankten. An der Wand darüber hing der Spülkasten, der wie ein rundes Gesicht mit dick aufgeblasenen Wangen aussah. In einem Ohr hing ein dicker Ring, an dem eine lange Kette mit Porzellangriff befestigt war.

Siebenmal zog Tinka und lauschte dem Rauschen der Spülung. Es klang verändert. Nicht mehr nach Wasserfall, sondern nach ganz normaler Klospülung. Der Spülkasten glotzte mit toten Porzellanaugen vor sich hin und gab nicht wie sonst einen Kommentar von sich. Früher hatte er die Mädchen „Schätzchen" genannt und ihnen nachgepfiffen.

Ohne viel Hoffnung stolperte Tinka die steile Treppe wieder hinunter und lief in den Wohnraum, wo ein großer Spiegel mit geschnitztem Goldrahmen an der Wand hing. In diesem Spiegel war Frau Schicketanz jedes Mal aufgetaucht, wenn die Mädchen sie riefen.

Tinka stand da, starrte ihr Spiegelbild an und wartete. Rund um sie wurde es düster und immer düsterer. Tinka nahm vom Sofa eine gestrickte Decke und legte sie sich um die Schultern. Trotzdem fror sie. Doch Frau Schicketanz tauchte nicht auf.

Heftig strich der Herbststurm um das Haus. Mit schrillen Pfiffen sauste er durch die Ritzen der Fenster. Er rüttelte an den Fensterläden und warf sie gegen die Mauern.

Von der Diele kam ein eisiger Hauch. Die Abendkälte drang unbarmherzig durch die halb offene

Eingangstür und breitete sich wie frostiger Schlamm aus.

Um sich warmzuhalten, sprang Tinka auf und ab und schlug mit den Armen um sich. Sie hatte gehört, man müsse vor allem Füße und Ohren vor der Kälte schützen, und wickelte sich deshalb zwei Kissenbezüge um die Füße, und einen dritten Bezug aus Samt stülpte sie wie eine Riesenmütze auf ihren Kopf.

Cosimo gab einen entsetzten Laut von sich, als Tinka mit ihrer Verkleidung in die Diele zurückkehrte. Er hielt sie wohl für einen Geist, und erst als sie beruhigend auf ihn einredete, näherte er sich ihr zögernd.

Tinka ließ sich vor ihm auf die Knie sinken und zog den dicken, haarigen Körper an sich. Der unsichtbare Cosimo war das letzte Überbleibsel des Hexenzaubers.

„Wenn du sprechen könntest", raunte ihm Tinka zu. „Vielleicht könntest du mir helfen. Was würdest du mir wohl raten?"

„Zuerst einmal solltest du die dämlichen Kissenbezüge ablegen. Wenn dich jemand so sieht, kann er schnell einen Herzinfarkt bekommen", antwortete eine näselnde Stimme.

Tinka stieß Cosimo von sich und fuhr in die Höhe. Ihr Herz schlug bis zum Hals, als sie sich im Kreis drehte und in der abendlichen Diele umsah.

„Wer ist da?“, fragte sie. Ihre Stimme hatte wieder diesen hohen Klang, für den sie sich hasste. Jeder konnte hören, wie sehr sie sich fürchtete.

„Kleines, reg dich ab“, redete die näselnde Stimme auf sie ein. Ein mitleidiges Grinsen war nicht zu überhören. „Ich bin es nur: dein alter Kumpel Cosimo.“

„Das glaube ich nicht!“, stieß Tinka heraus. „Cosimo ist ein Kater und kann nicht sprechen. Er hat es bisher nie getan.“

„Ts-s-s“, machte die Stimme. „Bis vor drei Monaten hast du auch noch nicht hexen können und Hexen nur aus dem Märchenbuch gekannt. Dinge ändern sich, Kleines.“

Für eine Taschenlampe hätte Tinka in diesem Augenblick viel gegeben. Mindestens das Taschengeld von drei Monaten.

„Zeigen Sie sich!“, verlangte sie, und um kräftiger zu klingen, machte sie ihre Stimme ganz tief. Die ersten beiden Wörter kamen richtig heraus. Beim „sich“ kiekste Tinka wieder nach oben.

„Herzblatt, ich bin und bleibe unsichtbar. Da lässt sich leider nicht daran rütteln“, erklärte die Stimme. „Allerdings hat die gute Emma mich mit einem Hexenspruch belegt, der dir jetzt ganz nützlich sein kann.“

„Cosimo, bist du das wirklich?“, hauchte Tinka

Die Antwort kam ebenso gehaucht und spottend. „Ich bin es, geliebte Tinka. Dein Märchenprinz Cosimo. Küss mich, damit ich wieder ein Mensch werde und dich heim auf mein Schloss bringen kann."

Gehorsam ließ sich Tinka auf die Knie nieder und suchte mit gespitzten Lippen nach dem Kater.

„He, bleib mir vom Leib!", protestierte er und rettete sich mit einem großen Sprung nach hinten. Tinka kippte vornüber und landete unsanft auf dem Kinn. „Schätzchen, ich scherze", maunzte Cosimo.

Verwirrt und gar nicht zu Scherzen aufgelegt, richtete sich Tinka auf.

„Mir ist völlig egal, wer oder was du bist. Nur bitte, hilf mir!", bat sie mit schwacher Stimme.

„Aber gerne", erwiderte Cosimo großzügig. „Vorher nimm aber bitte dieses lächerliche Ding vom Kopf. Sonst krieg ich einen Lachkrampf."

Tinka warf den Kissenbezug zur Seite und starrte erwartungsvoll in die Dunkelheit.

„So, und jetzt wirst du gleich etwas sehen, das dir die Augen aus dem Kopf ploppen lässt. Schrei bitte nicht! Sonst holen die Doofskys von nebenan die Polizei und du bekommst noch mehr Ärger."

„Schreien? Wieso? Ich schreie doch nicht!" Tinka tat empört.

Es gab das zischende Geräusch, das entsteht, wenn man ein Streichholz anreibt. Vor ihr flammte ein runder Lichtfleck auf. Ein Lichtfleck mit einem hoch aufgestellten buschigen Schwanz und einem breiten Kopf. Es war Cosimo, der brannte. Grüne Flammen loderten aus seinem Fell. Tinka öffnete den Mund und gab einen hohen, entsetzten Schrei von sich. Der Schrei dauerte nicht lang, da sich sogleich etwas Weiches, Warmes über ihr Gesicht legte. Sie spürte Haare auf der Zunge und Krallen im Nacken.

„Zuckerschnäuzchen, ich sagte doch, du sollst nicht schreien!“, erinnerte sie Cosimo knurrend. Er war ihr direkt ins Gesicht gesprungen und klammerte sich noch immer an ihrem Hals fest.

„Bmmmhm!“ Das war der einzige Laut, den Tinka mit der lebendigen Katzenmaske vor dem Gesicht von sich geben konnte.

Cosimo ließ sich nach hinten fallen, drehte sich im Sturz und landete federnd auf den Pfoten. Nachdem er sich geschüttelt und durch heftiges Lecken sein Fell wieder in Ordnung gebracht hatte, sah er zu Tinka hoch und klopfte ungeduldig mit der Schwanzspitze.

Noch immer umgab ihn ein grünlicher Flammenschein. Tinka japste nach Luft.

„Guck mich nicht so vorwurfsvoll an! Das Licht war eine Idee von Emma. Ich hätte viel lieber von innen heraus geglüht wie eine Glühbirne, aber das hat sie nicht hinbekommen.“

Tinka musste sich sehr zusammenreißen, um ein stummes Nicken zu schaffen.

„Ihr zwei seid gar nicht übel", lobte Cosimo. „Ich meine, Emma war viel länger Hexe als ihr, und ich könnte dir drei Tage lang Geschichten erzählen, was ihr alles danebengegangen ist."

„Echt wahr?", piepste Tinka. „Können wir das auf ein anderes Mal verschieben? Ich will Lissi wieder freihexen und den Folfonia-Schlüssel zurückholen."

„Notfallkater Cosimo meldete sich zur Stelle!", verkündete der leuchtende Kater und legte die Vorderpfote an die Stirn. Wie ein Feuerwehrmann, der salutierte, sah er jetzt aus. „Wenn Sie mir bitte folgen würden."

Gehorsam stand Tinka auf und tappte hinter Cosimo her, der mit steil nach oben gerichtetem Schwanz ins Wohnzimmer stolzierte.

„Emma hat mich mit einem Rettungszauber belegt", erklärte er im Gehen. „Wenn euch etwas geschieht, wie eben gerade, so darf ich mit euch sprechen. Allerdings nur, wenn ihr mich um Rat fragt. Ich kann nicht nur leuchten, sondern auch als Rettungsschwimmer, Feuerwehrmann, Höhlentaucher und Klempner tätig werden."

„Wieso Klempner?", wollte Tinka wissen.

„Ach, es gibt feindliche Hexen, die gerne Überschwemmungsflüche anwenden. Und so ein Fluch verwandelt ein harmloses Klo in einen Springbrunnen, der ein Haus in null Komma nichts in ein Schwimmbad verwandelt. Nachdem ich als Rettungsschwimmer die Bewohner in Sicherheit gebracht habe, führt mich mein Spürsinn dann zum Haupthahn, um das Wasser abzusperren. Den Haupthahn zu verhexen, vergessen die meisten nämlich."

„Aha!" Mehr fiel Tinka nicht dazu ein.

„Nun zu dir und deinem Problem. Räum das Regal leer!" Cosimo war lautlos auf das Sofa gesprungen und hatte sich unterhalb eines langen Wandbords auf die Hinterbeine gestellt. Der Lichtschein, der von ihm ausging, erhellte die Glasfläschchen und Tiegel, die nebeneinander auf dem Regal standen. Auf den Etiketten las Tinka „Gestoßene Krötenwarzen", „Schlangengiftsirup" und „Rosinen in Schokolade".

„Rosinen in Schokolade?", wiederholte sie staunend.

Cosimo lachte. „Die gute Emma hat die Süßigkeiten immer gut versteckt." Seine raue Zunge sauste aus dem Maul und leckte genüsslich. Tinka musste ihm eine Hand voll Rosinen geben, die er schmatzend verzehrte, während sie auf dem Sofa kniend das Regal abräumte.

„Zieh das Brett zu dir und dreh es dann, bis es senkrecht steht!", setzte Cosimo fort.

„Das funktioniert nie", meinte Tinka, zog dann aber doch. Das Bord sprang nach vorn und ließ sich tatsächlich drehen. Was folgte, war ein kurzer, erschrockener Schrei von Tinka. Selbst Cosimo, den nichts aus der Ruhe zu bringen schien, gab ein überraschtes Miau von sich.

Das Sofa war mit beiden nach unten gesaust. Tinka hatte das Gleichgewicht verloren und war zur Seite gekippt. Unter ihr meldete sich eine gequetschte Stimme: „Schon mal daran gedacht, weniger zu futtern?"

Erst jetzt bemerkte Tinka, dass sie Cosimo unter sich begraben hatte. Sie zog den Bauch ein, als würde sie dadurch leichter werden, und stemmte sich verlegen in die Höhe.

Der Lichtschein, den Cosimo verstrahlte, erhellte ein winziges Gewölbe, in dem das Sofa nun stand. Über ihr tauchten aus der Dunkelheit die Umrisse der rechteckigen Öffnung auf, durch die das Sofa nach unten gefahren war.

„Ein geheimes Versteck", sagte Tinka leise.

„Tatsächlich? Ich habe das hier für einen Bahnhof gehalten", spottete Cosimo.

Tinka streckte ihm die Zunge heraus, als er ihr das Hinterteil zukehrte.

„Ich hab's gesehen", hörte sie den Kater sagen, und vor Überraschung vergaß sie, die Zunge wieder zurückzuziehen. „Reingefallen“, prustete Cosimo. „War nur gut geraten.“

„Komm mal her“, sagte Tinka lockend und beugte sich zu ihm. Cosimo drehte den Kopf in ihre Richtung und spitzte die Ohren. „Du zeigst mir endlich, wie ich aus dieser elenden Sache herauskomme, oder du kannst dir deine Milch ab morgen im Supermarkt besorgen“, drohte Tinka mit strahlender Freundlichkeit.

„Das meinst du nicht ernst?“ Cosimo sah sie mit großen, entsetzten Augen an.

„Doch!“, knurrte Tinka.

Die Ersatz-Hexenkräfte

Der Kater war von diesem Augenblick an wie ausgewechselt. Er pflanzte sich auf wie ein Fremdenführer und deutete mit den Pfoten zu den Wänden des Gewölbes. Sie waren gepflastert mit kleinen Bildern in Holzrahmen. Jeder Rahmen hatte eine andere Form: quadratisch, rechteckig, rund, oval, herzförmig, sternförmig und sogar klecksförmig.

„Drei der Bilder haben Hexenkräfte. Findest du die richtigen, kannst du dreimal hexen. Emma hat sich selbst diese Sprüche für Notfälle hier versteckt."

„Hier hängen mindestens hundert Bilder. Welche sind die richtigen?", wollte Tinka wissen. Ihr Blick wanderte über Bilder von blühenden Gärten, Hunden, Katzen, Bergen, dem Meer, einer Insel, Palmen und Schlössern.

„Keine Ahnung", erwiderte Cosimo bedauernd. „Die Sache hat auch einen Haken: Du darfst nur dreimal zulangen. Hast du dann nicht die richtigen, wirst du wieder nach oben befördert."

Tinka seufzte tief. Emma Schicketanz hatte wirklich an alles gedacht. Sie selbst hätte die richtigen Bilder mit einem Griff gefunden. Tinka aber musste raten.

„Kannst du mir nicht einen kleinen Tipp geben?", bat sie Cosimo.

Der Kater schenkte ihr einen mitleidigen Blick. „Herzallerliebste, ich habe leider selbst keine Ahnung. Emma hat es mir nie verraten. Ich sollte selbst dann nichts ausplaudern können, wenn ich gefoltert würde."

Ungläubig sah ihn Tinka an. „Das hast du jetzt erfunden, das mit der Folter."

Ertappt grinste Cosimo. „Es klingt aber so heldenhaft."

Es blieb Tinka nichts anderes übrig, als ein Bild nach dem anderen prüfend zu betrachten. Hinter sich hörte sie Cosimos Schwanzspitze auf das Sofa trommeln.

„Das macht mich nervös", beschwerte sie sich.

„Verzeihung!" Das Trommeln verstummte. Als Tinka sich umdrehte, sah sie den Kater das Ende seines Schwanzes mit der Vorderpfote niederhalten.

Er schien sich dabei mächtig anzustrengen, als hätte er es mit einer wilden Würgeschlange zu tun.

Diesmal musste Tinka lächeln, und nach allen Schrecken, die sie erlebt hatte, tat das Lächeln richtig gut. Nachdem sie die Bildchen einmal alle ausgiebig angesehen hatte, schüttelte sie stumm den Kopf. Sie hatte noch keine Idee, für welche sie sich entscheiden sollte.

„Möchte dir wirklich keinen Druck machen, aber nach 33 Minuten fliegen wir beide hier raus", warnte Cosimo.

Wie viel Zeit schon vergangen war, wusste Tinka nicht. Sie schätzte aber, mindestens eine viertel Stunde. Sofort startete sie zu einem neuerlichen Durchgang und nahm die Bilder wieder unter die Lupe. Diesmal stachen ihr zwei ins Auge. Beide zeigten einen gestreiften Kater, wie Cosimo.

Das Sofa gab bereits knarrende Laute von sich, die beunruhigend klangen. Tinka bemerkte aus den Augenwinkeln, wie Cosimo auf und nieder geschüttelt wurde.

„He, mach Tempo", trieb er sie an. „Das Ding hält sich wohl für ein Wildpferd und hebt demnächst ab."

Schon streckte Tinka die Hände nach den beiden Cosimo-Bildern aus. Ihre Fingerspitzen waren nur noch Zentimeter entfernt, als Tinka einen heftigen

Schlag spürte. Funken sprangen aus den Bilderrahmen, als stünden sie unter Strom. Erschrocken riss Tinka die Hand zurück und schüttelte sie.

Hinter ihr bäumte sich das Sofa auf wie ein Wildpferd. Cosimo krallte sich in den Überzug und sah aus wie ein Rodeo-Reiter.

„Ko-o-o-omm he-e-e-er, so-o-o-nst sitzt du hier unten fe-e-e-est", stotterte er, während er wild geschüttelt wurde.

„Ich brauche die Bilder", rief Tinka. Ihr musste etwas einfallen. Sie knetete die Ohrmuscheln, zog und zerrte daran, als wollte sie sich selbst die Ohren lang ziehen. Sonst half das meistens und ließ ihre Gedanken schneller fließen.

Auf einmal wanderte ihr Blick zu drei Bildern, die auf drei Wände verteilt waren. Palmen … Meer … Mädchen im Hularock. Tinka spürte, wie ihr die Bilder ins Auge stachen.

„Das sind sie!", murmelte sie. Emma Schicketanz hatte immer davon geträumt, auf Hawaii zu leben, und sich diesen Traum schließlich auch erfüllt. Tinka war sicher, die richtigen Bilder gefunden zu haben.

„Kooooomm!" Cosimo schrie verzweifelt. Das Sofa hatte bereits abgehoben und schwebte einen halben Meter über dem unebenen Steinboden des Gewölbes. Mit drei schnellen Griffen riss Tinka die

Bilder von den Haken. Sie schienen ihr direkt in die Hand zu springen. Die kleinen Gemälde an die Brust gepresst, drehte sie sich zum Sofa und sprang in die Höhe. Sie spürte einen weichen Körper unter sich und hörte einen Laut, der an eine Luftmatratze erinnerte, aus der die letzte Luft gepresst wurde.

Wie eine Rakete schoss das Sofa in die Höhe und bremste knapp unter der Decke des Wohnzimmers ab. Zischend und wackelnd senkte es sich nach unten und schloss die Öffnung im Fußboden.

Unter Tinkas Bauch meldete sich eine dumpfe Stimme: „Sie hören den plattesten Kater der Welt. Runter!!!"

Mit vielen Entschuldigungen rollte sich Tinka zur Seite. Cosimos Blick war strafend und streng. Er atmete heftig, als müsse er sich erst wieder aufpumpen.

„Du hast Talent", knurrte er vor sich hin.

„Wozu?", wollte Tinka wissen.

„Zur Dampfwalze!"

Um beleidigt zu sein, war keine Zeit. Tinka gab nur ein „Pah!" von sich und betrachtete die drei kleinen Bilder. Jedes Bild gab ihr Kraft für einen Hexenspruch. Als Erstes musste sie Lissi befreien, das stand fest. Sie sprang vom Sofa auf und lief in die Diele.

„He, komm und leuchte mir", rief sie Cosimo zu.

„Bin ich dein Armleuchter?", knurrte er beleidigt, trollte sich dann aber doch herbei.

Der Hexenspruch lautete „Fixus-Tutus", und da Tinka ihn aufheben wollte, musste sie den Hexenklatsch verkehrt ausführen. Die Daumen berührten die kleinen Finger. Tinka stand, ein Bein nach vorn, da und hob die Hände. Sie rief den Spruch und klatschte einmal.

Lissi blieb erstarrt und stumm.

„Oh nein, ich muss dreimal verkehrt klatschen", fiel Tinka ein. Schnell holte sie die beiden versäumten Male nach.

Gleich darauf erhob sich rund um sie ein Rumpeln und Klappern, als würde die Erde beben. Erschrocken drehte sie sich im Kreis.

Die Regale an den Wänden zitterten, und die Kristalle wackelten gefährlich. Einer nach dem anderen fiel zu Boden. Tinka riss den Saum ihres Pullis nach vorne und bildete eine Art Auffangtuch. Sie rannte und sprang wie ein Hase im März durch die Diele und versuchte, jeden Kristall zu fangen, damit er nicht auf dem Boden zerbrach.

„Nicht schlecht reagiert", stellte Cosimo trocken fest.

Der Spuk war zu Ende. Tinkas Pulli hatte eine tiefe Beule nach unten, die voll mit Kristallen war. Trotzdem lagen Scherben auf dem Boden.

„Du könntest mit dieser Nummer im Zirkus auftreten“, fügte Cosimo hinzu.

„Heißt das … der erste Hexenspruch ist damit … vertan?“, erkundigte sich Tinka leise.

Cosimo nickte ernst.

„Nur noch zwei“, flüsterte Tinka. Am liebsten hätte sie sich geohrfeigt. Sie wusste, was sie falsch gemacht hatte, und startete einen neuen Versuch. Diesmal würde es klappen. Ganz bestimmt.

„Fixus-Tutus“, rief sie, doch ihre Stimme zitterte ein wenig. Dreimal machte sie den verkehrten Hexenklatsch.

Vor ihr ertönte ein halber Schrei. Er kam von Lissi. Sie war aus der Erstarrung erwacht und hatte noch fertig geschrien. Verdutzt sah sie sich um.

„Wo ist sie hin?“, wollte sie wissen. „Das war nicht Grit!“

Tinka fiel ihrer Stiefschwester um den Hals und drückte sie an sich.

„Kann mir einer erklären, warum dieses Mädchen alles zerquetschen muss?“, fragte sich Cosimo laut.

Das Abendessen der Mädchen fiel sehr bescheiden aus. Lissi hatte in ihrem Rucksack noch einen Apfel und ein halbes vertrocknetes Brot. Beides teilte sie mit Tinka, die ihr berichtete, was sich alles ereignet hatte. Cosimo lag zwischen den beiden, ließ sich streicheln und kraulen und schnurrte vor Wohlbehagen.

Neben sich hatte Tinka die drei kleinen Bilder ausgebreitet. Zwei Rahmen waren leer, die Leinwand weiß. Nur das dritte Bild zeigte noch das Hula-Mädchen im Bastrock, das die Hüften schwang und die Hände elegant erhoben hatte.

„Nur noch ein Hexenspruch“, stellte Tinka bekümmert fest. „Es ist meine Schuld, dass der andere vertan ist.“

„Reg dich ab“, meinte Lissi dazu nur. Sie nagte an ihrer Apfelhälfte wie ein Kaninchen und starrte grübelnd vor sich hin.

„*Einmal* bräuchten wir wirklich jemanden vom Club der Hexen, und da taucht keiner auf. Dabei handelt es sich um einen Notfall“, seufzte Tinka.

„Wir hexen diese Nachhilfehexe einfach her“, beschloss Lissi und hob schon die Hände. Tinka drückte sie ihr schnell wieder hinunter.

„Nicht, lass das! Erstens kennen wir den richtigen Spruch nicht, und zweitens dürfen wir den dritten Spruch nicht einfach so verbrauchen. Wir müssen genau überlegen, wozu wir ihn einsetzen.“

„Ach, du und dein überlegen“, sagte Lissi abfällig. „Diese Diebin hat bestimmt alle Folfonia-Schlüssel der Welt geklaut, bis dir etwas eingefallen ist!“

„Reiz mich nicht, sonst hexe ich dich wieder stumm und starr und gehe heim", knurrte Tinka beleidigt.

Lissi legte ihr die Hand auf die Schulter. „Friede-Freude-Eierkuchen!", bot sie an.

Tinka nickte gnädig.

Im nächsten Augenblick schoss Lissi in die Höhe.

„Hat dich was gestochen?", fragte Tinka erschrocken.

Ohne die Frage zu beantworten, rannte Lissi davon. In der Tür machte sie kehrt, kam zum Sofa zurück und riss den überraschten Cosimo in die Höhe. „Brauch eine Lampe", murmelte sie entschuldigend. Cosimo protestierte heftig, was ihm aber nichts nützte. Lissi stürmte durch die Diele zu dem Zimmer mit den Hexenbüchern. Als sie zurückkam, war ihr die Enttäuschung anzusehen.

„Die Bücher sind alle leer. Auf den Einbänden steht nichts mehr, und die Seiten sind weiß."

Die Mädchen seufzten im Duett. Das bedeutete, sie hatten keine Möglichkeit, nach einem Hexenspruch zu suchen, der ihnen hilfreich hätte sein können.

Wieder kauerten sie auf dem Sofa, Cosimo zwischen sich. Während sie ihn streichelte, spürte Tinka plötzlich, wie sich seine Haare sträubten.

„Mache ich was falsch?", fragte sie besorgt.

Cosimo gab ein drohendes Knurren von sich.

„Soll ich bellen? Ich kann einen Schäferhund nachmachen."

„Bellen? Bisschen verwirrt, was! Du bist eine Katze!", erinnerte ihn Lissi.

„In der Diele steht jemand", raunte Cosimo mit gesenkter Stimme.

Die Mädchen schossen diesmal beide in die Höhe.

Der Zombie-Vampir-Kater

Im Türrahmen tauchten zwei Schatten auf.

„Habt ihr hier Stromausfall?", fragte einer der beiden.

„Stan!", rief Tinka erleichtert.

„Stan???", schrie Lissi wütend. Der zweite Schatten konnte dann nur ihr Bruder Frank sein.

Tinka stellte sich vor den leuchtenden Cosimo, der noch immer knurrte.

„Was habt ihr da hinter euch?", fragte Stan neugierig. „Ist euer Teddybär angebrannt?"

„Du kriegst gleich einen Teddybär!", zischte Cosimo.

„Was habt ihr hier zu suchen? Könnt ihr nicht lesen? NO JUNGS steht am Gartentor!", tobte Lissi aufgebracht.

„Wir sind Jungen. Durch und durch doof", erklärte Frank. In der Dunkelheit konnte Lissi sein Grinsen nicht sehen.

„Kann man in der Bude kein Licht machen?", wunderte sich Stan. Suchend tastete er die Wand neben dem Türstock ab. „Heizung scheint es auch keine zu geben. Im Winter gibt die Hütte eine prima Tiefkühltruhe ab."

„Hinaus!", befahl Lissi und deutete mit ausgestrecktem Zeigefinger auf die Tür.

„Unlogisch. Die Haustür stand offen. Das ist eine Einladung", meldete sich Frank. Er war so gesprächig wie nie zuvor.

„Wir sind doch Geschwister, und Geschwister werfen einander nicht hinaus!", erinnerte Stan.

Lissi und Tinka wechselten einen erstaunten Blick. So hatten sie Stan noch nie reden hören.

„Trau ihm nicht", brummte Lissi warnend. Laut sagte sie: „Wieso habt ihr eure schlaffen Hintern zu uns geschleppt? Hä?"

„Moment mal, von wegen schlaffer Hintern", brauste Stan auf. Er war schrecklich eitel.

„Okay, was verschafft uns das Vergnügen eurer Knackärsche!", verbesserte sich Lissi.

„Weiber", sagte Frank kopfschüttelnd.

„Wir bieten euch ein Geschäft an", ließ Stan die Katze aus dem Sack. „Ihr haltet den Mund wegen der Wanzen und dafür tun wir euch einen Gefallen. Ihr habt freie Wahl."

Daher also wehte der Wind. Die Brüder hatten Angst, Tinka und Lissi könnten den Trick mit dem Abhörgerät verraten.

„Nein!", sagte Lissi.

„Warte mal", bremste sie Tinka ein. Sie beugte sich zu Lissi und raunte ihr ins Ohr: „Vielleicht können die zwei ja nützlich sein."

Lissis zweifelnde Miene sprach Bände.

„Ihr zwei kennt euch doch bei Autos aus", begann Tinka.

Stan nickte lässig, Frank war dafür zu faul.

„Gibt es viele TANASSIs hier bei uns?"

„Die coole Mutter eurer Freundin Greta hat einen", wiederholte Stan, was Tinka ja ohnehin bereits wusste.

„Ja, ja, ja", sagte sie ungeduldig, „und wer noch?"

Stan sah fragend zu Frank. Beide machten ratlose Gesichter und zuckten mit den Schultern.

„Wir haben noch keinen anderen gesehen", antwortete Stan.

„Interessant", murmelte Tinka und begann mit einer neuen Ohrmuschel-Massage.

„He, was brennt da hinter euch?" Frank deutete auf den grellen grünlichen Lichtschimmer, der die Mädchen umgab und sie wie frisch gelandete

Außerirdische erscheinen ließ. „Muss ein cooles Lampenteil sein, was?“

„Nein, es ist ein Geist“, meldete sich Cosimo mit tiefer, hohler Stimme.

Stan verschränkte die Arme vor der Brust und neigte sich zurück. „Wie überaus witzig, Lissi! Auf ein bisschen Bauchreden fallen wir zwei aber nicht herein.“

„Ich kann auch kommen!“, bot Cosimo an. Die Mädchen fuchtelten hinter dem Rücken mit der Hand und deuteten ihm, still zu sein. Den Kater beeindruckte das wenig.

„Ihr haltet euch für sehr witzig.“ Stan rollte die Augen, um zu beweisen, wie kindisch er das Benehmen der beiden empfand und wie erwachsen er und Frank waren.

„Du hast es nicht anders gewollt. Hier kommt Cosimo, der blutsaugende Zombie-Kater!“

Bevor Tinka und Lissi es noch verhindern konnten, war es schon geschehen: Eine leuchtende Kugel sprang mit einem Fauchen, das jede Königskobra verschreckt hätte, über ihre Köpfe hinweg. Die Krallen vorgestreckt, das Maul weit aufgerissen und die spitzen Eckzähne bleckend wirbelte Cosimo durch die Luft.

Den Bruchteil einer Sekunde waren Stan und Frank wie versteinert. Gleichzeitig rissen sie die

Augen weit auf. Gleichzeitig öffneten sie den Mund, brachten aber keinen Schrei heraus. Cosimo streckte die Pfoten zur Seite, als wollte er beide gleichzeitig umarmen.

Die Jungen drehten sich gleichzeitig um und prallten mit den Köpfen zusammen. Es gab ein Geräusch, als hätte jemand mit zwei alten Eichentischen Autodrom gespielt. Cosimo bekam ihre Jacken in die Krallen und hinterließ auf jeder vier lange Schnitte. Taumelnd, torkelnd und stolpernd verschwanden Frank und Stan aus dem Haus. Auf dem Boden sitzend blickte ihnen Cosimo zufrieden nach. Er leckte sich die Pfoten und reinigte die Krallen von den kleinen Stofffetzchen, die dort hängen geblieben waren. Lautstark spuckte er sie aus. „Pfff, eure Brüder könnten wieder einmal ein Bad vertragen“, stellte er fest.

Tinka und Lissi konnten nicht anders. Sie mussten lachen. Nach einem solchen Tag tat das Lachen richtig gut.

Der Kater fühlte sich wohl in der Rolle des edlen Beschützers. „Schlaft ruhig“, sagte er zu den Mädchen, „ich lege mich vor die Eingangstür und zieh meine Zombie-Vampir-Kater-Nummer ab, falls sich jemand hereinwagt.“

Erschöpft schlichen die beiden Mädchen in das obere Stockwerk.

„Und wenn Frank und Stan daheim von unserem Zombie-Vampir-Kater erzählen?“ Tinka sah Lissi besorgt von der Seite an.

Lissi grinste schadenfroh. „Hoffentlich tun sie es. Mam und Papa werden ihnen kein Wort glauben und sie für verrückt erklären.“

Da musste Tinka ihrer Schwester recht geben. Ein Zombie-Vampir-Kater war einfach zu verrückt.

Das Schlafzimmer unter dem Dach hatte bisher voller Wunder gesteckt. Die Wände des hohen Giebels zeigten immer den gleichen Himmel, der sich darüber befand. Bei Tag konnte er azurblau sein, und kleine Schäfchenwolken schwebten darüber. In der Nacht funkelten die Sterne, und der Mond ging auf.

Das große Himmelbett, in dem auch eine sechsköpfige Familie hätte bequem schlafen können, war gemütlich, hatte aber die Angewohnheit zu sprechen. Für Leute, die das nicht gewohnt waren, konnte das sehr verstörend sein.

Ohne Folfonia-Schlüssel war das Zimmer dunkelgrau und kalt wie jeder gewöhnliche Raum in der Nacht. Das Bett wirkte wie ein dicker Riese, der zusammengekauert eingeschlafen war. Tinka und Lissi fielen, ohne sich auszuziehen, darauf und waren sofort eingeschlafen.

Ein kräftiges Niesen weckte Tinka irgendwann in der Nacht. Lissi musste geniest haben. Tinka drehte sich zur Seite und wollte sich die Decke über den Kopf ziehen.

Abermals ertönte das Niesen, und ein feiner Lufthauch wehte ihr ins Gesicht. Etwas Kleines, Raues leckte Tinka über die Nase. Erschrocken richtete sie sich auf.

Draußen war bereits Tag. Der Himmel war von regenschweren Wolken verhangen.

In Tinkas Kopfkissen waren die Abdrücke winziger Pfoten zu erkennen. Ein zartes Miauen meldete sich, und helle Streifen tanzten durch die Luft.

„Danke fürs Wecken", sagte Tinka lächelnd. Eines der jungen Kätzchen hatte ihr also ins Gesicht geniest.

Von unten kam Cosimos raue Stimme. „He, Schlafmützen, müsst ihr nicht zur Schule?"

Es war bereits halb acht. Tinka starrte ihre Armbanduhr an, als könnte sie die Zeit hypnotisieren und zurückdrehen. Energisch rüttelte sie Lissi an der Schulter.

Wie gewöhnlich lag ihre Stiefschwester unter Kissen und Decken vergraben. Nur zwei vorwitzig vorguckende Locken zeigten an, wo sich der Kopf befand.

Wie gewöhnlich war Lissi nicht munter zu bekommen. Erst als Tinka einen Becher eiskaltes Wasser über sie goss, schoss sie schimpfend und fluchend unter der Decke hervor. Tinka aber hatte sich bereits ins Badezimmer geflüchtet, wo sie sich mit einer Hand wusch, während sie sich mit der anderen die Zähne putzte.

„Ich habe Kopfschmerzen. Es zieht ganz schrecklich", beklagte sich Lissi, als sie mit finsterer Miene am Waschbecken erschien. „Das ist allein deine Schuld! Weil du mir einen Schock versetzt hast. So etwas nennt man Eiswasser-Folter. Darauf steht schwerer Kerker."

Tinka, die Zahnpasta-Schaum vor dem Mund hatte und über das muschelförmige Waschbecken gebeugt stand, musterte sie von unten. Lissis drahtige Locken, die normalerweise wie Kaktusstacheln vom Kopf wegstanden, hingen schlaff herab.

„Ich habe so einen komischen Druck da und da!" Lissi deutete auf ihre Schultern. „Vielleicht bekomme ich die Beulenpest."

Tinka spuckte aus und richtete sich auf. Ein Lächeln breitete sich in ihrem Gesicht aus, als sie den Grund für Lissis Beschwerden erkannte. Sie streckte die Hand aus und hob die kleinen, halb unsichtbaren Kätzchen aus dem Haar ihrer Stiefschwester. Die Jungen hatten wohl mit den wippenden Lockenspitzen gespielt und sich festgehakt.

Das Frühstück fiel an diesem Morgen aus. Lissi kündigte an, sie werde Greta die Pausenbrote klauen. Sie hatte ohnehin immer viel zu viel mit und war dabei viel zu dick. Die Schulglocke schrillte blechern, als die Mädchen durch das große Tor stürzten und, immer zwei Stufen auf einmal nehmend, die Treppe nach oben jagten.

Tinkas erster Blick fiel auf Greta. Die Klassenkameradin zupfte an ihrem Kleid herum, das wieder einmal feucht an ihr klebte. Greta schwitzte immer heftig.

Sie hat keine Ahnung, dass ihre Mutter eine schwarze Hexe ist, dachte Tinka mitleidig. *Halt,* bremste sie sich, *wir haben noch keinen Beweis. Nur einen starken Verdacht.*

Lissi sieht rot

Gerne hätte Tinka mit Lissi beratschlagt, wie sie am besten vorgehen sollten. Da sie den ganzen Schulweg gerannt waren und Tinka schnell außer Atem geriet, war dazu keine Zeit geblieben. In der ersten Pause stürzte Lissi gleich nach dem Klingeln auf Greta zu und pflanzte sich neben ihr auf.

„Heeeeiiii!“, grüßte Greta und bewegte die flache Hand in einem Bogen, wie das Popstars manchmal tun.

Lissi verzog das Gesicht und fuchtelte mit der Hand vor den Augen herum. Es war die typische Geste, mit der man andeutete, dass jemand nicht ganz richtig im Kopf ist.

Tinka rammte ihrer Stiefschwester den Ellbogen in die Seite. Lissi hatte die Angewohnheit, mit der

Tür ins Haus zu fallen. Obwohl Tinka Stoßgebete losschickte, Lissi möge nicht eine ganz bestimmte Frage stellen, hörte sie ihre Freundin schon sagen: „Wo war deine Mutter, diese miese diebische Hexe, gestern so gegen vier Uhr am Nachmittag?"

Greta schoss trotz ihrer Speckringe überraschend schnell in die Höhe und streckte Lissi angriffslustig das Kinn entgegen.

„Meine Mutter ist keine miese Hexe." Greta stutzte, weil ihr erst jetzt zu Bewusstsein kam, was Lissi noch gesagt hatte. „Und sie stiehlt auch nicht. Aber eure Mutter sieht wie eine Kaufhausdiebin aus, die Lippenstift mitgehen lässt!"

„Sie beleidigt deine Mutter", sagte Lissi lässig zu Tinka.

Tinka schob Lissi zur Seite und schenkte Greta ein verlegenes Lächeln.

„Das war ein Test", schwindelte Tinka und versuchte, überzeugend zu klingen. „Nennt sich ‚Schock-Test'."

Greta sah sie zweifelnd an. Die rechte Hälfte ihrer Oberlippe zuckte fragend nach oben. „Ehrlich? Ist das wirklich so? Und wenn es so ist, habe ich bestanden?"

Aus den Augenwinkeln konnte Tinka sehen, wie Lissi die Fäuste ballte. So unauffällig wie möglich stellte sie sich auf Lissis Zehen und trat zu. Lissi gab sich gar keine Mühe das Aufstöhnen zu unterdrücken.

„Da hörst du es. Sie ärgert sich, weil dein Ergebnis besser ist als ihr eigenes. Wir sind vor ein paar Tagen selbst getestet worden."

Greta traten Schweißperlen auf die Unterlippe. Verwirrt wanderte ihr Blick zwischen Tinka und Lissi hin und her.

„Du hast bestanden und gezeigt, dass du ausgezeichnete Reaktionen hast", erklärte Tinka, als würde sie seit Jahren nichts anderes tun, als diesen Test durchführen.

„Ja, genauso gut wie jeder Pavian", knurrte Lissi aus dem Mundwinkel. Tinka begann, laut zu summen, um ihre gequetschte Stimme zu übertönen. Zum Glück riss sich Lissi zusammen und bekam keinen Wutanfall. In manchen Augenblicken verstand sie, dass Tinka mit ihrer besonnenen Art mehr erreichen konnte als Lissi mit ihrer Polterei.

„Schickes Auto hat deine Mutter", sagte Tinka so beiläufig wie möglich. „Fährt sie viel damit herum? Zum Beispiel gestern Nachmittag, ist sie da spazieren gefahren?"

„Nein, gestern hat sich Tante Larissa den Wagen ausgeliehen. Sie ist bei uns zurzeit zu Besuch." Die Worte sprudelten nur so aus Greta heraus. „Mutti ist totaaaaal sauer. Tante Larissa hat nämlich beim

Ausparken einen anderen Wagen gestreift. Muttis TANASSI hat jetzt einen Kratzer am Kotflügel und muss in die Werkstatt. Mutti hasst jeden Tag, an dem sie ihren Wagen nicht hat. Sie sagt, sie hat sich in das Auto richtig verknallt."

Greta schwang eine lautstarke Rede, und da sich wieder ein paar willige Zuhörer um sie versammelten, schmückte sie den Bericht aus und erfand immer neue Fortsetzungen. Sie bemerkte nicht, dass Tinka und Lissi sich zurückgezogen hatten.

„Es ist ihre Tante Larissa", sagte Tinka mit gesenkter Stimme.

„Dann wissen wir, wo wir unseren Folfonia-Schlüssel abholen können!" Lissi krempelte energisch die Ärmel auf.

„Du glaubst doch nicht, dass sie den Schlüssel einfach so hergeben wird", gab Tinka zu bedenken.

„Dann werden wir ihn ihr eben abnehmen!", sagte Lissi kampfeslustig.

„Lissi, sie ist gefährlich. Sie hat die Bäume im Garten verhext, sodass sie sie durchlassen mussten. Darum haben sie auch so … geknebelt geklungen."

Nervös klopfte Lissi mit der Schuhspitze auf den Boden. „Hast du das Bild mit der Hexenkraft für den dritten Zauber mit?"

Tinka deutete auf ihren Rucksack. „Ist hier drin. Aber wir dürfen nichts hexen, das GEGEN einen anderen geht oder ihm schaden könnte. Du weißt, es trifft dann nur uns selbst."

„Ja, weiß ich!" Lissi warf die Arme in die Luft, stützte dann das Kinn in die Hand und starrte grübelnd vor sich hin. Man konnte fast das Fragezeichen sehen, das über ihrer Stirn schwebte.

„Sie wird uns schon nicht fressen!", sagte sie schließlich. „Wie sollen wir überhaupt in Gretas Haus kommen?", wollte Tinka wissen.

„Nichts einfacher als das!" Lissi marschierte mit festen Schritten zu der kleinen Gruppe von Mitschülern, die sich um Greta versammelt hatten und ihrer Geschichte lauschten. Mittlerweile war aus dem Kratzer ein abgefallener Kotflügel und ein Loch in der Tür geworden. Tinka folgte Lissi dicht auf den Fersen, da sie Angst hatte, ihre Stiefschwester könnte Greta erneut beleidigen.

„Kann ich dich kurz sprechen?", hörte sie Lissi zu Greta sagen. Sie fragte in einem Ton, der Greta spüren ließ, dass ihre Hilfe gebraucht wurde. Greta liebte es, wenn jemand sie brauchte, und ließ sich sofort von Lissi zur Seite ziehen. Lissi flüsterte ihr etwas ins Ohr, erntete einen Blick von Greta, in dem grenzenloses Mitleid lag, und bekam ein heftiges Nicken als Antwort.

„Nein, macht Mutti nichts aus. Klar geht das in Ordnung. Kann ich voll verstehen", erklärte Greta.

Die Schulglocke beendete die Pause, und alle Jungen und Mädchen kehrten nach und nach an ihre Plätze zurück.

„Was hast du ihr gesagt?", erkundigte sich Tinka flüsternd.

„Ich habe gesagt, es gibt heute Mittag bei uns daheim nur gekochte Bohnen, und deshalb wollen wir nicht nach Hause."

Tinka erinnerte sich, dass Greta Bohnen hasste. Auf der Klassenfahrt hatte es Bohneneintopf gegeben, und Greta hatte daraufhin die ganze Nacht auf der Toilette verbracht. Ihr Mitleid für jeden, der Bohnen zu essen bekam, war grenzenlos. Daher hatte sie Tinka und Lissi auch sofort zum Essen zu sich nach Hause eingeladen.

Es war Samstag, und nach der vierten Stunde war Schluss. Vom Unterricht bekamen an diesem Tag weder Tinka noch Lissi etwas mit. Ihre Gedanken waren nur bei Gretas Tante und bei dem Problem, wie sie ihr den gestohlenen Folfonia-Schlüssel wieder abnehmen konnten.

Auf dem Weg von der Schule zu Gretas Haus fragten sie Greta über Tante Larissa aus.

„Ach, sie sieht noch besser aus als Mutti. Sie ist noch größer, noch schlanker und hat noch schwärzere Haare", schwärmte Greta. Tinka bemerkte den traurigen Blick, mit dem Greta an sich hinabsah.

Von groß und schlank war sie weit entfernt, und ihr Haar war dünn und hing herab wie Schnittlauch.

Die Schwestern kannten die Villa, in der Greta mit ihren Eltern wohnte, von einer Gartenparty. Der schneeweiße Würfel stand auf einem Grundstück, auf dem kein einziger Strauch und auch kein Baum wuchs. Es gab nur grünen Rasen, der so grün war, als wäre er aus Plastik. Nicht einmal Gänseblümchen waren erlaubt. Löwenzahn wurde von einem Gärtner gejagt und unbarmherzig ausgerissen. Sie schritten vom schneeweißen Gartentor über einen Betonweg zur Eingangstür.

Tinka und Lissi spürten ihre Herzen unter den Pullis immer heftiger schlagen. Gretas Tante Larissa wusste, wie sie aussahen. Sie würde sie erkennen und bestimmt nicht zulassen, dass die beiden sich den gestohlenen Folfonia-Schlüssel zurückholten.

Die Eingangstür war aus kaltem grauem Aluminium. An der Seite befand sich eine Tastatur wie auf einem Taschenrechner. Greta tippte einen Code ein, worauf die Tür nach einem kurzen Summen aufsprang.

Noch nie zuvor hatten Tinka und Lissi ein so kahles Haus betreten. Sie fühlten sich wie in einer Tiefgarage.

Von oben kam Gretas Mutter in einem flatternden schwarzen Hosenanzug. Solche Anzüge trugen normalerweise nur Fotomodelle in glänzenden Zeitschriften. Tinka konnte nicht anders, als Gretas Mutter anzustarren.

„Hallo, Mutti“, grüßte Greta.

Lissi entging nicht die Veränderung in ihrer Stimme. Die selbstsichere Greta, die meistens die große Lippe führte, klang auf einmal kleinlaut.

Gretas Mutter musterte die unerwarteten Gäste mit einem Blick, der sie zu durchleuchten schien.

„Können Tinka und Lissi zum Mittagessen bleiben? Es gibt Bohnen bei ihnen daheim.“ Greta sah ihre Mutter bittend an.

„Von mir aus. Tau ihnen eine Pizza auf. Für dich aber nicht, Fettchen.“ Ohne Tinka und Lissi auch nur zuzunicken, schwebte Gretas Mutter an ihnen vorbei und schleuderte mit der Hand ihre schwarze Mähne energisch über die Schulter.

„Wie hat sie dich genannt?“, fragte Lissi leise.

Greta schluckte, gab aber keine Antwort.

Tinka hatte es genau gehört. Gretas Mutter blieb in einer weißen Tür stehen und drehte sich zurück. „Fettchen, tu mir einen Gefallen und lass dir endlich diese grässlichen Haare verlängern. Die kleinen Rattenschwänzchen sind eine Beleidigung für meine Augen.“

„DIE ist die echte Hexe!“, knirschte Lissi. „Eine widerliche Hexe, getarnt als schwarze Schlange.“

Tinka kniff Lissi mit aller Kraft in den Unterarm, sodass diese aufschrie.

Gretas Mutter hob eine Augenbraue. „Ich kann Krach in meinem Haus nicht leiden.“ Danach verschwand sie in einem Zimmer und drückte die weiße Tür energisch hinter sich zu.

Greta stand mit hochrotem Kopf da und wäre wohl am liebsten im Boden versunken. Sie drehte das Gesicht zu den beiden Schwestern und lächelte gequält.

„Ist sonst aber ein echter Kumpel, meine Mutter“, sagte sie schwach.

Tinka verstand, wieso Greta in der Schule immer große Reden schwang und im Sommer oft mehrere Mädchen zum Eisessen in die teuerste Eisdiele einlud. Wenigstens in der Klasse wollte sie gemocht und geschätzt werden.

Lissis Fäuste waren so fest geballt, dass die Knöchel so weiß hervortraten, wie in diesem Haus alle Wände und Türen waren. Die Schultern hochgezogen, den Kopf gesenkt stapfte sie auf die Tür zu, hinter der Gretas Mutter verschwunden war. Ohne anzuklopfen, riss Lissi die Tür auf und schien im Türrahmen zu wachsen.

Gretas Mutter lag auf ein schneeweißes Sofa hingegossen und sah sich im Fernsehen eine besonders dämliche Serie an, in der alle Darsteller aussahen wie Plastikpuppen. Aus einer Schale fischte sie Weintrauben, die sie Stück für Stück in ihrem dunkel geschminkten Mund versenkte. Aufgeschreckt durch das Geräusch der Tür drehte sie sich zu Lissi und funkelte sie ungehalten an.

„Können Sie nicht nett zu Greta sein?“ Lissis Stimme hatte wieder den Kobra-Klang.

„Ich rede mit meiner Tochter, wie ich es für richtig halte. Das geht dich einen feuchten Kehricht an“, erwiderte Gretas Mutter. Man konnte bei jedem Wort Eiswürfel klirren hören.

„Kein Wunder, dass Greta so viel futtert. Irgendwie muss sie ihren Kummer loswerden!“, redete Lissi ungerührt weiter.

„Unverschämtheit! Verschwinde, aber schnell! Am besten gleich aus dem Haus!“, befahl Gretas Mutter scharf.

„Sind Sie die Hexe, die unseren Folfonia-Schlüssel gestohlen hat?“, fragte Lissi drohend.

Sie hörte hinter sich die Haustür ins Schloss fallen und ein heftiges Räuspern von Tinka, drehte sich aber trotzdem nicht um.

„Beleidige, wen du willst, aber nicht mich!“ Mittlerweile erinnerten die Mutter und Lissi an zwei Kobras, die einander mit geblähten Halssegeln gegenüberstanden und bereit waren zuzubeißen. „Ich nenne Greta Fettchen, weil sie ein Fettchen ist, und so, wie sie frisst, wird sie auch ein Fettchen bleiben. Ihr Mädchen habt überhaupt keinen Chic mehr. Deine Frisur sieht aus, als hättest du in eine Steckdose gegriffen, und deine Freundin ist halb Fettchen, halb Schlaffi."

„Jetzt reicht's aber!", fauchte Lissi. Sie hob die Hände, spreizte Daumen und kleine Finger ab und sagte zischend: „Belli Parlanti!" Zur Sicherheit machte sie den Hexenklatsch gleich dreimal.

Den Spruch hatte sie sich gut gemerkt. Sie wollte ihn nämlich an sich selbst ausprobieren, wenn sie wieder einmal großen Ärger mit ihrem Vater hatte und nichts Unüberlegtes sagen wollte.

Die Wirkung trat bei Gretas Mutter sofort ein.

„Greta ist eine Schönheit, und ich bin sicher, sie wird ihr Idealgewicht in null Komma nichts erreicht haben", flötete sie. Völlig verdutzt schüttelte sie den Kopf, als könnte sie selbst nicht glauben, was sie gerade gesagt hatte. „Was rede ich da? Greta hat bereits ihre Idealfigur, ich werde ihr ein paar schicke Kleider kaufen, die zu ihr passen."

Gretas Mutter holte tief Luft, als könnte sie auf diese Weise loswerden, was ihr Lissi angehext hatte. Sie konnte nur noch freundliche Worte sagen. Ganz egal, was sie dachte, aus ihrem Mund kam nur Lob.

Zufrieden klatschte Lissi in die Hände, weil ihr etwas sehr Gutes gelungen war.

Erst beim Umdrehen wurde ihr klar, was sie getan hatte: Damit war der letzte Hexenspruch vertan, den sie gehabt hatten. Hinter ihr stand nicht wie vorhin Tinka, sondern eine Frau, die Gretas Mutter wie aus dem Gesicht geschnitten schien, von allem aber ein bisschen mehr hatte.

Tante Larissa

„Guten Tag, ich bin Tante Larissa“, stellte sie sich mit kehliger Stimme vor. An ihrem Gesicht war abzulesen, dass sie wusste, was Lissi gerade angerichtet hatte. Um ihren Mund spielte ein triumphierendes Lächeln.

„Gibt es einen bestimmten Grund, warum ihr gekommen seid?“, fragte sie.

„Nein“, presste Tinka heraus, sprang zur Eingangstür, riss sie auf und stürzte ins Freie. Lissi folgte ihr, den Blick dabei ständig auf die Tante gerichtet, deren Augenbrauen immer höher wanderten.

„Aber eure Pizza“, piepste Greta.

„Die Pizza ist nichts für dich. Ich mache dir etwas mit wenig Kalorien, Schätzchen“, erklärte Gretas Mutter. Tinka und Lissi hörten es, konnten sich aber nicht mehr darüber freuen. Sie rannten und blieben erst wieder stehen, als sie mehrere Straßen entfernt waren.

Lissi keuchte heftig und stützte sich an einem Laternenmast ab. „Ich hab alles – keuch – verpatzt!“, machte sie sich selbst große Vorwürfe.

„Nicht wahr“, stieß Tinka zwischen zwei heftigen Keuchern hervor. „Ich hätte es genauso gemacht. Dieser Zicke musste man eine Lektion erteilen.“

„Und diese Larissa hat den Folfonia-Schlüssel, aber sie weiß, dass wir ihn nicht zurückholen können“, wimmerte Lissi.

Die Schwestern ließen sich auf einer niedrigen Gartenmauer nieder und starrten trübsinnig vor sich hin.

„Greta ist uns einen Gefallen schuldig“, stellte Lissi fest, deren Atem sich halbwegs wieder beruhigt hatte.

„Stan und Frank auch“, sagte Tinka.

„Die und ihre Wanze“, sagte Lissi verächtlich.

„Die Wanze!“ In Tinkas Kopf löste das Wort eine Lawine von Gedanken aus. „Lissi, die Wanze könnte uns retten. Ich wette, diese Larissa hält den Folfonia-Schlüssel irgendwo versteckt. Da wir ihr auf die Spur gekommen sind, haut sie bestimmt bald ab. Dazu muss sie den Folfonia-Schlüssel aus dem Versteck holen. Wenn wir sie dabei belauschen, können wir vielleicht an den Geräuschen erkennen, wo sie ihn aufbewahrt und was sie damit tut."

Lissi schenkte Tinka einen anerkennenden Blick. „Nicht schlecht, Frau Specht."

„Greta muss uns helfen, die Wanze an Larissa anzubringen", spann Tinka weiter. Lissi war überzeugt, dass Greta das tun würde.

Bei den Schnabel-Meierbeers saßen alle gerade beim Mittagessen, als die Schwestern ins Haus geplatzt kamen.

„Ist etwas nicht in Ordnung mit euch?", fragte Grit Schnabel-Meierbeer besorgt.

Die Mädchen konnten sie beruhigen. „Alles unter Kontrolle. Wir brauchen nur etwas von Stan und Frank, das sie uns versprochen haben", erklärte Tinka. Lissi krümmte lockend den Zeigefinger wie die Knusperhexe im Märchen von Hänsel und Gretel. Zuerst wollten die Jungen bockig sitzen bleiben und weiteressen. Als Lissi drohend mit den Lippen den Satz „Wanze in der Schule" formte, sprangen beide gleichzeitig auf und stürzten zu ihren Schwestern. Zufrieden grinsend verschwanden die zwei mit den Brüdern in der Diele und verlangten die Wanze und das Empfangsgerät. Nur sehr widerstrebend rückten die Jungen beides heraus.

„Mit vollem Bauch hat man auch mehr Mut", erklärte Tinka und überredete Lissi zu einem schnellen

Mittagessen. Natürlich gab es keine Bohnen, sondern Schnitzel, dem Tinka nicht widerstehen konnte.

Zur Sicherheit riefen sie Greta nach dem Essen an. Was sie erfuhren, ließ sie erleichtert aufatmen. Tante Larissa war nicht abgereist, sondern ging die ganze Zeit kichernd durch das Haus. Greta war sofort bereit, sich mit Tinka und Lissi zu treffen.

„Seit ihr mit Mutti gesprochen habt, ist sie wie ausgewechselt“, meinte sie ein wenig verlegen, aber erleichtert.

„Tatsächlich?“, täuschte Lissi großes Erstaunen vor.

Auf dem Weg zum Treffpunkt meinte Tinka: „Mam ist eigentlich gar nicht so übel, wenn ich sie mit Gretas Mutter vergleiche.“

Lissi stimmte nicht ganz zu. „Trotzdem täte ihr ein wenig mehr Pep gut. Sobald wir den Folfonia-Schlüssel zurückhaben, legen wir los.“

Tinka öffnete den Mund, um zu widersprechen, verkniff es sich dann aber.

Ungeduldig wurden die beiden von Greta am alten Bärenbrunnen erwartet. Zwei Bären, die auf den Hinterbeinen standen, hatten früher einmal Wasser gespuckt. Die Pumpanlage war schon lange kaputt, und aus den Bärenmäulern wuchsen grüne Halme.

„Magst du deine Tante Larissa?“, erkundigte sich Tinka listig.

Lissi schob sie zur Seite und hob die Hand, in der sie die Wanze trug. „Da, hau ihr …"

Tinka schubste Lissi energisch weg und schleuderte ihr einen strafenden Blick zu. Greta sollte unter keinen Umständen wissen, was sie vorhatten.

„Ist Larissa deine Lieblingstante?", bohrte Tinka weiter.

Greta zuckte mit den Schultern. „Lieblingstante? Nicht gerade. Sie tut, als wäre sie etwas ganz Besonderes. Paps nennt sie heimlich ‚die Hexe'!"

„Wie recht er doch hat", murmelte Tinka. Laut sagte sie: „Wir haben da etwas, mit dem du deiner Tante einen lustigen Streich spielen kannst. Du musst es nur an ihrem Rücken anbringen. Es gibt später Tierlaute und Gespensterheulen von sich. Sie wird bestimmt erschrecken."

„Witzig." Greta reckte den Hals, um das Wunderding zu sehen.

„Willst du das Scherzding haben? Du musst es aber sofort an ihr anbringen. Wir brauchen es bald wieder zurück." Tinka ließ Greta noch ein wenig zappeln, damit sie richtig gierig wurde.

„Ja, ja, her damit!", verlangte Greta.

Feierlich überreichte ihr Lissi das schwarze Döschen und erklärte, was Greta zu tun hatte.

Sie folgten der Klassenkameradin in einigem Abstand. Schräg gegenüber vom Eingang in den Garten der Villa befand sich ein Zeitungsautomat. Dahinter versteckten sich Tinka und Lissi und warteten. Tinka hielt das Kästchen mit der Antenne in den Händen und stellte die Funkfrequenz ein, die ihr Stan genannt hatte. Die Kopfhörer waren kleine Dinger an dünnem Draht. Jedes Mädchen stopfte einen der Hörer in sein Ohr.

Zuerst hörten sie nur Krachen, Knacken, Knistern und Rascheln. Greta trug die Wanze wohl noch in der Tasche. Erst nach einigem Warten begann ein Gespräch. Greta machte Scherze, die ganz und gar nicht lustig waren, und ihre Tante Larissa quälte sich ein gekünsteltes Lachen ab.

Wumms! Tinka und Lissi rissen sich die Ohrstöpsel raus und rieben sich die Ohren. Sie hatten das Gefühl, jemand hätte eine Bombe neben ihren Köpfen hochgehen lassen.

„Sie hat ihr die Wanze auf den Rücken geklatscht!“, schrie Lissi. Tinka legte einen Finger auf den Mund und zischte ein „Psssst!“.

„Äh … 'tschuldigung … aber der Knall hat meine Ohren lahmgelegt“, sagte Lissi noch immer sehr laut. Ungeduldig deutete ihr Tinka, leiser zu sprechen.

Nachdem sie sich die Ohrstöpsel wieder in die Ohren gestopft hatten, hörten sie das Zufallen einer Tür. Zum Glück war es nicht so laut wie der Knall vorhin. Stöckelschuhe klickten über Parkettboden. Ein Schrank wurde geöffnet.

„Zeit zu fahren“, redete Larissa leise mit sich selbst. Schubladen wurden geöffnet, und Kleiderhänger klirrten. Gretas Tante packte. An den Geräuschen war zu erkennen, dass sie die Sachen nicht sorgfältig faltete, sondern einfach aus dem Schrank schleuderte.

Sie murmelte einen kurzen Hexenspruch, worauf ein Rauschen rund um sie begann. Es endete mit einem zweifachen metallischen Klicken.

„Die hat die Sachen in den Koffer gehext“, flüsterte Tinka ihrer Schwester zu.

„Und unser Folfonia-Schlüssel?“, flüsterte Lissi zurück.

Ein schrecklicher Gedanke ging den beiden Mädchen durch den Kopf. Vielleicht hatte Larissa den Folfonia-Schlüssel längst fortgeschafft.

„Nun zu dir, mein neues Goldstück“, setzte Larissa ihr Selbstgespräch fort. Es gab ein vielfaches Klirren und Klimpern. Tinka schloss die Augen und rief sich ins Gedächtnis, was sie in Gretas Haus alles gesehen hatten.

In der Diele hing ein Kristalllüster von der Decke. Er bestand aus vielen Ketten von Kristallen, die eine Art Schale bildeten. Vielleicht gab es solche Lüster auch in den Schlafzimmern.

„Du kommst …“, es folgte ein schnappendes Geräusch, dann ein wenig Geraschel und zum Abschluss wieder das Schnappen, „hier rein.“

„Handtasche!“, sagten Tinka und Lissi gleichzeitig. Sie spürten, wie ihre Aufregung wuchs. Lissi kaute an ihrer Unterlippe, Tinka drehte dünne Haarsträhnen zwischen den Fingern.

Danach hieß es warten, warten, warten. Die Schwestern belauschten eine unterkühlte Verabschiedung der Tante von Gretas Familie. Alle schienen froh, dass Larissa wieder wegfuhr.

Vor dem Gartentor hielt ein Taxi.

Die Tür der schneeweißen Villa ging auf, und Larissa stöckelte den Betonweg herunter. Hinter ihr schleppte Greta den schweren Koffer. Über Larissas Schulter hing eine schwarze Lederhandtasche. Es war ein glattes Modell mit einem großen Messingverschluss an der Vorderseite. Deutlich konnten Lissi und Tinka die Form ihres Folfonia-Schlüssels sehen, die sich durch das Leder drückte. Leider wussten nur die beiden, dass es sich um eine Saugglocke für verstopfte Toiletten handelte. Jeder andere hätte die Ausbuchtung für eine große Parfumflasche oder einen anderen runden Gegenstand gehalten.

„Wie gehen wir vor?“, fragte Tinka Lissi. „Hast du einen Plan?“

„Brauch ich nicht!“, zischte Lissi.

Zu spät wurde Tinka klar, was Lissi vorhatte. Als sie nach ihrem Arm greifen wollte, um sie zurückzuhalten, war Lissi schon in die Höhe geschnellt. Mit großen Schritten überquerte sie die Straße und schlich sich geduckt hinter dem Taxi an. Tinka spähte seitlich an dem Zeitungsautomaten vorbei und hielt die Luft an.

Das Gartentor schwang auf, und Larissa rauschte heraus. Ihr langer schwarzer Mantel bauschte sich im Wind.

Wie ein Kobold hechtete Lissi aus dem Versteck, griff mit beiden Händen nach der großen Handtasche und riss sie Larissa von der Schulter.

Die Augen der Hexe glühten giftgrün vor Wut auf. Sie wirbelte herum, und ihre schwarze Mähne stellte sich drohend auf.

Mit einem Griff öffnete Lissi die Tasche und zog den unsichtbaren Folfonia-Schlüssel heraus.

„Da, mit bestem Dank zurück", schaffte sie, frech zu sagen, und warf Larissa die Handtasche zu.

Die dunklen Lippen der diebischen Hexe kräuselten sich zu einem teuflischen Grinsen. Ihr langer krallenartiger Zeigefinger deutete zuerst auf die überraschte Greta und dann auf den Taxifahrer. Beide erstarrten sofort.

Lissi stand wie angewurzelt da und starrte die Hexe mit großen ängstlichen Augen an.

Larissas Augenbrauen zuckten abwechselnd in die Höhe. Sie warf den Kopf nach hinten und begann, wiehernd zu lachen.

„Hauen Sie ab", stieß Lissi heraus. „Hauen Sie ab, sonst … sonst … hexen wir Ihnen etwas an den Hals."

„Ihr dummes, junges Gemüse", sagte Larissa verächtlich. „Hat euch keiner gesagt, dass Folfonia-Schlüssel, die von ihrem Besitzer entfernt werden, drei Wochen lang ihre Kraft verlieren? Das Ding nützt euch also gar nichts."

Tinka murmelte einen einfachen Spruch, der Gänseblümchen aus dem Asphalt sprießen lassen sollte, und führte den Hexenklatsch aus. Nichts geschah. Larissa sagte die Wahrheit.

„Ihr dummen Dinger habt den dritten Notfallspruch für das Pummelchen verbraucht!" Mit dem Kopf deutete sie auf die erstarrte Greta. „Wie edel!" Das Wort edel sprach sie nicht aus, sondern sie spuckte es aus.

„Meine Kräfte erlauben es, so etwas wie euch zu vernichten!" Larissa schien zu wachsen. „Ihr steht auf der falschen Seite. Tut das, was dieser Club der jämmerlichen Besenschwinger von euch verlangt. Hext nur Gutes." Sie lachte verächtlich. „Euer Folfonia-Schlüssel war der letzte, den ich benötigt habe, um meine schwarze Magie zur vollen Entfaltung zu bringen."

Tinka hatte sich eine blonde Haarsträhne in den Mund gesteckt und kaute hektisch darauf herum.

Lissi und Larissa standen einander gegenüber wie zwei Giftschlangen. Vor der groß gewachsenen Larissa wirkte Lissi allerdings wie ein Regenwurm.

Die Hexe streckte die schlanke weiße Hand aus. „Gib mir den Folfonia-Schlüssel, dann lasse ich dich gehen."

Stumm schüttelte Lissi den Kopf.

Larissa verengte die Augen. „Ich weiß alles über dich und deine Familie. Schon seit einiger Zeit beobachte ich euch. So bin ich auch auf die Idee gekommen, wie ich bei euch eindringen und mir den Schlüssel nehmen kann. Willst du, dass dein Vater sehr krank wird?"

Energisch schüttelte Lissi den Kopf.

„Oder soll ich deiner Familie noch vier weitere Brüder hexen?"

„Bloß das nicht", flüsterte Lissi.

„Ich kann auch euer Haus einstürzen lassen. Oder deinen Fuß lahm machen. Du hast die Wahl."

Tinka kaute an den Fingernägeln und kramte fieberhaft in ihrem Kopf nach einer Idee. Sie beobachtete, wie Lissi langsam die Hand mit dem Folfonia-Schlüssel ausstreckte, um ihn Larissa zurückzugeben.

Damit wären die Mädchen ihre Hexenkraft für immer los. Und Gretas Tante könnte Zauber betreiben, die schreckliche Folgen hätten.

„Vielleicht stimmt es gar nicht, was Larissa sagt!", fiel Tinka ein. Vielleicht hatte sie vorhin, als sie ihre Hexenkraft ausprobiert hatte, nur einen Fehler gemacht. Erneut murmelte sie den Spruch und führte den Hexenklatsch dreimal aus. Sie starrte auf den grauen Asphalt unter ihren Schuhen, als könnte sie ihn hypnotisieren.

Es blieb eine dunkle, raue Fläche.

Tinkas letzter Rest von Mut schmolz wie Schnee in der Frühlingssonne.

Später Besuch

Lissi machte einen zaghaften Schritt auf Larissa zu. Der Mund der Hexe zog sich in die Breite, und in ihren Augen tanzten schwefelgelbe Lichtpunkte.

Tinka hockte noch immer da und ließ die Hände mutlos zwischen den Beinen baumeln. Als sie etwas Kühles berührte, zog sie die Arme erschrocken in die Höhe und blickte hinunter.

Ein Gänseblümchen. Es hatte den Blütenkopf durch den zähen Asphalt gebohrt und entfaltete gerade seine herzförmigen Blätter.

Der Folfonia-Schlüssel funktionierte. Larissa hatte nur geblufft.

Tinka atmete tief ein, schloss halb die Augen, versuchte, sich genau an die Hexensprüche zu erinnern, die Lissi und sie in den vergangenen Wochen gelernt hatten, murmelte einen davon und ließ einen siebenfachen Hexenklatsch folgen.

Lissi gab einen gellenden Schrei von sich.

Tinka musste ein Fehler unterlaufen sein. Was hatte sie falsch gemacht? Am liebsten hätte sie Augen geschlossen gelassen und wäre einfach fortgelaufen. Larissa hatte wohl doch gewonnen.

„Tinka … Tinka!", hörte sie Lissi rufen.

Es blieb Tinka nichts anderes übrig, als wenigstens durch die Wimpern zu spähen. Zuerst verstand sie nicht, was sie sah. Erst als sie die Augen ganz geöffnet hatte, wurde ihr klar, was neben dem Taxi stand. Der Fahrer hatte die hintere Tür aufgerissen, damit Larissa einsteigen konnte. In dieser Bewegung hatte sie ihn erstarren lassen.

An der Stelle, an der Larissa gestanden hatte, befand sich jetzt etwas anderes. Es war ein hölzerner Besenstiel mit einem buschigen schwarzen Besen, der große Ähnlichkeit mit Larissas Frisur besaß.

Verlegen legte Tinka einen Finger auf die Unterlippe. „Ups", entfuhr es ihr, „da habe ich den Spruch erwischt, mit dem man nützliche Haushaltsgegenstände hext."

„Aber es ist nicht zu ihrem Guten. Der Zauber wird gleich wieder vorbei sein!", rief Lissi. „Und wieso kannst du hexen? Der Folfonia-Schlüssel funktioniert doch nicht."

Tinka lächelte triumphierend. „Weißt du, Lissi, man soll nicht alles glauben, was einem die Leute einreden."

Am Abend hatten es sich die beiden Mädchen im Wohnzimmer ihres Hexenhauses bequem gemacht. Alles war wieder so zauberhaft und wunderbar wie vorher. In der Diele funkelten die Kristalle, die Bücher hatten Umschläge, die zwinkerten, lachten und sogar redeten, und aus dem Nebelloch in der Küche konnten Tinka und Lissi jede Köstlichkeit holen, auf die sie gerade Lust hatten.

Cosimo war verstummt und hatte mit einem Miau-Konzert nach seiner Milch verlangt, die er auch sofort bekommen hatte. Seine Jungen und die stolze Katzenmutter natürlich auch.

Von Larissa hatten die Mädchen nichts mehr zu befürchten. Der Besen war von zwei Sicherheitshexen des Clubs der Hexen abgeholt worden. Sie waren auf Besen mit Blaulicht gekommen und hatten Schutzhelme getragen. Da ihre restliche Kleidung aus Strickpullis und Flickenröcken bestand, hatten sie mehr als merkwürdig ausgesehen. Im Abflug hatten sie Greta und den Taxifahrer aus der Erstarrung erwachen lassen. Der Fahrer hatte Greta beschimpft, weil sie angeblich zum Spaß das Taxi gerufen hatte, war dann aber murrend wieder abgefahren. Greta fragte sich immer wieder, wohin ihre Tante verschwunden war, deren Koffer sie noch in der Hand hielt. Sie hatte schließlich die Geschichte geglaubt, die Tinka ihr von einem Verehrer auf einem Motorrad erzählte, der Tante Larissa abgeholt hätte.

„Wir müssen heute unbedingt noch die Sprüche heraussuchen, mit denen wir Grit aufpeppen", erklärte Lissi und rutschte vom Sofa.

Tinka schüttelte energisch den Kopf. „Kommt nicht infrage. Mam bleibt, wie sie ist."

„Dann ist sie aber ausschließlich DEINE Mutter!", stellte Lissi energisch fest. „Ich habe keine Lust, mich auf der Klassenfahrt zu genieren."

„Was Greta über ihre Mutter erzählt hat, war erfunden", erinnerte Tinka ihre Schwester. „Und ob Antje tatsächlich so ein Prachtexemplar hat, werden wir auch erst sehen."

„Denk an diese ausgebeulten Röcke, die sich Grit von Elefantenbabys geborgt haben könnte", meinte Lissi. „Und ihre Frisur! Peinlich, kann ich da nur sagen. Peinlich."

In der Diele krächzte der hölzerne Geier und zeigte an, dass jemand am Gartentor stand. Die Mädchen wechselten einen überraschten Blick.

„Wer kann das sein?", fragte Tinka ängstlich.

Lissi lief in die Diele und fragte das hölzerne Tier an der Wand.

„Sieht aus wie eine Steinzeitfrau, die sich Klamotten von einem Babyelefanten geborgt hat und sich demnächst einen Knochen in den Haardutt steckt", spottete der Geier.

„Mam?" Tinka und Lissi verstanden nicht, wieso sie am Abend vorbeikam. Das hatte sie noch nie getan.

Die Mädchen liefen durch den Garten, wo sie von den Bäumen mit vertrautem Blätterrascheln und Ästeklappern gegrüßt wurden.

Tatsächlich stand Grit Schnabel-Meierbeer am Zaun und sah den beiden zerknirscht entgegen.

„Verzeiht, Kinder, aber es ist wichtig", sagte sie.

Tinka wurde misstrauisch. Diesen Satz hatte sie einen Tag zuvor schon einmal gehört, und ein paar Minuten später war ihr Folfonia-Schlüssel verschwunden.

„Mam?", begann sie.

Grit Schnabel-Meierbeer schnalzte tadelnd mit der Zunge. „Nicht Mam, das klingt wie in den Fernsehserien, die ihr immer guckt. Da habe ich etwas dagegen."

Lissi beugte sich zu Tinka und raunte: „Das ist die echte Grit, durch und durch peinlich altmodisch."

Tinka tat so, als würde sie nach dem Gartentor fassen, das aber ohnehin von allein aufschwang. Lissi warf den Bäumen beschwörende Blicke zu, sich unauffällig zu verhalten.

„Ach, ich störe nicht lange. Wir können das auch hier besprechen“, bot Grit an. Sie wirkte verlegen. Erst nach einigem Herumdrücken rückte sie mit dem Grund für ihren Besuch heraus: „Kinder, ich soll auf eure Klassenfahrt mitkommen. Ich habe zugesagt, ohne euch vorher zu fragen, ob ihr überhaupt einverstanden seid.“

Tinka sah ihre Mutter überrascht an.

„Na ja, Oma hat auch einmal meine Schulklasse begleitet“, setzte Grit fort. „Damals war ich so alt wie ihr, und es war mir so etwas von peinlich. Die anderen Mütter sind mir viel schicker und flotter erschienen. Ich habe mich geniert. Das ist mir gestern schon eingefallen und ich denke, es ist völlig normal, dass Töchter ihre Mütter als hoffnungslos altmodisch und peinlich ansehen. Ich wäre nicht böse, wenn ihr wollt, dass ich daheim bleibe. In diesem Fall müsste ich nur möglichst schnell eure Lehrerin verständigen, damit sie sich um Ersatz kümmert.“

Tinka schniefte. Sie war richtig gerührt. Fragend sah sie Lissi von der Seite an, die Grit mit einem Blick musterte, den Tinka nicht deuten konnte. War das Mitleid? Oder Bewunderung?

Lissi schüttelte sich, als müsse sie sich selbst aus einer Starre reißen, klopfte Grit kumpelhaft auf die

Schulter und erklärte: „Ich hatte so meine Zweifel bei dir. Aber ich muss sagen, du bist schwer in Ordnung, Mam."

Grit sah sie gerührt an und regte sich nicht einmal über das Mam auf. Zum ersten Mal, seit aus den Schnabels und den Meierbeers eine Familie geworden war, hatte Lissi sie nicht Grit, sondern so etwas Ähnliches wie Mutti genannt. Es war bestimmt die höchste Auszeichnung, die sie von ihrer neuen Tochter bekommen konnte.

„Klar kommst du mit", schloss sich Tinka an.

Grit Schnabel-Meierbeer entging der prüfende Blick auf ihre zerzauste Frisur und den etwas zu langen Rock nicht.

„In Ordnung, den Frisör schiebe ich seit Wochen vor mir her. Meine Freundin Cornelia hat mir angeboten, die Frisur zu überarbeiten, und was das Anziehen betrifft, da könnt ihr mich doch morgen beraten."

„Machen wir!", versprachen die Mädchen.

Und über ihren Köpfen raunten die uralten Baumkronen gerührt ...

ZUTRITT NUR FÜR HEXEN!

No Jungs!

Unsere total normal
verrückte Familie!

Familienglück

Jeden Sonntag um Viertel nach acht fläzten Lissi und Tinka im ausladenden Kuschelsofa des Wohnzimmers und warteten auf ihre Lieblingssendung im Fernsehen.

An diesem Sonntag taten sie es auch wieder. Genüsslich schlürften sie die Mischung aus Orangen-, Kirschen- und Ananassaft, die Tinka gemixt hatte, und schoben sich ganze Hände voll Popcorn in den Mund.

Keines der beiden Mädchen rechnete mit der Überraschung, die sie in wenigen Minuten erleben sollten. Sie freuten sich nur auf *Familienglück*, die Sendung, in der ganz normale Familien gezeigt wurden, und zwar jede Woche eine andere. Die Familien wurden drei Tage und drei Nächte lang ununterbrochen von Kameras verfolgt. Ganz egal, ob der Vater heimlich beim Autofahren manchmal in der Nase bohrte oder eines der Kinder ein Süßigkeitenversteck im Spülkasten der Toilette hatte, die Leute vom Fernsehen kamen dahinter, und am Sonntag konnten Millionen Menschen die kleinen und großen Familiengeheimnisse sehen.

Die Wohnzimmertür wurde geöffnet, und Frau Schnabel-Meierbeer steckte den Kopf herein.

„Läuft etwas Gutes im Fernsehen?“, wollte sie wissen.

„Familienglück!“, antworteten Tinka und Lissi im Chor.

Ihre Mutter stöhnte auf und verdrehte die Augen. „Eine entsetzliche Sendung. Ich möchte wirklich wissen, wieso sich noch immer Familien für diesen Schwachsinn hergeben. Vor einem ganzen Land wird man da zur Witzfigur. Man muss schon sehr eitel und einfältig sein, um da mitzumachen.“

Kopfschüttelnd zog sie sich zurück und schloss mit Nachdruck die Tür.

Die Titelmelodie von *Familienglück* lief, und Tinka und Lissi, die sie auswendig konnten, summten mit.

Wieder ging die Tür auf. Diesmal stolperten Frank und Stan herein. Ein Blick auf den Bildschirm genügte, und sie stöhnten auf, als hätte ihnen jemand einen tonnenschweren Stein auf die Zehen gestellt. Hinter ihnen tauchte Thorsten, der Älteste der sechs Schnabel-Meierbeer-Kinder, auf.

„Nicht schon wieder dieses Hirnfresser-Programm!“, sagte er altklug.

Lissi sprang hoch, als hätte sie jemand von unten mit einer langen Nadel ins Hinterteil gestochen. Sie warf sich gegen die Brüder, die erschrocken nach hinten taumelten, und knallte ihnen die Tür vor der Nase zu. Zufrieden klopfte sie sich die Hände ab und setzte sich wieder auf das Sofa.

Belinda Zinnober, die Moderatorin der Sendung stand mit breitem Lächeln vor einem turmförmigen Haus mit himmelblauem Lattenzaun. Aus ihren Augen sprühte schon die Freude, wieder einmal in den Zimmern anderer Leute stöbern und schnüffeln zu können.

„Zum vorletzten Mal melde ich mich, um Ihnen das Leben einer ganz normalen Familie vorzustellen!“, säuselte sie in das Mikrofon mit der pinkfarbenen Schaumgummikappe, die exakt zu ihrem pinkfarbenen Top passte. „Bevor wir aber bei Familie Kleingrün klingeln, ziehen wir die Familie, die am kommenden Sonntag als Letzte in diesem Jahr von uns besucht wird.“

Tinka und Lissi gaben einen übertrieben enttäuschten Laut von sich.

Lautlos war hinter ihnen Boris Schnabel-Meierbeer eingetreten. Missbilligend schüttelte er den Kopf. „Endlich hat dieser Unsinn ein Ende“, meldete er sich so laut und überraschend, dass die Mädchen erschrocken zusammenzuckten und ihren Fruchtsaft auf dem Sofa verschütteten. Orangefarbene Flecken breiteten sich auf dem hellen Leinen aus.

„Mädchen, ich bin immer wieder enttäuscht, dass ihr euch einen solchen Blödsinn anseht!“

„Na und? Du guckst dafür Boxkämpfe. Macht es klüger, zweien zuzusehen, die sich die Nasen platt dreschen?“, fragte Lissi herausfordernd.

Ihr Vater schnappte heftig nach Luft, und auch ohne sich umzudrehen, konnte Lissi ahnen, wie sein runder Kopf knallrot anlief. Hüstelnd zog er ab. Sie hatte also genau getroffen.

In der Zwischenzeit war Belinda Zinnober von ihrem Assistenten Bert eine Tonne aus Plexiglas zugeschoben worden, die randvoll mit Postkarten war.

Lissi warf aus den Augenwinkeln einen prüfenden Blick auf Tinka. Tinka lächelte selig, wie jedes Mal, wenn der sanfte Bert auftauchte. Er hatte etwas Spitzbubenhaftes, Verschmitztes und zwinkerte den Zusehern immer heimlich zu.

„Die Frisur ist süß!“, seufzte Tinka.

„Klar, die kann man bestimmt gut als Besen für die Ecken benutzen“, giftete Lissi.

Tinka überhörte die Bemerkung und bewunderte Bert, der seine Haare oben auf dem Kopf zu einem kleinen Dach aufgestellt hatte.

„Du darfst ziehen“, sagte Belinda und machte eine großzügige Geste in Berts Richtung.

Ohne es zu wollen, machte Tinka den Hexenklatsch. Sie spreizte Daumen und kleine Finger weg und rollte die anderen Finger ein. Als würde sie nervös mit den Fingern spielen, tippte sie die Spitzen aneinander. Einmal, zweimal, dreimal, viermal. Dazu formte sie lautlos mit den Lippen den Wunsch: „Bitte, zieh mich!“

Bert zwinkerte wieder einmal in die Kamera, und Tinka hatte das Gefühl, er hätte sie damit gemeint. Dann bohrte er die Hand in das Postkartenfass. Er wühlte und grub und steckte bald bis zur Schulter in den Karten.

Belinda wurde ungeduldig. „Mach schon!“, trieb sie ihn an.

Ein triumphierendes Lächeln breitete sich auf Berts braun gebranntem Gesicht aus. Es war gar nicht so einfach für ihn, den Arm wieder aus den Postkarten zu ziehen, die ihn wie Treibsand festhielten. Schließlich hatte er es geschafft und streckte eine zerknitterte Karte in die Höhe. Belinda riss sie ihm aus der Hand, überflog sie und las dann laut: „In nur drei Tagen sind wir zu Gast bei Familie ...“, sie hielt die Karte ganz knapp vor ihre Augen, weil sie wohl die Handschrift darauf nicht entziffern konnte, „Schnaaa …“

Lissi, die sich gerade eine neue Ladung Popcorn in den Mund gestopft hatte, hörte zu kauen auf. Tinka hielt das Glas mit dem Fruchtsaft an den Mund, vergaß aber zu schlucken, worauf der Saft links und rechts an ihrem Kinn heruntertropfte.

„… aaabel-Müller …“, setzte Belinda fort. Sie streckte Bert die Karte hin: „Kannst du diese Hieroglyphen entziffern?“

„Schnabel-Meierbeer!“, las Bert ohne Probleme.

Tinka verschluckte sich und musste husten. Ein feiner gelber Fruchtsaft-Sprühregen ging auf das beigefarbene Sofa nieder. Lissi, der normalerweise nie die Worte fehlten, saß mit offenem Mund da und starrte fassungslos zum Fernseher.

Mit hoher Stimme quiekte Tinka: „Das sind bestimmt nicht wir. Es gibt sicher viele Schnabel-Meierbeers!“

Aber schon las Bert den Anfang der Adresse vor, und nun gab es keinen Zweifel mehr. Tinka und Lissis Familie war gezogen worden.

Sekunden später klingelte das Telefon. Es war Greta, die mit den beiden in eine Klasse ging.

„Wahnsinn, Mädchen! Ihr werdet Stars!“, schrie sie in den Hörer, als gäbe es keine Telefonleitung.

Tinka, die abgehoben hatte, hielt den Hörer weit von ihrem Ohr weg, um keinen Gehörschaden zu bekommen. Sie wimmelte Greta eilig ab, doch kaum hatte sie aufgelegt, kam der nächste Anruf. Diesmal von Antje, ebenfalls aus ihrer Klasse. Sie tat immer sehr wichtig und geschäftig.

„Gratuliere! So viel Glück muss man haben!“, sagte sie, doch es klang nicht ehrlich. „Wer von euch hat eigentlich die Karte eingeschickt? Ich würde mich das nie trauen. Erstens gingen meine Eltern die Wände hoch, und zweitens will ich doch nicht, dass alle Welt erfährt, welche Farbe meine Unterwäsche hat.“

Auch dieses Gespräch würgte Tinka eilig ab. Als nach dem Auflegen das Telefon gleich wieder klingelte, riss sie den Hörer hoch, drückte auf die Gabel und legte den Hörer neben dem Apparat ab. Jetzt war für alle besetzt, und sie hatten Ruhe.

Eines stand fest: Nicht nur Greta und Antje guckten *Familienglück*. Wahrscheinlich sahen fast alle aus ihrer Klasse die Sendung, und deshalb wussten auch alle, dass die Schnabel-Meierbeers für das nächste Mal gezogen worden waren. Die wenigen in der Schule, die es noch nicht mitbekommen hatten, wurden bestimmt umgehend von Greta informiert, die die größte Klatschtante der Schule war.

„Wie kommt eine Karte mit unserem Namen zu denen?", meldete sich Lissi zu Wort. „Ich meine, es melden sich doch wirklich nur total Verrückte und Halb-Wahnsinnige!"

„Keine Ahnung", piepste Tinka und zuckte hilflos mit den Schultern. „Da hat uns wohl jemand einen Streich gespielt."

Ihre Mutter kam mit dem schnurlosen Telefon in der Hand ins Wohnzimmer geschossen.

„Mädchen, was noch alles? Fernsehen und telefonieren gleichzeitig? Das geht nicht! Macht endlich die Leitung frei, ich muss dringend mit Tante Julia sprechen." Sie bemerkte den Hörer, der nicht aufgelegt war, zog tadelnd die Augenbrauen zusammen und warf ihn energisch auf die Gabel. Sofort klingelte der Apparat. Bevor Tinka und Lissi noch hingreifen konnten, hatte ihre Mutter schon abgehoben. Sie meldete sich, und danach wechselte ihr Gesichtsausdruck von ungläubig über fassungslos, geschockt und schließlich zu wütend.

„Ist das ein Witz?", fragte sie, als der Anrufer endlich eine Pause einlegte.

Dabei starrte Frau Schnabel-Meierbeer Tinka und Lissa an. „Ja, Mutter, du machst niemals Witze, ich weiß!", seufzte Frau Schnabel-Meierbeer.

Tinka hätte nie im Leben gedacht, dass ihre Großmutter sich *Familienglück* ansah. Sie wohnte in einem riesigen Landhaus mit einem Park, in dem man sich verirren konnte. Die Leute aus dem nahen Dorf nannten sie alle ehrfürchtig „Frau Baronin“.

„Ja, danke. Danke für die Information“, hörten die Mädchen ihre Mutter seufzen. Grit Schnabel-Meierbeer riss sich dann aber heftig zusammen und sagte mit gespielter Gelassenheit: „Natürlich habe ich das schon gewusst. Aber sehr aufmerksam von dir, dass du anrufst. Nächsten Sonntag, dann ... siehst du uns ... ja, ja ... Guten Abend.“

Mit dem Hörer in den Händen ließ sie sich auf die Armlehne des Sofas sinken. Sie sah zum Fernseher, bekam aber nicht mit, wie Belinda Zinnober die Kamera gerade unter das Bett der Eltern Kleingrün gucken ließ, wo die Wollmäuse aufwirbelten. Belinda schnitt eine angewiderte Grimasse und machte tadelnd „Tststs“.

Tinka schaltete schnell den Fernseher aus und schenkte ihrer Mutter das frommste Lächeln, das sie zustande brachte.

„Darf ich dir eine Tasse Tee bringen?“

„Habt ihr die Karte eingeschickt?“, fragte Frau Schnabel-Meierbeer tonlos.

„Nein!“, sagten beide Mädchen schnell und gleichzeitig.

„Wer war es dann?“

Lissi und Tinka zuckten mit den Schultern.

„Vielleicht jemand, der uns einen Streich spielen will“, meinte Tinka mit ernsten großen Augen.

„Nein, unter keinen Umständen mache ich da mit!“, sagte Frau Schnabel-Meierbeer entschieden.

Tinka und Lissi wechselten einen fragenden Blick. Wer von ihnen sollte es wagen und ihrer Mutter sagen, dass „nicht mitmachen“ einfach nicht möglich war?

Katastrophen-Konferenz

Eine Familien-Konferenz wurde einberufen. Nur David, der Jüngste, nahm daran nicht teil. Er hatte Samstag und Sonntag bei seinem Kindergarten-Freund Emanuel verbracht. Emanuels Mutter war einem Nervenzusammenbruch nahe, als Frau Schnabel-Meierbeer David am Nachmittag abholte. Die Jungen hatten nicht nur den Garten in eine Sumpflandschaft verwandelt, sondern auch das Haus verwüstet. Das Angebot von Grit Schnabel-Meierbeer, bei den Aufräumarbeiten zu helfen, lehnte Emanuels Mutter ab. Sie brauchte erst einen Tag Erholung, bis sie damit beginnen konnte.

David war von dem Wochenende begeistert, und für ihn war Emanuel der beste Freund der Welt und aller Zeiten. Noch vor dem Abendessen aber war er auf dem Fußboden eingeschlafen, und er hatte nicht einmal bemerkt, dass sein Vater ihn in sein Zimmer trug, auszog und ins Bett legte.

Am runden Küchentisch saßen Grit und Boris, beide mit Gesichtern, die sicher um eine Handbreit länger waren als sonst. Frank lümmelte auf einem Stuhl, wie immer mit Sonnenbrille und Kopfhörern, und ließ keinen Zweifel daran, wie nervig und störend er die Versammlung fand.

Stan blätterte in einem Action-Comic, während Thorsten, der sich für sehr erwachsen hielt, Lissi und Tinka ständig nur strafend ansah und den Kopf über so viel Dummheit schüttelte.

Lissi schnitt Thorsten eine Grimasse, streckte ihm heimlich die Zunge heraus und verdrehte die Augen zu einem grausigen Schielen. Als er empört den Mund öffnete, setzte sie ein Schafsgesicht auf und klimperte unschuldig mit den Wimpern.

„Wieso können wir diese entsetzliche Verfolgung durch das Fernsehen nicht absagen?", wollte Boris Schnabel-Meierbeer von seinen beiden Mädchen wissen.

„Spielt eine Familie nicht mit, so stellt Belinda Zinnober Nachforschungen an", schilderte Tinka. „Sie fragt die Nachbarn, heimlich wird dann über den Zaun gefilmt, und sogar Kameras werden eingesetzt, die nur auf Körperwärme reagieren und sogar durch Wände filmen können. Das war schon einmal vor vier Wochen so, und die Familie hat schließlich gebettelt, dass Belinda doch noch in ihr Haus kommen solle."

Lissi erinnerte sich. „Die Nachbarn haben erzählt, die Familie würde sich heimlich Schweine im Haus halten, weil immer ein Grunzen zu hören war."

Tinka nickte heftig. „Dabei haben sie nur so ein Plastikschwein im Kühlschrank sitzen gehabt, das bei jedem Öffnen grunzt. Der Mann musste nämlich dringend abnehmen."

Ihr Vater sah an sich herunter und befühlte heimlich den rundlichen Bauch.

„Verboten gehört so eine Sendung", schimpfte Grit.

Am Tisch trat Schweigen ein. Jeder wusste, dass es wohl das Beste war, wenn die Schnabel-Meierbeers mitspielen würden.

Thorsten setzte sein Oberlehrer-Gesicht auf und fragte Tinka und Lissi wie ein Kommissar beim Verhör: „Raus mit der Sprache, wer von euch hat die Bewerbung eingeschickt?"

„Wir nicht", beteuerten die zwei sehr schnell. Es klang nicht überzeugend.

Tinka hätte es niemals zugeben können, doch sie vermutete, der Hexenklatsch war schuld, dass sie gezogen worden waren. Weder die Eltern noch die

Geschwister ahnten, dass Lissi und Tinka hexen konnten. Sie durften es auch nie erfahren. Glauben würden sie es ohnehin nicht.

Frank hob einen Kopfhörer und fragte: „Werde ich noch gebraucht?“

„So kannst du nicht herumlaufen, wenn das Fernsehen kommt!“, sagte Boris Schnabel-Meierbeer mit fester Stimme. „Das erlaube ich nicht. Was sollen meine Patienten denken, wenn mein Sohn im Haus eine Sonnenbrille trägt und ständig Musik hört.“

„Sie werden denken, ich habe eine Allergie und rote Augen wie ein Kaninchen. Und was die Kopfhörer betrifft, kannst du doch behaupten, ich höre Englischvokabeln.“

„So habe ich das noch nie gesehen“, murmelte sein Vater, der nicht genau wusste, was er sonst noch dazu sagen sollte.

Frank stieß Stan an und deutete mit dem Kopf nach oben. „Ich denke, wir verziehen uns.“

Lissi entging nicht, wie er dem Bruder verschwörerisch zuzwinkerte. Bei ihr schrillten alle Alarmglocken.

„Wir werden gute Miene zum bösen Spiel machen müssen“, stellte Grit fest und gab einen tief verzweifelten Seufzer von sich.

Die Mädchen erhoben sich und verließen so unauffällig wie möglich die Küche. Es lag Spannung in der Luft, und sie wollten möglichst schnell in Deckung gehen. Außerdem galt es herauszufinden, was das verschwörerische Zwinkern der Brüder bedeutete. Lissi und Tinka waren sicher, es bedeutete nichts Gutes.

Auf der Treppe fragte Lissi: „Du hast doch die Postkarte eingeschickt, oder?“

„Nein!“, lautete Tinkas knappe Antwort.

Zweifelnd sah Lissi sie von der Seite an. „Hast du doch! Weil du in diesen Bernd verknallt bist. Gib es zu!“

Energisch schüttelte Tinka den Kopf. „Nein, nein, nein.“ Nach einer kurzen Pause verbesserte sie Lissi. „Er heißt außerdem Bert.“

„Du bist verknallt!“ Lissi blieb stur.

„Bin ich nicht!“, stritt Tinka energisch ab.

„Du flunkerst!“

„Tu ich nicht!“

„Tust du doch!“

„Nein!“ Beleidigt stampfte Tinka mit dem Fuß auf.

Die Wahrheit war, dass Lissi den Nagel auf den Kopf getroffen hatte. Genau so war es gewesen. Tinka hatte eine Karte eingeschickt. Vor einer Woche war es gewesen, als Bert auf einem Bild in der Fernsehzeitschrift lachte und sie dieses Kitzeln im Bauch gespürt hatte. Tinka machte sich große Vorwürfe, mit dem Hexenklatsch die Auslosung beeinflusst zu haben. Das war nicht fair, und Tinka legte eigentlich auf Fairness allergrößten Wert.

Natürlich würde sie Lissi gegenüber nichts davon zugeben. Lissi war ihre Stiefschwester und ihre beste Freundin. Allerdings war sie auch wie das Aprilwetter. Jeden Augenblick konnte alles anders sein. Ihre Wutausbrüche ließen jeden Vulkan vor Neid erblassen.

„Wir dürfen nur Gutes hexen", erinnerte sich Tinka. „Sonst geht die Hexerei nach hinten los und trifft uns selbst." Bisher war noch nichts Schlechtes geschehen, und es sah aus, als hätte Tinka genau das Richtige gemacht.

Manche Hexereien erfüllten sich jedoch mit einer gewissen Verzögerung. Erst ein paar Tage später stellte sich die volle Wirkung ein. Aber daran wollte Tinka gar nicht denken. Sonst machte sie sich noch völlig verrückt. Außerdem beschäftigten sie einige andere Fragen:

Wieso war ihre Postkarte so tief unten in der durchsichtigen Tonne gelegen? Sie war bestimmt als eine der Letzten eingetroffen und müsste doch ganz oben liegen. Wurden die Karten jedes Mal durchgemischt?

Konnte sie vor Lissi auch weiterhin verheimlichen, was sie getan hatte?

Und die wichtigste Frage: Sollte sie das nabelfreie

Top anziehen, wenn Bert zu ihnen kam? Oder besser die weiße Hippie-Bluse mit den weiten Ärmeln?

„Komm endlich!" Lissi war bereits am Ende der Treppe, während Tinka immer noch dort stand, wo sie aufgestampft hatte. Sie nahm immer zwei Stufen auf einmal und hatte ihre Schwester schnell erreicht. Die Mädchen blieben stehen, hielten den Atem an und versuchten, verräterische Geräusche der Brüder aufzufangen. Tinka glaubte, gedämpftes Gemurmel gehört zu haben, und deutete auf die Tür zu Franks Zimmer. Auf Zehenspitzen schlichen sie darauf zu und pressten jede ein Ohr gegen das Holz.

„… noch nie gehört?", fragte Stan hinter der Tür, als würde es sich um eine riesige Bildungslücke handeln, die Frank hatte.

„Wie heißt das noch mal?"

„Wall-Walking!"

„Und das funktioniert?"

„Habe es noch nie selbst ausprobiert, aber nächste Woche werde ich es tun." In Stans Stimme schwang etwas Teuflisches mit, das die Mädchen alarmierte.

„Was soll ich 'n machen?", maulte Frank. Lissi kam er oft vor wie ein Außerirdischer, der in ihrer Familie notgelandet war.

„Die Leute muss es aus den Socken kippen!", lautete Stans Auftrag. „Ich habe da schon ein paar heiße Ideen."

Tinka und Lissi wechselten einen sehr besorgten Blick. Frank und Stan waren gemeinsam eine geballte Ladung an Schwierigkeiten und Wahnsinn. So sahen es jedenfalls ihre Schwestern.

Lissi wollte sofort einschreiten und die beiden dringend davor warnen, sich vor der Kamera aufzuführen. Sie drückte die Klinke nieder, doch die Jungen hatten von innen abgeschlossen.

„Die Tür ist mit Juckpulver eingerieben", rief Stan warnend.

Tinka und Lissi machten einen Satz zurück und schüttelten wie wild die Köpfe. Mit der Hand versuchten sie, alle Spuren des Juckpulvers am Ohr abzuwischen, und sprangen dazu auch noch auf einem Bein im Kreis. Die Brüder lachten hinter der Tür wie Hyänen. Wahrscheinlich war es gar nicht wahr, und sie hatten das mit dem Juckpulver nur gesagt, um ihre Schwestern zu erschrecken.

Lissi verzog mit den Händen das Gesicht zu einer wilden Grimasse, die sie drohend in Richtung Tür streckte. Auch wenn Frank und Stan sie nicht sahen, war ihr danach wohler.

Die Mädchen zogen sich in ihr eigenes, großes Zimmer zurück und ließen sich in zwei weiche Sitzsäcke plumpsen.

Lissi pustete sich die Haare aus der Stirn. „Tinka, hast du schon einmal daran gedacht, was los sein wird, wenn wir uns im Fernsehen genauso blamieren wie die anderen Familien?"

Nein, daran hatte Tinka noch keine Sekunde gedacht. Auf diese Idee war sie noch gar nicht gekommen!

„Wir zwei schaffen es schon, nicht wie die kompletten Schießbudenfiguren daherzukommen", setzte Lissi fort. „Aber wir haben vier Brüder! Dazu noch Eltern der ganz besonderen Art. Denk bloß daran, wenn sie einen Anfall bekommen und wieder Tango tanzen."

Daran wollte Tinka lieber nicht denken. Sie spürte, wie sich die feinen Härchen an ihren Unterarmen aufstellten und sie das Gefühl hatte, im warmen Zimmer zu erfrieren.

Jeden Montag gab es in der Schule nur einen Gesprächsstoff: Die Familie, die am Abend in *Familienglück* bloßgestellt worden war. Alle zerrissen sich den Mund über Eltern und Kinder. Tinka und Lissi hatten immer eifrig mitgemacht.

„Es werden sich alle von der besten Seite zeigen", versuchte Tinka, sich selbst zu beruhigen.

Lissi schnaubte. „Das fürchte ich auch. Weißt du, was das bedeutet?"

„Na, dass alle gut ankommen werden."

„Es wird peinlich. Ur-peinlich! Wir sollten uns besser überlegen, wohin wir auswandern."

Tinka schluckte heftig. Das schlechte Gewissen wegen der Postkarte lastete auf ihren Schultern wie ein nasser Sandsack.

„Aber ... wir können doch vielleicht auch ... hexen. Ich meine, alles so hexen, wie wir es gerne haben wollen. Ist doch nichts Schlechtes. Oder?" Sie sah Lissi von der Seite fragend an.

Freudig rieb sich Lissi die Hände. Ihr war jeder Grund recht, die Hexenkräfte zu benutzen. „Bleibt uns wohl nichts anderes übrig, wenn wir eine Katastrophe vermeiden wollen."

Die beiden beschlossen, am Montag nach der Schule einen Abstecher zu ihrem Hexenhaus zu machen. Ein Haus, das nur ihnen gehörte und das nur sie betreten durften. Am Gartentor hing ein Schild mit der Warnung NO JUNGS!

Und das war ernst gemeint.

Hilfe, Hexenverbot!

In den vergangenen Monaten war das Leben von Tinka und Lissi auf den Kopf gestellt worden. Nichts war mehr wie früher.

Noch vor ein paar Monaten hatte es eine Familie Schnabel und eine Familie Meierbeer gegeben. Die Schnabels bestanden aus Grit und ihren Kindern Tinka, Stan und Thorsten. Vater Schnabel hatte die Familie verlassen, weil er sich in eine jüngere Frau verliebt hatte. Um seine Kinder kümmerte er sich wenig. Tinka verzieh ihm das nicht.

Die Meierbeers waren Boris und seine Kinder Lissi, Frank und David. Lissis Mutter war Ärztin gewesen und nach einer schweren Krankheit gestorben. Lissis Kummer war sehr groß gewesen, und sie hatte sich eine raue, ruppige Art zugelegt, weil sie Angst hatte, sonst wieder so großen Kummer zu erleben.

Lissi und Tinka hatten einander damals nicht ausstehen können. Lissi hatte Tinka Kitsch-Kuh genannt und fand sie langweilig, hochnäsig und doof. Tinka wiederum hatte Lissi für ein aufgeblasenes Großmaul gehalten, das wie ein Elefant im Porzellanladen herumpolterte. Ihre Klassenlehrerin, Frau Reingard, hatte die beiden nebeneinandergesetzt, weil sie dadurch sicherging, dass Lissi während der Stunden nicht ständig schwätzte und tuschelte.

Zwischen Lissi und Tinka hatte Krieg geherrscht.

Doch dann war etwas geschehen, woran sie nicht einmal im Traum gedacht hätten. Grit und Boris verliebten sich ineinander und beschlossen zusammenzuziehen, eine Großfamilie zu werden und schließlich sogar zu heiraten.

Lissi und Tinka wurden auf diese Weise Stiefschwestern. Freundinnen waren sie schließlich aus einem anderen Grund geworden. Eine schrullige alte Dame, die sie für ein Schulprojekt befragen sollten, hatte ihnen ihr Haus geschenkt.

Ja, so unglaublich es klang, es war tatsächlich so gewesen. Lissi und Tinka hatten ein kleines, aber sehr feines Häuschen bekommen. Dazu einen Garten, wie es ihn in der Stadt bestimmt nur einmal gab. Wo sonst konnten die Bäume ihre Äste bewegen und wie Hände verwenden, die notfalls unerwünschte Eindringlinge hinaus auf die Straße beförderten?

Frau Schicketanz – so hieß die alte Dame – war eine Hexe und Mitglied im Club der Hexen. Sie hatte ihre Mitgliedschaft auf Tinka und Lissi übertragen. Seit damals hatten die beiden Hexenkräfte, die sie aber nur sehr vorsichtig einsetzen durften.

Irgendwann hatten Lissi und Tinka festgestellt, dass sie zwar verschieden waren wie Feuer und Wasser, trotzdem aber beste Freundinnen sein konnten. Weil im neuen Haus der Schnabel-Meierbeers für sie nur ein gemeinsames Zimmer zur Verfügung stand, hatten sie ihren Eltern eine Bedingung gestellt: Sie bezogen das Zimmer, durften dafür aber jede Woche von Freitagmittag bis Sonntagmittag ganz allein in ihrem eigenen Haus wohnen. Dort galt als Regel: keine Eltern und vor allem NO JUNGS!

Grit und Boris hatten des lieben Friedens willen zugestimmt.

Es war schon sehr aufregend, zwei Tage der Woche ganz allein in einem eigenen Haus zu verbringen. Da dort aber nichts so war wie in einem normalen Haus, kamen Tinka und Lissi aus dem Staunen, Wundern und Lachen nie heraus.

Sie hatten es sich in den Kopf gesetzt, richtig gute Hexen zu werden, und übten dafür, wann immer sie Zeit hatten.

Dabei würde Brüder-zu-Zähmen und Schrullige-Eltern-in-Pracht-Eltern-zu-Verwandeln, die jeder haben wollte, ihr Meisterstück werden.

Am Montag gab es in der ganzen Schule nur ein Thema: Die Schnabel-Meierbeers in *Familienglück*. Tinka und Lissi waren gerade erst in die lange Straße eingebogen, in der sich die Schule befand, als sie schon von allen Seiten bestürmt und bedrängt wurden. Rund um sie wogte eine Traube aus gespannten Gesichtern, neugierigen Augen, fragenden Mündern und auch ein paar sehr spöttischen Grinsern.

„Irre aufregend! Sind sie schon bei euch? Filmen sie schon? Sind sie vielleicht da? Komme ich ins Fernsehen?", kam es von links.

Rechts plapperten andere durcheinander: „Rennen die euch auch aufs Klo nach? Oder sind Kameras in eurem Haus angebracht? Werden sie auch in der Schule filmen?"

Ein Junge mit grünen Haaren fragte hämisch: „He, sehen wir euch auch nackt?"

Ein anderer meinte: „Ihr werdet bestimmt zum Schieflachen sein!"

Lissi und Tinka hatten keine einzige ruhige Minute mehr. In den Pausen waren sie ständig von Mitschülern umringt, und während der Stunden kamen Fragen aller Art auf kleinen Zetteln. Sie lauteten:

Zahlen die euch viel Geld? Werdet ihr Millionäre? Oder: Was zieht ihr an? Geht ihr noch zum Friseur? Oder: Wird das nicht schrecklich peinlich, wenn eure Eltern im Fernsehen sind?

Lissi, die sich nach außen immer besonders ruhig, locker und ungerührt gab, wurde kribbelig. Tinka beobachtete es genau, und ihre eigene Angst und Unruhe wurde dadurch noch verstärkt. Sie machte sich große Vorwürfe, die Karte eingeschickt zu haben. Schon jetzt glaubte sie zu hören, wie nächste Woche die ganze Schule über die Schnabel-Meierbeers herziehen würde und von allen Seiten hämisches Gelächter, schmieriges Grinsen und ätzender Spott kam.

Am liebsten hätte Tinka die Zeit zurückgedreht. Es sollte wieder Sonntag sein, und Bert sollte noch einmal in der durchsichtigen Tonne wühlen. Diesmal würde sie den Hexenklatsch machen und wünschen, dass die Karte einer ganz anderen Familie gezogen würde.

„Ob wir uns in die Vergangenheit hexen können?" überlegte sie und kaute nachdenklich am Ende ihres Bleistiftes.

„Mahlzeit!", hörte sie jemanden über sich sagen. Sie blickte hoch und sah in das lächelnde Gesicht von Frau Reingard. Die Lehrerin hatte den Spitznamen „Windhose", da sie niemals langsam ging, sondern immer durch die Gegend wirbelte. „Mahlzeit!“, wiederholte sie. „Geben sie dir nichts zu essen? Musst du jetzt schon deine Bleistifte essen?“

Tinka grinste verlegen und legte den Bleistift, der deutliche Spuren ihrer Zähne trug, hastig weg.

Um ein Uhr war der Unterricht zu Ende. Die Fragen der Mitschüler waren weniger geworden, die bissigen Bemerkungen dafür immer mehr. Lissi hatte Lars, der zwei Klassen über ihnen war, Prügel angedroht, wenn er nicht endlich mit den dämlichen Kommentaren Schluss machte. Lars, der um mindestens zwei Köpfe größer war als Lissi und die Figur eines Ringkämpfers hatte, hatte artig den Mund zugeklappt. Wurde Lissi wild, erinnerte sie an eine Raubkatze, und das schüchterte manche sogar ein. Meistens allerdings nicht sehr lange.

Tinka und Lissi waren froh, endlich wieder allein zu sein. Sie gingen nicht, sie rannten durch die Straßen und blieben erst stehen, als sie in der Kristallgasse vor dem Zaun ihres Gartens standen. Tinka rang nach Luft und stemmte die Hand in die Hüfte. Sie hatte höllisches Seitenstechen. Lissi ging es nicht viel besser. Sie bemerkte, wie Tinka besorgt über die kleine Wölbung unter ihrem Hosenbund strich. Das Bäuchlein wollte nicht verschwinden, und Tinka mochte es nicht. Süßigkeiten, Eis und Knabbereien konnte sie aber auch nicht widerstehen, und Sport war nicht so ihre Sache.

„Wirst deinem Bert bestimmt auch so gefallen“, stieß Lissi keuchend hervor und erntete dafür einen bitterbösen Blick ihrer Stiefschwester.

Die Holzlatten des Zaunes sahen aus, als wäre der Tischler beim Zuschneiden betrunken gewesen. Es gab keine einzige gerade Kante. Aus ein paar Schritten Entfernung erkannte man den Grund: Jede Zaunlatte hatte die Form einer lang gezogenen Katze. Sehr aufmerksamen Beobachtern konnte sogar auffallen, dass die Latten jeden Tag ein wenig anders aussahen. Die Holzkatzen bewegten sich nämlich, wenn niemand hinsah. Oft fühlten sich Leute beobachtet, weil ihnen die Augen, die man auch nur für Astlöcher halten konnte, folgten.

„Tagchen, Tor, lass uns bitte rein!“, schnaufte Lissi in Richtung Gartentor, und gehorsam schwenkte das Tor sofort auf. Ein Schlüssel war nicht nötig.

Es war bereits November, doch die Sonne hatte noch Kraft. An den uralten knorrigen Bäumen, die links und rechts des geschwungenen Weges standen, der zum Haus führte, hingen nur noch wenige leuchtend gelbe und kupferrote Blätter. Obwohl kein Windhauch ging, klapperten die Äste über Tinka und Lissi. Es war ihre Art, die beiden Mädchen zu begrüßen.

„Wir versuchen, uns in die Vergangenheit zu hexen, und die Auslosung zu verändern“, schlug Tinka beim Gehen vor.

„Heißt das, du verzichtest auf dein Liebestreffen mit Bert?“ Lissi konnte das Spotten nicht lassen. Diesmal aber behielt Tinka die Ruhe.

„Es bedeutet, ich verzichte auf die Kommentare unserer Mitschüler, und ich verzichte darauf, mich zur Witzfigur zu machen.“

Lissi, die Tinka liebend gerne widersprach, stimmte diesmal sofort zu. „Hast recht. Die Sache würde nur Ärger bedeuten.“

„Also dann, ans Hexen!“, rief Tinka. Im nächsten Augenblick prallte sie erschrocken zurück und stieß Lissi, die hinter ihr ging, fast zu Boden.

„Was soll das? Falschen Gang eingelegt, oder was?“

Tinka deutete stumm auf die hagere Gestalt, die wie aus dem Boden gewachsen vor ihr aufgetaucht war. Noch nie zuvor hatten die Mädchen ein so langes und so säuerliches Gesicht gesehen. Der Mann musste jeden Tag mindestens einen Liter Essig trinken und ständig extrasaure Bonbons im Mund haben. Anders war seine Miene nicht zu erklären.

Eine knochige Hand mit langen Fingern fuhr in die Höhe, und ein Zeigefinger wurde mahnend ausgestreckt.

„Oh nein, du wirst nicht hexen, mein Fräulein!", verkündete er und öffnete dabei kaum den Mund.

Der Mann trug ein Hemd mit riesigem Kragen und kitschig bunten Blumen und dazu eine enge Hose mit weiten Glockenbeinen. Die Mädchen kannten diese Kleidung nur aus den Fernsehsendungen, in denen die Mode von vor vierzig Jahren gezeigt wurde. Nicht um viel Geld wären sie bereit gewesen, solche Kleidungsstücke anzuziehen.

Tinka hatte sich weit zurückgelehnt und starrte den Unbekannten mit großen Augen an. Lissi trat an ihr vorbei und pflanzte sich breitbeinig vor dem Sauertopf auf. Noch immer schwenkte er mahnend den Zeigefinger.

„Wer sind Sie? Und wie sind Sie hier hereingekommen?", fragte sie herausfordernd.

„Eduard Rock ist mein Name, und ich bin Beauftragter des Clubs der Hexen. Mein Zuständigkeitsbereich sind Regelbrecherinnen und die Hexenschule."

Lissi verschränkte die Arme vor der Brust. „Und warum sollen wir lhnen das glauben?"

Herr Rock zupfte eine kleine graue Karte aus der Hosentasche. Während er sie Lissi hinstreckte, wuchs sie in seinen Händen auf die Größe eines Badezimmerteppichs. Die Buchstaben darauf sprangen nacheinander vor und tanzten knapp vor Lissis

Augen. Sie beugte sich zurück, um nicht von ihnen berührt zu werden.

Erschrocken lasen sie:

F-O-L-G-E-N S-I-E D-E-N A-N-W-E-I-S-U-N-G-E-N
V-O-N E-D-U-A-R-D R-O-C-K!
S-o-n-s-t s-e-t-z-t e-s S-a-u-r-e-s!
C-l-u-b d-e-r H-e-x-e-n

Zornig glühte jeder einzelne Buchstabe auf und strahlte dabei Hitze ab wie glühendes Eisen.

Rock steckte die Karte wieder zurück, die im Handumdrehen geschrumpft war, legte den Arm auf den Rücken und stelzte auf Tinka zu.

„Du hast eine der obersten Regeln des Hexenclubs verletzt!“, begann er seine Strafpredigt und fixierte Tinka dabei. „Du hast ein Glücksspiel für dich entschieden.“

„Also doch“, hörte Tinka Lissi murmeln.

„Du hast bis auf Weiteres Hexverbot, und am Freitag um zwei Uhr wirst du vor der Kommission der Hexenschule zu einer Prüfung antreten.“

Tinka schluckte heftig, doch der Kloß in ihrem Hals ging nicht weg. Als sie redete, klang ihre Stimme hoch und quietschig.

„Prüfung? Was für eine Prüfung?“

„Es geht um deine Eignung zur Hexe! Wer sich

den Gewinn bei Glücksspielen hext, der setzt sich der Frage aus, ob er überhaupt dem Club der Hexen angehören darf. Und meine Meinung lautet", Eduard Rock streckte wie ein Geier den Kopf vor, und Tinka spürte seinen Atem am Hals, „jemand wie du gehört ausgeschlossen."

Erschrocken zuckte Tinka zusammen.

Energisch schob sich Lissi zwischen ihre Schwester und den Mann.

„Jetzt mal langsam! Tinka ist keine Verbrecherin, höchstens ein wenig beschränkt, weil sie so verknallt ist."

Tinka spürte, wie ihr das Blut in den Kopf schoss. Sie leuchtete sicher wie das rote Licht einer Ampel. Wieso konnte Lissi ihren Mund nicht halten? Sie machte es doch nur noch schlimmer.

Herr Rock ging, nach vorn gebeugt und die Augen zu schmalen Schlitzen verengt, auf Lissi zu, die sofort zurückwich.

„Ich hoffe, du leistest dir bald auch ein Vergehen, damit ich dich auch vor die Kommission bringen kann. Junges Gemüse wie euch halte ich im Club für verzichtbar. Deshalb werde ich auch dafür sorgen", er drehte sich zu Tinka um, die sofort erschrocken zusammenzuckte, „dass du durchfällst."

Mit großen angsterfüllten Augen starrte ihn Tinka an. War das schlechte Gewissen gestern so schwer wie ein nasser Sack gewesen, wog es jetzt so viel wie ein ausgewachsener Elefant.

„Es tut mir leid", stieß sie heraus.

„Zu spät!" Eduard Rock schien sich darüber sogar zu freuen. „Wage es nicht, an deiner Schandtat etwas zu verbessern! Es würde alles nur noch viel schlimmer machen. Und jetzt muss ich weiter. Ich will in der Kommission die strengsten und härtesten Hexen, die wir im Club haben." Ein hämisches Grinsen kräuselte seine dünnen Lippen. Grußlos stelzte er davon und verblasste bei jedem Schritt. Noch bevor er das Gartentor erreicht hatte, war er unsichtbar.

Gut und toll

Als sich Tinka zu Lissi umdrehte, schwante ihr Schlimmes. Lissis Locken zeigten immer, wie ihre Laune war. Jetzt standen sie wütend nach allen Seiten weg, wie bei Zeichentrickfiguren, die in eine Steckdose gegriffen hatten.

„Lügnerin!“, schleuderte sie Tinka ins Gesicht.

Tinka holte Luft, um alles abzustreiten, ließ dann aber mit einem tiefen Seufzer die Schultern sinken und nickte. „Ja, ich habe eine Karte eingeschickt“, gestand sie.

„Deinetwegen werden wir unseren Folfonia-Schlüssel verlieren und überhaupt nicht mehr hexen können“, regte sich Lissi auf und bebte dabei wie ein Presslufthammer. Der Folfonia-Schlüssel war eine Art Berechtigung zu hexen und außerdem der

Mitgliedsausweis im Club der Hexen. Er hatte die Form einer Saugglocke für verstopfte Toiletten und war zur Tarnung unsichtbar. Tinka und Lissi hatten ihn gut im Haus versteckt.

„Es ist einfach passiert!“, beteuerte Tinka. „Ich wollte nicht hexen. Ich habe den Hexenklatsch ganz automatisch gemacht. Also bin nicht ich schuld, sondern meine Finger.“

„Wenn du im Kopf so viel hättest wie am Bauch, dann wäre das gut!“, fauchte Lissi.

Beleidigt presste Tinka die Lippen zusammen. Das war ein Tiefschlag gewesen. Lissi wusste genau, wie sehr Tinka mit ihrem Bäuchlein kämpfte.

„Specki!“, kam es abfällig von Lissi. Aus ihren Augen sprühten Funken. „Ich habe mal gehört, im Fernsehen sieht man immer dicker aus, als man ist. Viel Spaß also!“

Tinka ballte die Fäuste, suchte nach Worten und brachte dann doch nur ein „Du bist so gemein!“ heraus.

„Am besten, du gehst heim“, sagte Lissi kalt. „Hexen darfst du ohnehin nicht, also erledige ich alles allein.“

„Ach ja, du ‚erledigst‘ das. Was denn, wenn ich fragen darf?“ Tinka kam drohend auf Lissi zu.

„Äh …!“ Lissi blähte ein Nasenloch und verzog das Gesicht. „Äh … ich werde …“

„Was?“, fragte Tinka herausfordernd und stemmte die Fäuste in die Seite.

Lissis Miene verfinsterte sich. Wortlos schritt sie auf die kirschrote Eingangstür zu und rechnete damit, dass sie wie üblich von allein aufging, hatte aber Pech. Die Tür blieb geschlossen, und Lissi knallte mit der Nase dagegen.

Die Hände auf das Gesicht gepresst, fluchte sie heftig.

„Tut es sehr weh?“, erkundigte sich Tinka gleich mitleidig bei ihr.

„Nein, ich halte die Nase nur fest, damit sie nicht hinunterfällt!“ Lissis Stimme klang dumpf hinter den Händen. Außerdem näselte sie heftig.

„Können wir uns nicht ... wieder vertragen?“, fragte Tinka kleinlaut. Verlegen trat sie von einem Bein auf das andere und sah Lissi flehend an.

„... mir aus.“ Vor Erleichterung hätte Tinka ihre Schwester am liebsten umarmt. Sie breitete die Arme aus, aber Lissi wehrte gleich ab. „Bleib mir vom Leib, ich bin verletzt.“

Um irgendetwas Nützliches zu tun, sagte Tinka zur Tür: „Könntest du bitte aufgehen?“

Nach einer kurzen Pause – als müsste sie es sich überlegen – schwenkte die Tür auf. Normalerweise klang das Quietschen fröhlich wie ein lang gezogenes „Hereinspaziert“, diesmal aber eher wie

„Versagerinnen". Oder hatte sich Tinka verhört? Sie warf einen fragenden Blick zu Lissi, die aber nur mit ihrer Nase beschäftigt war.

In der Diele funkelte und glitzerte es von den Wänden und aus allen Ecken. Auf langen Regalbrettern standen Kristalle in verschiedenen Größen. Manche färbten das Licht, das durch die Tür fiel, und ließen honiggelbe, blassblaue oder rubinrote Punkte an den Wänden tanzen. Andere Steine schienen von innen zu glühen.

Die Luft war erfüllt vom Flirren und Funkeln, als würden dort Hunderte körperlose Glühwürmchen tanzen.

Normalerweise erfreuten sich beide Mädchen daran, blieben in der Diele stehen und sahen sich genüsslich um. An diesem Montag war dafür allerdings keine Zeit.

Lissi deutete auf die Tür rechts vom Eingang. „Such Bücher, in denen etwas Passendes stehen könnte! Wir nehmen sie mit. Ich darf noch hexen."

Tinka nickte geschäftig und lief los. In dem Zimmer hinter der Tür quollen die Regale über von Büchern. Auf dem Boden reihte sich Stapel an Stapel.

Hexenbücher hatten mehrere ganz besondere Eigenschaften: Erstens waren es keine gewöhnlichen Bücher, die nur aus einem Einband und Seiten bestanden. Manche Bücher sprachen, andere hatten einen Einband aus Fell, eines besaß sogar Augen, die zwinkerten, und fast alle Bilder bewegten sich. Suchten Tinka und Lissi nach einem bestimmten Spruch, so mussten sie nur fest daran denken, was sie hexen wollten. Das richtige Buch machte sich dann von selbst bemerkbar.

Aber was sollte sich Tinka diesmal vorstellen? Eduard Rock war sehr deutlich gewesen: Was sie angerichtet hatte, durfte sie nicht mehr rückgängig machen. Die Vergangenheit zu verändern, funktionierte also nicht.

Tinka schloss die Augen, um besser nachdenken zu können. Lissi zu fragen, traute sie sich nicht. Ihre Schwester war noch immer auf hundert, und es bestand Explosionsgefahr.

„Unsere Familie soll im Fernsehen besonders gut und toll aussehen", fiel Tinka ein. Es musste also gelingen, sämtliche Mitglieder zu verhexen: Grit in eine Bilderbuchmutter, Boris in einen Vater, wie ihn sich jeder wünschte, und die vier Brüder in …

In Tinkas Kopf war es, als ob ein Film gerissen wäre. Am liebsten hätte sie die Brüder fortgehext. Am besten dorthin, wo der Pfeffer wächst. Doch das durften Lissi und sie nicht tun. Es war ihnen nur erlaubt, Dinge zu hexen, die einem anderen nützten.

Manchmal bedauerten sie das sehr. Vor allem, wenn es um ihre Brüder ging.

Von einem Stapel hinten in einer Ecke polterte ein dicker Wälzer zu Boden. Tinka musste die Beine hochheben und wie ein Storch über die übrigen Bücher staksen, um den dicken Band zu erreichen.

Es war ein edles Buch mit Ledereinband und Goldprägung. Zuerst erkannte Tinka nur ein Gewirr aus goldenen Linien. Erst bei genauem Hinsehen wurde ihr klar, dass es sich um die Zeichnung einer feinen Dame im Reifrock und eines Mannes im Frack handelte. Er beugte sich ständig über ihre Hand, um sie zu küssen, und jedes Mal war ein leises Schmatzen zu hören. Sie drehte sich dann zur Seite und gab ein affektiertes Kichern von sich.

„Wo bleibst du? Schnarchst du dort drinnen eine Runde?", kam es aus der Diele.

An Lissis schroffem Ton war zu erkennen, dass es ihr bereits wieder besser ging.

„Ich habe ein Buch", rief Tinka und stelzte zur Tür zurück.

Aus der Diele kam ein gellender Schrei. Als Tinka durch die Tür stürzte, sah sie Lissi sich wild im Kreis drehen und tanzen.

Einen Augenblick kam Tinka der Verdacht, ihre Schwester sei reif für die Klapsmühle geworden. Sie hielt den Kopf ganz seltsam steif, als würde sie ein unsichtbares Gefäß balancieren und hätte Angst, es könnte herunterfallen und zerbrechen.

„Hilf mir! Glotz nicht so! Es reißt mir die Haare aus!“

Tinka wich einen halben Schritt zurück in das Bücherzimmer. Lissi schien tatsächlich nicht mehr ganz richtig zu ticken.

„Aaaaaaaaa!“, schrie Lissi und neigte den Kopf vor, als wollte sie etwas abschütteln, was ihr draufgefallen war. Zu sehen war allerdings nichts.

Ein dumpfer Plumps ertönte, und vom Boden kam protestierendes Mauzen.

„Cosimo!“, riefen die beiden Mädchen gleichzeitig, Lissi strafend und Tinka erleichtert. Im Hexenhaus wohnte auch ein Kater, mit dem sie schon zahlreiche Überraschungen erlebt hatten. Cosimo war unsichtbar, hatte aber trotzdem immer Appetit auf Milch. Vor einiger Zeit war er stolzer Vater kleiner Kätzchen geworden. Da die Mutter eine höchst sichtbare Katze war, waren auf einmal lauter weiße Streifen durch die Luft getanzt. Mehr war von den Kleinen nicht zu sehen gewesen.

Befanden sich die Mädchen in höchster Not, so begann der Kater sogar zu sprechen. Seine bissigen Kommentare waren allerdings nicht leicht zu ertragen. Gegen Cosimo war eine schlecht gelaunte Lissi ein Kuscheltier.

Der Kater gab ein Geräusch von sich, das wie Lachen klang.

Er war absichtlich auf Lissis Kopf gesprungen, um sie zu erschrecken. Ihm war bestimmt langweilig, weil er den Großteil der Woche ganz allein im Hexenhaus verbrachte.

Während Lissi ihre drahtigen Locken aufzupfte und durchwuschelte, lief Tinka in die altmodische Küche, die jederzeit Kulisse für einen Märchenfilm sein könnte. Moderne Geräte gab es dort nicht, dafür jede Menge polierter Kupferkessel, riesige Schöpfkellen aus Messing und eine Spüle, die aus einem großen Steinblock gehauen war. Im hinteren Teil der Küche befand sich ein Loch, aus dem immer kalter Nebel wallte. Es war eine Art Kühlschrank, aus dem die Mädchen per Hexenklatsch alle essbaren Sachen ziehen konnten, auf die sie gerade Lust hatten. Außerdem befand sich darin eine Milchflasche, die niemals leer wurde.

Tinka goss Milch in Cosimos Schale auf dem Boden, und sie konnte hören, wie er sich schnurrend darüber hermachte. In der weißen Oberfläche der Milch bildete die unsichtbare Zunge eine kleine Ausbuchtung. Gierig leckte der Kater die weiße Köstlichkeit.

„Machst du jetzt auch noch Großputz, oder können wir endlich gehen?", knurrte Lissi ungeduldig.

Tinka lief in die Diele, schnappte ihre Schultaschen und stopfte das dicke Buch mit dem Handküssenden hinein.

„Fertig!“, sagte sie strahlend.

Lissi gab einen Laut von sich, der „Endlich“ bedeuten konnte, und gemeinsam verließen sie das Haus.

Es bereitete Tinka Kummer zu spüren, dass Lissi noch immer nicht gut auf sie zu sprechen war.

„Wir kriegen das schon hin“, versicherte ihr Tinka schwach, während sie nach Hause gingen.

„Hmmm!“, kam es von Lissi, und das klang nicht sehr optimistisch.

Der Rest des Nachmittags verging mit Hausaufgaben. Den Mädchen blieb keine Zeit, im Hexenbuch zu lesen.

Um halb sieben gab es wie gewöhnlich Abendessen. Als alle Familienmitglieder um den Tisch in der Küche saßen, räusperte sich Boris Schnabel-Meierbeer, als wollte er eine Ansprache halten.

„Die Leute vom Fernsehen haben sich heute gemeldet“, begann er.

Tinka starrte ihn gespannt an und vergaß, dass sie den Mund offen hatte und eine Gabel mit Erbsen davorhielt.

„He, Klappe zu, es zieht!“, kam es sofort von Frank. Stan und er gaben ein grunzendes Lachen von sich.

„Und, Schatz, was haben die Leute vom Fernsehen gesagt?“, wollte Grit Schnabel-Meierbeer sofort wissen.

„Sie kommen am Mittwoch zeitig am Morgen und werden drei Tage bei uns bleiben. Also bis Freitagabend!“

„He, bist gut im Rechnen, Paps!“, lobte Frank spöttisch. „Ich wäre da nie draufgekommen.“

„Darum hat er es auch so deutlich gesagt“, sagte Lissi kalt in seine Richtung und ließ keinen Zweifel daran, wie dämlich sie ihren Bruder fand.

„Diese Frau, die da immer redet …“

„Du meinst Belinda Zinnober“, half ihm Tinka weiter.

„Genau die, also sie hat mit mir gesprochen, und ich soll euch allen einschärfen, ihr sollt tun, als wäre die Kamera gar nicht da.“

Demonstrativ begann Frank, in der Nase zu bohren. Als er den Finger wieder herauszog, betrachtete er ihn kritisch und meinte zufrieden: „Sehr ergiebig heute.“ Einen Augenblick sah es aus, als wollte Frank den Popel in die Tischdecke wischen. Grit schleuderte ihm einen Blick zu, der ihn schnell von diesem Vorhaben abbrachte.

Boris Meierbeer stemmte beide Hände auf die Tischplatte und blickte die Familienmitglieder der Reihe nach an. Betont fröhlich sagte er: „Wir sind alle ganz locker. Ganz natürlich. Ganz echt!“ Er selbst klang allerdings sehr gekünstelt und verkrampft.

Grit lächelte etwas gequält. „Ja, ganz locker und

natürlich. Aber trotzdem nicht so wie sonst. Das bedeutet: kein Nasenbohren, keine Musikproben auf voller Lautstärke im Keller, keine Wasserschlachten im Badezimmer, kein …"

Die Liste der Verbote und Ermahnungen nahm kein Ende. Lissi beobachtete die Zeiger der Küchenuhr, die wanderten und wanderten. Dreieinhalb Minuten lang hatte Grits Rede gedauert. Als sie fertig war, hob Stan artig die Hand wie ein Musterschüler, der sich in der Schule meldete.

Grit deutete auf ihn. „Ja, Stan?"

„Was war das Erste, was du gesagt hast? Ich hab's vergessen!"

Grit Schnabel-Meierbeer machte ein Gesicht, als würde sie ihren Sohn am liebsten durch den Fleischwolf drehen.

Lissi tröstete sie mit den Worten: „Es ist ganz natürlich, wenn du Jungen von Zeit zu Zeit aus dem Fenster werfen willst. Es ist allerdings nicht natürlich, wenn du es wirklich tust!"

Tinka hatte das Gefühl, sich in einem Albtraum zu befinden. Ein Albtraum, den sie mit offenen Augen erlebte. Nur der Gedanke an das Hexenbuch und die rettenden Sprüche konnte sie ein klein wenig beruhigen.

Ein Mädchen namens David

Endlich waren die Mädchen allein in ihrem Zimmer. Leider konnten sie ihre Tür nicht abschließen, doch Lissi wusste sich zu helfen. Sie schob einen Stuhl unter die Klinke, sodass sie nicht mehr hinuntergedrückt werden konnte.

„Her mit dem Buch!", kommandierte sie.

Tinka zog es gehorsam aus ihrem Rucksack und legte es sich auf die Knie. Als sie den Deckel aufschlagen wollte, konnte sie es nicht. Er war wie zugeklebt. Mit den Fingern beider Hände fasste sie nach dem Rand, zerrte und zog, doch ohne Erfolg.

Ein entsetzlicher Gedanke kam ihr. Vielleicht war das Buch nur zufälligerweise heruntergefallen oder gar nicht echt. Sie hatte in einem Krimi einmal gesehen, wie hohle Bücher aus Holz als Versteck für

Diebesgut verwendet wurden. Sofort klopfte sie prüfend auf den Einband und stellte erleichtert fest, dass es sich nicht hohl anhörte.

„Lass mich!“ Lissi nahm ihr das Buch ab, und Tinka wurde sehr nachdenklich, als es sich von ihrer Schwester ohne Schwierigkeiten öffnen ließ. Die Seiten waren mit winzigen Buchstaben bedruckt, die vor Lissis Augen zu tanzen begannen.

Von hinten beugte sich Tinka über ihre Schulter, um auch einen Blick in das Buch zu werfen. Sofort verblassten die Buchstaben, und leere beigefarbene Seiten blieben zurück.

Lissi sah zu Tinka hoch und meinte: „Dieser Eduard Rock hat es wohl ernst gemeint.“

Tinka ließ sich bekümmert auf ihr Bett sinken. Es war alles zum Verzweifeln.

Der Dienstag verging schnell, und den Schwestern blieb keine Zeit, im Hexenhaus nach einem anderen Buch zu suchen. Sie machten eine Klassenfahrt in die Nachbarstadt, in der eine Theatertruppe zu Gast war und für Schulen spielte. Das Stück handelte von einer Stadt, in der alle Menschen nur graue Sachen tragen durften. Auch die Häuser waren grau, und jede bunte Blume wurde sofort vernichtet.

Am Ende der Vorstellung kamen die Schauspieler auf die Bühne, und die Schüler konnten ihnen Fragen stellen. Am meisten interessierte sie, wie man

Schauspieler wird und wie sie es schafften, immer in andere Personen zu schlüpfen.

Tinka und Lissi waren erstaunt zu hören, dass die Schauspielausbildung mehrere Jahre dauerte. Nicht nur deutlich sprechen musste man lernen, sondern auch die richtigen Bewegungen und sogar Fechten.

Lissi beugte sich zu Tinka und flüsterte ihr zu: „Ich weiß die Lösung: Wir hexen unsere gesamte Familie auf eine einsame Südseeinsel. Ein bisschen Urlaub tut allen gut. Ist also eine gute Hexerei. Und dann holen wir uns Schauspieler ins Haus und hexen ihnen das Aussehen von Boris, Grit und den Brüder-Monstern. Sie müssen dann spielen, so wie wir das wollen, und wir ersparen uns die Blamage."

Tinka gab ein hustendes Lachen von sich. „Du glaubst doch nicht wirklich, dass das klappt."

Lissi ließ die Schultern sinken. Nein, sie glaubte es nicht. Trotzdem war die Vorstellung schön.

Erst nach fünf Uhr am Nachmittag kehrten die Mädchen nach Hause zurück. Aus dem Keller kam Krach, als würde dort jemand mit leeren Blechfässern werfen und mit einem Maschinengewehr feuern. Dazu mischte sich ein Kreischen, das schlimmer klang als das Geräusch ineinanderfahrender Autos.

Gequält verdrehten Tinka und Lissi die Augen. Frank und Stan probten wieder einmal mit ihrer Band, den Hungrigen Kannibalen. Die Mädchen waren selbst schuld. Sie hatten den Brüdern Erfolg gehext, um mehr Ruhe vor ihnen zu haben.

Die Hexerei hatte geklappt, die Band war sogar von einem Musikmanager entdeckt und gefördert worden, in letzter Zeit allerdings hatte der Erfolg stark nachgelassen. Es lag wohl an der Faulheit der Musiker, die die Proben einfach zum Gähnen fanden. Bei einem Konzert hatten sie dann so entsetzlich gespielt, dass sie ausgepfiffen wurden und ihr Manager sie hinauswarf.

Die Mädchen retteten sich nach oben. Am Ende der Treppe befand sich ein Flur, von dem die Zimmer wegführten. In der Mitte stand Grit Schnabel-Meierbeer und redete mit jemandem, der aber nicht zu sehen war.

Tinka kam ein entsetzlicher Gedanke: War dieser Eduard Rock vielleicht hier aufgetaucht und klärte ihre Mutter gerade über das wahre Hobby ihrer Tochter auf?

„Nein, David, das kannst du nicht anziehen. Wirklich nicht!“, hörte sie Grit schimpfen, die ihnen den Rücken zuwandte. Neugierig näherten sich die Mädchen. Bisher hatte Grit den kleinen David verdeckt. Warum sie so heftig auf ihn einredete, war auf einen Blick zu erkennen.

David trug einen Rock, und über seinem verkleckerten Pulli einen von Tinkas BHs.

„He, gib den sofort wieder her, der gehört dir nicht!“, empörte sich Tinka.

David sah mit verkniffenem Gesicht zu ihr hoch und erklärte trotzig: „Ich bin ein Mädchen.“

Grit rang die Hände. „Nein, das bist du nicht. Du bist ein Junge. Ein Bub. Ein Knabe. Ein Bursche. Ein Mann!“

Energisch schüttelte David den Kopf. „Ich bin ein Mädchen. Ich zieh nur noch Mädchensachen an.“

„Von mir aus, aber nicht meine!“, tobte Tinka und versuchte, ihm den BH wieder abzunehmen. David ließ es willig geschehen und zog seinen Bauch ein, worauf der Rock zu Boden fiel. Darunter war er nackt.

„Entweder, ich darf Mädchensachen anziehen, oder ich ziehe gar nichts mehr an!“, drohte er grimmig.

Grit versuchte es mit Überredungskunst und Güte. „Schätzchen, es ist kalt draußen. Du wirst dich erkälten.“

Mit zusammengepressten Lippen drehte David den Kopf hin und her.

„Und die Leute werden mit dem Finger auf dich zeigen.“

David zuckte mit den Schultern, als würde ihm das gar nichts ausmachen.

Lissi ging in die Hocke und blickte ihrem kleinen Bruder fest in die Augen.

„David, du bekommst den großen Laster, den du dir schon so lange wünschst, wenn du keine Mädchensachen anziehst!" Noch nie zuvor hatte Tinka Lissi so sanft sprechen hören.

Der Kleine überlegte angestrengt. Mindestens so ernst und fest wie Lissi ihm blickte nun er ihr in die Augen.

„Nein!", lautete die knappe Antwort.

Lissi packte ihn an den Schultern und schüttelte ihn heftig. „Du wirst die Finger von unseren Sachen lassen, sonst verhaue ich dich so, dass du drei Tage nicht mehr sitzen kannst!"

David verzog das Gesicht und heulte los. Die Tränen spritzten nur so aus seinen Augen. Schutz suchend umklammerte er Grits Beine und schluchzte in ihren Rock: „Lissi ist immer so gemei-hei-hei-heiheiiiin!"

Tröstend streichelte ihm Grit über den Kopf und warf den Mädchen verzagte Blicke zu. Sie war mit ihrer Weisheit wohl auch am Ende.

Blitzschnell entriss David Tinka den BH, schnappte den Rock vom Boden und stürzte damit ins Badezimmer. Die Tür knallte zu, und er riegelte von innen ab.

Grit Schnabel-Meierbeers Unterlippe zitterte verzweifelt. „Nein, bitte nicht. Nicht schon wieder!", flehte sie.

Erst vor zwei Wochen hatte sich David im Badezimmer eingeschlossen und sich geweigert, wieder herauszukommen. Der Schlosser musste kommen und das Schloss von außen knacken. Danach war es nicht mehr benutzbar und musste ausgetauscht werden. Die ganze Aktion hatte so viel gekostet wie drei Spielzeuglastwagen, und David hatte trotz sehr eindringlicher Worte der Eltern nicht eingesehen, was er falsch gemacht hatte.

Die nächste Stunde verbrachten Grit Schnabel-Meierbeer, Lissi und Tinka mit Klopfen an der Badezimmertür. Abwechselnd säuselten sie zuckersüß und bettelten David an, er möge die Tür öffnen, oder sie drohten mit Süßigkeitenverbot und Einzug all seiner Spielzeugautos, falls er nicht auf der Stelle herauskäme.

„Ich muss mal", sagte Tinka. Eine Toilette befand sich im Badezimmer, die zweite neben der Küche. Tinka hatte schon einen Fuß auf der Treppe, als ihr ihre Mutter nachrief: „Du musst zu den Nachbarn. Das untere Klo ist verstopft. David hat die Hälfte seines Kleiderschranks darin versenkt."

Um acht Uhr geschah das Wunder. Boris wählte gerade die Nummer des Schlossers, als David strahlend in der Küchentür auftauchte. Er trug eine schwarze Spitzenunterhose, die Grit ein „David, wer hat dir erlaubt, in meinen Sachen zu stöbern?“ entlockte, dazu Tinkas BH sowie in einer Hand einen Wickelrock und in der anderen Stöckelschuhe.

„Ich bin schön!“, verkündete er.

Seine Eltern wussten nicht, ob sie sich freuen oder schimpfen sollten. Beide begnügten sich mit einem tiefen Seufzer.

Lissi brummte: „Früh übt sich, wer ein Monster werden will“, und ließ sich auf ihren Stuhl fallen. Ein höchst peinliches, prustendes Geräusch ertönte.

David klappte vor Erstaunen und Bewunderung seinen kleinen Mund auf. „Du furzt viel lauter als ich!“, himmelte er Lissi an.

Die war wieder aufgesprungen und hatte die dünne Sitzauflage hochgerissen. Darunter lag ein funkelnagelneues Furzkissen.

An den feixenden Gesichtern von Frank und Stan war abzulesen, wer es dort hingelegt hatte.

Tinka konnte hören, wie Lissi mit den Zähnen knirschte.

Das Abendessen – es gab belegte Brote – schlang Lissi hastig hinunter und bat dann sofort um Erlaubnis, auf ihr Zimmer gehen zu dürfen. Tinka, die noch Hunger hatte, schnappte sich einen Apfel und folgte ihr.

„Abstand halten!“ Lissi streckte ihr abwehrend die Hand entgegen, als diese sich neben sie stellen wollte. „Sonst streikt das Buch, und diese Verrückten machen uns zum Gespött der Schule."

Fast ein wenig beleidigt machte Tinka ein paar Schritte rückwärts. Sie lehnte sich gegen die Innenseite der Tür und gab zu bedenken, dass niemandem etwas Böses gehext werden durfte.

„Verlass dich auf mich! Ich bin weder verknallt, noch habe ich gegen die Regeln des Hexenclubs verstoßen", brummte Lissi, während sie heftig im Buch blätterte.

Diesmal schmollte Tinka wirklich.

Lissi hatte sich auf den Bauch gelegt und den Kopf in die Hände gestützt. Vor ihr auf dem Boden lag aufgeschlagen das Buch. Tinka hörte sie murmelnd lesen.

„Das Buch muss ein paar hundert Jahre alt sein. Kein Mensch redet mehr so!", beschwerte sie sich. „Aber es ist schon das richtige. Es geht um gutes Benehmen."

Tinka tat, als würde sie das alles nicht mehr interessieren. Sie hatte ihre Beine kunstvoll verschlungen, die Augen halb geschlossen und den Kopf nach hinten geneigt. Wie eine indische Tempelstatue kauerte sie auf dem Boden, den Rücken gegen die Tür gelehnt, doch Lissi beachtete sie nicht. Tinka hatte in einer Zeitschrift gelesen, dass dieser Sitz Körper und Geist beruhigte, und genau das brauchte sie jetzt.

„Ich verstehe leider nur die Hälfte von diesem Uroma-Gequassel!“, gab Lissi zu. „Da gibt es aber einen Spruch, der müsste passen. Ich versuch ihn einfach.“

Alarmiert riss Tinka die Augen auf. „Bist du sicher? Ganz sicher?“

Mit gespitzten Lippen und betont fein las Lissi vor: „Der feine Umgang für Herren und Damen jeden Alters.“ Sie blickte auf. „Was soll da schon schiefgehen?“

Bevor Tinka protestieren oder weitere Fragen stellen konnte, hatte Lissi schon die Hände zum Hexenklatsch erhoben, spreizte Daumen und kleine Finger und sagte halblaut: „Küss die Hand und gehorsamster Diener“, und tippte die Fingerspitzen sechsmal aneinander. Für jedes Familienmitglied einmal.

Tinka zog die Stirn kraus. „Küss die Hand und gehorsamster Diener?“, wiederholte sie staunend. „Was soll denn das bedeuten?“

Lissi zuckte mit den Schultern. „Ich sage es dir ja, das Buch ist total veraltet.“

„Ob es schon wirkt?“, überlegte Tinka laut.

„Die Wirkung tritt erst nach acht Stunden ein, steht da!“ Lissi klopfte auf das Buch.

Das bedeutete: Warten bis zum nächsten Morgen.

Ein Morgen der Schrecken

Ein gellender Schrei riss Tinka aus dem Tiefschlaf. Ihm folgte ein dumpfer Knall und ein heftiges Klirren. Sie riss die Augen auf und brauchte ein paar Sekunden, um sich zurechtzufinden.

Im Traum hatte sie in einem Saal gestanden, der mindestens zwanzigmal so breit wie lang war. Von links nach rechts erstreckte sich ein Tisch, hinter dem lauter Frauen mit todernsten Gesichtern saßen. Tinka stand auf der anderen Seite des Tisches und fühlte sich wie eine Wanze, kurz bevor von oben ein Schuh auf sie herabsauste und sie zertrat. Gleichzeitig hatten alle Frauen die rechte Hand gehoben und auf sie gezeigt.

Gleichzeitig hatten sie gerufen: „Werft sie hinaus!" Doch der Raum hatte weder Fenster noch Türen.

Tinka war von einem Ende der Tafel zum anderen gerannt, verfolgt von den stechenden Blicken der Frauen, die – da bestand für sie kein Zweifel – alle Hexen waren. Der Tisch mit den Hexen war immer näher gerückt. Bald blieb ihr nur noch ein schmaler Spalt, in dem sie sich bewegen konnte. Als der Tisch begann, ihre Beine einzuquetschen, hatte sie den Schrei gehört.

Sie selbst hatte nicht geschrien.

Das Zimmer war erfüllt von herbstlichem Morgenlicht

„Die spinnen, die TiVis!", hörte Tinka Lissi schimpfen. Es folgte ein schnelles Klappern, als würde jemand Kastagnetten spielen.

Tinka richtete sich auf und stützte sich auf den Ellbogen.

Jedes der Mädchen bewohnte eine Hälfte des langen Zimmers. Eingerichtet hatte jede ihren Teil auf ihre ganz eigene Art.

Tinkas Zimmerhälfte war vor allem gemütlich und kuschelig: ein kleines Sofa, ein Bett mit weißen Bettpfosten und mindestens hundert Kuscheltieren darauf und daneben Poster von Pferden und Popstars an den Wänden und eine Pinnwand mit Fotos, Einladungen zu Partys, die schon längst vorüber waren, und den Glückwunschkarten, die sie zu ihrem Geburtstag bekommen hatte.

Lissis Hälfte erinnerte an einen Dschungel. Sie schlief in einer Hängematte und hatte sich Möbel aus groben Holzkisten gezimmert. Auf einem Regal standen ihre Kakteen, auf einem anderen lagen ihre bunten Samthüte.

Die Mädchen hatten sogar einen kleinen Balkon mit einer Doppelflügeltür, die das Zimmer hell und freundlich machte. Davor stand jetzt Lissi. Sie hatte die Gardinen energisch zugezogen. Das Klappern war von den Messingringen gekommen, an denen die Gardinen aufgehängt waren. Als könnte ein Ungeheuer ins Zimmer gelangen, hielt Lissi die Vorhangkanten mit beiden Händen zu.

„Was ist denn los?“, fragte Tinka verschlafen. Ihre Augen brannten, und sie hatte das Gefühl, höchstens ein paar Minuten geschlafen zu haben.

„Ich bin aufgewacht, weil ich gespürt habe, dass mich jemand anstarrt. Ich habe mich zum Fenster gedreht, und was sehe ich? Eine Kamera, die auf mich gerichtet ist!“, schimpfte Lissi. „Da steht ein Kameramann auf dem Balkon und filmt uns!“

„Wie ist er denn da heraufgekommen?“, gähnte Tinka.

„Geflogen, wie sonst!“

Tinka hob die Augenbrauen. „Echt?“

Aufgebracht über so viel Dummheit rang Lissi die Hände. „Na, geklettert, wie sonst?“

Mit einem Schlag war Tinka hellwach. „Das ist doch der Kameramann von *Familienglück*!"

„Ach nee", spottete Lissi. „Der dreht sicher für ‚Das Tier und wir' und wollte endlich einmal eine echte Schnarch-Ziege filmen!" Beim Wort „Schnarch-Ziege" starrte sie Tinka durchdringend an.

Es war zu früh, um sich zu ärgern. Deshalb überhörte Tinka die Gemeinheit.

„Ist er noch da?", wollte sie wissen.

Lissi spähte vorsichtig durch einen winzigen Vorhangspalt.

„Ist fort!"

Erleichtert atmete Tinka auf. Die nächsten drei Tage konnten heiter werden, wenn man auf Schritt und Tritt damit rechnen musste, von einem Kameramann verfolgt zu werden.

Normalerweise tappte Tinka nur in ihrem zerknuddelten Schlaf-T-Shirt zum Badezimmer. Heute aber schien ihr das zu riskant. Sie wollte erstens nicht in dem labbrigen Hemdchen ins Fernsehen, und außerdem fühlte sie sich darin halb nackt. Ihr Bademantel aber hing an der Innenseite der Badezimmertür. Weil sie nichts anderes fand, nahm sie ihre dicke Skijacke aus dem Schrank und schlüpfte hinein.

Lissi verzog das Gesicht. „Was soll das jetzt? Willst du dich etwa im Kühlschrank verstecken?"

„Ich gehe damit ins Bad!“, antwortete Tinka wahrheitsgemäß.

„Paps ist zwar kein Hirn-Klempner, trotzdem aber solltest du dich untersuchen lassen“, riet ihr Lissi.

Tinka machte eine wegwerfende Handbewegung, öffnete die Tür und spähte auf den Flur hinaus. Aus dem Schlafzimmer der Eltern traten Boris und Grit, beide viel feiner angezogen als an normalen Wochentagen. Boris trug einen dunklen Anzug, Grit ein pinkfarbenes Kleid, das sie sonst nur ins Theater anzog.

Galant bot Boris seiner Frau den Arm an. Mit einem verlegenen Lächeln hängte sich Grit ein und schlug beschämt die Augen zu Boden.

„Ach Boris, oh Boris!“, zwitscherte sie.

„Teuerste Grit, mein Augenstern!“, säuselte Boris.

Mit offenem Mund starrte Tinka die beiden an. Sie schienen sie nicht zu bemerken und schwebten nebeneinander zur Treppe. Boris schritt feierlich dahin, und Grit, die normalerweise einen flotten Stechschritt hatte, trippelte vornehm. Bei der Treppe angekommen, warfen sie einander verklärte Blicke zu und seufzten verliebt. Ihre Gesichter wurden wie magisch voneinander angezogen.

Es war schlimmer als im kitschigsten Liebesfilm. Die Eltern küssten sich lange, lösten sich dann voneinander und betrachteten sich mit einer Miene, als wären beide nicht von diesem Planeten. Es folgte erneut ein „Ach Boris, mein Boris!“ und gleich darauf das „Teuerste Grit, mein Augenstern!“.

Tinka wünschte sich nur noch eines: Der Boden sollte sich auf der Stelle öffnen und sie mit Haut und Haar verschlingen. Wenn ihre Mitschüler diese Turteltäubchen von Eltern am Sonntag im Fernsehen sähen, würden sie nicht nur den ganzen Montag lachen, sondern bestimmt die ganze Woche, wenn nicht einen ganzen Monat.

War gestern nicht besprochen worden, dass alle ganz natürlich bleiben sollten?

Der Hexenspruch fiel Tinka wieder ein. Sie drehte sich zu Lissi, die sich gerade räkelte und streckte und dabei wie ein Nilpferd gähnte.

„Du bist schuld“, zischte sie in ihre Richtung. „Mach sofort was!“

Lissi verstand nicht, was ihre Schwester meinte, und tappte barfuß zu ihr. Sie kam gerade, als Boris seine Frau auf den Arm nahm und ihr erklärte: „Lass mich dich tragen, mein Juwel. Diese Stufen sind nicht würdig, von deinen zarten Füßen berührt zu werden.“

„Oh du grüne Hühnerkacke!“, stöhnte Lissi.

Aus dem Bad trat Stan. Den Mädchen fielen fast die Augen aus dem Kopf. Er hatte einen wie mit dem Lineal gezogenen Mittelscheitel, und das Haar war mit irgendetwas Öligem eingerieben. Schwarz und glänzend klebte es am Kopf.

Normalerweise gab sich Stan betont lässig und locker. Er nannte sich selbst oft den „Coolsten der Coolen“. Davon war an diesem Morgen wenig zu sehen. Mit steifen Schritten und geradem Rücken schritt er auf die Mädchen zu, blieb vor ihnen stehen und verneigte sich tief, die Arme fest an die Seite gepresst. Lissi erinnerte die Verneigung an ein Klappmesser.

„Ich wünsche wohl geruht zu haben, teuerste Schwestern“, grüßte Stan, als hätte er immer schon so gesprochen. Danach drehte er sich weg und verschwand in seinem Zimmer.

Tinka gab winselnde Laute von sich.

„Wenn die Gegenhexerei genauso lange dauert, bis sie wirkt, kommt das alles ins Fernsehen!“

Die Tür von Franks Zimmer flog auf, und er stapfte schlaksig wie immer heraus. Obwohl er – ebenfalls wie immer – seine Sonnenbrille aufhatte, spürten die Mädchen, wie er sie fixierte. Oder starrte er auf einen Punkt an der Wand neben ihnen?

Aus Franks Mund kam ein Urschrei, tief und dröhnend. Dann rannte er los. Einfach los. Direkt auf Tinka und Lissi zu. Das heißt, nicht ganz direkt, sondern auf die Wand zu.

„Was …?“ Weiter kam Lissi nicht. Frank hatte die

Wand fast erreicht, sprang vom Boden weg, schleuderte die Beine hoch und versuchte allen Ernstes, die Wand hinaufzulaufen. Er kam nicht einmal bis Schulterhöhe, als ihn die Anziehungskraft der Erde wieder zurückholte und er hart auf dem Teppich landete. Flach auf dem Rücken, Arme und Beine von sich gestreckt, lag er da und rührte sich nicht.

„Oh du giftgrüne Hühnerkacke!“ entfuhr es Lissi. Sie hegte wirklich keine Sympathien für ihren Bruder, doch in diesem Augenblick bekam sie auf einmal schreckliche Angst, er könnte sich schwer verletzt haben. Sie kniete neben ihm nieder und betastete mit einem Finger seinen Arm von der Hand bis zur Schulter.

Erschrocken wich sie zurück, als Frank völlig unerwartet in die Höhe sprang.

„Ich muss weiter üben. Der Rekord liegt bei zwei Schritte an der Decke, und das schaffe ich auch!“

Die Mädchen starrten ihn mit offenem Mund an.

„Heißt das ... du willst ...?“ Tinka deutete zur Zimmerdecke. „... dort hinauflaufen?“

„Wall Walking! Neuester Trend aus Amerika. Es gibt schon Weltmeisterschaften. Ich werde gewinnen.“ Frank schüttelte sich wie ein nasser Hund und rückte die Ohrstöpsel seiner Kopfhörer zurecht. Pfeifend trabte er die Treppe hinunter Richtung Küche.

Lissi kratzte sich mit beiden Händen am Kopf.

„Bei dem ist nichts von feinem Benehmen zu bemerken!"

Mit schlürfenden Schritten näherte sich David, der Jüngste. Er konnte die Füße nicht heben, da er Grits höchste Stöckelschuhe trug. Dazu das Wagenrad von Hut in Weiß, das sie bei der Hochzeit aufgehabt hatte, einen von Tinkas Mini-Röcken und ein seidenes Unterhemd, das er wohl auch Grit geklaut hatte.

Vergnügt glucksend schlappte er zur Treppe. Da es absolut unmöglich war, mit den viel zu großen Schuhen die Stufen hinunterzusteigen, schleuderte er sie mit dem Fuß hinunter und lief barfuß hinterher.

Lissi beugte sich an Tinkas Ohr und knurrte wie ein Hund, der seit zehn Jahren an der Kette lag: „Für die Postkarte wirst du büßen. Bitter büßen!"

Der Wahnsinn beginnt

Immer drei Stufen auf einmal nehmend kam Thorsten, Tinkas ältester Bruder, herauf. Er studierte bereits an der Uni, und gegenüber den jüngeren Geschwistern spielte er sich immer als besonders erwachsen auf. Obwohl er bereits ein Zimmer zur Untermiete in der Stadt hatte, wohnte er immer wieder im Haus der Schnabel-Meierbeers. Tinka wusste, dass er viel zu faul war zu kochen oder seine Wäsche selbst zu waschen.

Mit einem Stapel Bücher in der Hand tauchte er nun vor den Mädchen auf. Sein Hemd war blütenweiß, die Ärmel lässig aufgekrempelt. An der dunklen Leinenhose hing noch das Preisschild. In seiner Hosentasche ertönte der Titelsong eines Action-Films. Er zog sein Handy heraus und meldete sich mit einem tiefen, ultra-lockeren „Thorsten Schnabel an der Arbeit!“.

Schlagartig änderte sich seine Miene, als er hörte, wer dran war. Er redete nun viel höher, fast wie zu einem Kleinkind.

„Morgen, Schnäuzelchen! Wie geht es meinem Wonneklößchen?“

Tinka und Lissi wechselten fassungslose Blicke. Sie konnten nur ahnen, mit wem Thorsten redete.

„Ach, heute ist nichts Besonderes los. Wir haben nur das Fernsehen im Haus!“, erzählte er, als wäre das für ihn völlig selbstverständlich. „Am Sonntag kannst du mich schon sehen.“

Ohne die Mädchen zu beachten, tänzelte er an ihnen vorbei und turtelte weiter mit seinem „Schnäuzelchen“, das seine neue Freundin sein musste.

Lissi stieß heftig die Luft aus. „Die Hexerei hat gar nicht gewirkt. Grit und Boris spinnen echt, Frank dreht durch, und die anderen sind so wie immer.“

Beide Mädchen gaben einen traurigen Laut von sich. Was jetzt?

Lissi richtete sich auf und sagte wie ein alter Feldwebel: „Da gibt es jetzt nur eins: Ohren steifhalten und durch den Dreck robben!“ Mit diesen Worten verschwand sie im Badezimmer. Tinka folgte ihr.

Bevor sie mit dem Zähneputzen begannen, guckten die Mädchen zur Sicherheit schnell hinter den

Duschvorhang und sogar in den schmalen Wandschrank, in dem die Handtücher lagen und in dem sich nicht einmal David hätte richtig verstecken können. Es war kein Kameramann zu sehen. Vor das Fenster hängten sie ein Badetuch, damit sie auch dort vor Beobachtern sicher waren.

Im Rekordtempo waren beide gewaschen und angezogen. Bevor sie die Treppe hinunterstiegen, holten sie tief Luft.

„Ab in die Höhle der Säbelzahntiger!“, sagte Lissi und lief nach unten.

Bereits durch die geschlossene Küchentür konnten sie die Stimme von Belinda Zinnober hören. Lissi wusste nicht, warum, aber irgendwie erinnerte sie diese an eine Mischung aus Schmalz und Honig.

„Was für ein bezauuuberndes Heim und eine so bezauuuubernde Familie“, beteuerte Belinda immer wieder.

Lissi hatte die Küchentür bereits aufgestoßen, und es war zu spät zur Flucht. Erst jetzt nämlich war Tinka Bert eingefallen. Bestimmt war er auch schon hier, und dabei hatte sie nur irgendeinen Pulli und irgendeinen Rock aus dem Schrank gezogen. Die Sachen waren bestimmt nicht schick genug, um Bert zu beeindrucken.

Aber wollte sie das überhaupt noch? Ging es nicht viel mehr darum, einen guten Eindruck zu machen?

Hinter Lissi stolperte Tinka in die Küche und spürte sofort, wie ihr Gesicht knallrot anlief. Sie kam sich vor wie am allerersten Tag in einer neuen Klasse.

Belinda riss die Arme auseinander, als würde sie gerade zwei uralte und allerbeste Freundinnen wiedertreffen.

„Und das müssen Luisa und Katharina sein, nicht wahr?"

„Nein, das sind Lissi und Tinka!", verbesserte sie Lissi. Bei ihren richtigen Namen waren die zwei noch nie genannt worden.

„Luisa Lissi", murmelte Belinda nachdenklich. „Diesen Zusammenhang verstehe ich. Aber wie wurde aus Katharina eine Tinka?" Mit großen fragenden Augen sah sie Tinka an.

Die Antwort kam sofort von Stan, der noch immer seine Lackaffenfrisur hatte, sonst aber der Gewohnte war.

„Als Baby hat sie sich so genannt", erzählte er mit teuflischem Grinsen.

„Wie niedlich!" Belinda brach in Entzücken aus und klatschte die Hände zusammen.

Tinka wünschte sich mittlerweile zwei Löcher im Boden. Eines, in dem sie sich verstecken konnte, und ein zweites, das Stan für immer und alle Zeiten fressen und verdauen würde.

Boris Meierbeer war anzusehen, wie unwohl er sich fühlte. Tollpatschig legte er die Hände auf Grits Schultern, drehte sie zu sich und drückte ihr einen schmatzenden Kuss auf den Mund.

„Und wir sind sehr verliebt", sagte er hölzern.

Lissi verdrehte die Augen und wandte sich ab. Nicht einmal in ihren kühnsten Träumen hatte sie damit gerechnet, dass es so peinlich werden könnte.

„Wo ist die Kamera?", fragte Frank kaugummikauend.

„Die vergessen wir gleich mal ganz!", säuselte Belinda wie zu einem Kindergartenkind. „Gar nicht darum kümmern."

Sofort begannen sich alle ängstlich umzusehen. Stan hob sogar den Deckel der Zuckerdose, als könnte auch in ihr eine Kamera versteckt sein.

„Seien Sie alle wie sonst auch!", rief Belinda und hörte sich dabei wie eine dieser immer fröhlichen und immer strahlenden Gymnastiklehrerinnen an, die Tinka nicht ausstehen konnte.

Lissi fiel auf, dass Grit mit allen Mitteln versuchte, etwas hinter ihrem Rücken zu verstecken. Wieso tappte sie immer wieder nach links und rechts? Was hatte sie zu verbergen?

Belinda Zinnober schien Gedanken lesen zu können. „Was ist denn dort hinter der Mutti?", fragte sie lockend wie die Knusperhexe.

Davids Kopf schoss seitlich hervor. Er grinste zahnlückig und erklärte: „Ich bin David und ein Mädchen."

Selbst Belinda Zinnober, die bei den Dreharbeiten für die Sendung schon einige verrückte Familien kennengelernt hatte, verschlug es die Sprache.

Die Eltern Schnabel-Meierbeer begannen verlegen und gackernd zu lachen. Belinda stimmte ein, da ihr nichts Besseres einfiel.

„Nehmen Sie doch Platz!" bot Grit an, um die peinliche Situation aufzulockern.

Belinda ließ sich auf einen Stuhl plumpsen, worauf ein Furz ertönte, der fast das Geschirr im Schrank zum Klappern brachte.

Frank lachte wie eine Hyäne und schlug sich auf die Schenkel. David stöckelte zur Fernsehmoderatorin, sah ihr strahlend ins Gesicht und sagte: „Ich kann's besser." Gleich darauf ertönte das peinliche Geräusch ein zweites Mal, etwas leiser, dafür aber echt und verbunden mit einer Stinkwolke, die jedes Stinktier begeistert hätte.

Mit der Hand fächelte sich Belinda Luft zu. Grit hatte rote Flecken im Gesicht und zog David hastig zur Seite. Mit gesenkter Stimme bekam er eine Strafpredigt, die ihn wenig beeindruckte.

Thorsten betrat die Küche und zupfte sein schickes Hemd zurecht. Glücklich sah er darin nicht aus. Wahrscheinlich kratzte es. Mit ausgestreckter Hand ging er auf Belinda Zinnober zu und sagte mit fester Stimme: „Thorsten Schnabel, ich bin ein Fan Ihrer Sendung, Frau Ocker."

Belinda schüttelte sich, als hätte ihr jemand einen Eiswürfel in den Ausschnitt geworfen. „Zinnober", verbesserte sie Thorsten mit säuerlichem Lächeln.

Thorsten stutzte, merkte, dass er sich ziemlich peinlich geirrt hatte und Belinda jetzt wusste, dass er die Sendung noch nie gesehen hatte, zwang sich ein Lachen ab und sagte: „Ihr Name ist eine Farbe, wusste ich es doch."

Sichtlich wütend drehte sich Belinda von ihm weg, doch Thorsten kümmerte sich nicht darum.

Belinda musste niesen und nahm dankbar das Papiertaschentuch, das ihr Grit anbot.

„Wussten Sie, dass Sie sich eine Rippe brechen können, wenn Sie zu stark niesen?", fragte Thorsten ernst wie ein Arzt bei der Untersuchung. Er studierte Medizin. Zwar erst seit ein paar Wochen, trotzdem hielt er sich bereits für besser als Boris. „Sie sollten das Niesen aber auch nie unterdrücken, weil dadurch Blutgefäße im Kopf platzen könnten. Und schließen Sie immer die Augen beim Niesen, da sie sonst aus den Höhlen fallen." Mit den Händen machte er vor, wie das aussehen würde.

Lissi grinste befriedigt in sich hinein und raunte

Tinka zu: „Wenn er so weitermacht, ergreift Belinda die Flucht und sucht sich eine andere Familie."

Tinka lächelte schwach. Sie wusste, dass es so nicht sein würde. Ganz im Gegenteil. Tinka dachte schon nach, in welche Schule sie wechseln könnte. Allerdings würden auch die Schüler anderer Schulen *Familienglück* gucken und die Schnabel-Meierbeers gesehen haben. Es blieb eigentlich nur die Flucht in ein anderes Land oder eine Gesichtsoperation und Namensänderung.

Fürs Frühstück blieb kaum Zeit. Tinka und Lissi richteten sich selbst ein paar Pausenbrote und Tinka griff tief in die süße Lade. An einem Horrortag wie diesem brauchte sie Nervennahrung, und das war für sie nun einmal Schokolade. Bäuchlein hin, Bäuchlein her, es war egal. Hauptsache, ihr Herz hörte auf, wie verrückt zu schlagen, und sie hatte nicht länger das Gefühl, ein ganzer Ameisenhaufen würde durch sie hindurchkriechen.

„Heute werden wir einmal Grit in der Bank besuchen, wo sie arbeitet, und Boris in seiner Arztpraxis über die Schulter gucken", erläuterte Belinda, die sich wieder etwas gefangen hatte.

Tinka atmete erleichtert auf. Das bedeutete Schonzeit für Lissi und sie.

Die Mädchen winkten ihren Eltern und machten sich so schnell wie möglich aus dem Staub. Als

Tinka die Haustür öffnete, sah sie kurz hintereinander zwei Sachen: erstens einen Kameramann mit Kamera auf der Schulter und zweitens einen breit lächelnden Bert, der am Gartentor lehnte und ihr samtäugig entgegenblickte. Tinka machte einen falschen Schritt, und schon stürzte sie die drei Stufen hinunter, die den Weg und die Eingangstür miteinander verbanden.

Das Nächste, was sie mitbekam, war eine weiche warme Hand, die nach ihr griff. Sie hob den Kopf und sah in Berts haselnussbraune Augen, die sie besorgt musterten.

„Wehgetan?“ fragte er treuherzig.

Der Schmerz, der in Tinkas Knöchel rumorte, war sofort wie weggeblasen. Obwohl ihr kurzfristig Tränen in die Augen gestiegen waren, schüttelte sie den Kopf und versuchte, ein möglichst freundliches Lächeln zu schaffen.

„Du wirst gefilmt!“, kam eine geraunte Warnung von Lissi.

Bert hatte Tinka aufgeholfen und sie standen knapp voreinander. Noch immer hielt er ihre Hände. Mit Gewalt musste sich Tinka losreißen. Sie nickte dankend und wurde gleich darauf von Lissi zum Gartentor hinaus auf die Straße geschubst. Erst nachdem sie um drei Ecken gegangen waren, begannen sie zu sprechen.

Tinka hauchte: „Hast du seinen Blick gesehen? Ich glaube, er interessiert sich für mich."

Lissi schnaubte: „Ich habe deine Kuhaugen gesehen, und ich wette, der aufgeblasene Gockel platzt jetzt vor Stolz, weil sich wieder ein Rindvieh in ihn verknallt hat."

Alles nur Spaß

An diesem Schultag heimste Lissi sechs Ermahnungen für „Nicht-Aufpassen" ein, Tinka brachte es sogar auf sieben. Bei Lissi fiel es nicht auf, bei Tinka sehr. Normalerweise war sie immer bei der Sache und ein Liebling der Lehrer, ohne als Streberin zu gelten.

In der großen Pause wurden die Mädchen wieder von allen Seiten bestürmt und gefragt, wie denn so der erste Drehtag begonnen hätte und ob sie schon beim Aufstehen gefilmt worden seien.

Lissi, sonst nie um eine Antwort verlegen, klappte wie ein Goldfisch den Mund auf und zu, ohne einen Ton herauszubringen. Zu Hilfe kam ihr Tinka, die den Finger an die Lippen legte und bedauernd meinte: „Wir dürfen leider nichts verraten.

Absolute Schweigepflicht." Das Wort kannte sie von Boris, der als Arzt auch niemandem Auskunft über seine Patienten geben durfte.

Die Jungen und Mädchen nickten alle verständnisvoll, waren aber umso gespannter und neugieriger auf die Sendung am Sonntag.

Nach der Schule steuerte Lissi sofort wieder Richtung Hexenhaus.

„Wir müssen etwas unternehmen!", sagte sie bestimmt. „Außerdem wüsste ich gerne, wieso dieser verdammte Spruch von gestern nicht gewirkt hat."

Verlegen druckste Tinka herum. „Meinst du, das hat mit mir … zu tun?"

Lissi schnaubte. „Gut möglich. Bist eben du der Sündenbock. Allerdings hilft das nicht die Bohne."

In der Kristallgasse war es wie üblich still. Autos fuhren hier nur sehr selten. Tinka und Lissi steuerten auf den Katzenzaun zu und wünschten sich beide stumm einzutreten. Die Gedanken genügten, um das Gartentor zu öffnen.

Mit heulendem Motor bog ein Kleinbus um die Ecke, raste auf sie zu und hielt mit quietschenden Bremsen. Die Tür wurde aufgerissen, und Belinda Zinnober sprang heraus. Das Gartentor, das sich schon eine Handbreit geöffnet hatte, klappte erschrocken wieder zu.

„Dachte ich mir doch, dass ihr hier seid. Zwei Mädchen, die ein eigenes Haus besitzen. So etwas habe ich noch nie erlebt!"

Neugierig reckte sie den Hals, um über die beiden Mädchen zu linsen, die ihr den Weg versperrten. Hinter ihr kletterte der Kameramann aus dem Wagen, dem seine Kamera im Gesicht festgewachsen zu sein schien. Tinka erkannte eine Kurzhaarfrisur und einen großen Ohrring, mehr nicht.

Belinda drängte die Mädchen mit den Armen auseinander und trat an das Gartentor. Sie winkte dem Kameramann und sagte in das schwarze Kameraauge: „Die Töchter der Familie besitzen bereits ihr eigenes Haus, das wir doch auch gleich einmal näher ansehen wollen." Sie drehte sich um und wollte das Tor öffnen, griff aber ins Leere. Verwundert suchte sie das Gartentor nach einer Klinke oder einem Knauf ab.

Lissi und Tinka wechselten einen fragenden Blick. Was sollten sie tun?

Tinka gab Lissi ein Zeichen, das ihr zu überlassen. Sie stellte sich neben Belinda und klopfte auf das Holzschild, in das sie im Werkunterricht NO JUNGS eingebrannt hatten.

„Der Zutritt ist auch Erwachsenen nicht gestattet!", erklärte sie lächelnd.

Das aber wollte Belinda nicht gelten lassen. „Für

mich und die Zuseher von *Familienglück* müsst ihr da schon eine Ausnahme machen. Stellt euch doch einfach vor, ich sei nicht erwachsen, sondern …", sie wedelte, nach dem richtigen Wort suchend, mit der Hand in der Luft herum, „… eure Freundin!"

Tinka schüttelte den Kopf. „Keine Chance."

Belinda wurde fuchsteufelswild. Sie deutete dem Kameramann, die Aufnahme abzuschalten, beugte sich zu Tinka und zischte wie eine Kobra: „Hör mal zu, Kleine! Ich kann dich in meiner Sendung so zeigen, dass du dich nie wieder in die Schule traust. Wenn du das nicht möchtest, dann lässt du mich auf der Stelle in diese Bruchbude. Was soll dort schon sein außer Chaos?"

Tinka hatte das Gefühl, ihr Herz schlüge im Hals. Jedenfalls war dort das Klopfen zu spüren. Trotzdem schaffte sie es, dem bohrenden Blick Belindas standzuhalten und zu entgegnen: „Das ist Erpressung, was Sie hier tun."

Aus den Augenwinkeln sah sie die nicht von der Kamera verdeckte Hälfte des Mundes des Kameramanns grinsen.

Schnaufend sog Belinda die Luft ein.

„Na gut, du hast es nicht anders gewollt."

Da bekam es Tinka mit der Angst zu tun. Hilfe suchend drehte sie sich zu Lissi, die ratlos mit den Schultern zuckte.

„Am Freitag dürfen Sie herein, gut?“, bot Tinka zur Versöhnung an.

Belindas verkniffenes Gesicht löste sich. „Einverstanden“, sagte sie. Irgendetwas störte Tinka am Unterton ihrer Stimme, sie wusste aber nicht, was es war.

Belinda war schon wieder halb im Bus verschwunden, als sie sich noch einmal hinauslehnte und sagte: „Eure Mutter hat heute die Bankfiliale ganz schön durcheinandergebracht. Ist sie immer so ... verschnörkselt?“

Lissi verstand nicht, was gemeint war. „Wer ... was?“

„Sie redet wie Leute vor hundert Jahren oder noch früher. Zu einem Mann hat sie gesagt: ‚Was wünschet Er?‘, und zu einer Frau: ‚Wir werden Ihr das Geld gerne geben.‘“

Den Mädchen schwante, was los war.

„Fahren Sie jetzt zu uns nach Hause?“, fragte Tinka und bemühte sich, ganz ruhig zu bleiben.

„Ja, wieso?“

„Können wir mitkommen?“

„Steigt ein.“

Zehn Minuten später hielt der Bus vor dem weißen Haus der Schnabel-Meierbeers. Grits giftgrünes uraltes Auto stand am Straßenrand. Sie war also schon daheim.

Als Tinka und Lissi eintraten, stand sie in der Küche vor dem offenen Kühlschrank und suchte etwas in den Regalfächern. Sie drehte sich zu ihnen um und sagte mit kühlem Lächeln: „Ich grüße euch, Töchter."

Durch die Verbindungstür zur Arztpraxis steckte eine alte Dame mit grauen Löckchen ihren Kopf und rief: „Frau Doktor, sind Sie da? Kann ich Sie kurz sprechen?"

„Was will Sie?", fragte Grit Schnabel-Meierbeer.

Die Frau machte Augen, als wäre Tinkas Mutter ein Vampir, der sie gleich beißen könnte.

„Sie auch!", hauchte sie.

„Was starrt Sie so? Geben Sie eine Antwort, Frau!"

Tinka und Lissi flehten im Stillen, dass Belinda und der Kameramann nicht in der Nähe sein würden. Ihr Flehen wurde nicht erhört. Beide standen bereits im Raum und drehten mit.

„Es geht um den Doktor. Er redet auf einmal so seltsam. So wie Sie", berichtete die alte Dame besorgt.

Lissi stahl sich heimlich davon, um oben im Hexenbuch ganz schnell nach einem Gegenzauber zu suchen.

„Was gefällt der Frau nicht an meiner Ausdrucksweise? Will sie, dass ich spreche wie das gemeine Volk?" empörte sich Grit Schnabel.

Tinka wünschte sich einen Teppich, der die Form eines schwarzen Loches hatte. Legte man ihn auf, war das Loch tatsächlich da. Tinka könnte hineinspringen und verschwinden. Schade, dass es so einen Teppich noch nicht gab. In diesen Tagen hätte er bei Tinka Hochbetrieb.

Um die Lage irgendwie zu retten, brach Tinka in wieherndes Gelächter aus, zog Belinda am Ärmel und raunte ihr verschwörerisch zu: „Unsere Mam kann manchmal so ein richtiger Scherzhold sein. Boris genauso. Mit den beiden ist es immer lustig, das können Sie mir glauben. Was die sich immer ausdenken!“

Frau Zinnober schenkte Tinka einen Blick, als könnte sie sich nicht entscheiden, ob diese übergeschnappt war oder die Wahrheit sagte.

„Mam, bitte hör auf, sonst ersticke ich!“, grölte Tinka und schob ihre Mutter mit beiden Händen aus der Küche.

„Was untersteht Sie sich, Tochter?“, schimpfte Grit und schüttelte Tinka ungehalten ab. Sie schob sie energisch zur Seite, um zurück in die Küche zu gehen. Mitten im Gehen erstarrte sie für einen Augenblick, wurde geschüttelt, als wäre sie in einen Stromkreis geraten, stolperte nach vorn, verharrte und drehte sich fragend zu Tinka zurück. Verwirrt musterte sie ihre Tochter.

„Was wollte ich gerade?“, fragte sie, und ihre Stimme hatte den gewohnten Klang.

„Sag etwas!“, bat Tinka.

„Was soll ich denn sagen, Tinka?“

Erleichtert atmete Tinka tief aus. Der Bann war gelöst.

„Du wolltest in die Küche gehen und sagen, dass du gerne Scherze machst“, erklärte Tinka so ernsthaft wie möglich.

„Wie bitte? Wieso sollte ich …?“

Tinka stieß die Tür auf und wiederholte laut: „Mam, du musst es sagen. Du machst so gerne Scherze, wie vorhin!“

Grit Schnabel-Meierbeer war die zweite innerhalb weniger Minuten, die Tinka ansah, als hätte sie nicht mehr alle Tassen im Schrank.

Außer Atem stürzte Tinka in ihr Zimmer und schlug die Tür zu.

Lissi saß mit verschränkten Beinen auf dem Boden und trommelte auf das aufgeschlagene Hexenbuch. „Ganz winzig gedruckt steht dabei, dass die Hexerei bis zu zwölf Stunden braucht, um zu wirken. Je nach Schwere des Falls. Das Auflösen ist dafür in Sekunden getan. Hat es schon gewirkt?“

Tinka nickte und ließ sich vor ihrer Schwester auf den Boden nieder. Niedergeschlagen sagte sie leise: „Es ist alles meine Schuld.“

„Davon kann ich mir nichts kaufen“, entgegnete Lissi bitter.

Tinka schluckte. „Aber Bert hat diese Augen, die mich ganz durcheinanderbringen …“

„Wenn ich diesen Namen noch einmal höre, schreie ich, bis dir die Ohren abfallen“, drohte Lissi. Tinka wusste, dass ihre Schwester und beste Freundin das ernst meinte.

Immer schlimmer

Tinka hatte gedacht, es könnte nicht mehr schlimmer kommen. Doch sie irrte.

Hier die Zusammenfassung der Höhepunkte des Abends:

David stahl heimlich die schicken Stöckelschuhe von Belinda Zinnober. Beim Essen war sie unter dem Tisch unauffällig herausgeschlüpft. David hatte es bemerkt, und niemand schöpfte Verdacht, als er unter den Tisch kroch und dann auf allen vieren das Zimmer verließ.

Die Schuhe konnten nicht mehr gefunden werden, und selbst unter Androhung des Einzugs aller seiner Spielzeugautos war David nicht bereit, das Versteck bekannt zu geben.

Belinda Zinnober bebte wie eines dieser Geräte,

mit denen weicher Asphalt glatt gestampft wurde. Sie versuchte, ihre Wut hinter einem gequälten Lächeln zu verbergen, doch Tinka entging sie nicht. Tinka hörte auch, wie Frau Zinnober in der Diele ein Telefonat über ihr Handy führte und jemandem mitteilte, dass ihr „ein sabberndes Babymonster" ihre „Bertolomino-Bertuluccio-Schuhe" gestohlen hat, die so viel gekostet hatten wie zehn der besten Pullis, die Tinka besaß. (Und bei denen stöhnte ihre Mutter jedes Mal über den Preis.)

Boris Schnabel-Meierbeer versuchte beim Abendessen einen Witz zu erzählen. Es war der Witz von den beiden Skeletten auf dem Friedhof, die heimlich Motorrad fahren wollten. Ein Skelett läuft zurück und kommt mit seinem Grabstein unter dem Arm wieder. Schließlich war es verboten, ohne Ausweis zu fahren.

So lautete der Witz tatsächlich. Tinka und Lissis Vater aber verwechselte alles und erzählte von zwei Skeletten, die Motorrad fahren wollten und mit ihren Grabsteinen auf das Motorrad stiegen. Eines stieg wieder ab und ging zurück.

An dieser Stelle stockte Boris und machte ein sehr nachdenkliches Gesicht. „Das Skelett wollte etwas holen. Moment …"

In diesem Moment wäre Tinka gerne zu David unter den Tisch gekrochen. (Hätte sie es nur getan, so wäre das Verschwinden der Belinda-Schuhe verhindert worden!)

Frank und Stan luden zu einer „Session" in den Keller.

„Wie nett, die Jungs geben ein Konzert für uns", lachte Grit verlegen. Sie wusste, was das bedeutete, und meinte deshalb: „Es ist jetzt aber schon zu spät."

Belinda, die noch immer wegen der Schuhgeschichte wütend war, wehrte ab. „Uns ist nichts zu spät. Wir bleiben, bis alle im Bett liegen."

Eine halbe Stunde später bereute sie den Entschluss. Tinka und Lissi wussten, was eine „Session" war, und hatten deshalb vorsorglich weiche Gummistöpsel in die Ohren gesteckt. Belinda boten sie auch welche an, aber die lehnte ab.

Frank und Stan waren nur zu zweit und versuchten wohl, am Schlagzeug und an der E-Gitarre durch Lautstärke auch die beiden anderen Hungrigen Kannibalen zu ersetzen. Sie spielten so laut, dass die Decke im Keller noch mehr dünne Risse bekam. Dazu warfen sie die Köpfe und zuckten mit den Körpern, als hätten sie gerade einen Zitterrochen gestreichelt.

Belinda Zinnober saß mit verzerrtem Gesicht auf dem Kissen, das die Jungen ihr angeboten hatten. Es war eindeutig nicht ihr Musikgeschmack, und außerdem litt sie wie die meisten Leute unter der Lautstärke. Immer wieder zuckten ihre Hände nach oben, um sich die Ohren zuzuhalten, aber sie tat es dann doch nicht. Wahrscheinlich wollte sie nicht altmodisch erscheinen.

Als die zwei mit ihrer Nummer fertig waren, sahen sie Belinda herausfordernd an.

„Heißer Sound, was?“, meinte Frank Beifall heischend mit hochrotem Kopf und Schweißperlen auf der Oberlippe.

Belinda hörte sie nicht, da es in ihren Ohren noch immer dröhnte und hämmerte, und guckte nur belämmert.

Als die Familie aus dem Probenkeller wieder nach oben kam, hatte David sich auch über die weiße Handtasche von Belinda hergemacht, alle Schminksachen herausgeholt und das schöne Stück aus Leder damit bemalt.

Einen Augenblick hatte man den Eindruck, als wollte ihn Belinda dafür erwürgen. Sie beherrschte sich dann aber und zwang sich zu einem Lächeln, das an einen Hai vor dem Angriff erinnerte.

„Ich hoffe, die Tasche war nicht teuer“, sagte Boris Schnabel-Meierbeer schwach.

„Nicht der Rede wert, war nur eine Zyxxer-Tasche“, erklärte Belinda mit zusammengebissenen Zähnen.

Boris machte eine wegwerfende Handbewegung. „Ach, dann ist es ja halb so wild. Oder?" Er lachte verlegen und machte ein sehr bekümmertes Gesicht, als sich die Fernsehfrau mit einem Ruck wegdrehte. Tinka, die neben ihr stand, hörte, wie sie vor sich hin murmelte: „Bauernseppl."

Von Zyxxer hatte Tinka schon gehört. Auf allen Taschen, Geldbeuteln, Koffern und auch auf den Klamotten, die diese Firma erzeugte, prangten die Buchstaben ZYX in Gold. Wer Zyxxer-Sachen trug, bewies, dass er reich war und zu den Ultra-Schicken gehörte.

„Wir kommen für den Schaden natürlich auf", versicherte Tinkas Mutter Belinda.

„Nicht nötig, wir sind beim Fernsehen gegen solche ‚Unglücksfälle' versichert", erklärte Belinda und klopfte den Ärmel ihrer Bluse an der Stelle ab, an der Grit Schnabel-Meierbeer sie gerade angefasst hatte.

Manchmal setzte sich Tinka am Abend ins Wartezimmer von Boris' Arztpraxis. Auf zwei Tischchen in der Ecke lagen hohe Stapel von bunten Zeitschriften. Besonders interessierten Tinka die Modezeitungen und die Frauenzeitschriften. Sie liebte es, alle durchzublättern, ärgerte sich immer ein wenig über die Fotomodelle, die schlanker waren als sie, studierte die neueste Mode, las alles über die neuesten

Diäten und verschlang den Tratsch über Stars und Sternchen. Daher erkannte sie auch mit einem Blick, dass Belinda Zinnober alles tat, um zu zeigen, dass sie zu den Stars und der feinen Gesellschaft gehörte. Jedes Kleidungsstück, aber auch die Sonnenbrille (die sie immer lässig ins Haar gesteckt hatte) und selbst ihr Kugelschreiber stammten von Firmen, die dafür bekannt waren, teuer zu sein. Damit das jeder sofort sah, klebten sie ihre Markenzeichen besonders groß und deutlich überall auf.

Am Donnerstag und Freitag wäre es wohl das Beste gewesen, wenn die Familie David irgendwo eingesperrt hätte. Tinka hatte einmal von Trüffelschweinen gehört, die die teuren Pilze erschnüffelten, die tief im Waldboden wuchsen. Der Jüngste der Familie musste eine Nase für teure Markenartikel haben, die er nicht nur aufspürte, sondern auch mit Leidenschaft verschwinden ließ oder verunstaltete.

Tinkas Herz sank immer tiefer. Dazu kam die Enttäuschung über Bert, der sich nicht mehr blicken ließ. Eine bleierne Müdigkeit überfiel sie, und sie hatte nur noch Sehnsucht nach ihrem Bett.

Wie angekündigt, verließen die Fernsehleute erst das Haus, als Grit im Nachthemd und Boris in einem blau-weiß gestreiften Schlafanzug dastanden und nur noch eins wollten: schlafen.

Im Hause Schnabel-Meierbeer kehrte an diesem Abend schnell Ruhe ein. Es war aber nicht so eine zufriedene, glückliche Ruhe wie zum Beispiel nach einem fröhlichen Weihnachtsabend. Es war viel mehr eine erschöpfte, betretene Stille.

Tinka wurde am nächsten Morgen sehr früh wach. Von draußen fiel ein unnatürlich heller Lichtstrahl durch die breite Balkontür. Sie stand auf und taumelte zur Terrassentür, um nachzusehen, woher er kam. Im Garten lag noch das Grau des Herbstmorgens.

Unten im welken Gras stand Belinda, ein langes Mikrofon mit Schaumgummimantel in der Hand und redete in die Kamera, die der Ohrring-Kameramann hielt. Ohne ein Geräusch zu machen, öffnete Tinka die Balkontür und versuchte zu hören, was die Fernsehmoderatorin sprach.

„... schon vieles erlebt, doch die Begegnung mit der Familie Schnabel-Meierbeer übertrifft alles", kam es von unten. In Belindas Stimme schwang Bosheit und Wut. „Am besten wäre es wohl, den Zaun um dieses Haus zu erhöhen und die Familie unter strengsten Naturschutz zu stellen. Füttern erlaubt, doch vom Streicheln wird dringend abgeraten. Wer hier zu Besuch kommt, begegnet einem Haufen Verrückter und verlässt das Haus bestimmt mit weniger Kleidungsstücken, als er gekommen ist."

Tinka schluckte heftig und spürte, wie ihre Knie fast nachgaben. Belinda Zinnober war bekannt für ihre Kaltschnäuzigkeit und ihre bissigen Kommentare. Was sie aber über die Schnabel-Meierbeers sagte, übertraf alles, was sie bisher von sich gegeben hatte.

Auf ein Zeichen von Belinda kam Bert ins Bild. Wieder war sein Haar kunstvoll zu einem Dach aufgestellt, und zu hellen Jeans trug er eine schicke braune Cowboyjacke mit langen Fransen. Er hielt einen kunstvoll gestalteten Pokal, der ineinanderverschlungene Hände zeigte.

Belinda fuhr fort: „Ja, meine Damen und Herren, heute sind Sie an der Reihe, die Familie des Jahres zu wählen. Auf die Sieger wartet dieser Pokal und dazu ein Geldpreis." Sie nannte die Höhe, die Tinka die Augenbrauen heben ließ. „Aber auch alle Zuschauer, die mitstimmen, können gewinnen. Drei Reisen nach Ägypten."

Der Rest interessierte Tinka nicht mehr. Ohne ein Geräusch zu machen, schloss sie die Tür wieder und ließ sich zu Boden sinken.

Ihr Schicksal war besiegelt. Sie hatten sich total lächerlich gemacht. Und schuld daran war nur sie selbst. Tinka legte den Kopf auf die Knie und weinte.

„Was 'n mit dir los?" Lissi hatte sich vor sie hingekauert und betrachtete ihre Schwester besorgt. Tinka schüttelte stumm den Kopf. Sie schaffte es einfach nicht zu wiederholen, was sie gerade mitbekommen hatte. Ihr ganzer Körper wurde von einem heftigen Schluchzen geschüttelt.

„He, red bitte Klartext!", forderte Lissi sie auf.

Aber Tinka war nicht fähig, auch nur ein Wort zu sagen, ohne sofort wieder heftig loszuheulen.

Normalerweise hätte Lissi jetzt eine spitze Bemerkung in Richtung „Heulsuse" oder „Oh, du heulendes Elend" oder „Flenn-Fifi" losgelassen. Irgendwie spürte sie an diesem Morgen aber selbst, dass sie es besser bleiben lassen sollte. Tinka hatte wirklich Kummer. Im Trösten aber war Lissi nicht sehr gut. Sie kam sich immer sehr hilflos vor, und was immer sie sagte, klang so linkisch und völlig unpassend.

„Wir treffen uns im Bad!", meinte sie. Etwas Besseres war ihr nicht eingefallen. Tinka hob kurz das tränenverschmierte Gesicht und nickte. Lissi kramte ein fast frisches Papiertaschentuch aus ihrer Nachttisch-Schublade und reichte es Tinka, die es dankbar nahm und sich lautstark schnäuzte.

Normalerweise brauchte Tinka im Bad länger als Lissi. Das lag an ihren langen Haaren, die sie sorgfältig bürstete, an der Körpermilch, mit der sie sich eincremte, und an dem Hauch von Make-up, das sie heimlich auftrug. Sie hatte dazu hinter den Handtuchstapeln im Badezimmerschrank eine kleine Tasche mit Pröbchen von Lidschatten, Wimperntusche, Rouge, Hautcreme und Lippenstift versteckt. Die Sachen waren ein Geschenk von Tinkas Tante Leonie gewesen, die in einer Parfümerie arbeitete.

An diesem Morgen verzichtete Tinka auf fast alles. Ein paar wenige Bürstenstriche mussten genügen, Körpermilch und Schminksachen blieben unbenutzt. Sie wollte auch nicht frühstücken, sondern nur aus dem Haus und so weit wie möglich weg von Belinda Zinnober und der Fernsehkamera. Und allein wollte sie auch noch sein. Sie hielt es nicht aus, Lissi neben sich zu spüren. Lissi gab ihr – ohne es zu wollen – das Gefühl, allergrößten Mist gebaut zu haben.

In der Küche leerte sie im Stehen eine Tasse Kakao, pappte zwei Toastscheiben übereinander, küsste ihre Mutter auf die Wange und winkte Boris.

„Muss los!" Bevor die Eltern kritische Fragen stellen konnten, war sie draußen. Lissi, die in diesem Moment erst die Küche betrat, sah nur noch Tinkas Hinterteil. Verwundert schüttelte sie den Kopf. Ihr Hunger war allerdings größer als alles andere. Sie beschloss, Tinka in der Schule noch einmal genauer auszufragen.

Vor dem Gartentor des Hauses parkten zwei Kleinbusse, die das Logo des Fernsehsenders trugen. Bei einem war die seitliche Schiebetür geöffnet. Die Beine nach draußen hängen lassend kauerte Bert auf der Bank und blätterte in einer zerknitterten Zeitung. Tinka sah ihn, stieß ein „Um Himmels willen!" aus, erinnerte sich, dass sie weder besonders frisiert war noch geschminkt, und drehte sich deshalb mit einem Ruck in die andere Richtung. Obwohl es die falsche war, rannte sie los.

Zu ihrem Entsetzen hörte sie hinter sich Schritte. Jemand lief ihr nach. Ein flüchtiger Blick über die Schulter bestätigte ihren schlimmsten Verdacht. Es war Bert!

Die Kuschelkuh

„He!", hörte sie ihn rufen. „He, warte mal!"

Tinka legte noch einen Zahn zu. Sie spürte, wie sich das Schuhband ihres Sportschuhes öffnete. Es gab jetzt zwei Gefahren: Entweder trat sie drauf und stolperte oder aber sie verlor den Schuh. Beides würde dazu führen, dass Bert sie einholte und in diesem ungepflegten, entsetzlichen Vogelscheuchen-Zustand sah. Das durfte einfach nicht geschehen.

Um nicht auf den Schnürsenkel zu treten, schlenkerte Tinka das Bein weit nach außen. Ihr Gang musste jetzt völlig verrückt aussehen, aber das nahm sie in Kauf.

„Bleib doch stehen!", rief Bert, der bereits außer Atem schien. „Ich muss dir etwas geben."

Was sollte er Tinka geben? Vielleicht eine verbeulte Blechdose als Pokal für besondere Dummheit?

Eine Hand legte sich auf ihre Schulter. Tinka wurde nach hinten gerissen, stolperte und landete in Berts Armen. Wenn er sie jetzt losließ, würde sie rücklings zu Boden stürzen.

„'tschuldige!" Bert richtete sie wieder auf und klopfte ihr halb verlegen, halb bestätigend auf die Oberarme. „Wollte dich weder erschrecken noch umreißen. Warum bist du nicht stehen geblieben? Hältst du mich für einen tollwütigen Werwolf, oder was?"

Noch immer starrte Tinka geradeaus und wandte Bert den Rücken zu. Sie konnte sich ihm doch nicht in diesem Zustand präsentieren. Er würde sie für eine Ruine halten. Damit vertat sie für immer alle Chancen.

„Vergiss ihn!", befahl sich Tinka streng. „Vergiss ihn, er ist es ohnehin bestimmt nicht wert."

„Sag mal, mache ich etwas falsch? Ich bin nicht der Glöckner von Notre-Dame. Du könntest mich ohne Weiteres ansehen, ohne tot umzufallen!", kam es von hinten.

Mit einem tiefen Seufzer drehte sich Tinka um, hielt den Kopf aber gesenkt. Sie spürte, wie sich ein weicher, warmer Zeigefinger unter ihr Kinn schob und es sanft nach oben drückte.

Es hatte keinen Sinn. Tinka konnte sich befehlen, Bert zu vergessen, solange sie wollte, es nützte nichts. Seine Samtaugen und die kleinen frechen Falten neben den Augen, das spitzbübische Lächeln und die witzige Frisur schafften sie völlig. Sie schmolz wie Schokolade in der Hosentasche.

„Da, das hast du gestern verloren, als du mir vor die Füße gefallen bist!“ Er streckte ihr eine daumengroße Kuschelkuh hin. Das Tier war schwarz-weiß gefleckt und schon ziemlich abgegriffen. Vor vielen Jahren, als Tinkas echter Vater noch bei der Familie lebte, hatte er die kleine Kuh auf dem Rummelplatz in einer Schießbude geschossen. Seither trug Tinka sie immer bei sich. Sie war ein Glücksbringer, den sie hütete wie einen Schatz. Im Trubel des vergangenen Tages war ihr gar nicht aufgefallen, dass sie die Kuh verloren hatte.

„Danke“, sagte sie und nahm das schmuddelige Ding von Bert entgegen. Bestimmt hatte sie damit noch mehr Minuspunkte bei ihm gesammelt.

„Ich habe den da!“, hörte sie ihn sagen. Er zog aus der Brusttasche seiner Cordjacke ein pinkfarbenes Schweinchen, das mindestens ebenso schmuddelig war wie Tinkas Kuh. „Das war das Erste, was ich selbst in einer Schießbude geschossen habe“, erzählte er mit leisem Stolz und wiegte das Schweinchen in der Hand wie einen Goldklumpen.

Tinka musste lächeln. Ein wenig ärgerte sie sich, dass ihr Herz so heftig schlug.

Verlegen zappelte Bert herum.

„Du …“, begann er.

Was kam jetzt? Vielleicht eine Erklärung, dass ihm Tinka gefiel? Sie hob den Blick und sah, wie er nervös an seiner Lippe herumkaute.

„Ich darf dir das nicht sagen. Aber meine Freundin meint, es wäre gemein, euch nicht zu warnen.“

Das Wort „Freundin“ traf Tinka wie ein Boxhieb mitten in den Bauch. Bert hatte eine Freundin! Na klar! Was hatte sie eigentlich gedacht? Dass er auf sie gewartet hatte? Er war viel älter. Tinka schätzte ihn auf zwanzig. Jemand wie er interessierte sich nicht für so junges Gemüse wie Tinka.

Aber halt, was hatte er da gerade gesagt? Er wollte sie warnen? Wovor?

„Belinda kann eine ziemliche Giftnudel sein. Ich glaube … ich denke …, Bert kämpfte mit sich, ob er die Wahrheit sagen sollte, schließlich entschied er sich dafür, „… ich weiß, dass sie ziemlich über euch herziehen wird. Lasst euch nichts von ihr gefallen. Solange sie die Oberhand hat, spielt sie die Überlegene. Ein Mann einer anderen Familie hat sie ziemlich scharf angefahren, und danach war sie nur noch so groß mit Hut!“ Er zeigte mit Daumen und Zeigefinger die Größe einer Walnuss.

„Danke“, sagte Tinka leise. „Wir … wir sind nun mal … nicht normal.“

Bert zuckte mit den Schultern. „Na und? Warum, glaubst du, seid ihr ausgewählt worden?“

Überrascht hob Tinka den Kopf. „Ausgewählt? Du hast uns doch gezogen!“

Ängstlich sah Bert sich um, ob sie vielleicht belauscht wurden.

„He, wohin gehst du eigentlich?“

„Zur Schule, dort lang!“ Tinka zeigte in die entgegengesetzte Richtung, aus der sie gekommen war.

„Ich will nicht an eurem Haus vorbei. Gibt es einen Umweg? Dann begleite ich dich.“

„Ja, ich glaube schon!“ Tinka überlegte und wäre auch über Amerika zur Schule gegangen, weil Bert tatsächlich mit ihr ging.

„Du darfst das niemandem verraten“, schärfte er ihr ein.

Tinka hob zwei Finger, als wollte sie schwören.

„Dieses Auslosen ist immer nur Show. Es steht längst fest, welche Familie die Nächste ist. Heimlich werden Familien, die sich beworben haben, beobachtet und – wenn sie lustig und gut erscheinen – ausgewählt. Die Karte habe ich dann schon im Ärmel!“ Er deutete in die Manschette seines Ärmels, um zu demonstrieren, dass er wie ein Zauberkünstler arbeitete.

„Nicht im Ernst“, war das Einzige, was sie herausbrachte.

„Doch!“ Bert nickte bestätigend. Eindringlich ermahnte er Tinka noch einmal, ganz bestimmt niemandem etwas zu verraten.

„Und warum ist meine Karte ausgewählt worden?“, fragte sie. Ihre Stimme klang ein wenig piepsig.

„*Deine* Karte?“ Bert schnitt eine überraschte Grimasse. „Deine Brüder Frank und Stan haben ein ganzes Plakat geschickt. Darauf haben sie ihre Hardrock-Band die Hungrigen Kannibalen beschrieben und gemeint, auch der Rest der Familie wäre der komplette Wahnsinn, vor allem die beiden Schwestern. Sie haben euch die totalen Hexen genannt.“

Tinka riss erschrocken die Augen auf und schluckte heftig, bevor sie einen Ton herausbrachte. Auf einmal war ihre Stimme hoch und schrill. „Wie haben sie uns genannt?“

„Die totalen Hexen!“, wiederholte Bert.

Durch Tinkas Kopf jagten die Gedanken. Hatten Frank und Stan ihr Geheimnis herausgefunden? Einmal war das schon geschehen, aber damals hatten die Mädchen die Erinnerung der Jungen weggehext. War ein Rest geblieben, oder hatten sie ihnen nachgeschnüffelt?

Bert legte ihr kumpelhaft den Arm auf die Schulter. „Ach, reg dich nicht so auf! Ich nenne meine Freundin auch manchmal Hexe. Das ist nur Spaß. Ihr Mädchen erscheint uns Jungs manchmal wie zauberhafte und sehr geheimnisvolle Wesen, die uns total in der Hand haben. Na ja, einfach behexen, verhexen und bezaubern."

Tinka drehte sich zu ihm und spürte ein heftiges Drücken im Hals. Berts Samtaugen-Blick war einfach himmlisch.

„Das Plakat konnte an der Auslosung nicht teilnehmen, und deshalb haben wir euren Namen auf eine Postkarte geschrieben. Was hast du denn gedacht?"

„Ich? Gar nichts!" Tinka fuchtelte heftig mit den Händen.

„Haben die beiden das nicht gesagt? Und habt ihr euch nicht gewundert, wieso ihr gezogen wurdet?" Bert kratzte sich nachdenklich am Kopf.

Auf einmal war Tinka leichter zumute. Es war also gar nicht alles ihre Schuld. Frank und Stan hatten für ihre Band Werbung machen wollen, um frischen Aufwind zu bekommen. Das bedeutete aber auch, dass Tinka das Ergebnis der Auslosung gar nicht beinflusst hatte – das stand ja schon im Vorfeld fest. Wieso musste sie dann vor diese Hexen-Kommission?

Gleich darauf wurde Tinkas Herz dann wieder schwer. Sehr schwer sogar. Was nützten diese guten Nachrichten, wenn am Sonntag trotzdem eine Familie Schnabel-Meierbeer im Fernsehen zu sehen war, die von Belinda Zinnober als „ein Haufen Verrückter“ bezeichnet wurde?

Bert hielt Tinka noch immer an der Schulter. „Weißt du“, sprach er vor sich hin, „ich erzähle dir das alles nur, weil du den gleichen Glücksbringer hast wie ich. Bei dir ist es eine Kuh, bei mir ein Schwein. Als du deinen Glücksbringer gestern verloren hast, da konnte ich nicht fassen, dass es außer mir noch jemanden gibt, der so ein Ding mit sich herumschleppt. Belinda hatte mich davor wieder einmal zur Schnecke gemacht.“ Er seufzte niedergeschlagen. „Das ist ein Lieblingssport von ihr.“

Tinka riss sich aus ihren Gedanken und sah Bert von der Seite an. „Sie ist nicht wirklich nett, oder?“

„Ich mache das nur, weil ich bekannt werden möchte“, gestand Bert. „Ich bin Zauberkünstler und übe jeden Tag. Ich will einer der ganz Großen werden, und wenn man dich kennt, geht das einfacher. Deshalb habe ich mich beworben, als ein Assistent für Belinda gesucht wurde. Allerdings ist das kein Traumjob. Ich darf nur Sachen schleppen oder schieben, die falschen Auslosungen machen und in die Kamera grinsen. Belinda zählt jede Sekunde, die ich zu sehen bin. Ich glaube, sie hat schreckliche Angst, dass die Leute mich mehr mögen könnten als sie."

„Ich mag dich auf jeden Fall mehr", entschlüpfte es Tinka. Bert blieb mit einem Ruck stehen, fasste sie an den Schultern, sah sie dankbar an, und ohne etwas zu sagen, hauchte er ihr ein Küsschen auf die Stirn.

„Ich wusste, jemand mit einer Schießbuden-Kuh in der Tasche kann nur nett sein!"

Für Tinka stand die Erde still. Sie hörte nichts, sie sah nichts, sie wollte nur die Stelle spüren, auf die Bert sie geküsst hatte. Leider hatte er sie schon wieder losgelassen und war weitergegangen. Er redete, ohne zu bemerken, dass Tinka gar nicht neben ihm war. Sie musste laufen, um ihn einzuholen.

„... scharf anreden, sonst macht sie euch zu Witzfiguren!", hörte sie Bert sagen.

Darin sah Tinka allerdings ein großes Problem. Wer sollte Belinda Zinnober „scharf anreden", wie Bert es nannte. Boris Schnabel-Meierbeer war ein gutmütiger Teddy, und Grit ging Streit und Auseinandersetzungen so gut wie möglich aus dem Weg. Nach Davids Schuhdiebstahl und Handtaschen-Bemalung würde sie es niemals wagen, Belinda Zinnober in die Schranken zu weisen. Das wusste Tinka nur zu gut.

Die Einzige, die das vielleicht tun könnte, war Lissi. Aber würde sich Belinda von Lissi beeindrucken lassen?

Noch war nicht alles verloren. Die Hoffnung, die Sache zu retten, erschien Tinka aber kleiner als ein Strohhalm, an den sich ein Ertrinkender klammert.

Ob da mit Hexerei etwas zu machen war? Sie selbst durfte ja nicht, aber Lissi schon. Sie musste so schnell wie möglich mit ihr reden.

Bert war stehen geblieben und schilderte mit Händen und Füßen seine neue Zaubernummer, bei der er weiße Luftballons in Tauben verwandelte. Tinka war mit ihren Gedanken aber längst bei Lissi. Ohne es böse zu meinen, lief sie los und ließ Bert einfach stehen.

Kopfschüttelnd sah er ihr nach.

Ein wilder Tag

Vor der Schule war die Hölle los. Als Tinka in die Straße einbog, in der sich die Schule befand, sah sie eine Traube von Schülern um ein Auto herumstehen. Sie ahnte, um welches Auto es sich handelte, und schlich sich langsam heran. Die Straße wurde auf beiden Seiten von hohen Kastanien gesäumt, und Tinka hielt sich jeweils hinter den dicken alten Stämmen versteckt.

Ihr Verdacht bestätigte sich. Es war der türkisfarbene Kleinbus des Fernsehens. Belinda Zinnober hatte es nicht angekündigt, doch offenbar wurde heute in der Schule gedreht.

Die Schülertraube geriet in Bewegung, und Tinka konnte zwei hochgestreckte dünne Arme ausmachen, die in einer weißen Jeansjacke steckten. Es war dieselbe Jacke, die Belinda am Morgen getragen hatte, als sie im Garten der Schnabel-Meierbeers ihre giftigen Kommentare zur Kamera sprach. In einer Hand hielt sie einen Stapel mit Fotos von sich, in der anderen einen Filzstift.

„Ihr erdrückt mich, macht mal ein bisschen Platz!“, hörte Tinka sie ächzen.

„Noch ein Autogramm! Ich will auch eines!“, riefen die Jungen und Mädchen und versuchten, ihr die Karten zu entreißen.

„Kinder, Kinder, nicht so stürmisch! Es bekommen alle eine Karte!“ Tinka spürte, wie gut Belinda der Trubel um ihre Person gefiel.

Aber wo war Lissi? Niemand anderen brauchte Tinka so dringend wie ihre Stiefschwester. In der Menge konnte sie sie nicht ausmachen. Allerdings würde sich Lissi auch niemals um ein Autogramm bemühen. Für Stars jeder Art hatte sie nichts übrig. Poster hingen in ihrem gemeinsamen Zimmer nur auf Tinkas Seite.

Der Kameramann hatte die Kamera geschultert und auf das andere Ende der Straße gerichtet. Stan und Frank waren auf ihren Rädern um die Ecke gebogen. Lässig sprangen sie vor der Schule ab, als wären sie gerade auf wilden Mustangs angeritten. Stan, der sich gerne wie ein Filmheld benahm, sich dabei aber oft tollpatschig anstellte, blieb mit einem

Schuh am Sattel hängen und stürzte. Das Rad landete auf ihm.

Frank bemerkte es nicht, da er sich auf seinen eigenen Auftritt konzentrierte. Er rieb sich die Hände, verschränkte sie, drückte sie durch, ließ die Gelenke knacken und nahm Anlauf. Er rannte los, direkt auf die Hausmauer zu. Matsch spritzte, als er durch den schmalen Grünstreifen stapfte, den der Regen der letzten Wochen ziemlich aufgeweicht hatte. Dann sprang er ab und versuchte tatsächlich, die senkrechte Hausmauer hochzulaufen.

Weit kam er nicht. Wie ein Stein plumpste er herunter und landete in der nassen Erde. Der Sturz musste schlimmer ausgefallen sein, als er ausgesehen hatte. Frank hatte Mühe aufzustehen und taumelte beim Gehen. Der Kameramann hatte alles im Kasten. Sowohl Stans Sturz als auch Franks Versuch, die Hausmauer hinaufzulaufen.

Tinka schlug die Hände vor das Gesicht. Jungen sollten per Gesetz nur an der Leine geführt werden dürfen und einen Maulkorb tragen. Außerdem sollten sich Schwestern gegen ihre Brüder versichern lassen können. Tinka konnte sich auch vorstellen, dass jedem Jungen ein Stück Gehirn extra eingesetzt wurde. Allzu viel konnten sie von Natur aus offensichtlich nicht davon haben.

Mehrere breite Stufen führten zum Schultor, das

energisch von innen aufgestoßen wurde. Adlerauge trat heraus. In ihrem wehenden langen Kleid erinnerte sie an eine Priesterin, die aus einem Tempel kam, um unerwünschte Besucher abzuweisen. Tinka hatte so eine Priesterin erst vor Kurzem in einem Film gesehen, der im alten Griechenland spielte.

Adlerauge war der Spitzname der Direktorin der Schule. In Wirklichkeit hieß sie Angela Müllenburg. Ihren Augen entging nichts, wenn sie wie eine Libelle durch die Schule schwirrte. Sie hatte eine Art, Leute anzugucken, die jeden sehr schnell einschüchterte – und das ganz besonders, wenn man etwas ausgefressen hatte. Ordnung war ihr wichtig, und Störungen des Unterrichts konnte sie nicht ausstehen.

Belinda Zinnober kämpfte sich durch das Gewimmel der Schüler zu ihr vor und lächelte herablassend.

„Wir beehren Sie heute“, hörte Tinka sie sagen.

Die Direktorin musterte Belinda mit gehobenen Augenbrauen und fragte: „Wer sind Sie, und womit beehren Sie uns?“

Belinda war anzumerken, wie sehr es sie beleidigte, nicht erkannt zu werden. „Belinda Zinnober“, stellte sie sich widerstrebend vor.

„Aha! Ich kann mich nicht erinnern, dass wir eine Schülerin oder einen Schüler dieses Namens bei uns haben!“, erwiderte Frau Müllenburg.

Ungeduldig schnauzte Belinda: „Wir drehen für die Sendung *Familienglück*. Gucken Sie nie Fernsehen?“

„Nein!“ Die Direktorin schien sogar stolz darauf zu sein. „Und in meiner Schule wird bestimmt nicht gedreht. Vor allem nicht ohne Anmeldung. Ich darf Sie bitten, wieder zu gehen.“

„Ich werde in meiner Sendung sagen, dass diese Schule schlecht ist!“, drohte Belinda, der das aufgesetzte Lächeln völlig vergangen war.

„Tun Sie das! Ich werde mich zu wehren wissen, darauf können Sie sich verlassen!“

Wie zwei Kampfhennen standen sich Belinda und Frau Müllenburg gegenüber. Es schien, als hätten sich die kurzen rostrot gefärbten Haare der Direktorin aufgestellt wie der Kamm eines Hahnes.

Mit einem wütenden Schnauben trat Belinda Zinnober den Rückzug an.

Frank kam zu ihr gehumpelt und fasste sie am Arm. „Kommen Sie heute Nachmittag zu unserer Bandprobe. Wir haben drei neue Songs. Die müssen Sie hören. Ist ohnehin cooler als die Penne!“ Er deutete mit dem Kopf auf das Schulhaus.

„Von mir aus!“, knurrte Belinda. Zu ihrem Kameramann sagte sie: „Ich brauche einen Kaffee. Abfahrt!“

Tinka stieß erst im Klassenzimmer auf Lissi, die

schon ungeduldig auf sie wartete. Sie wollte natürlich erfahren, wo Tinka geblieben war. Als Tinka mit ihrem Bericht begann, klingelte es, und nur Sekunden später wirbelte Frau Reingard, die Klassenlehrerin, herein. „Meine Lieben, wie ihr euch sicher erinnert, ist heute Projekttag!", rief sie über die Köpfe hinweg.

Tinka und Lissi fiel es mit Schrecken ein. Sie hatten den Projekttag völlig vergessen.

„Wir werden uns in zwei Gruppen teilen. Ich verlese gleich die Namen. Eine Gruppe besucht das Kunstmuseum, die andere das Naturkundemuseum. Wir verbringen dort den ganzen Tag. Ihr sollt Fotos, Zeichnungen und Notizen machen, um morgen dann jeweils der anderen Gruppe das Museum vorzustellen."

Normalerweise gefiel Tinka und auch Lissi so ein Ausflug. Als sie aber erfuhren, dass jede in einer anderen Gruppe war, rangen sie nach Luft und versuchten Frau Reingard zu überreden, sie in dieselbe einzuteilen. Die Lehrerin, die die dicke Freundschaft der beiden kannte, wehrte energisch ab.

„Ich muss dir was erzählen", war das Einzige, was Tinka Lissi noch zuraunen konnte.

Tinka marschierte also ins Kunstmuseum, Lissi ins Naturkundemuseum. Erst um fünf Uhr nachmittags erreichten beide wieder die Schule, wo sie bereits von Grit Schnabel-Meierbeer erwartet wurden. Sie hielt die Tür ihres kleinen uralten Wagens auf und sagte: „Steigt schnell ein. Wir fahren ins Kaufhaus.

„Wieso?“ Lissi und Tinka, beide erschöpft vom Zeichnen, Suchen, Notieren und Reden, hatten keine Lust.

„Belinda Zinnober will uns dabei filmen, wie ich euch neue Kleider kaufe!“

Mittlerweile durchschauten die Mädchen die Tricks der Fernsehfrau. Wahrscheinlich erwartete Belinda heftigen Streit, wenn es um Modefragen ging. Doch da täuschte sie sich. Grit Schnabel-Meierbeer war selbst nicht sehr modebewusst, ließ aber ihre Töchter immer selbst entscheiden, was sie anziehen wollten.

Lissi und Tinka behielten recht. Belinda schleppte im Kaufhaus die verrücktesten Kleidungsstücke an und versuchte, damit die Mädchen zu begeistern.

„Wenn es euch gefällt“, lautete Grits Kommentar dazu immer.

Beide Mädchen fanden die Sachen scheußlich und unbequem.

„Aber das ist der letzte Schrei, und die Modelle sind von …“ Belinda zählte die Marken auf.

Lissi beeindruckte das nicht im Geringsten, Tinka auch herzlich wenig.

Schnell gab Belinda auf und brach den Dreh ab.

„Kommen Sie heute noch mal zu uns nach Hause?“, erkundigte sich Tinka.

„Was?“ Belinda schien sie nicht gehört zu haben. Tinka wiederholte die Frage lauter, aber immer noch zu leise für Belinda. Von hinten raunte ihr Lissi zu: „Sie war wohl bei der Probe der Hungrigen Kannibalen und hat noch Trommelfell-Sausen.“

Tinka nickte verständnisvoll. Irgendwie verlor Belinda Zinnober das Interesse an den Schnabel-Meierbeers. Den Abend durfte die Familie allein verbringen.

„Morgen besuchen wir euch aber in eurem Häuschen. Mädchen, die ihr eigenes Haus besitzen und sogar zwei Tage die Woche allein darin wohnen dürfen, hatten wir noch nie!“, erklärte Belinda.

Für Tinka und Lissi klang die Ankündigung wie eine schwere Drohung. Sie hatten ein äußerst mulmiges Gefühl im Bauch, wenn sie an den Besuch dachten. Belinda war aber nicht davon abzubringen, das war ihnen klar, und deshalb protestierten sie erst gar nicht. Ihr Protest hätte sie nur noch viel neugieriger gemacht.

Endlich zu Hause angekommen, hatten die Schwestern noch immer keine Gelegenheit, miteinander zu reden. David war verschwunden. Herr Schnabel-Meierbeer hatte in der Praxis länger zu tun gehabt und verschwitzt, dass er den Jüngsten hüten sollte. Die Terrassentür stand offen, doch im Garten war David nicht zu finden.

Ständig seinen Namen rufend, liefen alle verfügbaren Familienmitglieder durch die umliegenden Straßen. Es war bereits dunkel, und ein eisiger Wind hatte sich erhoben.

Frank und Stan krochen auf allen vieren im Garten unter jeden Busch und redeten miteinander über Funkgeräte, selbst wenn sie nur zwei Meter voneinander entfernt waren.

Nach einer Stunde hatte Frau Schnabel-Meierbeer Tränen in den Augen und rote Flecken im Gesicht, ihr Mann war weiß wie ein Leintuch, und selbst Frank und Stan waren ungewöhnlich betreten und still. Tinka und Lissi spürten beide ein heftiges Kratzen im Hals. In einem solchen Augenblick merkten sie erst, wie sehr sie den kleinen Bruder mochten.

„Wir müssen die Polizei rufen", sagte Boris Schnabel-Meierbeer mit belegter Stimme. Leise fügte er hinzu: „Falls David etwas zugestoßen ist, dann ist das ganz allein meine Schuld. Ich werde mir das nie verzeihen."

Seine Frau umarmte ihn heftig und sagte tröstend: „Boris, nein, das ist nicht wahr. Ich hätte einfach dieser Fernsehziege sagen sollen, dass ich keine Zeit habe."

Die Polizei wurde verständigt, und Minuten später hielt eine Funkstreife vor dem Haus. Zwei besonders freundliche Polizisten nahmen eine Vermisstenanzeige auf und versprachen, das Foto von David sofort an alle Streifenwagen zu schicken.

Schweigend kauerten die Schnabel-Meierbeers um den Küchentisch. Verstohlen warf immer wieder einer einen kurzen Blick zu Davids erhöhtem Kinderstuhl, den er immer seinen „Thron“ nannte. Niemand hatte Hunger, keiner wollte essen, die Fernsehsendung war auf einmal weit, weit weg.

Die Zeit kroch dahin. Lissi kontrollierte zweimal, ob das Telefon auch wirklich funktionierte. Sie nahm den Hörer ab und lauschte dem Freizeichen. Fast enttäuscht legte sie wieder auf. Es hatte also wirklich noch niemand angerufen.

Das Warten war zermürbend.

Was tun wir bloß?

Um halb elf klingelte es endlich an der Tür. Gleichzeitig sprangen alle auf und drängten in die Diele. Die Eingangstür wurde aufgerissen, und erwartungsvoll spähten alle in die Nacht hinaus.

Vor dem Gartentor stand die alte Dame, die nebenan wohnte. Sie trug einen bodenlangen Morgenmantel aus einem dicken Stoff mit einem altmodischen Blümchenmuster.

„Suchen Sie Ihren Jüngsten?“, fragte sie mit dünner Stimme.

„Ja!“, kam es gleichzeitig aus allen Mündern.

„Er ist bei mir. Ich habe ihn für einen Geist gehalten.“

Als nun alle Schnabel-Meierbeers gleichzeitig durch die Haustür wollten, wurde es etwas eng.

Boris und Grit blieben sogar einen Moment stecken, und nur ein kräftiger Schubs von Lissi beförderte sie nach draußen.

Die Nachbarin wohnte in einem uralten Haus, das mit gelben Platten verkleidet war. Sie führte die Familie in ein Wohnzimmer, das mit dunklen Möbeln vollgestopft war und Bücherregale vom Boden bis zur Decke hatte.

„Ich habe schon geschlafen, als ich auf einmal dieses Geräusch gehört habe!", erzählte die Nachbarin und ahmte ein rasselndes Atmen nach. Sie fasste sich ans Herz. „Meinen Schreck können Sie sich vorstellen."

Die Eltern Schnabel-Meierbeer nickten verständnisvoll und sahen sich suchend nach ihrem Sohn um.

„Noch dazu war der Strom bei mir ausgefallen, und ich musste eine Kerze anzünden", fuhr die Nachbarin fort. „Hier im Wohnzimmer habe ich ihn dann gefunden." Sie deutete hinter einen ausladenden Lehnstuhl. Grit stelzte über einen Korb, aus dem Wolle und Strickzeug quoll, und zwischen Stapeln von Zeitschriften zum Lehnstuhl. Dahinter, eingerollt wie ein Kätzchen und den Daumen im Mund, schlummerte friedlich David. Als alle still waren, konnte man sein Schnarchen hören, das mal leiser und dann wieder lauter war.

„Hatten Sie die Terrassentür offen?", fragte Boris Schnabel-Meierbeer flüsternd.

„Ja, ja, habe ich immer. Sogar im Winter. Mir ist immer zu heiß!", erklärte die Nachbarin. Grit hatte den schlafenden David hochgehoben und trug ihn zu den anderen. Der Kleine wachte nicht auf und grunzte nur unwillig.

„Wenn Sie jemanden suchen, der auf den Kleinen ein wenig aufpasst, würde ich das gerne tun", bot sich die Nachbarin an.

„Darauf komme ich gerne zurück!", bedankte sich Grit.

Ohne auch nur ein Auge zu öffnen, wurde David, der Ausreißer, in sein Bett gebracht. Die ganze Familie warf einen zufriedenen Blick auf ihn, als er im Schlaf seinen Lieblingsteddy an sich drückte, als wäre nichts geschehen.

„Was findet hier statt?", fragte jemand hinter den Schnabel-Meierbeers. Erschrocken fuhren sie herum und blickten in Thorstens fragendes Gesicht. Auf Zehenspitzen verließen sie Davids Zimmer und berichteten auf dem Flur von seinem Verschwinden.

Thorsten drehte suchend den Kopf. „Kein Fernsehen in der Nähe? Da habt ihr Glück. Die hätten bestimmt ein Drama daraus gemacht und euch aussehen lassen, als ob ihr eure Kinder vergammeln lasst."

„Diese Belinda Zinnober hält uns für verrückt", meldete sich Tinka piepsig.

„Und ich halte sie für eine aufgeblasene Tussi, die nichts anderes im Kopf hat als teure Klamotten und Taschen!", brauste Grit auf.

Thorsten schlug sich mit der Hand auf die Stirn.

„Gestern früh wollte ich ihr noch etwas sagen und habe es glatt vergessen."

„Was denn?", fragte Lissi.

„Wusstet ihr, dass weltweit fast ein Viertel aller Kopierer deshalb kaputtgeht, weil sich jemand mit nacktem Hintern draufsetzt, um davon eine Kopie zu machen?"

Thorsten erntete damit allgemeines Augenverdrehen und gequältes Aufstöhnen.

„Was ist? Ist doch interessant? Oder nicht?" Er verstand die Reaktion nicht.

Boris breitete die Arme aus und zog seine ganze große Familie an sich.

„Wir überleben auch diese Fernsehsendung", sagte er tröstend und aufmunternd. „Wir sind gemeinsam nämlich stark. Und ich bin so glücklich, dass es euch alle gibt."

Tinka spürte wieder dieses Kratzen im Hals, und um ein Haar hätte sie zugestimmt. Sie ließ es aber bleiben und dachte nur im Stillen: *Geht mir genauso, Boris, ganz genauso.*

Es war schon Mitternacht, als endlich das letzte Licht im Haus ausgeschaltet wurde. Tinka lag auf die Ellbogen gestützt im Bett und tuschelte die Neuigkeiten, die sie von Bert erfahren hatte, quer durch das Zimmer zu Lissi.

„Das hilft uns jetzt auch nicht mehr!“, brummte Lissi müde und niedergeschlagen. Obwohl Tinka und sie erschöpft waren, konnten sie nicht schlafen. Nachdem sie sich eine Weile unruhig von einer Seite auf die andere gewälzt hatten, gaben sie auf. Lissi holte aus einer Blechdose unter ihrer Hängematte eine Tüte Gummibären und riss sie raschelnd auf. Sofort war Tinka bei ihr und bediente sich.

„Was tun wir bloß?“, fragte sie flüsternd.

Bei jeder Bewegung knarrte Lissis Hängematte. „Wir hexen, dass Belinda Zinnober alles vergisst? Haben wir schon einmal mit Erfolg bei Frank und Stan gemacht!“

Tinka war nicht überzeugt. „Das dürfen wir nicht. Damals durften wir es nur, weil sie herausgefunden hatte, dass wir hexen können.“

Wieder knarrte die Hängematte. Lissi schaukelte und hoffte, das Schwingen würde ihr eine gute Idee bringen.

„Wir hexen ihr eine Überraschungsparty“, schlug Lissi vor. Sie spann die Idee weiter. „Daheim wird sie von ihren Freunden empfangen und mit Sprudel überschüttet. Dabei werden die Aufnahmen beschädigt und unbrauchbar, und die Sendung am Sonntag entfällt."

„Quatsch!", brummte Tinka. „Wer sagt, dass sie die Kamera ständig bei sich trägt? Und wieso sollen sie ihre Freunde mit Sprudel bespritzen? Da kannst du ihr gleich hexen, dass sie plötzlich ein Schwimmbad in der Wohnung hat und vor Freude und Überraschung hineinfällt."

„Keine schlechte Idee", lobte Lissi.

Tinka wollte ihr schon den Kuschelhasen an den Kopf schleudern, den sie in der Hand hielt. Sie ließ es aber bleiben, weil sie ihn zu gerne hatte. Seufzend meinte sie: „Es ist wirklich schwierig, immer nur Gutes zu hexen."

„Wenn wir anderes dürften, wüsste ich genau, was wir mit Belinda tun würden", kam es hämisch von Lissi.

Mit Gummibären gestärkt und getröstet, kehrte Tinka in ihr Bett zurück und schaufelte sich so viele Kuscheltiere wie möglich in den Arm. In dieser Nacht brauchte sie den Beistand. Irgendwann wurden beide Mädchen vom Schlaf übermannt.

Am nächsten Morgen hatte Grit größte Mühe, Tinka und Lissi aus dem Bett zu bekommen. Die zwei hatten das Gefühl, Augenlider aus Blei zu besitzen. Und weil sie immer noch vor sich hin dämmerten, brachte Grit sie mit dem Auto zur Schule und verabschiedete sich herzlich.

„Viel Spaß dann in eurem Haus und bis Sonntagmittag!“ Sie küsste Tinka, die ja ihre eigene Tochter war, und kniff Lissi in die Backe, da diese Küsse ablehnte. Zu ihrer Überraschung hauchte ihr aber Lissi von sich aus ein Küsschen zu und sagte: „Tschüss, Grit. Du bist in Ordnung, muss ich zugeben.“

Es war das höchste Kompliment, zu dem Lissi fähig war.

Tinka bekam überhaupt nichts von dem mit, was die Lehrer an diesem Tag vortrugen. Dass Lissi und sie noch immer keinen Plan hatten, beschäftigte sie zu sehr. Doch alle Grübelei half nichts. Tinka kam auf keine Idee, wie sie das Unheil der Sendung abwenden konnten.

„Verlass dich ganz auf mich!“, erklärte Lissi, als die zwei nach der Schule zu ihrem Haus gingen.

Gerade davor aber hatte Tinka Angst. Sie wusste, wie Lissi sein konnte. Ohne lange zu fackeln, tat sie etwas, ganz egal, welche Folgen es hatte.

Beide Kleinbusse des Fernsehens parkten vor der Kristallgasse 77. Belinda Zinnober stand am Gartentor und rüttelte heftig daran.

„Wie geht dieses verdammte Ding auf?“, fragte sie keuchend und mit zusammengebissenen Zähnen.

„Hallo, schönen Nachmittag!“, grüßte Bert, der beim Eintreffen der Mädchen aus dem zweiten Bus geklettert war. Ein wenig verlegen zwinkerte er Tinka zu. Vor Überraschung vergaß sie zurückzuzwinkern und drehte sich schnell weg, was ihr aber gleich wieder leid tat. Sie wandte sich Bert wieder zu, der enttäuscht guckte, und lächelte ihn so strahlend an, wie sie es in diesem angespannten Moment schaffte.

„Der Zaun ist eine Schande und gehört weggerissen und das Gartentor erneuert!“, sagte Belinda spitz.

„Welche Marke?“, fragte Lissi bissig.

Belinda merkte nicht, dass sie auf den Arm genommen wurde, und meinte: „Bei Gartentoren kenne ich mich nicht aus. Bei Klamotten schon. Schätzchen, du bist von vorgestern, das lass dir gesagt sein.“

Sicherheitshalber hielt Tinka ihre Schwester am Jackenärmel fest. Sie hatte Angst, Lissi könnte sich auf Belinda stürzen und sie beißen. Zuzutrauen war es ihr.

„Wir haben heute nicht mehr viel Zeit. Ich muss zurück und den Bericht über euch schneiden und fertigstellen“, erklärte Belinda geschäftig. „Deshalb zeigt mir jetzt schnell diese Bude, damit wir abhauen können.“

Lissis dunkle Locken begannen, sich langsam zu heben wie kleine Antennen.

Standen sie wie Stacheln vom Kopf, dann war Gefahrenstufe Rot erreicht.

„Ganz ruhig", raunte ihr Tinka aus dem Mundwinkel zu. Sie trat ans Gartentor, dachte: *Bitte geh auf und lass auch die anderen herein.* Und schon öffnete sich das Holztor einladend. Es bereitete Tinka diebische Freude, aus den Augenwinkeln Belindas verdutztes Gesicht zu beobachten.

Während sie über den Weg schritten, der sich zwischen den Bäumen auf das Haus zuschlängelte, warnte Tinka die Bäume leise: „Bitte, lasst die Leute in Frieden! Sie können nichts dafür, dass sie ein bisschen doof sind."

Über sich hörte sie ein zustimmendes Klappern einiger Äste und ein bedauerndes Knarzen, da die Bäume gerne ihren Spaß mit Besuchern hatten.

Vor dem Häuschen geschah ein kleines Missgeschick. Lissi hatte die rote Eingangstür schon angelächelt, als sie noch mindestens sieben Schritte entfernt war. Freudig war die Tür aufgegangen, was sehr gespenstisch aussah.

„Funktioniert das mit Fernsteuerung?", fragte Belinda misstrauisch.

„So ähnlich!" Tinka lachte verlegen und lief ins Haus voraus. Sie wollte schnell überprüfen, ob sich Cosimo nicht irgendwo versteckte, um wieder einen seiner Überraschungsangriffe zu starten.

Meistens verriet er sich durch erwartungsvolles lautes Schnurren.

Im Haus war nur das Pfeifen zu hören, das der Wind erzeugte, wenn er um die Ecken strich. Unerbittlich rüttelte er an den Dachschindeln, von denen einige schon ziemlich lose waren.

Hastig lief Tinka von Zimmer zu Zimmer. Die Küche lag leer und verlassen da, die Tür zum Zimmer mit den Hexenbüchern schloss sie vorsorglich, und im Wohnzimmer tanzte Staub in den dünnen Lichtstrahlen, die durch die geschlossenen Fensterläden fielen. Tinka stieß die Läden auf und ließ die Nachmittagssonne herein.

Das Wohnzimmer war ein gemütlicher Raum mit vielen Teppichen auf dem Boden und an den Wänden. Sogar über dem Sofa lag ein Teppich. In einer Ecke standen mehrere alte Holzkisten in verschiedenen Größen. Auf einem Wandbord reihte sich ein Glasfläschchen an das andere. Jedes war mit einer schillernden Flüssigkeit oder einem Pulver gefüllt und beschriftet. Von gestoßenen Fledermauszähnen bis hin zu den getrockneten Warzen einer Kröte gab es hier alles. Um die Fläschchen wegzuräumen, war es zu spät. Tinka hoffte, Belinda würde die Beschriftungen nicht zu studieren beginnen.

Kein Cosimo in der Nähe. Vielleicht war er aus dem Haus geschlüpft und strich gerade durch die

Nachbargärten. Tinka warf ihre langen blonden Haare über die Schulter, straffte die Schultern und trat ins Freie.

„Bitte sehr, nur herein!“, sagte sie einladend.

Lissi fragte sie mit den Augen, ob alles in Ordnung sei, und Tinka streckte den Daumen in die Höhe.

Belinda Zinnober war an Tinka vorbeigeschlüpft und sah sich naserümpfend in der Diele um. Als Nächstes gab sie einen gellenden Schrei von sich. Kein Zweifel: Cosimo musste sie angesprungen haben. Wie sollten Tinka und Lissi das nur erklären?

Lissi reicht's

Der Kameramann mit dem Ohrring war dicht neben Belinda geblieben und hatte sie gefilmt, als sie das Hexenhaus betrat. Noch immer war das Objektiv auf sie gerichtet. Mit offenem Mund und weit aufgerissenen Augen starrte sie zum Durchgang ins Wohnzimmer. Sie wollte etwas sagen, brachte aber kein richtiges Wort heraus und brabbelte nur: „Da … a… ah… ja…"

Lissi stieß Tinka zur Seite und hetzte durch die Tür. Hinter Tinka war Bert aufgetaucht, der vor sich hin murmelte: „Ich hoffe, ihr haltet hier hungrige Löwen, die Belinda fressen. Guten Appetit! Bestimmt beißen sie sich die Zähne aus und verderben sich den Magen, die Armen!"

Was die Fernsehmoderatorin so erschreckt hatte,

verstand Lissi sofort. Im Türrahmen war blass und durchscheinend die Gestalt von Eduard Rock zu erahnen. Er starrte Belinda missbilligend an.

„G … G … Geist!“, stammelte Belinda Zinnober, und ihr Kinn zitterte dabei heftig.

Als der Kameramann die Kamera endlich in die Richtung schwenkte, in die Belinda zeigte, hatte Eduard schon seine ganze Gestalt angenommen. Ohne Belinda weiter zu beachten, schritt er energisch auf Tinka zu, fasste sie am Arm und fragte streng: „Hast du dir gedacht, du entgehst deiner Strafe, wenn du deine Mutter mitnimmst?“

„Das ist nicht meine Mutter!“, protestierte Tinka erschrocken.

„Dann eben Verstärkung!“ Eduard Rock schnaubte ungehalten durch die großen Nasenlöcher. Er trug diesmal ein Hemd mit noch größerem Kragen und einem blassblauen Muster aus Schlingen und Kringeln. Unter den weiten Glocken der Hosenbeine waren Stiefel mit hoher Sohle sichtbar. Lissi erinnerte sich, dass ihr Vater von solchen Schuhen einmal erzählt hatte. Als er ein kleiner Junge war, trugen Männer so etwas. Allerdings war das schon lange her. Für Lissi eine halbe Ewigkeit.

Belinda blieb auf Distanz und deutete mit ausgestrecktem Finger auf Eduard Rock.

„Sie … waren gerade noch … unsichtbar!“

Der Mann vom Club der Hexen drehte sich unwillig zu ihr. „Ja, und? Haben Sie schon einmal versucht, voll materialisiert durch Wände zu gehen? Ich bin doch nicht blöd und hole mir Beulen.“ Er klopfte sich mehrmals mit der flachen Hand an die Stirn und schüttelte fassungslos über so viel Dummheit den Kopf.

„Das ... das spielt ihr mir jetzt vor, weil ihr euch wichtigmachen wollt!“, fauchte Belinda die Mädchen an. „Überhaupt versucht eure ganze Familie, mich zum Narren zu halten. Oder seid ihr von der Sendung *Versteckte Kamera*? Solche durchgedrehten Knallköpfe wie euch gibt es doch nicht wirklich!“

Lissis Locken schienen wie Sprungfedern in die Höhe zu schnellen. Die Hände in die Seite gestemmt, pflanzte sie sich vor Belinda auf, kniff die Augen zu schmalen, wütenden Schlitzen zusammen, beugte sich vor und sagte sehr ruhig und sehr drohend: „Wollen Sie damit sagen, dass wir alle ‚durchgedrehte Knallköpfe‘ sind?“

Energisch drückte Belinda das Objektiv der Kamera zu Boden, damit der Streit nicht mitgedreht wurde. Der Kameramann war von dem Schubs so überrascht, dass er nach vorn stolperte und stürzte. Er fing sich mit einer Hand auf dem Boden ab und quetschte dabei den Schwanz von Cosimo, der gespannt die Vorgänge in der Diele verfolgte.

Diesmal rang der Kameramann erschrocken nach Luft. Cosimo gab ein sehr lautes und warnendes Fauchen von sich und versetzte der Hand einen Krallenhieb, der vier dünne, blutige Linien hinterließ.

Der Kameramann verschluckte sich an seinem Kaugummi und hustete sich fast die Seele aus dem Leib.

„Hab dich nicht so!“, knurrte ihn Belinda mitleidlos an.

Lissi bebte am ganzen Körper. Sie öffnete den Mund, atmete tief und lange ein und sagte dann noch ruhiger als vorhin: „Passen Sie bloß auf, dass Sie nicht demnächst zerplatzen, so aufgeblasen wie Sie sind.“

Belinda drehte sich zu ihr, das Gesicht zu einer wütenden Fratze verzogen. „So redest du nicht mit mir, du hinterwäldlerisches Gör!“

„Kein Widerspruch!“, kam es lässig von Lissi.

Belinda Zinnober rang nach Luft. Sie hatte mit heftigem Protest gerechnet. Lissis Lockerheit brachte sie völlig aus der Fassung.

„Wir Schnabel-Meierbeers wohnen hinter den sieben Bergen bei den sieben Zwergen und haben nix von ZYX!“ Der Reim gefiel ihr, und sie wiederholte ihn deshalb gleich. „Doch auch ohne nix von ZYX sind wir sau-glücklich!“

Bei diesem Wort zuckte Belinda zusammen.

„Wir haben jede Menge Spaß. Unsere Brüder nerven, unsere Eltern sind manchmal peinlich, aber wir finden es einfach ober-klasse. Bei uns ist es nämlich nie langweilig."

Tinka, die sich bisher hinter Lissi versteckt hatte, fasste Mut und trat vor: „Wir sind vielleicht exotisch", begann sie. Belindas Kopf sauste mit einem Ruck zu ihr. Ihr war anzusehen, dass so noch kaum jemand mit ihr gesprochen hatte. „Aber das macht es auch spannend. Bei uns ist nix wie ZYX!" Tinka knuffte Lissi mit dem Ellbogen, dankbar für den Reim. „Bei uns ist alles anders und so wie nirgendwo sonst. Deshalb sind wir etwas ganz Besonderes. Ja, wir gehören unter Naturschutz gestellt. Völlig richtig!"

Belinda Zinnobers Kinnlade klappte fast bis zu den Knien auf.

Von der Tür kam ganz leise und anfeuernd „Ja, gebt es ihr!" von Bert.

Eduard Rock hatte von einem zum anderen geblickt wie bei einem Tennismatch. Energisch machte er sich nun bemerkbar und erklärte streng: „Wir haben eine Minute vor zwei Uhr, und die Hexenkommission erwartet dich!" Er deutete auf Tinka, die erschrocken zusammenzuckte. Die Strafkommission hatte sie völlig vergessen.

Lissi fasste ihre Schwester an der Hand und sagte bestimmt: „Ich komme mit! Ich lasse Tinka nicht im Stich."

„Also gut, du hast es nicht anders gewollt!" Eduard Rock zupfte eitel an seinen entsetzlich langen Hemdkrägen.

„Was geht hier ab?" Belinda Zinnober plusterte sich wichtig auf.

Auf einmal hörte Tinka Lissi sagen: „Ach, am besten, Sie kommen auch mit." Sie sah, wie Lissi die Moderatorin an der Jacke packte.

„Zwei Uhr Abreise!", verkündete Eduard Rock wie die Stimme, die am Bahnhof die Ansagen machte.

Fragend drehte sich Tinka zu Lissi um, weil sie sich nicht vorstellen konnte, was jetzt geschehen sollte. Von Lissi aber war nur noch wenig zu sehen. Sie war – wie vorhin Eduard Rock – zu einem durchscheinenden, milchigen Geist verblasst, ohne es zu bemerken. Tinka sah an sich selbst herab und stellte fest, dass mit ihr das Gleiche geschah. Ihre gelb-blauen Ringelstrümpfe waren nur noch ein Farbhauch. Das Letzte, was sie mitbekam, war Bert, der zu ihr sprang und nach ihr greifen wollte. Doch seine Hand fuhr durch die Luft und fasste ins Leere. Mit großen, entsetzten Augen blickte er Tinka an.

Sie wollte noch etwas sagen, kam aber nicht dazu. Rund um sie hatte sich dröhnendes Tosen und Rauschen erhoben. Bert und die Diele des Hexenhauses verschwanden, als hätte sie jemand fortgerissen.

Tinka wusste nicht, ob sie stand, fiel, flog oder schwebte. Sie war umgeben von einem Material, das weder Luft noch Wasser war und schon gar nicht fest. Am ehesten ließ sich das Gefühl mit dem Bananenreiten vergleichen, das sie manchmal in den Ferien gemacht hatte, wenn sie den Urlaub an einem See oder am Meer verbracht hatte. Es gab dort riesige, aufblasbare Bananen, auf die sich mehrere setzen konnten. Ein Motorboot zog die Banane dann mit großem Tempo durch das Wasser und ließ sie über die Wellen springen.

Obwohl Tinka die Augen weit offen hatte, konnte sie nichts erkennen. Rund um sie wechselten in schneller Folge die Farben, dazwischen gab es grelle Blitze und Augenblicke, in denen alles schwarz war.

Die Farbwirbel zerrissen wie Nebelschwaden und gaben den Blick auf einen lang gestreckten Raum mit großen Spiegeln an den Wänden frei. Davor standen bequeme Stühle wie beim Friseur. Junge Damen in schicken Kimonos waren über Frauen gebeugt, die alle mit geschlossenen Augen dalagen und die Haare durch ein breites Band nach hinten geschoben hatten.

Bei einer Dame wurde gerade eine grüne Gesichtsmaske aufgetragen, eine andere bekam knallgelbe Blättchen aufgelegt, die ihre Wangen wie ein Dach aussehen ließen. Tinka fiel eine Frau auf, die die Finger spreizte und sich die Nägel lackieren ließ, während eine andere die Augenbrauen gezupft bekam.

„Das ist ja ein Kosmetiksalon", staunte Lissi. Sie redete leise, als sei sie in einem Museum.

Rasselnd wurde ein Perlenvorhang am Ende des Raumes zur Seite geschoben, und eine mollige Frau mit wehendem schwarzem Haar und flatterndem orange-goldenem Gewand kam auf die Besucher zugeschwebt. Aus ihren Augen sprühte eine Fröhlichkeit, die Tinka sofort gefiel.

„Ich bringe – Sie wissen schon, wen!", sagte Eduard Rock mit einem Tonfall, wie ihn Tinka und Lissi aus der Schule kannten. So redeten Lehrer, die unfolgsame Schüler vor den Direktor schleiften.

„Ich habe nur mit einem Mädchen gerechnet." Die Frau im wallenden Seidengewand blickte von Tinka zu Lissi und weiter zu Belinda, die den Mund ständig stumm auf- und zuklappte.

„Die da ist es!" Eduard stieß den Zeigefinger in Tinkas Richtung, als wäre er ein Degen.

„Kommt am besten alle mit“, schlug die Dame vor. Sie zwinkerte Tinka aufmunternd zu und deutete mit den Augen auf Eduard Rock. Mit einer Miene, die nur bedeuten konnte „Der nimmt das alles ein wenig zu ernst, mach dir nichts draus“, gab sie ihr zu verstehen, dass es keinen Grund zur Furcht gab.

„Wiesindwirhierhergekommen?“ Belinda sprach abgehackt und hatte Mühe, die Wörter einzeln und der Reihe nach herauszubekommen.

„Das war Hexerei!“, erklärte Lissi todernst.

Tinka sah sie warnend an. Sie durfte das doch nicht verraten.

„Ich weiß, was ich tue!“, flüsterte Lissi.

Die Hexenprüfung

Hinter dem Perlenvorhang befand sich ein winziger Raum mit Regalen vom Boden bis zur Decke. Sie waren voll mit kleinen Tiegeln, Tuben und Handtüchern.

Tinka folgte der Gestalt im wehenden, leuchtenden Gewand, die eine schmale Tür aufstieß und den Besuchern den Vortritt ließ.

Eduard Rock hatte sich hinter Lissi aufgebaut, als bestünde Fluchtgefahr.

Tinka steckte zögernd den Kopf in den Raum, aus dem sonniges Licht fiel.

Die Überraschung war so groß, dass sie zurückprallte und Eduard Rock sofort bei ihr war, um sie notfalls festzuhalten.

„Eduard, übertreiben Sie nicht!", tadelte die Dame.

„Wir haben es mit Nachwuchs zu tun, der noch nicht alle Regeln kennt, nicht mit Sträflingen."

Tinka machte Lissi auf den Raum hinter der Tür aufmerksam. Da sie nicht von allein weiterging, schob die Dame sie an den Schultern voran.

Sie traten auf eine Terrasse aus hellem Stein, die in einen blitzblauen Swimmingpool überging. Die Terrasse musste sich auf der Spitze von Klippen befinden, denn tief unten rollten die Wellen des Meeres. Ihr leises Donnern, wenn sie gegen die Felswand trafen, hallte herauf.

Obwohl das Wetter an diesem Freitag eigentlich grau und verregnet war, herrschte am Pool Sommerstimmung mit strahlend blauem Himmel, auf den sich nur vereinzelte kleine Schäfchenwolken verirrt hatten.

In gelb-weiß, grün-weiß und blau-weiß gestreiften Liegestühlen räkelten sich drei weitere Damen. Die besonderen Kennzeichen, die Lissi sofort ins Auge stachen, waren bei einer die wohl größte Sonnenbrille, die sie je gesehen hatte, bei der zweiten eine Mähne von feuerrotem Haar und bei der dritten eine lange Kette aus funkelnden und bunten Glasperlen.

Alle drei schlürften lecker aussehende Drinks, die mit Kirschen, Ananaseckchen und bunten Schirmchen garniert waren.

„Es ist Zeit, uns vorzustellen", sagte die Dame im orangeroten Gewand. „Mein Name ist Aurelia Stickler und ich bin zur Zeit die Präsidentin des Clubs der Hexen. Meine drei Kolleginnen Bibi …" Die Dame mit der großen Sonnenbrille blinzelte grüßend über den Rand.

„… Cecila!" Die Rothaarige schüttelte die Haarpracht auf und winkte mit den Fingerspitzen. „… und Joschi!" Zur Begrüßung ließ die dritte Frau die Glasperlen klimpern.

Aurelia Stickler musterte Belinda Zinnober missbilligend. „Ich kenne Sie, und wenn ich Sie ansehe, habe ich gar kein gutes Gefühl."

Belinda rang nach Luft und wollte sich schon mächtig aufregen.

„Das ist die aus dem Fernsehen, von *Familienglück*!", kam es von Bibi mit der Riesensonnenbrille. Ihre Stimme war hoch wie das Zwitschern eines Spatzes.

„Richtig!" Aurelia bohrte mit dem Zeigefinger ein Loch in die Luft.

Belinda lächelte affektiert und zuckte geziert mit den Schultern.

„Ich habe Sie schon im Verdacht gehabt, eine Schwarze Hexe zu sein", setzte Aurelia fort.

Tinka und Lissi hatten mit einer solchen Schwarzen Hexe schon einmal Bekanntschaft geschlossen.

Sie selbst waren weiße Hexen und zauberten weiße Magie. Schwarze Hexen standen mit bösen Mächten in Verbindung und setzten ihre Kräfte auch für Böses ein.

„Ich bin überhaupt keine Hexe!“, kreischte Belinda wütend.

Cecila, die Rothaarige, sagte mit tiefer, rauer Stimme: „So eine wie Sie würden wir auch nie in unseren Club aufnehmen.“

Eduard Rock schob sich mit wichtiger Miene in den Vordergrund. „Es ist Zeit, diese da ...“, diesmal stach er Tinka mit dem ausgestreckten Zeigefinger fast das Auge aus, „... zu prüfen. Ich empfehle gleich einen Rauswurf. Sie hat gegen ...“

Mit einer wedelnden Handbewegung brachte Aurelia ihn zum Schweigen.

„Eduard, wir sind sehr dankbar für Ihren Einsatz, aber bitte übertreiben Sie es nicht. Ja, die Kleine hat versucht, sich bei einer Auslosung einen Gewinn zu hexen. Doch es hat gar nicht geklappt, soweit ich informiert bin.“

Lissi deutete auf Belinda. „Es ging um ihre Sendung. Tinka hatte sich in Bert, den Assistenten, verknallt.“

„Bert?“ Joschi, die Hexe mit der Riesenkette, richtete sich interessiert auf. „Das ist doch der Junge, der immer auf Kinderpartys zaubert und dem wir demnächst einen Folfonia-Schlüssel anvertrauen wollen. Ich kann dich verstehen!" Sie zwinkerte Tinka zu. „Er ist tatsächlich süß."

Lissi verzog das Gesicht, und Tinka schnitt schnell eine Grimasse.

„Also, damit unser guter Eduard zufrieden ist und nicht schmollt, tritt bitte vor. Wie war doch dein Name?" Aurelia redete, als würde sie einen vorgeschriebenen Text abspulen.

„Tinka!", half ihr Tinka.

„Gut! Du hast sicher schon einiges gelernt aus den Hexenbüchern der guten alten Emma Schicketanz!"

Tinka schluckte und nickte.

„'tschuldigung!", meldete sich Lissi zu Wort. „Aber wieso sind wir plötzlich hier am Meer? Ist der Kosmetiksalon am Meer, oder …?"

„Der Salon ist Tarnung für das Clublokal", klärte sie Aurelia auf. „Er befindet sich in einer Stadt ganz in eurer Nähe. Und das da …", sie deutete auf die Terrasse, den Pool und das Meer, „… könnt ihr auch einmal hexen, wenn ihr viel übt und die Schule besucht. Dazu kommen wir gleich." Sie wandte sich wieder Tinka zu und deutete zu Belinda. „Prüfungsaufgabe Nummer eins: Hexe der Giftspritze dort doch bitte Schweineohren und einen Ringelschwanz!"

Tinka hob schon die Hände mit gespreizten Fingern zum Hexenklatsch, ließ sie dann aber wieder sinken. „Das darf ich nicht. Ich kann doch nichts Böses hexen."

Die drei anderen Hexen spendeten einen kleinen Applaus.

„Bestanden!", lobte Aurelia und warf Eduard einen Blick zu, der bedeutete: Wusste ich es doch! Herr Rock lächelte säuerlich und rollte die Augen. „Es gibt doch hoffentlich noch weitere Aufgaben!", bemerkte er spitz.

Nach kurzem Überlegen sagte Aurelia: „Jeder träumt davon zu fliegen. Es ist also sicher nicht verboten, die nette Tante eine Runde fliegen zu lassen." Einladend deutete sie abermals auf Belinda.

Tinka nickte, dachte nach, sah zu Belinda, deren Augen vor Angst die Größe von Untertassen bekommen hatten, machte den Hexenklatsch gleich sieben Mal und murmelte dazu: „Flux-Flatterus!"

Als hätte jemand Raketen unter den Sohlen ihrer Schuhe gezündet, raste Belinda drei Meter senkrecht in die Höhe. Dort kippte sie und stieß dabei einen sehr schrilleerschrockenen Schrei aus. Waagrecht lag sie nun in der Luft. Wieder war es, als wäre eine Zündschnur abgebrannt. Belinda Zinnober begann, im Kreis zu rasen, begleitet von ihrem verzweifelten Kreischen. Danach ließ der Zauber schlagartig nach, und sie plumpste direkt ins Schwimmbecken, wo sie mit einem heftigen Platsch landete. Das Wasser spritzte nach allen Seiten.

Prustend, spuckend und schnaufend tauchte sie auf. Ihre Frisur, an der sie ständig zupfte und schob, hing schlaff am Kopf herab. Das Make-up rann über das Gesicht und zog bunte Farbspuren.

„Tja, nicht alle Träume sind schön, wenn sie in Erfüllung gehen", seufzte Aurelia und spielte mit hinterlistigem Lächeln an den weiten Falten ihres Gewandes herum.

Die dritte Aufgabe bestand darin, für jede der drei anderen Hexen einen Teller mit frischen Früchten und ein Glas Eistee zu hexen. Diesmal klappte es nicht so gut. Der Tee war heiß, und statt Obst lagen Meeresfrüchte auf dem Teller. Die Krabben, Muscheln und Tintenfische waren sogar noch lebendig. Aurelia ließ sie schnell wieder verschwinden.

Eduard trat wichtig neben die Hexen-Präsidentin, zückte einen Block, über dem ein Kugelschreiber schwebte, ohne von ihm berührt zu werden. „Ausschluss?", wollte er wissen.

„Nein!", sagte Aurelia entschieden. „Tinka hat Talent, und mit ein wenig Übung wird sie auch gut weiterkommen."

Enttäuscht und verärgert verstaute Eduard Rock den Block wieder in der Tasche seiner entsetzlichen

Hose. Der Kugelschreiber hatte Mühe, so schnell mitzukommen, und zog einen Strich über den Stoff.

Die Präsidentin winkte Lissi und Tinka zu sich und nahm sie an den Schultern. Sie ging mit ihnen ein Stück von den anderen weg, um ungehört mit ihnen reden zu können.

„Es ist Zeit, dass ihr die Hexenschule besucht", erklärte sie.

„Aber wie und wann denn?", fragte Tinka besorgt.

„Da macht euch keine Sorgen. Das richten wir schon so ein, dass ihr es schafft und niemandem eure Abwesenheit auffällt. Wir haben euch zwei schon einige Zeit beobachtet und sind zu dem Schluss gekommen, dass Emma Schicketanz eine ausgezeichnete Wahl getroffen hat. Ihr habt ihren Folfonia-Schlüssel verdient, und wir sind sicher, dass ihr ganz ausgezeichnete Hexen werden könnt. Im Alleingang ist das allerdings nicht möglich."

Tinka nickte verständnisvoll, Lissi maulte ein wenig herum.

„Die Schule wird euch Spaß machen", versprach Aurelia. „Die Lehrer dort sind mehr wie meine Kolleginnen und ich und weniger wie …" Sie deutete mit dem Kopf zu Eduard, der die Lippen zu einem dünnen Strich zusammengepresst hatte. Tinka flüsterte sie zu: „Es kann gut sein, dass du deinen Bert dort triffst."

Lissi, die das gehört hatte, rollte die Augen und meinte: „Können Sie Tinka diese Liebesflausen nicht aus dem Kopf hexen?“

Aurelia lächelte ganz eigenartig und meinte: „Nein, denn das wäre nichts Gutes für sie und würde mich treffen. Und ich, meine liebe Lissi, bin gerne verliebt.“

Dafür schenkte Tinka ihr einen dankbaren Blick.

„Es ist aber Zeit zurückzukehren“, stellte die Präsidentin fest und führte die zwei Mädchen zurück zu Eduard.

„Aber Belinda kennt jetzt unser Geheimnis und hat Sie auch gesehen“, gab Lissi zu bedenken.

„Wir löschen ihr Gedächtnis“, schlug Tinka vor.

Aurelia winkte ab. „Tut es nicht! Lasst sie so, wie sie jetzt ist. Es ist das Beste, ihr werdet sehen.“

Die drei anderen Hexen winkten zum Abschied, während Tinka, Lissi, Belinda und Eduard wieder verblassten und sich auflösten. Abermals tauchten sie in den Wirbel aus Farben, schwarz und weiß ein, der sie an derselben Stelle der Diele absetzte, von der aus sie gestartet waren.

Eduard Rock zischte den Mädchen noch schnell zu: „Denkt nicht, die Hexenschule wird ein Zuckerlecken für euch. Dafür sorge ich schon. Verlasst euch drauf!“ Dann verschwand er.

Aus dem Wohnzimmer kam der Kameramann.

Er hatte einen blauen Kreis um das Auge. Belinda musste ihm wohl die Kamera zu heftig weggedrückt haben.

„He, wo wart ihr denn?", fragte er ärgerlich.

Auf einmal rieb sich Belinda Zinnober die Hände und sagte triumphierend: „Das wird die Story meines Lebens. Ich muss sofort zum Chef und ihm davon erzählen. Echte Hexen!" Sie starrte Lissi und Tinka durchdringend an. „Ihr Nervensägen werdet jetzt doch noch zu meinen Goldstücken."

Aus dem Garten kam Bert. Er deutete auf Lissi und Tinka und sagte: „He, der Trick ist gut. Du musst mir verraten, wie ihr das macht, dass ihr immer durchscheinender werdet. Sicher ein Spiegel!"

„Ganz sicher!", versicherte ihm Tinka ernst. Bei ihr dämmerte es, was Aurelia im Schilde führte und wieso Belindas Erinnerung nicht gelöscht werden sollte.

Die Moderatorin zog ihr Handy aus der Tasche und wählte.

„Zinnober hier, verbinden Sie mich mit Herrn Amseln, aber flott!", schnauzte sie die Sekretärin an, die sie an den Apparat bekam.

Der gewünschte Herr meldete sich, und schon begann Belinda loszuplappern. Sie redete von kleinen Hexen und großen Hexen und einem tollen Schönheitssalon, der in der nächsten Stadt lag und eine

Terrasse zum Meer hatte, und vom Fliegen. „Sie haben mich in den Pool fallen lassen, ich bin jetzt noch ganz …“ Belinda stockte, denn als sie zum Beweis an ihrer nassen Kleidung zupfen wollte, fühlte sie trockenen Stoff.

Tinka und Lissi standen abseits und beobachteten sie mit einiger Sorge. Und wenn der Mann beim Fernsehen, der zweifellos ein hohes Tier sein musste, Belinda glaubte?

Lissi machte ihre Schwester auf Bert und den Kameramann aufmerksam. Beide starrten Belinda mit einem Gesichtsausdruck an, der ganz klar sagte: „Die Frau ist verrückt geworden.“

Diese Feststellung schien auch ihr Chef zu treffen. Belinda begann nämlich auf einmal zu kreischen. „Was haben Sie gesagt? Ich bin weder betrunken noch sonst etwas. Es ist wahr! Kommen Sie selbst, die Mädchen hexen Ihnen bestimmt etwas vor.“

Wieder redete Herr Amseln, doch Tinka und Lissi konnten nicht hören, was er sagte. Schließlich ließ Belinda das Handy sinken und schaltete ab. Ihr Gesicht war lang, ihr Blick leer.

„Er hat gemeint, ich bräuchte Urlaub und solle mal sechs Wochen blaumachen“, sagte sie fassungslos. Das Handy in ihrer Hand spielte eine Melodie, und Belinda hob ab. Wie ein Roboter sagte sie: „Ja, er ist da!“, und reichte den Hörer an Bert weiter.

Berts Stimme zitterte, als er sich meldete. Er hörte zu und begann auf einmal, sich ständig zu verneigen, als könnte ihn der Anrufer sehen.

„Natürlich, Herr Amseln. Das mache ich gerne. Kein Problem." Er zwinkerte Tinka zu. „Ich nehme die Begrüßung und die Verabschiedung auf und für dazwischen auch ein bisschen was. Wir kommen dann gleich zurück. Es wird bestimmt eine tolle Sendung. Vielleicht die Beste, die wir je hatten."

Nachdem er das Gespräch beendet hatte, warf Bert die Arme in die Höhe wie ein Radrennfahrer, der gerade gewonnen hatte, und tanzte wild im Kreis.

„Ich … ich darf übernehmen. Für diesmal. Ich darf die Sendung präsentieren." Er stürmte auf Tinka zu, zögerte kurz und drückte sie auf einmal heftig an sich. Dabei sagte er: „Ich mache eine ganz neue Begrüßung, ihr werdet staunen."

Er löste sich und zwinkerte Tinka zu. Danach winkte er dem Kameramann. „Wir müssen uns beeilen. Ein paar Ansagen machen wir hier, den Rest vor dem Haus der Schnabel-Meierbeers."

„Nein, das erlaube ich nicht!", schrie Belinda. Lissi hob die Hände und machte den Hexenklatsch. Der Kameramann starrte auf den Fleck, auf dem Belinda gerade noch gestanden hatte.

„Wo … wie … wo ist sie hin?"

Mit ganz unschuldigem Lächeln antwortete Lissi:

„Heim, ins Bett, ganz schnell. Sie braucht Ruhe. Es war einfach zu viel für sie. Die viele Arbeit …“

„Aha!“ Mehr brachte der Kameramann nicht heraus.

Sie saßen dicht aneinandergedrängt, als wollte jeder in der ersten Reihe sitzen. Tinka kaute an einer Haarsträhne, Lissi fuhr sich ständig durch die Locken, Frank gähnte wie ein Nilpferd, um zu demonstrieren, wie egal ihm alles war, und Stan machte es ihm nach, weil ihm nichts Besseres einfiel.

David hatte aufbleiben dürfen und fragte Grit ständig: „Kommt jetzt die Meister-Furzerin?“

Thorsten telefonierte mit dem Handy mit seiner Angebeteten und erinnerte sie, nur ja den Fernseher einzuschalten.

Grit und Boris hielten Händchen wie ein junges Liebespaar.

Die nette Nachbarin war ebenfalls da, da die Schnabel-Meierbeers sie eingeladen hatten, die Sendung *Familienglück* mit ihnen anzusehen.

Nach der Titelmelodie, die Tinka und Lissi diesmal nicht mitsangen, kam ein aufgeregter Bert ins Bild. Er stand im Garten der Familie, an derselben Stelle, an der Tinka am Morgen Belinda gesehen hatte. Zuerst zitterte seine Stimme noch ein wenig, mit jedem Satz aber wurde sie fester.

„Schönen Abend, meine Damen und Herren! Heute darf ich Sie begrüßen, da meine Kollegin Belinda Zinnober leider erkrankt ist. Wir wünschen ihr alle gute Besserung!“

Lissi grinste in sich hinein, und Tinka unterdrückte einen Lacher.

„Ich stehe hier vor dem Haus der Schnabel-Meierbeers, die Sie heute kennenlernen werden. Eine total normal verrückte Familie!“

„Total normal verrückt! Das trifft es!“, seufzte Grit und sah ihre Lieben der Reihe nach an.

„Besser als stinknormal, das ist nämlich langweilig“, warf die Nachbarin ein.

„Pssst!“, kam es von allen Seiten.

Bert stellte nun auch die Meierbeer-Schnabels als Familie des Jahres vor und schleppte den Pokal selbst ins Bild. Danach wurden Aufnahmen gezeigt, die an den drei Tagen bei den Schnabel-Meierbeers gemacht worden waren.

Boris zog immer wieder seinen Bauch ein, als würde er auf diese Weise auf dem Bildschirm schlanker erscheinen. Grit beschloss, sich umgehend neue Kleidung zu kaufen.

Die Hungrigen Kannibalen kamen nur kurz vor, und vor allem wurde ihre Musik bedeutend leiser als sonst gespielt, was Frank und Stan zu Unmutsäußerungen hinriss. Als Bert aus dem Hintergrund aber anmerkte, dass es sich um eine vielversprechende Nachwuchsband handle, waren sie wieder zufrieden.

Thorstens Vorträge über das Niesen waren in voller Länge zu sehen und zu hören. Sofort danach meldete sich sein Handy, und Tinka und Lissi bekamen mit, wie seine neue Angebetete demonstrativ laut hineinnieste.

Auch das Haus in der Kristallgasse 77 wurde gezeigt, aber nur von außen. Bert deutete auf das Schild am Gartentor mit der Aufschrift NO JUNGS!

„Da der Kameramann ein Mann ist und ich auch, dürfen wir nicht hinein, und das respektieren wir auch", erklärte er. Dafür gab es ein kleines Gespräch, das er mit den Mädchen am Zaun geführt hatte und in dem sie erzählten, dass ihnen das Haus geschenkt worden war und dass sie hier zwei Tage die Woche wohnen durften.

Natürlich fehlten auch Davids Streiche nicht. Die ganze Familie musste lachen, so witzig wurden sie gezeigt. David krähte vor Vergnügen und fühlte sich wie ein Star. Zur Feier des Tages war er sogar einverstanden gewesen, ausnahmsweise keine Stöckelschuhe anzuziehen, und Tinkas Bikini-Oberteil verwendete er als doppelte Hängematte für seine Spielzeugautos.

Bert schloss die Sendung mit den Worten: „Wenn

man so eine Familie erlebt, möchte man am liebsten dazugehören!"

Während die Schlussmelodie lief, johlten und klatschten die Schnabel-Meierbeers begeistert und sehr, sehr erleichtert.

Eine total normal verrückte Familie. Und auch ein wenig verhext, aber das wussten nur zwei, die es nicht verrieten.

Thomas C. Brezina

schreibt lustige Familiengeschichten, aufregende Abenteuer und spannende Krimis. Auch für die Hexenschwestern Tinka und Lissi hat er eine ganz eigene, unverwechselbare Welt erschaffen und lädt seine Leser auf eine wilde, wunderbar verrückte Reise dorthin ein.

Sehr gerne schreibt Thomas in Cafés, wo er häufig neugierige Blicke auf sich zieht, wenn er mal wieder ganz vertieft vor seinem Laptop sitzt und die Gespräche der Junghexen laut mitspricht oder einen Hexenklatsch ausführt.

Thomas' Bücher wurden bereits in über 35 Sprachen übersetzt. Sie werden unter anderem in China, Russland und Brasilien begeistert gelesen. Es macht Thomas auch sehr viel Spaß, für das Fernsehen zu schreiben.

Als UNICEF-Botschafter Österreichs unterstützt er Schulprojekte in Afrika, um den Kindern dort eine lebenswerte Zukunft zu ermöglichen.

Weitere Informationen über Thomas und Referattipps findet ihr auf seiner Homepage www.thomasbrezina.com

Betina Gotzen-Beek, (www.gotzen-beek.de), die als freie Illustratorin in Freiburg lebt und schon viele Kinderbücher illustriert hat, hat auch für dieses Buch die zauberhaft verhexten Zeichnungen gemacht.

No Jungs!

ZUTRITT NUR FÜR HEXEN!

Mädchen mögen's magisch

Eine wunderbar verrückte Großfamilie, zwei unglaubliche Mädchen und ein voll verhextes Haus. Und Jungs müssen draußen bleiben! Denn Thomas C. Brezinas Hexen zaudern nicht, sie zaubern! Lissi und Tinka sind so unterschiedlich wie Tag und Nacht, sie können sich überhaupt nicht ausstehen! Und jetzt sollen sie auch noch Schwestern werden!! Das geht ja gar nicht, zumindest darin sind sie sich einig. Bis zu dem Tag, an dem sie Frau Schicketanz und ihr merkwürdiges Haus in der Kristallgasse kennenlernen. Ist sie das, was alle behaupten? Eine Hexe? Um das herauszufinden, müssen sich die beiden Streithähne wohl oder übel zusammentun …

Sonderband 1:
Hexengeheimnisse
252 Seiten, gebunden
€ 9,90 [D]
ISBN 978-3-505-12207-1

Sonderband 2:
Küssekeks und Spaßspaghetti
304 Seiten, gebunden
€ 9,90 [D]
ISBN 978-3-505-12396-2

Kinder lieben Schneiderbücher!

www.schneiderbuch.de

Sieben Pfoten für Penny

So ein Affentheater!

Als eine Tierschützerin, die sich um misshandelte Orang-Utans kümmert, einen schweren Unfall hat, heißt die letzte Rettung Penny. Sie ist der Frau wie aus dem Gesicht geschnitten, und Penny ist sofort bereit, sich um die Affen zu kümmern. Doch die klugen Tiere lassen sich nicht so leicht hinters Licht führen …

Thomas C. Brezina
Sieben Pfoten für Penny –
Ich glaub, mich laust der Affe!
188 Seiten, gebunden
€ 8,99 [D]
ISBN 978-3-505-13143-1

Kinder lieben Schneiderbücher!

www.schneiderbuch.de

Schneiderbuch
EGMONT

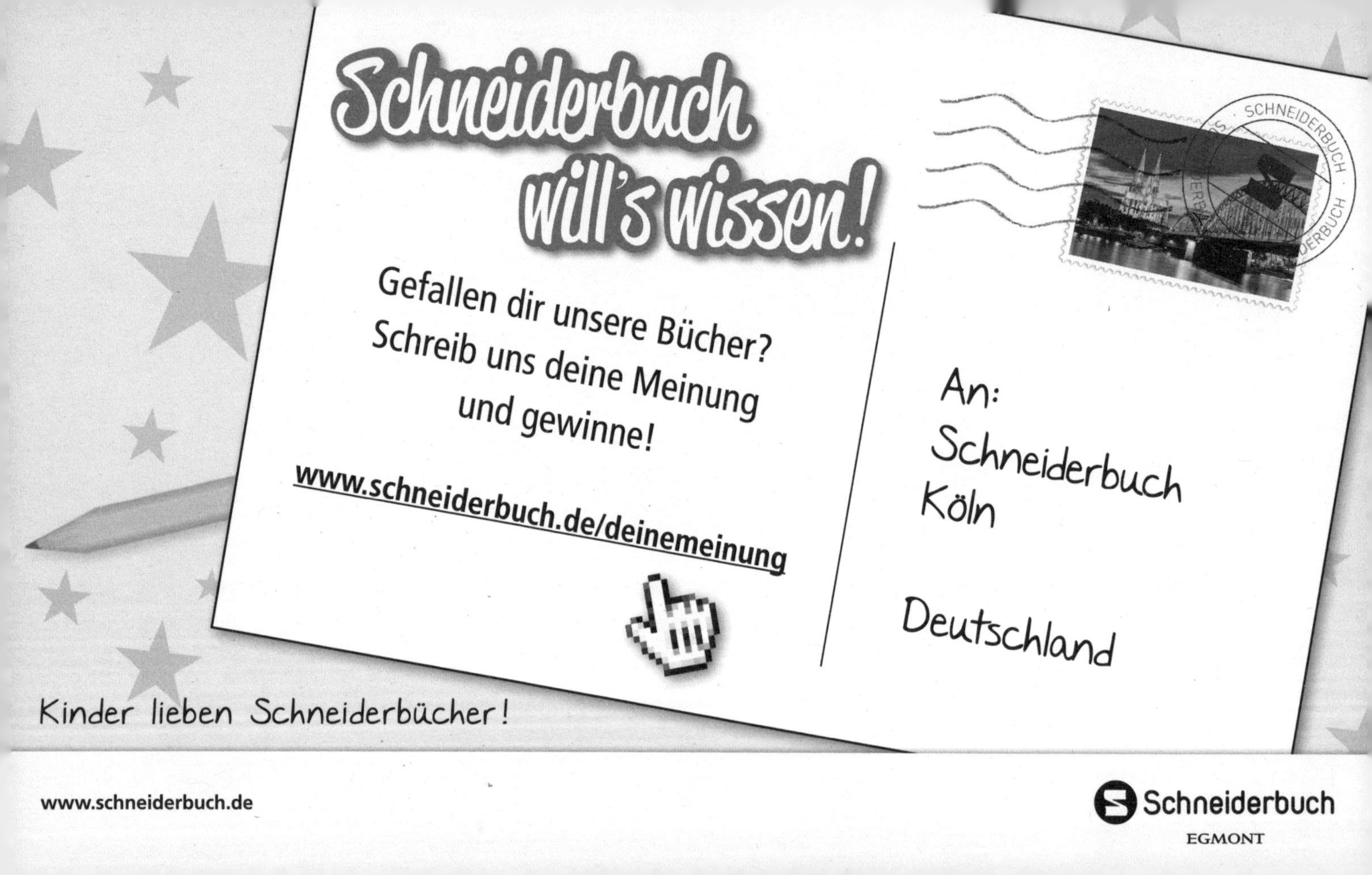
Schneiderbuch will's wissen!
Gefallen dir unsere Bücher?
Schreib uns deine Meinung
und gewinne!
www.schneiderbuch.de/deinemeinung
An:
Schneiderbuch
Köln
Deutschland
SCHNEIDERBUCH
Kinder lieben Schneiderbücher!
www.schneiderbuch.de
Schneiderbuch
EGMONT